야구의 길

김영권 장편소설

차 례

1. 대학 리그 _4

2. 드래프트 _17

3. 신인왕 _29

4. 스토브리그 _41

5. 트레이드 _50

6. 군대 _61

7. 야구 이야기 _72

8. 소통 _83

9. 워크숍 _94

10. 심리 _107

11. 복귀 _121

12. 1군 _132

13. 미투 _144

14. 관계 _156

15. 학교폭력 _167

16. 재기 _179

17. 기로 _189

18. 부활 _199

19. 연정 _209

20. 한국시리즈 _219

21. 야구 휴게실 _229

22. 재회 _239

23. 백업 선수 _251

24. 몸부림 _262

25. 야구의 길 _272

1

대학 리그

김산은 186cm, 89kg, 좌완 투수 최고 구속 154Km, 야구선수로서 완벽했다. 신인 드래프트 1차 지명자였다. 어느 날 아버지가 불렀다.

"산아. 너 어쩔 생각이니?"

"네, 바로 프로로 갈래요."

"나는 네가 더 공부하면 좋겠는데. 인생의 순간이 있는 거야. 캠퍼스 생활의 즐거움도 맛보고 연애도 하고, 아버진 그랬으면 해."

"그래도 젊을 때 프로로 가야 결과도 좋죠. 대학 나와서 시작하면 군 문제도 있고 그러잖아요. 바로 시작하고 싶어요."

"나는 네가 공부를 더 해서 강단에 서는 것을 보고 싶어. 넌 공부도 곧잘 했잖아! 사실 네가 어릴 때 야구를 한다고 했을 때 나는 솔직히 말리고 싶었어. 운동선수로 성공한다는 것이 얼마나 어려운지 아니까. 그리고 넌 독하지도 못하니 걱정이 되었지. 그래도 다행히 이 정도 인정을 받으니 더할 나위 없어. 대학 가자. 학력은 죽을 때까지 따라다녀. 그리고 선수 생활은 기간이 짧아. 먼 미래를 봐야지. 네 선배들은 다 대학으로 갔어."

"그땐 그랬지만 요사이는 지명권을 받은 선수는 대부분 대학에 안 가요. 꼭 운동하는 데 학력이 필요해요? 저는 그렇게 생각 안 해요."

"물론 다 장단점이 있지만, 난 네가 대학에서 어느 정도 이루고 프로로 가는 것이 맞다고 생각해. 그리고 사실 고백하지만 나한테 압력도 들어와. 나도 대학 눈치 안 볼 수도 없고… 너한테는 미안하다만 다시 한번 생각해 보렴."

평소 김산에게 절대로 무리하게 무얼 강요하거나 억지를 부린 적이 없던 아버지였다. 산이는 절대적으로 아버지의 말을 거역한 적이 없었다. 아버지가 근무하는 대학은 야구로서는 조금 성적이 처진 대학이었다. 아마도 그래서 김산을 원했던 모양이었다. 여러 가지 조건을 걸어도 대학에서는 수용할 태세였다.

아버지도 아들에게 말하기는 부끄럽지만, 사학의 특성상 은근한 지시를 모른 척할 수도 없는 처지였다. 아버지는 강직한 사람이었다. 김산은 그런 아버지가 자기에게 부탁하는 것이 마음에 걸렸다.

예전에는 특별전형으로 대학에 가면 자기가 마음대로 학과를 선택하고 졸업 때까지 특혜를 받곤 했다. 그러나 오래 전에 사회 이슈가 되면서 체육과 또는 체육교육학과로 갈 수밖에 없는 입학전형이 되었다. 김산의 아버지는 아들이 자기가 근무하는 대학에 들어가서 석·박사까지 받으면 모종의 약속이 있었기에 김산에게 권유하고 있었다. 더구나 이면계약금도 꽤 많이 약속받았다.

김산은 아버지에게 며칠 시간을 주라고 말했다. 그리고 고교감독과 상의했다. 감독은 김산이 아직은 다듬어지지 않은 단점이 많아서 시스템이 잘되어 있는 프로에 빨리 들어가서 녹아들길 바라던 바였다. 아직도 전국 단위 시합이 많이 남아 있던 터였다.

그러나 드래프트 신청은 6월에서 8월 사이였다. 드래프트 신청을 하고 나면 선수로서 시합에 전념하지 못하는 경우가 있었다. 감독으로서는 남은 시합에 열중하고 싶지만, 선수들의 마음은 미래에 대한 기대가 먼저였다.

고 감독은 여러 가지 경우의 수를 생각해 보았지만 뾰족한 수가 떠오르지 않았다. 고 감독은 김산의 생각도 중요하겠지만 아버지의 뜻도 중요하다고 생각했다. 평소에도 김산에 대해 일언반구도 부탁한 적도 없고 아들에 대해 간섭한 적도 없이 자기에게 일임한 김산 아버지의 심정을 나 몰라라 할 수가 없었다. 자기도 중학교에서 유망주를 데리고 올 때는 모종의 '썸씽'을 약속하곤 했다. 물론 그것이 다 지켜지기는 어려웠지만 어쨌든 성적을 내야 하고 감독도 교육계에 있으면서 절절히 느끼고 있던 터였다. 4년의 시간은 길지만 조금 늦게 시작한다고 나쁘게 되는 것이 아니라는 생각이 들었다. 프로로 가면 경쟁의 틈바구니에서 잘못되면 빠르게 도태될 수도 있다는 사실을 자신이 경험했기 때문이었다.

김산은 충분한 시간을 두고 제구를 닦아야 할 선수였다. 고교 때는 강속구로 윽박질러 성적이 나왔지만, 프로의 세계는 속구로 호성적을 낼 수가 없는 곳이라는 걸 잘 알기에 고민스러웠고 몸값이 있을 때 원하는 곳으로 가는 것도 괜찮다고 생각도 했다. 그러나 자기의 권유로 김산의 인생이 잘못될 수도 있기에 간섭하는 것이 두려웠다. 순간의 선택이 일생을 좌우할 수도 있기 때문이다.

고 감독은 한숨을 쉬었다. 자기의 손을 거쳐 대선수가 된 학생도 있었고, 좌절에 빠져 야구계를 떠난 학생을 수도 없이 많이 경험한 터였다. 그 많은 제자들의 성장과 아픔을 보면서 오직 성적만을 추구하는 감독이 되어서는 안 된다고 다짐을 해 보았지만, 당장 시합이 눈앞에 닥치면 그런 생각은 금방 사라지고 모든 수를 써서라도 이기려는 마음이 앞섰다. 그래서 당장 성적 때문에 혹사시킨 선수가 프로에 가서 부상으로 크지 못하고 사라져 갈 때마다 반성이 되었지만, 현실은 늘 자기를 불신하게 했다. 엘리트 스포츠의 고질적인 병폐였다. 고 감독은 고민스러웠다.

"산아! 네 생각은 어때?"

"전 사실 아버지만 아니면 바로 프로로 가고 싶어요."

"왜? 너한테 프로가 뭐가 중한데?"

"선배들 보면 빨리 시작한 분들이 비교적 성공했더라고요. 사실 저도 고민이 많이 돼요. 캠퍼스 생활도 조금은 하고 싶고… 얼른 돈도 벌고 싶고."

"우리 때만 하더라도 대부분 대학을 거쳐 프로로 갔지. 그땐 고교 출신 선수가 별로 없었지. 고졸 출신은 '고졸 출신 선수'라고 딱지가 붙어서 신문에도 그렇게 나오곤 했지. 마치 공부를 안 한 야구선수란 이미지로 낙인이 찍히곤 했어. 우리나라의 학력 우월 사상이 그땐 팽배했으니까. 지금은 그런 게 없어졌지만 그래도 우리 사회가 대학 간판이 없으면 대접을 잘 안 해주지. 특히 선수 생활이 끝나고 나서는 더구나 그래. 그런데 또 대학 선수는 드래프트 때 썩 인기가 없단 말이야. 내가 너에게 뭐라고 조언을 하기에는 그렇다. 아버지랑 다시 한번 천천히 얘기해 봐라. 그리고 넌 제구에 더욱 열심히 공을 들여야 한다. 알았지!"

감독과의 상담도 결국 김산 몫으로 돌아왔다. 프로로 진출해서 퓨처스에서 뛰는 강수호를 만났다. 1년 선배지만 자기가 평소 좋아하고 존경하는 선배였다. 검게 그을린 강수호가 하얀 이빨을 드러내며 반가워했다. 커피를 주문하고 마주 앉았다.

"형, 요새 어때? 할 만해?"

"죽겠다… 그런데 너 어디로 갈 거야?"

"응, 그래서 형 좀 보려고 왔어. 아버지는 대학으로 가라고 하는데 난 바로 프로로 가고 싶어. 형은 이제 1년 차로서 느낌이 있을 거 아냐! 나 어쩌면 좋아?"

"글쎄, 아버지가 그러는데 내가 뭐 할 말이 있겠니. 나도 지금 똥오줌 못 가리는 신세인데…꼭 말하자면 너는 바로 오지 말고 대학에서 좀 더 제구를 잡고서 오면 하는 생각은 있어. 사실 프로가 그냥 프로가 아니더라. 고등학교 때 상대하던 그런 수준이 아니야. 물론 육성 시스템은 잘되어 있어서 장점도 있긴 한데 밉보이면 2군에서 썩을 수도 있어. 잘 생각해 봐."

"그래서 고 감독님 뵙고 말씀을 드렸는데 무얼 확실히 말을 안 해 주시더라고…."

"그래, 감독님은 잘 계셔?"

"뭐, 늘 그 모습이죠. 우리 후배들이 걱정이 많이 되는 모양이에요. 그래도 형하고 우리가 있을 때가 감독님도 큰소리치시곤 했는데… 지금은 피곤하신 모양 같아요."

"그러지. 그래서 내가 너희 후배들 잡으려고 큰소리치곤 했는데…. 사실 네 후배들은 재목이 없어. 내년 당장 큰일이겠다."

"형이 그때 우릴 너무 잡았어."

"야, 안 그러면 다들 군기 빠져서 좋은 성적 내겠냐? 누군가가 악역을 맡아야지."

"그래도 형은 좀 심했어. 성일이는 형만 보면 얼굴이 사색이 다 되었어. 허긴 안 그랬으면 우리 학교가 좋은 성적을 못 냈겠지. 그것도 다 형 덕분이야."

"너라도 그리 생각해 주니 고맙다. 나 원망하는 놈들이 어디 한둘이냐. 다 지나간 일이야."

"형 이제 진심을 말해 줘. 내가 어떡하면 좋겠어?"

"나도 뭐라 말을 못 하겠다. 네가 선택해야지. 내 말만 듣다가 잘못 풀리면 누구 탓하겠니! 결국은 선택은 네 몫인 거야."

"그게 뭐야! 기껏 한다는 소리가 내가 결정하라고? 그럼 내가 뭐 하러 형을 만나!"

"어쩌니… 나는 무조건 내 맘대로 결정했는데 요새 회의를 좀 느껴. 선배들이나 감독님들의 조언도 받아볼 텐데. 그러나 이제 엎질러진 물이야.

나는 그렇다손 쳐도, 넌 잘 숙고해 봐."

날이 어두워지고 있었다. 집으로 돌아오는 길이 길게만 느껴졌다. 이럴 때 어머니라도 있으면 붙잡고 하소연하고 싶었다. 아버지는 학교 일로 바빠서 며칠 동안 얼굴 보기가 어려웠다. 1학기 말이 되니, 학적 팀장을 하는 아버지가 얼굴이 노래지도록 밤샘을 지새웠다. 그럭저럭 일주일이 지나고 나서 저녁 식사 자리에 오랜만에 할머니랑 같이 식사를 했다. 아버지는 아무 말 없이 식사만 하셨다. 김산은 그런 아버지가 맛있게 하시는 식사라 군말을 안 했다. 상을 물리치고 나서 커피를 마셨다. 평소보다 더 씁쓸했다. 할머니가 부엌으로 들어가자 김산은 아버지에게 말을 건넸다.

"아버지 요새 바빠요? 얼굴색이 안 좋아요."
"학기 말에는 다 그러지 어쩌겠니. 그래 너는 생각해 봤니?"
"네! 고 감독님하고 수호 형에게 물어봤더니 다들 나보고 결정하라고 하네요. 그런데 아버지! 정말 아버지 마음을 알고 싶어요."
"무슨 마음?"
"그러니까…. 만약 내가 고집하면 어쩔 생각이세요?"
"글쎄다. 네가 선택하면 별수 없지. 네 인생인데 내가 어디 맘대로 하겠니? 사실 나도 너한테 부끄럽다. 괜히 내 입장만 생각하고 널 힘들게 한 게 아닌가 하고 후회도 했어! 미안하다."
"아뇨! 저도 아버지 입장은 충분히 이해해요. 저도 대학이 좋은지 프로가 좋은지 모르겠어요. 고 감독님 수호형도 선뜻 말 안 하더라고요."
"그래, 내가 너에게 말하기는 그렇다만… 사학이라는 데가 그래, 끈이 없는 나 같은 사람은 조금, 아니 많이 힘들지. 그래도 나는 실력 하나만 믿고 열심히 남들보다 더 열심히 일했지. 그러나 아니야. 세상은 우리가 생각하는 그런 공평한 세상은 아냐. 기득권이 있는 사람들의 세상이지. 너한테 이런 말 하기가 부끄럽다만 아빠 이 나이에 아직도 겨우 팀장이야."

　김산은 울먹일 듯하면서 말하는 아버지가 당황스러웠다. 평소에도 아버지는 말이 거의 없는 분이셨다. 김산은 늘 어려웠고 그럴 때마다 홀로 자기 방에서 스스로 다독이곤 했다. 여러 가지를 도와주시는 나이가 많으신 할머니가 계시지만, 말 상대하기에는 어려웠다. 외로움이 늘 김산 주위를 맴돌았다. 아버지를 닮아 내성적인 성격이지만 학교생활은 야구를 하면서 활발하게 했다. 혼자 하는 운동이 아니라 여러 동료가 있어서 좋았다. 물론 숫기가 없었지만 착한 성품은 다른 이들의 호감도 샀다. 무엇을 결정하더라도 누구와 대화를 해 보지 않았다.

　그러나 이번 일은 김산에게는 일생에 있어 중대한 사안이었다. 그래서 여러 사람을 만났지만 별다른 조언을 듣지 못했다. 답답했다. 그래도 이제는 결정해야 했다. 아버지를 다시 바라봤다. 나이에 비해 많이 늙으신 것 같기도 했다. 아내 없이 늙은 모친에게 자식을 맡기고 혼자 사신 아버지가 처음으로 자기에게 부탁을 한 것이었다. 김산은 고민이 되었지만, 아버지의 부탁을 거절하기가 어려웠다.

　김산은 아버지 뜻대로 하겠다고 말했다. 아버지가 환하게 웃었다. 그리고 아들의 손을 꽉 움켜잡았다. 아버지가 모처럼 매우 기분이 좋은 것 같았다.

　그해 3월 입학식을 하고 나서 총장실로 호출을 받았다. 가 보니 아버지도 있었다.

　총장은 후덕한 얼굴이었다. 자리에 앉자 총장이 너털웃음을 지으며 김산에게 악수를 청했다. 그러면서 말을 했다.

　"김산 선수가 우리 학교에 온다니, 우리 이사장님이 얼마나 좋아하던지… 다 김 팀장 덕입니다."

"아유, 뭘요. 산이가 안 오려 했으면 제가 어떻게 했겠어요. 학교에서 이런저런 혜택을 주니 고맙습니다."

"네, 4년간 장학금도 드리고. 응, 또 여건만 되면 학교에 남을 수도 있게 약속드리죠. 그리고 좋은 성적을 내면 그에 따른 인센티브도 생각하고 있습니다."

"감사합니다. 산이도 열심히 할 겁니다."

"우리 이사장님이 야구광이라… 그런데 성적은 안 좋고 해서 요사이 화가 잔뜩 났었는데. 어때요, 우리 김산 선수가 이사장님 소원 좀 풀어드려야죠. 물론 혼자서 할 수가 없지만, 야구가 투수놀음이라고 김 선수가 잘해주면… 좌우간 기대합니다."

총장실에서 나오면서 아버지가 환한 웃음을 지었다. 근래 보기 드문 아버지의 표정이었다. 세파에 시달리고 홀로 외롭게 사시는 아버지가 즐거워하는 모습을 보니 김산도 효도하는 것 같아 기분이 좋아졌다. 무뚝뚝한 아버지와 언제 이런 다정한 일이 있었는지 까마득할 정도로 두 사람은 서먹한 관계였다. 아버지의 성격을 빼다 박은 김산도 매사에 적극적인 면이 부족했다. 원래 부자지간은 소원한 법이었다.

수아도 같은 학교 무용과로 입학했다. 수호와 재두가 그런 수아에게 너는 산이만 쫓아다니냐고 놀려댔다. 그러면 수아는 입을 삐쭉 내밀며 "내 맘이야."라고 말했다. 꿈에 부푼 대학 생활 중 꼭 해 보고 싶었던 미팅을 할 때마다 수아가 와서 훼방을 쳤다. 평소에도 여자에게 큰 관심이 없던 김산은 금방 시들해지고 말았다.

대학 생활은 김산이 생각하는 그런 낭만만 있는 곳은 아니었다. 대회가 줄줄이 대기하고 있었다. 훈련은 고교 때와는 달리 체계적인 시스템이 되어있었다. 투수 코치도 왕년에 상당한 실력을 인정받던 선수 출신이었다.

장 코치는 제구가 좋은, 그래서 팔색조란 별명을 가진 사람이었다. 김산은 변화구가 약점이라 집중적으로 훈련을 받았다. 그러나 생각대로 쉬운 것이 아니었다.

장 코치는 김산의 구속에 감탄하면서 칭찬을 아끼지 않았다. 자기는 구속이 떨어져서 변화구에 전념했지만, 한계가 있었다. 강속구를 가진다는 것은 태생적으로 타고나야 했다. 김산은 잘만 다듬으면 프로에서도 20승 정도 할 수 있는 구위를 가졌다고 생각했다.

강속구와 변화구가 조화를 이루면 그 투수는 성공할 것이다. 그러나 변화구의 구종을 다 소화할 수가 없다. 그래서 주 무기로 자신이 있는 두세 개의 변화구를 장착하면 대투수가 될 수 있다.

선동열 같은 국보급 투수도 낙차 큰 슬라이더와 153km 패스트볼로 한국야구계를 호령했었다. 당시에는 전형적인 투 피치 선수로서 허릿심을 사용하는 구질이 좋은 파이어볼러였다. 그러나 현대 야구는 투 피치로는 살아남기가 어렵다. 최소 쓰리 피치 정도는 써야 살아남을 수 있다. 선진 기술이 들어오고 오랜 기간에 습득한 야구 기술이 이제는 세계를 주름잡고 있다. 그렇기에 장 코치는 자기가 주 무기로 잘던지는 컷 패스트볼과 포크볼 싱커를 지도하였다.

그러나 변화구란 단기간에 습득하기가 어려운 것이었다. 더구나 김산은 오랫동안 패스트볼 위주로 공을 던졌기에 제대로 안 되었다. 장 코치가 서두르지 말라고 했지만, 속으로는 혀를 끌끌 찼다. 변화를 준다는 것은 쉬운 일이 아니었다. 김산도 장 코치 보기가 미안했다. 혼자 동영상도 보고 부단히 노력해도 쉽게 습득이 안 되었다. 장 코치는 곧 있을 KUSF 대학야구 U-리그를 위해 다른 변화구의 연습을 중단시키고 투심 패스트볼을 김산에게 연마시켰다.

따스한 봄기운이 내리는 4월 초부터 시작한 시합이 43개 대학팀이 참가

하여 주중 2경기 목, 금요일에 진행하여 5월 말에 끝났다. 김산의 팀은 8강에서 무너졌다. 우승 후보였던 대학에 6:2로 철저하게 쓰러졌다. 그러나 김산 대학으로서는 수년에 있어서 제일 좋은 성적이었다. 그러나 이사장은 억울해 끙끙댔다. 김산이 나간 시합에서 이영민 타격상을 받았던 성호에게 홈런 두 방을 맞고 너무 쉽게 진 것이었다. 김산도 충격을 받았다. 감독과 동료들에게 볼 낯이 없었다. 그러나 감독은 아무 말 없이 등을 두드려주면 위로했다.

시합이 끝난 뒤 김산은 한동안 두문불출했다. 고교 때 그래도 유망주로 뽑히던 투수였는데, 프로도 아닌 대학에 와서 이렇게 무너질 줄은 몰랐다. 아버지가 고 감독에게 구원을 요청했다. 고 감독이 김산을 보자고 했다. 김산은 아무도 만나기 싫었지만, 고교 은사였고 정신적 지주였던 감독이라 마지못해 나갔다. 고 감독이 김산을 보자 아무 말 없이 안아주었다. 김산도 자기도 모르게 눈물이 주룩 흘렀다. 그것을 보고 고 감독이 말했다.

"산아 그럴 필요 없어. 승부는 이기기도 하고 지기도 하고 그러지. 질 때마다 의기소침하면 되니! 너희들 고교 때도 많이 지기도 하고 이기기도 하고 그랬잖아! 너무 승부에 집착하지 마라. 다음 경기에 잘하면 되잖아."

"감독님, 그래도 제가 처음으로 나선 경기에서 더구나 8강에서 탈락하니 학교에도 미안하고 아버지 볼 면목도 없고… 정말 마음이 안 좋아요."

"그러겠지, 너도 잘하고 싶었을 텐데. 더구나 학교에서는 너에게 기대를 많이 했을 거고…. 그런데 이제 시작이야. 너도 확실히 알았을 거야. 세상은 넓다는 것을… 그래서 자만하지 말고 부단히 실력을 연마해야 살아남지. 스포츠 세계는 약육강식의 세계야. 승자가 있으면 패자가 있기 마련이지. 2등은 인정을 잘 안 해주지. 그래도 이제는 마음을 차분히 가라앉히고 다시 해 봐. 넌 충분한 자질이 있어 그건 내가 장담할게."

"네, 잘 알겠습니다. 제가 부족한 점이 많습니다. 건방 안 떨고 열심히 노력하겠습니다."

"그래, 그래야 김산이지. 그럼 나는 너 두고 보련다. 날 실망하게 하지 마라. 오늘 이후로는 지나간 일에 대하여 잊어버려야 한다."

김산은 존경하는 감독이 직접 자기를 위로하러 와준 것에 대해 진심으로 고맙게 생각했다. 조금은 묵직함에서 벗어난 것 같았다. 이런 마음을 알기라도 하듯 강수호도 전화를 해주었다.

"산아, 깨질 때 깨지더라도 후회는 말자. 이거 우리 모토 아니었니! 너무 억울해 마라. 너 보나 마나 또 죽치고 있을까 내가 전화한다. 자, 다시 화이팅하자."

수호형이 고마웠다. 총장도 너무 서운해하지 말라고 말해 주었다. 그 정도 성적이면 대만족은 아니지만 그다지 실망할 필요는 없다고 했다. 다음 전국대학야구선수권대회에 총력을 다해 보자고 했다. 다른 이들의 위로가 김산을 다시 일으켜 세웠다.

다음 대회까지 한 달이 남았다. 김산은 변화구 손질은 중단하고 투심 패스트볼과 체인지업을 밤낮으로 숙련했다. 손가락이 벗겨지는 맹훈련을 스스로 하자 장 코치는 만족해했다. 더위가 오자 김산의 몸은 더 유연해졌다. 피칭을 하는데도 손끝대로 던져져 느낌이 좋았다. 그러나 투심은 눈에 띄게 좋아지지는 않았다.

그때 3할 타율과 홈런 16개를 치는 해상이가 군에서 제대하고 복학했다. 강력한 화력이 생겼다. 그러나 전국대학야구선수권대회도 8강에서 무너졌다. 7회 수비수 실책으로 주자가 살아난 뒤 갑자기 제구 난조가 되었다. 김산이 교체되고 구원투수가 홈런을 맞고 게임은 끝났다.

김산은 허탈했다. 그러나 한숨만 쉴 수가 없었다. 바로 대통령기 전국대학야구대회가 한 달 후에 열렸다. 그전과는 달리 토너먼트였다. 한 경기 한 경기가 숨쉬기 어려울 정도로 어려웠다. 다행히 운 좋게 4강까지 올라갔지만 거기까지였다. 학교로선 최근 성적으로 4강에 드니 축제 분위기였다. 이사장도 야구단을 불러 치하하고 회식도 시켜주고 금일봉을 직접 주었다. 그리고 이사장이 김산을 따로 불러 봉투를 주었다. 역투한 김산의 공로를 인정한 것이었다. 감사했지만 자기만 몰래 받는 게 걸려서 선수단에 내놓았다. 감독은 아무 말 없이 받아들였다. 혼자 독식하지 않은 김산을 다시 보게 되었다.

거의 한 달 간격으로 시합을 치르느라 몸은 혹사되었다. 그러나 아직은 젊음이 앞섰다. 또다시 9월이 되자 KUSF 대학야구 U-리그 왕중왕전이 벌어졌다. 토너먼트 시합이었다. 최선을 다했으나 우승 후보 대학을 만나서 분패했다. 1년 농사가 마무리되었다. 김산은 천천히 느리게 숨을 쉬었다. 5박 6일 아무렇게나 여행지를 정하지 않고 떠났다. 아무것도 생각 안 하고 그냥 발길 닿는 대로 걸었다. 오랜만에 야구를 떠나서 휴식을 취하니 편했다. 갑자기 '야구를 말어' 하는 생각이 들었다. 그러다 다시 '픽' 하고 웃었다. 자기에게 야구는 포기할 수 없는 인생이었다. 여행에서 돌아오니 할머니가 근심 어린 얼굴로 물었다.

"어디 어디 갔다 왔니? 그래, 좋았어? 할미는 안 보고 싶고!"

"아이고 할머니… 보고 싶었지."

"그런데 전화 한 통도 안 해. 난 걱정돼서 죽겠더만…."

"미안, 미안해요. 그냥 아무 생각하기 싫었어."

"뭐가 그리 좋았는데?"

"아이고, 할머니. 미안하다니까. 나도 할머니 보고 싶어 죽는 줄 알았다니까."

할머니가 웃고 만다. 수년을 키워온 자식 같은 손자였다. 제 어미가 아들과 이혼하고 여태 혼자 살면서 자기에게 양육을 시켜버렸다. 재혼을 하라 해도 절대로 아들은 돌아보지 않았다. 여자에게 지친 표정이었다. 할머니 자신도 왜 둘이 이혼을 했는지 모른다. 다만 아들의 결벽증 같은 성격과 자유분방한 며느리의 성격 차이가 이혼을 불렀으리라 생각만 들지만, 자세한 이유는 몰랐다. 아들은 늘 혼자이길 좋아했다. 산이가 8살에 며느리가 집을 나가고 혼자된 김산을 지금까지 금이야 옥이야 키웠고 듣기에 야구선수로 잘 되었다고 해서 기분이 좋은 터였다. 아직까지 며느리는 소식을 알 수가 없었다. 김산을 볼 때마다 측은한 마음이 들었다. 손자는 초등학교 때부터 엄마 없는 자식이라고 놀림도 많이 받고 울기도 많이 했다. 그럴 때마다 며느리가 원망스러웠다. 오랜만에 돌아온 손자를 위해 진수성찬을 준비했다. 아들은 오늘도 학교 일로 자리를 함께하지 못했다. 쓸쓸한 저녁이었다.

2

드래프트

    수아가 긴히 할 말이 있다고 산이를 불렀다. 시합하느라 그동안 전혀 수아를 볼 수가 없었는데 오랜만에 보고 싶기도 했다. 아담한 커피숍의 귀퉁이에 앉았다. 수아는 더 예뻐진 것 같았다. 가슴이 약간 '심쿵'했다. 그러나 단 한 번도 그녀를 여자로 본 적은 없었다. 그런데 오늘은 기분이 묘했다. 그녀와는 초등학교 때부터 친구였다.

    "야, 우리 수아 이제 처녀티 나네! 아주 이뻐졌어!"
    "정말! 호호호, 기분 좋네. 너한테 이런 말 듣기는 처음인 것 같은데… 뭐 먹고 싶은 게 있어?"
    "아니 진심이야. 그동안 안 봤더니 백조 되어서 나타났네."
    "네가 그런 말을 할 줄도 알고, 여하튼 기분은 좋다."
    "그런데 무슨 일이야?"
    "어, 있잖아. 내가 치어리더 시험을 봤는데 합격이 되었어. 그래서 너한테 자문 좀 구하려고."
    "그걸 왜 나한테? 너희 부모님께 여쭤봐야지. 너 참 웃긴 애네."
    "엄마 아빠에겐 물어봤지. 뻔하잖아 반대하는 거."
    "그럼 안 하면 되지, 왜 나한테 그래?"
    "나는 네가 있는 야구장에서 일하고 싶거든."

"무슨 뜬금없는 소리야?"

"사실은 내가 무용과잖아. 졸업해도 내 실력으로 할 게 없어. 또 치어리더는 내 주특기잖니! 내가 좋아도 하고."

"그건 네가 알아서 판단해! 너 부모를 이길 수 있어? 그리고 학교는 어쩔 거야?"

"학교는 일단 휴학하면 되지. 난 네가 찬성만 한다면 할 수 있어."

"얘, 이상하네. 내가 왜?"

"넌 한 번도 날 여자로 생각 안 해봤니?"

"응! 그러지. 넌 내 영원한 친구지. 넌 여자로 안 보여. 내 예쁜 친구지."

"뭐야. 난 너를 늘 내 남자로 생각했는데…. 비겁한 자식!"

"나는 비혼주의자야. 결혼은 절대 안 할 건데!"

"누가 결혼하재! 그냥 연애만 하면 되잖아."

"야, 너하고 어떻게 연애하니. 친구 사이에."

김산은 엄마에 대한 기억 때문에 여자들에 대한 환상이 없다. 그저 자기 입장 곤란하면 자식도 팽개치고 떠나는 여자들에 대하여 환멸을 느꼈다. 수아도 잘생긴 미모를 가졌어도 김산은 한 번도 여자로 생각해 보지 않았다. 그저 편한 오래된 친구로만 대했다. 그러나 성인이 되고 발달한 수아의 몸매가 눈에 들어오곤 했다. 하지만 마음을 억눌렀다. 그런 김산을 수아는 짝사랑하고 있었다.

김산은 배우 강동원 같은 여린 얼굴과 보기 좋은 체격을 가지고 있었다. 더구나 초등시절에는 공부도 잘했다. 다른 학생들의 선망의 대상이었다. 다른 여학생들이 김산에게 다가서면 여지없이 수아가 응징했다. 수아는 활발한 성격에 누구 앞에 서길 좋아했다. 김산도 수아가 치어리더를 하면 어울린다는 생각은 들었다. 그러나 자기가 이러쿵저러쿵할 위치가 아니라고 생각했다.

"야, 근데… 관중들 앞에서 옷 다 벗고 춤추고 그거 할 수 있어? 난 네가 그러는 거 보기가 좀 그래."

"왜, 다른 남자가 날 보면 싫어? 정말 그래… 호호 질투해?"

"내가 무슨 질투야. 그냥 네가 많은 사람 시선을 끈다는 것이 그렇다는 것이지."

"그게 그거 아니야! 알고 봤더니 날 끔찍이 생각은 하네. 고마워. 뭐 나도 심각하게 고민은 하려고 해."

"그래, 잘 생각하고 결정해. 부모님 속상하게 하지 말고."

"어휴, 무슨 선생이 얘기하듯 하네. 알았어. 야 치맥이나 하러 가자."

"그러자."

결국, 수아는 학교를 휴학하고 키움의 치어리더로 갔다. 그녀는 활달한 성격과 잘생긴 미모와 몸매로 일약 스타가 되었다. 치어리더도 이제는 여러 대중의 시선을 잡고 인기가 오르면 광고도 들어오는 시대가 되었다. 나이들은 어른들은 거의 벌거벗고 춤을 추는 치어리더를 백안시했지만, 젊은 층은 치어리더를 보기 위해 구장을 찾는 숫자가 늘었다. 함성과 어우러져 율동하는 치어리더는 야구장의 꽃이 되었다.

김산은 수아에게 축하한다는 메시지를 보냈다. 그리고 TV에서 프로야구를 보면서 그녀를 집중해서 쳐다봤다. 내년을 기약하기 위한 훈련 캠프가 차려지고 김산은 부족한 변화구에 숙달하기 위해 안간힘을 썼다. 그러나 쉽게 익숙해지지 않았다. 김산은 조바심이 나서 장 코치의 개인 지도를 받았다.

패스트볼에 이미 익숙해져 버린 김산의 손가락은 변화구와 친해지고 싶지 않은 모양이었다. 변화구를 던질 때는 손목이 조금 비틀어지는 느낌 때문에 움찔거렸다. 몇 달이 지나자 조금씩 숙달되었지만, 완성도는 미흡했다. 종에서 횡으로 낙차가 큰 변화구 구사는 요원했다. 장 코치가 너무 조급해하지 말라고 했지만, 김산 스스로 화가 났다. 사실 주자가 나갈 때 패스트볼이 말을 안 들으면 불안하고 포볼 내기가 허다했다.

특별한 주 무기가 있으면 조화롭게 던지고 불안이 감소할 텐데 한번 마음대로 안 되면 스트라이크존에 집어넣지 못하는 치명적인 단점이 생겨버렸다. 고교 때는 별생각 없이 자신 있게 공을 던졌지만 대학에 와서 수준이 다른 타자들을 만나면서 자신이 없어졌다. 소심한 성격 탓에 변화구에 대한 자신감이 없어지자 점점 힘들어했다.

2학년이 되자 다시 대회가 시작되었다. 신입생 중 고교 때 우수선수상을 받은 유격수와 홈런 2위 출신의 선수가 들어왔다. 아마도 수비 문제 해결과 타격에 대한 보강을 위해서 학교에서 많은 공을 들인 것 같았다. 이사장의 야구에 대한 열정이 대단한 것 같았다.

사실 큰 시합을 할 때 수비가 무너져서 엎어진 경기가 많았고, 결정적 순간에 한 방을 때려줄 선수가 해상이밖에 없어 역전 찬스를 만들고도 진 경기가 허다했다. 이제 그런대로 수비와 공격의 균형이 맞춰진 것 같았다. 이번 해는 우승에 대한 기대가 컸다. 모두 그렇게 생각하고 사기도 높았다. 다시 야구의 계절이 돌아왔다.

KUSF 대학야구 U-리그에서 김산은 선발로 나서서 1실점 1자책으로 7회까지 던지는 역투를 보이고 첫 승을 올렸다. 그리고 4강전을 김산이 또 승리를 챙겼다. 6회 5피안타 2실점을 했다. 그러나 해상이의 쓰리런 홈런 한 방으로 역전했다. 운이 많이 따라준 경기였다. 결승전까지 올라갔다. 그리고 강호 전년도 우승팀에게 1:3으로 패배했다.

학교는 축제 분위기였다. 총장과 이사장은 대단히 흡족하였다. 자축하고 환호했다. 이제 어느 정도 대학야구에 적응하고 자신감이 생겼다. 신문에서도 김산의 실력 향상에 기대 이상으로 좋은 기사를 써주었다. 수아, 수호, 재두가 축하해 주었다. 고 감독도 전화하여 격려해 주었다. 맑은 봄기운에 하늘은 청명했다. 이제 대통령기 대회의 목표가 우승으로 수정되었다. 정말 꼭 우승하고 싶었다.

아버지도 봄 정기인사에서 교무부장으로 승진되었다. 아버지는 정말로 기쁜 표정이었다. 할머니를 잡고 울먹였다. 아버지는 말 그대로 어려운 시절을 홀어미 밑에서 자라면서 힘든 시절을 보냈었다. 다 큰 어른이 울먹이니 김산은 속으로 웃었다. 저렇게 좋을까? 아마도 한이 맺힌 아버지의 기쁨이 배가 되었으리라 생각했다. 그러나 6월이 되기 전에 호사다마라고 상상도 못 할 사건이 생기고 말았다.
김 부장은 총장실로 뛰어 들어갔다. 총장은 기다렸다는 듯 김 부장을 맞이했다. 비서가 차를 내왔다. 차를 마시고 한숨을 쉬면서 김 부장은 억울하다는 듯 하소연했다.

"총장님! 제가 무슨 잘못을 그렇게 크게 했다고 파면이라뇨? 저는 평생 학교를 위해 한눈 안 팔고 열심히 근무한 죄밖에 없는데, 이거 너무하는 것 아닙니까!"
"김 부장님! 저도 잘 알아요. 그런데 교수회에서 저렇게 게거품 물고 달려드는데 어떡해요? 누군가는 책임져야 할 일이고 김 부장이 실무자고… 나도 뭐라 할 말은 없는데 잘 알잖아요. 나도 김 부장이 성실한 분이란 것 충분히 알아요. 잘 알잖아요, 김 부장!"
"제가 뭘 압니까. 그저 이사장이 지시하면 모가지 댕강하는 그런 파렴치한 양심입니까? 전 총장님 지시에 따른 죄밖에 없습니다."
"아니, 솔직히 이건 서류를 잘 따져서 처리해야 하는 김 부장이 잘못한 거지 나하고 무슨 관계가 있어요? 자격이 있고 없고는 교무처에서 알아서 해야지. 안 그래요?"

"아니, 인제 와서 그런 말씀을 하시면 됩니까? 잘 처리하라고 지시를 하신 분이."

"그러니까. 잘 처리하라고 했지. 논문이 허위인 것을 눈감아 주라고 했어요? 나 참, 나 김 부장 그렇게 안 봤는데 정말 말이 안 통하네요. 퇴직금은 잘 처리해 줄 테니 더는 시끄럽게 하지 마세요. 저는 나가봐야 하니 다음에 얘기합시다."

총장이 나가버렸다. 김 부장은 한참을 총장실에서 나오지 못했다. 억울했다. 이렇게 헌신짝처럼 버림받을 줄 몰랐다. 25년이 다 되도록 군말 없이 충성해 왔던 직장이었다. 아들 덕으로 승진까지 하고 이제 조금 숨을 돌리려 하던 차에 교수 임용 건으로 학교가 쑥대밭이 되었다.

음악과 교수 채용을 놓고 학과에서 파벌 싸움이 있었으나 결국은 이사장 조카딸이 임용되었다. 그러자 반대쪽 교수들이 미국 현지까지 넘어가서 이사장 조카딸의 논문이 위조되었다는 것을 알아냈고, 총장에게 임용 취소와 함께 관련자들을 징계하라고 요구했다.

교수회에서는 원점으로 돌려놓고 총장이 사과를 안 하면 고발하고 언론사에 제보하여 사회 이슈화한다고 으름장을 놓았다. 김 부장은 이사장의 조카딸이 교수 임용이 될 수밖에 없는 현실을 알았고 총장의 은근한 지시에 면접관 등을 총장 편에 자리한 교수로 지정했다. 서류는 교무팀장이 올리는 것에 결재만 했다. 사실 교수 임용 건은 팀장이 다 처리하고 부장은 결재만 하는 시스템이었다.

더구나 교무처로 온 지도 얼마 안 되었고 업무도 파악이 안 된 상태라 팀장에게 일임했는데 사달이 난 것이었다. 교무팀장은 재단 사람이었고 위조 사실은 알고 있었던 모양인데도 사학이 늘 그래왔듯이 일을 벌인 것이었다. 서류에 대한 검증은 교무처에서 전부 관장하기 때문에 다른 교수가 접근하기가 어려운데도 파벌 싸움에 상대 교수들이 들고일어나 크게 번진 것이었다.

사실 음악 관계 논문은 미국에서는 별로 심각하게 생각하지 않는 면이 있었다. 이론과 실용 다 잘할 필요를 중요하게 생각하지 않는 경향이 있다. 그러나 우리나라 대학은 박사 자격이나 논문의 중요성을 강조한다. 재단에서는 기사화될 것을 우려해서 상대편 교수들을 회유하였고 빠르게 책임자를 처벌하였다. 김 부장은 파면, 팀장은 감봉 6개월의 징계가 떨어졌다. 행정소송을 해서 다시 되돌리기에는 불가능하다는 사실을 김 부장은 잘 안다. 더구나 대학 측에서는 소송을 제기하면 업무방해죄로 고소를 한다는 방침이었다. 요즈음 가짜 논문에 대한 사회적 이슈가 일어나고 있는 분위기라 김 부장에게 유리할 게 하나도 없었다. 잠을 이루지 못했다. 못 먹던 술을 입에 댔다. 며칠을 고민하다가 결국 퇴직하기로 마음먹었다. 억울하지만 어쩔 수 없는 일이었다.

까칠해진 아버지가 학교도 안 나가는 것을 김산은 한참이 지난 후에 알았다. 그리고 대학 내에서 복잡한 사건이 생겼고 아버지가 연루되었다는 것도 알게 되었다. 저녁때 마주한 아버지에게 자초지종을 물었다. 아버지는 아무 말이 없었다. 마치 넋이 나간 사람 같았다.

"아버지, 말씀 좀 해 보세요!"

그래도 아버지는 묵묵부답이었다. 김산은 그런 아버지가 갑자기 싫어졌다. 부자지간이지만 두 사람은 평소 대화를 별로 하지 않는 편이었다. 아버지는 늘 과묵하고 어려운 분이었다. 할머니의 사랑이 없었으면 김산은 못된 각오도 했을 것이었다.

다시 며칠이 지나고 김산은 여기저기서 귀동냥한 사실에 대해 아버지에게 다시 물었다. 핼쑥해진 아버지가 짧게 말했다.

"산아… 다 아버지가 실수한 거야. 누굴 탓할 생각도 없다. 다른 직장을 찾아보기에는 능력이 안 되고… 일단 조금 쉬고 싶다."

김산은 어릴 때부터 아버지의 사랑을 받지 못하고 살았다. 부자지간이지만 서로 각자의 영역을 구분해서 살아왔다. 그러나 성인 된 김산으로서는 아버지의 처지를 모른 척하고 살 수는 없었다. 총장을 찾아갔다. 그러나 돌아온 말은 아버지의 책임이었다. 화가 나서 파면 처분은 너무하다고 따졌지만, 총장은 일언반구도 안 했다.

아버지는 점점 두문불출하고 못 먹던 술에 젖어 들기 시작했다. 김산은 답답했다. 하루는 아버지와 독대했다. 그리고 심각한 어조로 말했다.

"아버지, 저 대학 중퇴할래요."

"무슨 소리야, 중퇴라니? 대학하고 약속한 것은 나하곤 별개로 지켜지니 딴소리하지 마라."

"아뇨. 저런 비겁한 대학에서 더 이상 다니기 싫어요. 그리고 얼른 돈도 벌어야겠어요."

"그래도 잘 생각해서 결정해라. 이제 성적도 좋게 나고 있잖니."

"그래서 프로에서 관심 있을 때 가려고요."

"알았다. 그건 네가 잘 판단해서 해라. 난 더 이상 너에게 뭐라고 할 말이 없다."

아버지는 매사에 신경 쓰고 싶지 않은 표정이었다. 김산은 일단 감독에게 자기 뜻을 전했다. 감독은 난처해했다. 올해 들어 투타가 잘 어우러져 대회 우승에도 기대하고 있었는데 김산이 빠지면 전력에 큰 차질이 있기 때문이었다. 그러나 감독도 김산의 아버지 사건을 잘 알고 있고 김산의 심정을 이해도 되기에 뭐라고 말하기가 어려웠다. 감독은 네가 선택한 거라면 굳이 말리지는 않겠지만, 야구단 입장을 잘 생각해 보라고만 말했다.

고교 스승인 고 감독을 찾아갔다. 고 감독은 조용히 김산의 말만 들었다. 김산은 원래 처음부터 프로로 갔으면 아버지도 저렇게 안 되고 어느 정도 프로에서도 위치를 선점했을 텐데, 후회스럽다 했다.

"산아, 다 운명이란 것이 있고 자기 마음대로 되지 않는 것이 인생이란다. 물론 그런 일이 없었으면 좋았겠지만 이미 일어난 일을 가지고 흥분해서 네 앞날을 아무렇게 결정하면 안 된다. 남 탓할 것도 없고 그렇다고 자책해서도 안 돼. 지나간 것은 되돌릴 방법이 없고, 또 되돌릴 필요도 없는 것이야. 넌 심지가 굳은 놈이니 앞날만 바라봐라. 네가 결정하면 책임지고 더 열심히 하면 된다. 내가 해 줄 말은 이 말뿐이다. 지금 프로로 뛰어드는 것도 썩 나쁘다고 할 것은 없지만, 아버지의 네 미래에 대한 꿈은 어쩌니? 좌우간 현명한 선택을 하고 절대 후회는 하지 마라. 우리네란 늘 끊임없이 시험에 들곤 하지만 그걸 이겨내는 것도 절대 남이 못 해주고 본인이 이겨내야 해. 무엇을 하든 그곳은 네 자리다. 내가 해 줄 말은 이것뿐이다."

김산은 고 감독의 말에 많은 공감을 하지만 프로로 가려고 마음먹은 것은 자기가 가고 싶은 심정이기 때문이었다. 대학에서의 생활도 그런대로 좋았지만, 고교 졸업 후에 바로 프로 간 선수 중 일약 스타가 된 선수가 가끔은 부러웠다. 그리고 시작된 대통령기 대회는 준우승에 머물렀다. 김산은 제대로 실력 발휘를 못 했다. 심정이 복잡하니 제대로 공을 던질 수가 없었고 결승전은 시합에서 배제되었다.

김산은 자퇴서를 냈다. 그리고 드래프트를 신청했고 그해 9월 웨스틴 조선 서울 호텔에서 실시한 신인 드래프트에서 3라운드 지명을 받았다. 김산은 언론의 스포트라이트는 받지 못했다. 계약금도 생각보다 적었고 연봉도 별로였다. 최소 2라운드로 지명을 기대했으나 3라운드로 지명되자 조금은 실망스러웠다. 그러나 마음은 부풀었다. 프로의 감독과 코치들의 안목은 각종 데이터와 기록을 살피고 경기 운영하는 능력을 주의 깊게 살피는데, 김산은 강속구가 장점이나 주자가 있을 때와 타율이 좋은 선수를 만나면 제구가 흔들리는 모습이 자주 있는 것을 발견하고 값어치를 낮게 잡은 것이었다.

대학을 졸업하고 난 뒤 드래프트 신청자 중 선택된 선수는 많은 숫자가 아니었다. 강수호와 재두가 축하하여 주었고 고 감독도 전화를 해주었다. 아버지는 이런저런 별말이 없었다. 단, 할머니만 프로로 간 김산을 염려하였고 지나가는 말로 잘하라고 말했다. 김산은 그런 할머니를 보고 조금만 기다리면 돈을 많이 벌어서 호강시켜 준다고 말하자, 할머니는 고맙다고 말하고 빙그레 미소를 지었다. 장 코치가 자리를 만들었다. 김산은 술을 좋아하지는 않지만 장 코치가 떠나는 김산을 위해 마련한 자리라 술집에 갔다.

술집에 들어서자 장 코치가 손을 흔들었다. 혼자였다. 장 코치가 애정이 어린 눈짓으로 손을 꼭 잡았다. 가슴이 갑자기 뭉클해졌다. 그동안 자기를 위해 정말 노심초사하였던 코치였다. 장 코치가 입을 열었다.

"그래, 산아…. 이제 잘 못 보겠다. 보고 싶을 때 어쩌나!"

"아휴 코치님, 크지도 않은 나라에서 부르면 당장 달려오죠."

"근데 산아. 왜 그런 결정을 했니? 난 감독님께 그 말을 듣고 너를 만나고 싶었는데, 그러면 또 네가 흔들릴까 봐 말은 안 했다만 … 서운하더라. 넌 타고난 체력에 속구를 던지는 하늘이 주신 재능을 가지고 있어. 내가 너를 보면 질투가 날 정도였는데. 그래서 내가 널 한번 제대로 만들고 싶었는데."

"죄송합니다. 코치님이 절 그렇게 생각해 주셨는데… 사실 제일 먼저 상담을 해야 했는데 진짜로 죄송해요."

"뭐, 이제 다 지나간 것 관두고… 너 프로에 가면 정말 피나게 열심히 안 하면 설 자리가 없어. 넌 구력은 좋은데 제구와 멘탈이 문제야. 사실 나도 널 제대로 만들어 보려고 그렇게 용을 썼는데 잘 안 되더라. 산아, 다 마음먹기에 달렸어. 나도 한때는 잘나기도 하고 그러다가 된통 당하기도 하고… 그래, 프로라는 곳이 쉬운 곳이 아냐. 넌 성실하니 열심히 노력하면 대성할 소질은 있어. 그러니 자만하지 말고 언제나 초심을 잊지 말고 꾸준히 해야 해. 그리고 여론도 잘 살펴야 해. 사건 사고 만들지 말고, 이건 내가 선배로서 너에게 당부하고 싶은 마지막 말이다. 명심해라."

"네, 잘 알겠습니다. 제가 잘되면 다 코치님 덕분입니다."

"하하하… 그래, 듣기 좋은 말이다. 네가 잘되어야 그래야 내가 술 한잔이라도 떳떳하게 얻어먹지. 안 그래."

"네. 실망시켜 드리지 않도록 하겠습니다."

드래프트는 각 구단의 사정에 의해서 신인을 지명한다. 투수가 당장 필요한 팀, 내야수를 보강하려는 팀, 포수를 우선 지명하는 팀, 미래에 대한 잠재력을 보고 장기적으로 투자하는 팀 등, 그래서 드래프트가 끝나면 그에 대한 평가가 이루어지고 신문은 대서특필한다. 대체로 무난한 드래프트가 이루어졌다고 논평했다. 이리저리 시간은 쏜살같이 흘러갔다. 프로 입단식이 있었다. 다들 부푼 꿈을 안고 첫발을 내디디는 순간이었다. 구단주의 축사와 단장의 격려사에 이어 파티를 열어 주었다. 구단주가 11명의 신인들의 손을 한 명씩 꽉 붙잡아 주고 어깨를 토닥거렸다. 그리고 한마디 했다.

"이제 오늘 입단한 여러분은 우리 구단의 생명줄입니다. 열심히 해서 한번 우리 구단이 우승해 봅시다. 건배!"

다들 따라서 이구동성으로 소리쳤다.

"우승을 향하여 건배!"

파티장은 우승에 대한 희망으로 욱신거렸다. 그러나 1군에서 시작하는 신인 선수는 몇 안 되었다. 퓨처스에서 오랜 기간 담금질을 해야 1군 무대를 선다. 얼마나 많은 선수가 살아남을지는 아무도 모른다.

3

신인왕

"어야, 김 코치! 산이 대기시켜."

조 감독이 투수 코치를 보고 말했다. 그러자 김 코치가 볼멘소리를 했다.

"감독님! 산이는 안 돼요."

"또, 왜 그래? 시키는 대로 해."

"현민이로 가요, 산이는 불안해서."

"아니, 뭐가 불안해? 현민이는 어제도 던졌잖아. 산이로 가."

"형님, 지금 이 순간에 산이를 내요? 산이 간이 콩알만 해서 보나 마나요. 형님."

"그래도 평소 산이가 수호는 잘 잡았잖아."

조 감독과 김 코치는 형제 같은 사이였다. 고등학교 선후배로 20여 년을 같이 야구를 한 사이였다. 플레이오프에서 어렵게 이기고 한국시리즈에 왔다. 구단에서 3년을 밀어준 결과 올해 정말 좋은 성적을 거둔 순간이었다. 한국시리즈 7차전까지 오자 조 감독은 오금이 저렸다. 한국시리즈 1, 2차 전을 우승하자 전부 SG 구단이 우승하리라 예측했다. 그러나 3, 4차 전을 내리 내주고 5차전과 6차전을 나누어 가졌다.

그리고 7차전, 잠실구장은 인산인해였다. 하늘은 맑고 깊었고 청명했다. 4회 터진 일수의 홈런으로 앞서가다 7회 유격수 실책으로 주자를 내주더니 끝내 역전을 당했다. 8회 구사일생으로 베테랑 오태진의 2점 홈런으로 다시 역전했다. 그러나 다시 5번 타자와 6번 타자를 돌려세웠지만, 투수가 방심한 사이 하위 타자인 7, 8번 타자에게 연속 안타를 맞았다. 2대3 스코어 9회 투 아웃에 주자 1, 2루였다. 9번 타자는 이제 신인인 강수호였다. 상대 팀 포수였고 김산의 1년 선배였다.

김 코치는 야구는 감으로 하는 것이라 했고, 조 감독은 철저한 데이터 야구 신봉자였다. 올해 리그 중 강수호는 사실 김산에게 맥을 못 췄다. 그러나 김 코치는 김산이 미덥지 않았다. 올해 처음으로 1군에 섰고 성적도 그리 신통치 않았다. 처음 선발로 기용하여 3승 2패가 되자 바로 불펜으로 돌려서 19홀드를 기록하고 있지만 늘 김 코치의 가슴을 졸이는 투구를 했다. 속구는 뿌리는데 제구가 안 되었다. 더구나 주자가 나가면 그야말로 엉망이었다. 그러나 조 감독은 생각이 달랐다. SG 구단이 16년째 신인왕을 배출을 못 하고 있고, 김산이 신인왕 후보로서 가장 강력한 성적을 내고 있어 이 고비만 넘기면 자기가 감독 시 신인왕을 만들 수 있어 욕심을 냈다.

김 코치는 감독의 고집을 안다. 할 수 없이 김산을 콜 했다. 김산은 전혀 생각도 못 하다가 시합에 나가게 되자 어리둥절했다. 몸도 풀리지 않은 상태였다. 최 캐스터가 생각지도 않은 김산이 구원투수로 나서자 자기도 모르게 억양이 높아졌다.

"아니⋯ 김산이 나오네요. 이거 정말 상상도 못 한 그림인데요? 이 위원님, 어떻게 생각하세요?"

"글쎄요. 나도 당혹스럽네요. 하긴 마무리 현민이가 어제도 던져서 무리이긴 해도 이 순간을 김산이에게 맡긴다는 것은 모험이 아닐까 생각되네요."

"그러니까요. 산이와 수호가 고교 동문에다 서로 투수와 포수로 다년간 함께해서 서로를 잘 알 것 아니에요?"

"아마, 조 감독은 그래서 김산 군을 내세우는 것 같아요. 데이터상 강수호가 김산에게 약했거든요. 그러나 사실 강수호가 김산의 공을 제일 잘 알텐데. 모르겠네요."

"만약에 이 승부가 어떻게 날 줄은 모르지만 둘 중의 한 명은 영웅이 되겠네요."

이 위원이 말했다.

"그러게요. 재미있네요. 두 동문이 서로 적으로 만나서 이렇게 큰 시합을 하게 된다는 것이, 그것도 운명이죠. 강수호가 김산 1년 선배죠. 사실 고교 때 둘이 봉황기, 황금사자기 우승 주역이죠. 그런데 나는 조금은 산이가 불안해요. 좌완투수에 속구는 나무랄 데 없는데, 제구가 말을 안 들으면 어려워지더군요."

김산은 불안했다. 이 시합은 평소에 하는 시합과는 다른 세기의 대결이었다. 일 년 농사의 결정체였다. 선수는 감독의 명령에 일말의 변명을 할수 없다. 김산은 이를 꽉 깨물었다. 어차피 해야 할 일이고 나에게 맡겨진 운명에 거역해서는 안 될 일이었다. 수호 형만 잡으면 우승이고 잘하면 신인왕 자리도 담보가 되는 일전이었다. 더구나 프로에 와서 수호 형을 대체로 잘 잡았다. 자신은 있으나 관중석에서 들려오는 엄청난 함성은 김산을 내리눌렀다.

강수호도 김산이 나오자 약간은 당혹스러운 표정이었다. 사실 김산의 공을 잘 알지만, 올해 유독 김산의 포심 패스트볼에 헛스윙했다. 그러나 이제는 이 순간을 벗어날 수가 없어 다시 한번 김산의 공에 대해 복기했다. 그리고 김산의 변화구에 손대지 않고 패스트볼에 승부를 걸어야 승산이 있다고 되새겼다.

김산은 송진 분을 바르고 연습구를 던졌다. 자꾸 공이 손에서 미끄러졌다. 마음 다짐을 다시 했다. 어차피 수호 형을 잡으려면 몸에서 멀어지는 포심 패스트볼로 승부를 걸어야 했다. 김산은 자기의 제구가 아직은 마음대로 되지 않아 선택한 볼이었다. 포심 패스트볼은 제구는 쉬우나 상대적으로 타자도 공략하기 쉬운 볼이다. 수호도 대략 그런 눈치는 챘으나 번번이 당했던 그 볼은 피하려고 마음을 먹었다. 수호는 김산의 구종을 거의 안다고 자부는 하나, 지금의 이 순간은 아무 생각이 안 날 정도로 머리가 하얘졌다. 역사적 순간이 왔다. 김산은 머리끝까지 손을 높여 힘껏 공을 던졌다. 바깥쪽 높은 쪽 스트라이크였다. 수호는 움찔했다. 수호는 그대로 손도 못 내밀었다. 관중은 환호성을 울리고 조 감독은 흐뭇한 미소를 띠었다. 김 코치의 손은 땀으로 뒤범벅이 되었다. 최 캐스터가 큰 소리로 말했다.

"와⋯ 대단한 속구네요. 153km가 나오네요. 대단합니다."
"그러게요, 대단합니다. 그래서 서로 김산을 잡으려 했죠. 어디 한 번 더 봅시다."

김산은 호흡을 길게 했다. 스트라이크가 마음먹은 대로 들어가니 조금 자신이 생겼다. 다음 공을 고민하는데 포수가 낮은 포심 패스트볼을 요구했다. 이 선배 포수는 백전노장 레전드였다. 그러나 김산은 고개를 가로저었다. 강수호는 자기를 잘 안다. 한 번 넣어서 들어간 공을 다시 한번 던진다는 것을. 그래서 선배 포수의 요구를 거절했는데, 다시 한번 요구를 했다. 할 수 없이 다시 패스트볼을 몸에서 멀리 낮게 뿌렸다. 수호는 다시 움찔거리고 손도 대지 못했다. 관중석에서는 이제 하나만 남은 공에 열광했다. 조 감독의 등에서 땀이 주르륵 흘렀다. 최 캐스터가 다시 한번 크게 소리쳤다.

"와, 대단합니다. 무슨 배짱이죠. 어떻게 계속 포심으로 공략하죠?"
"글쎄요. 나도 깜짝 놀랐네요. 아마 포수가 그렇게 유도한 모양입니다.

그런데도 저런 속구가 나오다니 대단하네요. 신인왕 후보답습니다."

강수호의 야구방망이를 잡은 손이 땀으로 축축하게 젖었다. 이제 하나의 볼 카운트면 경기는 끝이 나고 자기는 역적이 되는 것이었다. 긴장이 되었다. 김산의 성격을 잘 알기에 또 한 번 패스트볼이 오리라 생각하고 대비했다. 그러나 스트라이크 존에서 멀리 떨어지는 낙차가 제법 큰 변화구였다. 강수호는 움직이지 않았다. 김산도 조금 긴장이 되는 모양이었다.

"아… 너무 눈에 보이는 볼을 던지네요. 스트라이크에 가까운 슬라이더면 좋은 효과를 냈을 텐데… 아직은 김산 선수가 투 피치에서 벗어나지 못하고 있어요. 다듬을 부분이 아직은 많은 것 같아요. 앞으로 점점 나아지겠지만 부단한 노력이 필요할 것 같습니다."

투수 출신 정 해설위원이 말했다.

"그렇죠. 아직은 더 경험도 필요하고, 변화구에 대한 연습을 더 해야 할 것 같아요."

"강수호도 힘은 있어도 아직은 세밀함이 부족한 것 같아요. 대부분 몸쪽 공은 잘 공략해도 바깥쪽은 헛스윙하기가 일쑤예요. 좋은 재목은 맞는데 노력이 더 필요할 것 같아요."

이 해설위원이 거들었다. 네 번째 공을 던지는 김산의 심중은 복잡했다. 그는 자기가 자부하는 패스트볼을 던지려 했지만, 포수는 다시 변화구를 원했다. 그러나 김산은 자신이 없었다. 그러나 선배 포수가 요구하는 공을 안 던질 수가 없었다. 응원하는 관중들의 함성과 조명탑에서 쏟아지는 불빛에 잠시 흔들렸다. 1루로 견제를 했다. 그리고 다시 긴 숨을 내쉬었다. 그리고 다시 변화구를 뿌렸다.

그러나 역시 스트라이크와는 너무 먼 거리로 공이 들어갔다. 김 코치가 마운드로 올라왔다. 포수도 함께 부르고 나서 말했다.

"왜 그래, 패스트볼로 승부 내. 공 하나면 되는데 왜 그리 겁을 먹어! 가운데로 질러. 알았어!"

포수가 김산의 등을 토닥거렸다. 강수호도 감독을 돌아봤다. 감독이 두 번째 손가락을 수신호로 보냈다. 승부수다, 준비하라는 신호였다. 잠실야구장이 갑자기 침묵에 싸인 것처럼 김산에게는 멍한 기분이 들었다. 이 한 개의 공이 한국시리즈의 승자를 결정짓는다는 것에 극도로 긴장이 되었다. 숨을 길게 내쉬고 로진백을 문질렀다. 입술을 깨물었다. 그리고 온 힘을 다해서 속구를 던졌다.

강수호는 내심 미소를 지었다. 그러나 워낙 빠른 공이었다. 삼루 외야로 가는 파울 볼이 되었다. 김산은 다시 더그아웃을 바라보았다. 조 감독이 고개를 끄덕거렸다. 김 코치는 엄지손가락을 들어 밀어붙이라는 신호를 보냈다.

포수가 낮고 빠른 직구를 다시 요구했다. 어차피 이제 김산의 몫은 아니었다. 김산은 심호흡을 길게 하고 공을 던졌다. 낮게 들어가는 강속구였다. 강백호도 기다렸다는 듯 배트를 휘둘렀다. 약간 빗맞은 볼이 1루 쪽으로 굴렀다. 관중과 더그아웃 모두가 이제 끝났다고 환호했다. 그러나 1루수가 잡으려는 찰나, 공은 1루 베이스를 맞고 튕기면서 1루수 키를 뛰어넘어 1루 관중석 구석진 쪽으로 굴러갔다. 빗맞은 안타가 3루타가 되면서 역전이 되었다. 그대로 경기는 끝났다.

김산은 그 자리에 주저앉았다. 조 감독의 두 마리 토끼를 잡는 계획이 무너졌다. LC 구단의 더그아웃과 1루 쪽의 응원단은 커다란 함성을 질렀다. 그리고 선수들이 일제히 운동장으로 뛰어나왔다. 물을 가지고 온 선수들이 강수호에게 뿌리고 부둥켜안았다. 한국시리즈는 이렇게 끝났다. 한국시리즈 MVP는 2승을 견인한 김필호 투수가 받았다. 잠실구장은 그야말로 축제 분위기였다.

다음날 스포츠신문 1면에 "행운의 사나이 한국시리즈를 평정하다", "동문의 운명을 건 대결, 강수호의 승리!". "잡초 같은 인생 강수호의 대역전극" 등등 강수호에 관한 기사가 여러 제목으로 대문짝만하게 실렸다. 그리고 일간스포츠에는 강수호의 인터뷰가 실렸다.

올해 자기는 정말 행운이 따라준 해였다고 고백하면서 김산에 대해 미안한 감정도 털어놓았다. 인터뷰에 따르면 그의 행운은 기적 같은 것이었다.

사실 한국야구판에 포수로서 1군에 서려면 실력도 실력이지만 행운이 아니면 어려운 게 현실이다. 각 구단마다 이미 인정받은 주전 포수가 있고 대기 포수가 경기에 서기에는 감독의 끝없는 인내가 없으면 포수 헬멧을 쓰기가 하늘의 별 따기다. 그런데 강수호가 이 일을 이루어 낸 것이었다.

강수호는 고교 졸업과 동시에 지명 순위 5번째로 LC 구단에 들어갔으나, 3년 4개월을 퓨처스에서 지냈다. 사실 계약금은 꽤 받았으나 연봉은 미미했다. 퓨처스 1년 차는 고교 때와 다른 프로의 세계를 혹독하게 맛봤으나 2년 차는 그런대로 준수한 성적을 올렸다. 포수로서 기술도 전문 코치의 지도로 향상되었고 타율은 2할 4푼으로 썩 좋지는 않았지만, 홈런을 16개나 넘긴 괴력을 보였다.

2군 감독은 늘 강수호를 칭찬하고 곧 1군으로 보낼 것처럼 독려했으나 3년 차에도 1군으로 올라가지 못했다. 이미 1군에는 레전드급 주전 포수가 있었고 백업 포수도 꽤 실력을 인정받은 선수였다.

그런데 올해 KBO리그가 두 달째 진행되었을 때 주전 포수가 도루를 감행하다가 유격수의 스파이크에 아킬레스건이 끊어지는 부상을 당하고 병원에 실려 갔다. 주전 포수가 시즌 아웃되어 갑자기 강수호가 1군으로 콜을 받게 된 것이었다. 그러나 기존 다른 포수가 있기에 게임에 서기에는 어려웠다.

그런 시기를 보내고 있을 때 아주 중요한 게임에 대타로 나가서 생각지도 않은 역전 홈런을 치면서 포수 미트를 잡기 시작했다. 선배 포수는 수비는 그런대로 하지만 타격의 부침이 너무 심했다. 강수호는 원래 고교 때부터 포수로서의 실력은 인정을 받고 있었고 주루 견제는 일품인 어깨를 가지고 있었다. 감독은 마치 백조가 된 강수호를 애지중지하더니 그때부터 대부분의 시합에 나가게 된 것이었다. 물론 실력이 없으면 시합에 나가지 못하지만, 그는 전력으로 노력했다.

타격은 조금 시원찮았지만, 결정적인 순간에 터지는 홈런은 역전타가 되어 시합을 뒤집곤 했다. 몸쪽에 붙은 공은 힘으로 밀어붙여 담장을 넘겼다. 주전 포수가 장기간 부상에서 회복되지 않을 때 그는 어느새 주전 자리를 꿰차게 되었다. 타율은 2할대 초반을 치고 있었지만, 감독은 일발 장타가 있는 강수호를 선호했다. 또한, 야구 센스가 있고 선배에게 깍듯이 하는 강수호가 동료 선후배에게 호감을 주었다.

그는 홈런을 치고 들어올 때도 환호는 하되 겸손을 보였다. 또한, 파이팅을 외치는 그의 목청은 외야까지 들릴 정도로 컸다. 몇 달 안 된 기간에 귀염을 받는 선수로 녹아들었다. 그야말로 강수호에게 행운이 찾아온 것이었다.

웨스틴 조선 서울 호텔에서 KBO 시상식이 열렸다. MVP는 14승 6패를 한 투수 김필호를 제치고 정규시즌 타율 3할 4푼 7리에 홈런 27개를 친 탁월한 성적의 조용호가 받았다. 신인상은 김산을 제치고 타율 2할 5푼 3리 홈런 11개의 강수호가 받았다. 갑자기 나타나 영웅이 되어버린 강수호의 신인상은 당연한 듯 보였다.

역대 신인상은 투수와 야수가 번갈아 받았다. 포수로서는 받기 어려운 상이었다. 포수로서는 양의지 선수가 2010년에 처음으로 받았고 10년이 훨씬 지나서 강수호가 받게 되었다. 극적인 드라마가 써져야 야구에 관한 관심과 팬들이 늘어나는 것이다. 그런 면에서 강수호의 극적인 시즌은 대성공이었다. 시상식장은 축하의 물결로 가득했다. 김산도 강수호가 신인상을 받자 진심으로 축하해 주었다.

강수호는 그런 김산을 보듬어 안으며 미안해했다. 강수호는 인터뷰에서 지금 이 순간, 누가 가장 생각이 나고 고마운 사람이냐는 질문에 아주 강한 어조로 또렷하게 아버지라고 말했다. 그리고 눈물을 훔쳤다. 아버지는 시상식장에 나타나지 못했다.

며칠 후 강수호는 저녁 자리를 마련했다. 통 크게 한우 전문점으로 예약하고 기다렸다. 시간이 되자 김산과 오재두가 나타났다. 강수호는 반갑게 수신호 하면서 호들갑을 떨었다. 어쩌다 한 번씩 만났지만, 오늘 자리는 유별난 느낌이 들었다. 조금 있다가 수아가 방긋 웃으며 들어왔다. 김산이 의외란 듯 표정을 짓자 강수호가 손을 든다. 자기가 불렀다는 것이다. 강수호가 자리에 앉으라고 소리 내 말했다. 수아도 반가운 마음에 한소리 했다.

"어? 야, 산이, 재두! 너희들 나 보고 반가운 표정이 아니네… 이것들이 군기가 빠져 가지고…. 야, 내가 오니 놀라긴 왜 놀라?"

"아니, 반가워… 근데 너 오늘 안 바빠? 늘 바쁜 척하더니… 고기 산다니 오냐?"

오재두가 볼멘소리를 한다.

"야! 내가 언제 그랬어… 맨날 나보고 한잔 사라니 그랬지. 어쨌든 반가워. 오빠, 고마워, 초대해 줘서. 오늘 멋지게 한턱 쏘는 거야? 이번 신인왕도 되었겠다, 상금도 톡톡히 받았겠다…. 알았어!"

"그래, 오늘 진탕 먹어보자. 근데 상금 얼마 안 돼… 꼭 상금으로 먹어야 하니!"

"얼만데?"

"응… 삼백만 원."

"얼레 고것밖에 안 돼?"

"그치… 영광이고 명예지 뭐. 상금은 큰 의미 없어."

"그래도 너무한다. 딱 한 명 뽑으면서 너무 짜다."

"그래, 그러긴 하더라. 이제 그만하고 배나 호강시켜 보자."

"오케이. 술도 시켜."

강수호, 김산, 오재두는 고교 시절 삼총사였다. 수호와 산, 재두는 1년 선후배로 고교 시절 막강 실력으로 각종 시합을 휩쓸었다. 수아는 응원단장으로 매 시합에 참여하여 힘을 실어주었다.

고교를 졸업하고 수호와 재두는 바로 프로로 뛰어들었고 김산은 대학으로 진로를 틀었다가 대학 2년 수료하고 집안 사정으로 프로에 뛰어들었다. 수아는 응원단장 하던 능력과 잘빠진 몸매를 무기로 야구단 치어리더가 되었다. 금강산도 식후경이라 오랜만에 먹는 일품 한우는 입에서 살살 녹았다. 어느 정도 배가 부르자 김산이 말했다.

"수호 형! 내년 시즌에도 1군에서 그대로 뛰어?"

"모르겠어… 영태 형이 몸 상태가 좋아져서 아마도 내가 주전 자리를 넘보기는 어려울 것 같아."

"왜? 오빠가 신인왕도 되었는데 그래?"

"아직은 영태 형 따라가려면 멀었지. 영태 형은 우리나라에서 몇 안 되는 선수야. 나도 욕심은 있지만 현실을 인정해야지."

"그래도 어느 정도 인정은 받았잖아. 번갈아 가면서 뛰면 되지."

"응, 또 성수 형도 있잖니! 그 형이 이번 시즌은 나한테 밀렸지만, 수비 실력은 나보다 낫지."

"오빠! 그럼 어떡해? 1군에 있어야 연봉도 오르고 그래야 우리 고기도 사줄 텐데…."

"뭐, 이번 스토브리그를 보면 알겠지."

김산은 무얼 생각하는 듯하다가 물었다.

"형! 내년 아시안게임에 나갈 수 있을까?"

"모르지. 아마도 군대에 목이 멘 선수를 약간은 우선 선발하니까…. 말하긴 그래도 약간 기대는 해 본다. 산이 넌 어떻게 할래?"

"나는 군에 갈래. 어차피 날 그렇게 기대하는 기술위원회도 아니고 아마 선발되기 어려울 거야. 이러다 시간만 가면 나이 들어 내 기량도 못 피고 애매하게 되고. 재두 넌 어쩔래?"

"글쎄. 나도 고민이야. 올해도 그렇게 좋은 성적도 못 냈고. 나는 왜 그렇게 재수가 없는지 모르겠어? 기껏 잘 던져 놓으면 불펜이 망해 먹고 그런 시합이 대여섯 개야. 그런데 무조건 그런 것은 안 봐주고 승률만 따지니, 내 참 환장하겠어. 아마도 내년에는 중간 역할로 돌리려는 눈치야."

"아니, 그래도 넌 선발에다 제법 했잖아. 올해 7승 8패냐? 그치?"

"이상하게 미신같이 믿는 게 있는 모양이야. 징크스 있잖니! 감독은 내가 던지면 불안한 모양이야. 묘하게 잘 못 치던 상대 타자가 나만 보면 잘 치고… 어휴 환장한다, 환장해. 나는 조금 기다리다가 상황 봐서 결정하려고 해. 근데 산아, 넌 알아주는 속구를 가지고 있어 국제 대회에서 통할 건데!"

"내가 너무 볼을 많이 양산하잖니. 사사구를 많이 던지다 보니 요새 점점 자신이 없어져. 그리고 패스트볼 정도로는 아무리 강속구여도 프로에서 안 통하더라. 상무 가서 새롭게 시작해 보려고 해."

강수호가 듣기만 하다가 말했다.

"참, 우리가 전국을 호령할 때만 해도 이런 고민을 할 줄 알았냐? 무조건 프로에 가도 우리 세상이 될 줄 알았지. 근데 프로가 호락호락하지 않네. 나도 삼 년을 퓨처스에서 이를 갈고 했지만 쉽게 기회가 오지 않더라."

김산의 강속구, 오재두의 변화구, 강수호의 홈런은 전국고교를 호령했었지만, 오늘의 그들 앞날은 불안했다. 밤은 깊어가고 더불어 고민도 깊어갔다. 그런 셋을 보면서 수아는 마음이 슬퍼졌다. 그들은 어두운 마음들을 안고 헤어졌다.

4

스토브리그

준우승을 했지만 5년 내 가장 좋은 결과를 냈다고 구단주가 회식 자리를 만들었다. 감독과 코치진, 그리고 프런트 관리직 등 16명 가까이 오성급 호텔에서 식사하고 지하에 있는 룸으로 옮겼다. 시즌 내내 긴장으로 몸을 혹사하다가 이제 시즌이 끝나고 조금 숨 돌릴 시간이었다.

룸서비스 에이스들은 정말 우리나라 미인은 전부 여기에 모아 놓은 것처럼 예뻤다. 혼자 사는 3루 주루 코치인 이원호는 오랜만에 먹는 양주에 녹아나고 도우미들을 귀찮게 했다. 여자애들은 원호를 피해 도망 다니느라고 분주했다. 최 부회장은 그런 모습을 보면서 껄껄 웃었다. 그리고 오늘은 눈치 보지 말고 실컷 하고 싶은 대로 마음대로 하라고 말했다. 그리고 도우미들에게 도망가면 오늘 아무것도 없다고 협박했다.

회사에서 하는 회식인지라 집에도 당당하고 모든 비용은 회사에서 치르니 다들 무릉도원에 온 듯 난장판이 되어가고 있었다. 한두 시간이 흐르도록 모두가 주지육림에 빠져들었다. 그러나 조 감독은 같이 덩달아 그럴 수는 없었다. 최 부회장이 야구에 지대한 관심이 있지만, 준우승에 만족하지 못하는 사람이었다. 조 감독은 최 부회장의 눈치를 살폈다. 팀의 단장이 있지만 모든 실권은 어차피 구단주에 있는 것이었다. 하루살이 같은 목숨이었다.

물론 조 감독은 믿는 구석이 있었다. 구단주인 최 부회장은 자기를 엄청 좋아했었다. 최 부회장도 중학교 2학년 때까지 취미로 야구를 했었고 포수를 했던 관계로 조 감독의 열광적 팬이었다.

조 감독은 한국야구사에 남는 불멸의 기록을 가진 포수 출신의 감독이었다. 그래서 3년을 내리 기다려 주었고, 준우승이지만 SG 구단으로서는 근래 드문 호성적이었다. 그러나 최 부회장은 마지막 공 하나의 결과로 준우승을 하니 화가 났었다. 그러나 불편한 심기를 드러낼 수는 없었다. 어느 정도 분위기가 가라앉자 최 부회장이 여자들을 내보내라 했다.

"이제 조금 마음들이 풀렸습니까? 이제 적당히 술도 들어갔으니 눈치 보지 말고 속마음을 말씀해 주시면 좋겠습니다. 왜? 우리가 준우승했나요?"

갑자기 구단주의 입에서 가슴을 후벼 파는 질문이 나오자 모두가 술이 깬 듯 얼음장처럼 굳어진 표정으로 서로를 힐끗 쳐다봤다. 다시 최 부회장이 말했다.

"어떤 구단주는 일체 팀 운영에 관여 안 하는 구단주도 있고, 나처럼 관심이 많은 구단주도 있습니다. 나도 구단 운영에 대하여 왈가왈부하고 싶지는 않습니다. 그러나 앞으로 잘해 보자는 의미로 반성하는 심정으로 여러분 의견을 듣고 싶습니다. 나는 야구를 너무 사랑합니다. 운동하는 여러분들도 지기 싫을 것 아닙니까?"

그때 얼굴이 발그스레 술기가 오른 서 전력분석관이 벌떡 일어나더니 말했다.

"제가 외람되지만 말씀드리겠습니다. 제 생각으론 1, 2위 순위 다툼이 치열할 때 버릴 게임과 지켜야 할 게임을 구분하지 못하고 게임이 운영된 부분이 치명타였다고 생각합니다. 8게임 정도 남았을 때 너무 투수들이 혹사당하여 과부하가 일어났고, 결국 서너 게임을 넘겨줘서 2위로 올라갔고 그게 선수단 전체를 어렵게 한 부분이며 결국 한국시리즈까지 영향이 있었던 것입니다. 물론 코치진은 최대한 노력했지요. 조금은 운도 안 따라 주었다고 봅니다."

조 감독은 불쾌한 표정이 되었다. 제 놈이 무엇을 안다고 저딴 소리를 하지, 하고 전력분석관을 째려봤다. 그때 최 부회장이 조 감독을 쳐다봤다. 당신의 생각을 듣고 싶다는 표정이었다. 구단의 중추적인 사람들이 모인 자리였다. 시즌이 끝나면 승패의 원인을 분석하고 다시 전력 구축에 힘쓰는 것은 당연하나, 패인을 누구 한 명의 잘못으로 논하기는 그렇다. 물론 모든 책임은 팀에 대한 전권을 가진 감독이 가져야 하나 이 정도 성적을 거둔 자기에게 책임을 모는 것은 아니었다. 칭찬은 못 할망정 게임 운영에 대한 혹평은 자기를 비난하는 것이었다.

당시 욕심을 낼 수밖에 없는 게임 차였고 자기는 최선의 노력을 했지만 결국 승부는 자기 생각대로 되는 것이 아니었다. 뜻대로 안 되는 게 운동경기이다. 속에서 열불이 났다. 제 놈이 전력 분석을 제대로 했다면 더 좋은 승부가 날 걸 자기반성은 안 하고 자기 탓을 하니 괘씸한 생각에 입을 열었다.

"우리 훌륭한 분석관이 아주 분석을 잘해 주네요. 맞아요. 그런데 어디 버릴 게임이 있고 이길 게임이 있다는 말은 처음 들어보네요. 어디 게임이 그렇습니까? 어떤 게임이든지 최선을 다하고 집중해야지 버릴 게임이라뇨. 물론 상대방 투수가 특급 에이스면 달리 생각할 부분이 있지만, 그렇다고 미리 겁먹고 포기해야 하나요? 당시 저는 최선을 다했고 졌지요. 처음부터 포기한다! 그건 관중이나 팬을 위한 스포츠맨이 할 도리가 아니라고 생각합니다. 그리고 눈에 보이는 경기는 관중도 그냥 싫증을 냅니다. 우리 구단은 수십 년을 팬에 대한 정성으로 다져온 구단입니다."

최 부회장이 말했다.

"아하… 뭐 이런 분위기 만들자고 한 뜻은 아닌데 오늘 그만합시다. 내가 실수했네요. 자, 그럼 이만 파장하고 모레 간부회의 한번 합시다. 다들 조심해서 들어가시고 삼 차는 하지 마세요. 몸 걱정하셔야 합니다."

술자리가 끝나고 다들 각자 귀가했으나 조 감독은 화가 풀리지 않았다. 그런 조 감독을 보고 김 코치가 조 감독에게 술 한 잔만 더 하고 가자고 잡아당겼다.

근처 포장마차로 들어갔다. 차가운 날씨에 힘겨운 남자들이 북적거렸다. 오뎅 국물에 소주를 시켰다. 국물이 들어가니 속이 후련했다. 김 코치가 술 한 잔을 따랐다. 조 감독은 원샷으로 들이켰다. 목구멍이 싸했다.

"야! 한수야. 이거 뭐 이렇게 좋은 성적이 나와도 갈구냐? 나 참. 그리고 경석이 그놈 말하는 것 봐라. 나 참, 내가 게임 운영을 잘못해서 그런 결과가 나왔대. 고 녀석 말하는 본새 하곤… 정말 별 거지 같은 새끼가 제 할 말 다하고, 그런 자리가 어떤 자린데."

"형님! 그냥 한 귀로 듣고 흘려보내요. 뭐 쥐새끼 같은 그런 자식이 하는 말에 그래요. 내가 다음에 혼내 줄게요. 그런데 우리 최 부회장 정말 그렇게 욕심이 많은 줄 몰랐네… 이 정도면 포상은 못 할망정 불만이라니. 야, 정말 어렵네."

"나도 그렇게까지 생각 안 했는데, 내년 시즌 우승 못 하면 직 내려놓아야겠더라. 그런데 이번 스토브리그는 잘해야겠어. 단장이 고집부리면 자네가 적절히 태클도 걸고 내가 나서기 어려울 때는 자네가 총대도 메고 그래야지, 나하고 단장하고 옥신각신할 사이가 아니잖아…. 단장이 선배만 아니면 내가 좀 억지를 쓰겠지만 그 형과 나는 그런 사이가 아니잖아. 네가 미친 척해 봐."

"알았어요. 자 술이나 한잔하고 오늘은 푹 쉬고 모레 봅시다."

"알았어. 또 뭐 가지고 회의를 하자는 건지 모르지만, 어휴 회의는 정말 싫어."

"보나 마나 FA하고 방출 선수를 가지고 이야기하겠죠."

"그러겠지. 단장도 내 말을 잘 들어주면 될 텐데. 최 부회장 눈치를 너무 보는 것 같아. 조금 소신껏 구단을 운영해야 하는데 아쉬운 점이 있어."

"어쩌겠냐고요… 목구멍이 포도청인데…."

다른 구단과 달리 SG 구단은 최 부회장이 적극적으로 밀어서 선수 출신인 정 단장이 되었다. 정 단장은 선수 시절 투수로서 경이로운 성적을 내고 은퇴한 후, SG 구단에서 코치진을 10년 이상 하였고 수년을 해설위원을 거쳐 전격적으로 구단 단장이 된 것이었다. 합리적이고 후배 선수들이 따르는 인품을 지녔다.

보통 다른 구단은 회사 경영에 참여한 약간의 야구 지식을 아는 임원을 임명하여 구단의 운영 전반을 맡기는 것이 통례였으나, 구단주인 최 부회장이 강행한 것이었다. 야구 구단을 운영하려면 모든 경비를 주력 회사에서 감내하기는 어렵다. 그래서 단장은 구단의 성적도 책임이 있지만, 더 중요한 것은 구단 운영비를 최대로 짜내야 한다. 비즈니스에도 탁월한 실적을 내야 하고 선수들의 연봉협상에도 능숙한 협상을 해야 한다. 선수 출신 단장은 그런 면에서 약간의 노하우가 떨어지지만, 선수 관리에 대한 능력은 인정받는다.

장단점이 있지만, 최 부회장은 단장은 선출을 택하고 구단 운영에 대해서는 회사에서 실력이 있는 마케팅팀장을 따로 배치하였다. 사실 코로나 사태와 주변 국가 간의 여러 경제적 분쟁으로 회사의 실적도 많이 떨어진 상태였다. 야구단에 회사의 돈이 무조건 들어가는 것도 무한정 할 수 없는 상황이었다.

작년에도 FA(자유계약선수)로 14승 투수와 27개 홈런 타자를 영입하느라 무리한 돈을 썼다. 물론 그런 결과로 준우승은 했지만, 최 부회장은 속이 상했던 것이었다. 구단 운영에 너무 관여한다는 평이 있지만 그런 말에 휘둘릴 사람이 아니었다. 그는 야구에 마치 전부를 건 사람처럼 보였다. 아마도 재벌가가 아니었으면, 아버지가 공부에 전념하라고 강요를 안 했으면 그는 야구선수가 되고 싶었다. 그러나 어느 재벌이 아들을 운동선수를 시키겠는가.

　구단 운영팀이 회의실을 정리하고 손님맞이를 했다. 코치진 9명과 단장 그리고 프런트 직원 5명과 구단주가 자리에 앉았다. 서로 악수를 하고 인사를 건넸다.
　구단주인 최 부회장이 인사말을 겸하여 회의 안건을 던졌다.

　"다들 바쁘실 텐데 회의를 해서 미안합니다. 제가 급히 이렇게 회의를 주재한 것은, 이번 스토브리그에서 타 구단보다 먼저 선점을 하고 내년 시즌을 대비하기 위함입니다. 저도 선수 관리 및 운영은 단장과 감독에게 다 맡기고 싶지만, 그렇다고 방관만 하기도 그래서 참석하게 되었으니 저는 신경 쓰지 말고 진솔하게 한번 얘기들 해 보세요."
　정 단장이 이어서 말을 했다.
　"작년에 최 부회장께서 적극적으로 지원해 주셔서, 아쉬웠지만 그런대로 좋은 결과를 얻었습니다. 참으로 안타까운 한국시리즈였지만 우리에게 내년이 기다리고 있습니다. 그래서 올해 이번 스토브 기간은 면밀한 검토와 미래를 바라보는 혁신을 해야 합니다. 우리 프런트가 사업계획서와 선수 관리 검토서를 만들었으니 보시고 좋은 말씀 해 주시기 바랍니다. 여기, 운영팀장 서류 배포하세요."

　20여 쪽이 되는 서류였다. 다들 심각하게 들여다보았다. 조 감독은 선수 관리 검토서를 집중적으로 보았다. 사업계획서야 프런트가 할 일이고 자기가 굳이 신경을 쓸 필요가 없었다. 한참을 들여다보더니 얼굴이 씰룩거렸다. 준우승에 대한 선수들의 인센티브가 전혀 반영되지 않았다. 회사의 어려움은 알지만, 이것은 아니었다. 선수 코치진 모두가 성적에 대한 기대감으로 약간이라도 연봉을 올려주어야 사기가 사는데 전혀 반영되지 않았고, 더구나 FA의 계획은 조 감독의 심기를 불편하게 하였다. 얼굴이 일그러졌다. 그런 조 감독을 이해한다는 듯 최 부회장이 빙긋 웃고 말했다.

"여러분, 다들 조금 서운하리라 생각됩니다. 그러나 워낙 회사가 어렵고 구단에 부어 넣을 금전의 여력이 없어요. 서로 이해하고 양보를 해 주셔야 합니다. 선수들의 동요도 있을 거로 생각합니다. 코치진이 잘 이해시켜 주시면 감사하겠습니다."

조 감독이 일어났다.

"부회장님! 회사 사정이야 저희가 이해는 하지만 몇 명 빼고 연봉 동결은 선수 사기에 너무 영향을 주게 되어 걱정됩니다. 그런데 그것보다도 주전 포수를 방출한다는 이것은 정말 이해하기 어렵습니다. 단장님 생각인가요, 아니면 부회장님 뜻인가요?"

최 부회장이 정 단장을 돌아봤다. 당신이 설명하라는 의미였다. 정 단장이 그대로 자리에 앉은 채로 말했다.

"아… 그것은 프런트에서 여러 가지 방안을 고려하다가… 회사 사정도 그래서…."

"그래도 주전 포수를 보내는 것은 너무하지 않나요? 민우는 골든글러브까지 받은 선수인데 내년 시즌 어떻게 하려고요? 올해 FA가 되어 혹 못 잡을 것 같아서 그럽니까? 물론 요구한 금액이 많긴 하지만 꼭 잡아야 할 선수인데…. 정말 이러다가는 내년이 너무 걱정됩니다."

최 부회장이 약간은 심각한 투로 말했다.

"운영팀에서 알아보니 요구한 금액이 협상이 안 되게 많은 모양이에요.

물론 여태 고생하고 FA만 기다려 왔으니 당연히 많은 금액을 요구하겠죠. 그런데 나이도 생각해야 하고 가성비도 따져봐야 하지 않겠어요? 나이가 벌써 33살인데. 더구나 몇 년 사이 점점 홈런 수도 떨어지고 노쇠한 면이 드러나고 있고… 또한 다른 구단이 접촉하고 있어 우리하곤 협상 테이블에 안 앉으려 한다고 해요. 마음이 떠났다는 것이죠. 안 그래요?"

"정말로 우리 구단을 떠나려 한다고요? 제가 한번 만나서 속마음을 알아봐야겠어요. 저한테는 일체 그런 액션이 없었는데… 민우는 우리 팀 프랜차이즈입니다. 그냥 보낼 수 없어요. 꼭 잡아주시기 바랍니다. 민우 없이 어떻게 내년 시즌을 보냅니까? 무슨 묘안이라도 있어요?"

정 단장이 화내는 조 감독의 심정은 이해한다면서 말을 이었다.

"조 감독님! 가는 사람 막기는 어려워요. 수차 협상을 했는데 전혀 거리가 좁혀지지 않아요. 더구나 타 구단에서 데려가려고 막후 협상이 이미 끝난 것 같은데 무슨 수로 잡나요? 우린 이미 어렵다는 것을 느낍니다. 우리도 데려와야죠. 강수호를 데리고 올 작정입니다."

"아니, 강수호를 내놓겠어요? 무슨 말도 안 되는 소리를 합니까!"

"거긴 강수호가 설 자리가 없어요. 우리가 낚싯밥만 잘 던지면 그쪽도 손해 볼 것 없어요. 이미 그쪽과 많은 진전이 있어요."

"그쪽 요구사항은 뭐죠?"

"김산과 삼루수 인수를 주라고 합니다."

"뭐요… 김산을요! 미쳤어요, 김산을 주게? 아니 그런 밑지는 장사를 합니까?"

"무조건 안 된다고 하지 말고 여러 면을 생각해 봐요. 나도 투수를 했지만 김산은 미기의 그릇이에요. 김 코치 생각은 어때요?"

김 코치는 조 감독을 힐긋 쳐다봤다. 그리고 헛기침을 내고 말했다.

"나도 충분히 회사 사정은 알지만, 김산을 보낸다는 것은 생각해 봐야 합니다. 물론 제구가 안 좋고 강속구만 뿌리는 산이에 대해 나도 불만은 많지만, 좌완 강속구 투수는 지옥에서라도 가서 데리고 온다는 말이 있잖아요. 앞으로 잘 다듬으면 아마 우리 팀의 대들보가 될 겁니다. 단장님도 잘 아시면서 왜 그러십니까?"

"정말 그럴까요? 내가 보기에는 제구가 문제가 아니라 멘탈에 문제가 있어요. 너무 소극적이고, 뭐랄까 주자가 있으면 제대로 공을 못 뿌려요. 천성은 바꾸기 어렵지요. 당최 자기 공에 자신감이 없어요. 언제까지 기다려야 해요? 기다리기엔 우리가 이번 좋은 기회가 왔을 때 써먹어야 하는 것 아니겠어요. 더구나 산이는 군 문제로 고민하고 있어요, 잘 생각해 봐요."

"나는 절대 반대입니다. 잘 길러서 만들어야지 당장 눈앞에 성적만 보고 미래를 돌보지 않는다는 것은 안 됩니다. 우리 팀의 손해예요. 그리고 강수호도 군 문제가 있잖아요?"

"수호는 아시안게임 선수로 선발될 확률이 높아요."

"그런다고 다 금메달 따나요?"

"가능성은 있지요."

그날은 아무것도 결론을 내지 못하고 다들 다시 잘 생각해서 2주 후에 모이자고 했다. 다시 회동해서 내린 결론은 김산과 강수호의 맞트레이드로 협상하자는 결론을 내렸다.

5

트레이드

단장과 조 감독, 김 코치가 김산과 수호의 트레이드로 LC 구단 사무실로 갔다. LC 구단 단장과 코칭 스태프와 프런트 직원들이 마중을 나왔다. 회의장으로 옮겼다.

약간의 음료수와 차가 준비되었고 여직원이 부단히 마련하였다. 단출하지만 회의장은 깔끔하게 정돈되어 있어 LC 구단의 특징을 잘 보여주는 것 같았다. 시즌 때도 군더더기 없는 게임 운영으로 정평이 나 있는 구단이었다. 프런트와 코치진과의 협력도 아주 잘 되고 있다고 소문이 났다. 모든 시스템의 조화로움이 한국시리즈 우승을 가져온 결과이다.

단장은 선수 출신이 아니고 회사의 임원으로, 야구광이고 해박한 야구 지식을 가진 사람이었다. 온화하게 생겼으나 회사 운영에 대하여는 칼 같은 사람으로 마케팅에서도 성공하여 회사에 흑자를 안긴 단장이었다. 그는 광고 수입과 획기적인 팬 서비스로 회사 수입에 전력을 다하는 경영에 천재적 소질을 가진 단장이었다. 신인 드래프트나 선수 트레이드를 할 때마다 대박을 터트리기도 했다. 트레이드를 할 때 절대로 손해를 보지 않는 사람이었다.

서로 마주 보며 자리에 앉았다. 트레이드는 서로의 속내를 드러내고 협상을 하지 않는다. 그러나 이미 김산과 수호의 트레이드는 어느 정도 그림이 드러난 카드였다. 조 감독은 그래도 3루수라도 주고 싶지 않았다. 조 감독이 입을 열었다. 모두가 다 조 감독을 쳐다봤다.

"예… 사실 뭐 서로 조건만 맞으면 쉽게 되는 것이 트레이드지만 … 이번 건은 그쪽에서 양보를 해야 될 것 같네요. 생각해 보십시오. 누가 봐도 김산과 강수호의 트레이드는 우리가 손해라고 볼 것입니다. 강속구를 던지는 좌완 투수를 이렇게 헐값에 넘긴다는 자체가 말이 안 된다고 봅니다. 나는 이 거래를 반대하지만, 우리 구단에서 결정해서 억지로 온 것입니다. 다시 논하여 보면 좋겠습니다."

그러자 엷은 미소를 지으며 최 단장이 물었다.

"그럼 어떤 복안이 계신지요? 말씀해 보세요."

"솔직히 김산과 수호의 맞트레이드는 우리가 손해 아닙니까! 그런데 3루수까지 요구는 지나친 욕심 아닌가요?"

"아하, 물론 생각하기 나름이지요. 그러나 그쪽에서 수호를 먼저 원했고 우린 그에 따라 우리 쪽 의사를 밝힌 거죠. 우린 솔직히 김산을 대단한 선수로 보진 않습니다. 자꾸 딴지 거시고 고집부리시면 우린 협상 테이블을 치울 생각입니다."

최 단장이 단호하게 말을 했다. 그러자 정 단장이 말을 거들었다.

"뭐, 다들 동상이몽이지만 서로 좋자고 한 트레이드 아닙니까? 조금씩 양보해서 한번 얘기해 봅시다. 어디 우리가 한두 번 해 보는 것도 아니고, 그렇다고 그쪽에서 요구하는 것을 덜컥 다 들어 줄 수도 없지요. 처지를 바꿔서 생각해 보자고요."

"그러니까 요점만 말합시다. 우리가 요구한 것을 할 거냐! 말 거냐! 그것만 결정하면 되죠. 우리 선수들끼리 이것 가지고 튕기지 맙시다. 다 아시면서…."

"그러니까 김산과 강수호만 맞트레이드로 합시다."

51

"정 단장님! 우리도 사실 놀랐어요. 김산을 내놓겠다는 것에 대하여. 그런데 그쪽 주전 포수가 FA 협상에 부정적이고 그쪽 구단은 거액으로 못 잡겠다는 소문이 파다하고, 그럼 결국 다른 포수가 필요하다는 거 아니에요? 물론 그런 사정을 알고 우리가 무리하게 요구하는 것은 아닙니다. 사실 나는 김산이에 대해 큰 기대는 안 해요. 아… 물론 산이의 속구는 정말 탐낼 만하죠. 그런데 정 단장님이 내놓으려 할 때는 다 이유가 있을 것 아닙니까? 나도 아직은 김산에 대해 모르는 것이 많습니다. 그러나 우린 불펜 투수가 필요하고 그쪽은 포수가 필요하고 딱 맞아떨어지는 거래 아닙니까! 그리고 우리도 강수호가 미래로 봐선 필요한 자산입니다. 잘 생각하세요. 삼루수 하나로 이 장사가 손해 본다고 생각하시면 다시 한번 고려해 보세요."

LC 단장의 지적은 맞는 말이었다. 조 감독과 정 단장은 멈칫했다. 그러자 김 코치가 일어났다.

"네, 단장님 말씀 100% 공감합니다. 서로가 누이 좋고 매부 좋으면 좋죠. 그래서 트레이드를 하고요. 그런데 제가 데리고 있어봐서 잘 아는데 김산이 이렇게 헐값으로 넘길 재목이 아니라는 것입니다. 잘만 다듬으면 우리나라를 대표할 좌완 투수가 될 겁니다. 맞트레이드가 절대 그쪽 구단에 손해가 아닐 겁니다. 잘 고려해 주세요."

"알죠. 그래서 우리도 신인왕 출신을 선뜻 내놓잖아요. 우리 솔직히 말합시다. 김산은 군 문제도 있어요. 내년 군대 입대를 생각한다는 정보도 있어요. 2년을 못 써먹게 되는 그런 문제도 있는데 우리가 트레이드를 받아주려고 합니다."

"그거야 수호도 군 문제가 걸려 있죠. 그리고 솔직히 말하자면 빗맞은 안타 하나 아니었으면 김산이 신인왕이 되었을 겁니다."

"하하하. 그러죠. 그게 인생이죠."

"다시 한번 논의해야 할 것입니다."

"잘 알겠습니다. 손해 보는 장사는 하지 마세요. 알겠지만 수호는 아시안게임 국가대표로 선발될 것입니다. 절대 그쪽의 손해가 아닐 겁니다."

한 번의 협상으로 결정되는 게 아니다. 일단 정 단장이 더 숙고해 보겠다고 말하고 일어났다. 다시 한번 만나자는 약속을 하고 헤어졌다. 쉽지는 않지만, 또 그다지 어려운 조건들은 아니었다. 3루수 자원은 사실 넘쳤다. 그냥 줄 수도 있지만, 자존심이 상했다. 그러나 주전 포수가 없는 내년 시즌은 상상도 할 수 없는 일이었다.

정 단장이 조 감독을 달랬다. 사실 인수는 그렇게 3루수로서 뛰어난 선수는 아니었다. 더구나 2군에서 대기하고 있는 유망주가 있는 상태였다. LC 구단에서는 주전으로 활용하려고 데려가려는 것이 아니라 백업으로 사용할 계획이었다. 이미 3루수로 14년 차라 나이가 들었지만, 수비의 달인이 있었다. 그러나 워낙 부상이 잦다 보니 받쳐 주는 백업 선수가 필요한 것이었다.

정 단장이 여러 차례 조 감독을 달랬다. 조 감독도 할 수 없이 수긍하고 다시 협상 테이블에 앉았고 결국 손을 들었다. 양쪽 구단에 서로 도움이 되는 조건이 맞아떨어져 순조롭게 트레이드는 진행되었다.

스포츠 신문 1단을 커다랗게 지면을 도배했다. 김산과 강수호는 대충 감은 잡았지만 둘이 맞트레이드 된다는 사실에 서운하기도 하고 무게가 같다는 것에 웃기도 했다. 김산은 어차피 김 코치 눈에서 기대치를 못 주었고 명문 구단으로 간다는 것에 기쁘기도 했다.

강수호도 이쪽에서 서성거려 봐야 주전 포수로 자리하기에는 하늘의 별따기였는데, SG 구단으로 가면 잘만 하면 주전을 엿볼 수 있어 만족했다. 그러나 자기가 좋아하는 김산과 자꾸 어긋나게 팀이 갈리는 것은 조금 슬펐다. 김산의 묵직한 공을 받아 본 지도 꽤 오래되었다. 김산도 수호 형의 미트에 공을 꽂아 넣을 때가 그리웠다. 김산은 수호 형이 공을 받아 줄 때가 가장 편하고 안정감이 있었다. 그런데 왜 자꾸 두 사람이 묘하게 얽히게 되는지 화가 났다. 피붙이보다도 더 좋아하는 선배이고 형이었다. 그러나 운명은 그들을 자꾸 갈라놓고 있었다.

　김산은 트레이드된 다음 날 LC 구단 사무실로 갔다. 단장이 직접 나와 축하해 주었다. 단장과 감독이 함께 자리했다. 김산은 정중히 인사하고 자기의 심정을 말했다.

　"단장님! 저를 이렇게 뽑아주셔서 정말 고맙습니다. 그런데 죄송하지만 군 문제를 빨리 해결하고 싶어서 상무에 지원하려고 합니다. 어쩌면 좋을까요?"

　"네. 우리도 대충 알고는 있었어요. 그래서 우리도 꽤 고민했어요. 당장 써먹어야 하는데 못 하고 2년이나 기다려야 한다는 것이… 그러나 우린 미래를 보고 김산 선수를 트레이드했어요. 좋아요, 알아서 해요. 우리는 김산 선수가 하는 대로 따라줄 생각이에요. 대신 약속을 해요. 어디에 있든지 우리 팀을 생각하고 더 나은 실력을 쌓기로…. 이건 할 수 있죠?"

　"네, 열심히 노력해 보겠습니다."

　"우린 나름대로 김산 선수에 대해 기대는 해요. 그러나 김산 선수가 잘 알다시피 약점이 좀 있죠. 김산 선수가 자기의 약점을 보완하는 시간으로 우린 투자하려고 하니까 우리 기대를 버리지 말고 정말 최선을 다해서 변화된 모습을 보여줘요."

　"잘 알겠습니다. 이렇게 모든 것을 이해해 주시고 밀어주시니 보답하겠습니다."

　그때 최 감독이 나서서 말을 했다.

　"어이 김산 군, 우리는 자네를 데리고 올 때 반반이야. 그러나 난 자네를 괜찮은 자원이라고 봐. 상무에 가면 내가 감독에게 잘 부탁할 테니 거기서 좀 노력해 봐. 알겠어?"

"네, 명심하겠습니다."

대답은 하지만 김산은 등에서 땀이 주르륵 흘러내린 기분이었다. 다시 단장이 말했다.

"우리도 상무 입단에 신경을 쓸 테니 잘해 봐요. 사실 빠른 시기에 군 문제를 해결해야 편하게 프로 생활하기에 좋죠. 잘 생각했어요."

"네, 정말 감사드립니다."

김산은 팀 선수들에게 돌아다니면서 인사를 했다. 선수들은 "반갑다. 잘해 보자."라며 반갑게 맞이해 주었다. 시합을 하면서 익숙한 선수들이지만 그래도 조금은 어색했다. 김산은 상무에 지원서를 넣고 나름 혼자 연습을 했다. 투수 자원으로 김산은 충분한 선수였기에 최종 선발이 되었다. '이제부터 시작이다'라고 김산은 각오를 했다.

상무 입대를 일주일 앞두고 강수호, 이수아, 재두가 한정식으로 유명한 식당에서 만났다. 김산의 송별식이었다. 서로 보자 반가운 마음에 손을 얼싸 잡았다. 재두가 이죽거리며 말했다.

"어허, 산이가 군대 간다고 하니 수아가 돈을 팍팍 쓰네. 내가 돼지갈비 한번 사라 해도 짠돌이 같이 죽어도 안 사더니… 산이는 좋겠다."

"내가 무슨 짠돌이야. 돈을 너보다 덜 버니 그런 거지. 네가 나한테 사야지, 그게 말이냐 뭐냐!"

수아가 입을 삐쭉 내며 말했다. 수호가 너털웃음을 지으며 말했다.

"수아가 꽤 산이를 좋아하는 일편단심이잖아. 넌 그것도 모르냐?"

"나도 저렇게 쌩콩 맞는 애는 밥맛없어요. 그런데 산이같이 기생오라비

55

같이 생긴 놈이 뭐가 좋다고 저렇게 죽자사자하는지 모르겠어. 산이는 생
각도 안 하던데.”

“야, 내가 뭐 어째! 기생오라비라고. 너는 그럼 손오공이냐!”

“아니, 나는 그렇다 이거지 뭐. 근데 야. 뭐? 내가 원숭이 같다고? 죽을
래?”

“야, 다들 그만둬. 좋은 자리에 와서 그러냐. 자, 수아가 사 주는 따뜻하
고 맛있는 밥 먹고 힘 좀 내 보자.”

“형, 미영이 누나는 잘 있지? 보고 싶다. 나를 그렇게 이뻐해 줬는데.”

“응, 직장 잘 다니고 있어. 누나가 너 성적이 별로라고 걱정하더라.”

“그래 정말…. 역시 누나밖에 없어. 수아는 누나 따라오려면 발 벗고 달
려와도 안 돼.”

“흥, 그렇게 좋으면 너는 미영 언니한테 장가가렴.”

“이게 말을 해도 꼭 꼬리 잡고 그래. 그래, 난 누나만 좋다면 오케이야.”

“야, 인마. 그럼 네가 내 매형 되는 것이잖아? 정신 차려. 누나는 널 동생
으로 생각하는 거지 남자로 생각하겠니! 자자, 이제 그만 잔소리 말고 밥이
나 먹자.”

“형, 내가 매형 되면 형도 좋지 뭘 그래.”

“이놈의 자식이… 그만해. 누나는 시집 안 간대.”

“왜?”

“몰라.”

“연애는 해?”

“안 하는 거 같더라.”

“그래. 형, 재두가 날마다 누나 생각한다고 전해 줘.”

“알았어, 인마. 이제 그만 해.”

“그나저나 수아야, 넌 연봉이 얼마야?”

“나! 응. 얼마 안 돼. 경기당 수당으로 주니까… 경기가 없는 달에는 진짜

별로고… 5년 차 돼야 3천 정도야. 그래도 재미는 있어. 잘나가면 광고도 들어오고. 근데 아직 난 거기까진 안되고."

"넌 인기가 많던데, 대시 들어오는 놈들 없어?"

"있지. 별사람들이 많아. 근데 그건 나를 위하는 팬이라 뭐라 할 수도 없고 그러지. 그런데 요새 홍보실 직원이 날 귀찮게 해서 죽겠어."

"넌 좋겠다. 남자들한테 인기가 많아서… 산아, 넌 어떻게 생각해? 저렇게 남자들 틈에서 희희낙락하는 수아를 보면!"

"뭐, 난 아무 상관이 없어. 지가 좋으면 좋겠지."

"야, 그래도 수아가 딴 남자에게 눈 돌리면 어쩌려고?"

"나는 수아가 친구지 여자로 본적이 없어. 그러니 지가 좋아하는 대로 하면 되지 뭐."

"하여튼 넌 이상한 놈이야. 널 따라다니는 저런 미인을 두고 무심하니… 쯧쯧. 수아는 안됐다. 수아야, 너 차라리 나하고 연애하자."

"미쳤어? 넌 내 이상형이 아냐. 난 산이 아니면 시집 안 가."

"열녀 났네, 열녀 났어."

그때 가만히 듣고만 있던 수호가 입을 열었다.

"자자, 쓸데없는 소리 그만하고, 산이야 너 상무 가면 정말 잘해야 해. 퓨처스도 장난이 아냐. 더구나 군대 문화는 아직도 조금 그런다더라. 몸조심하고."

"응, 염려 마. 나도 이제 바짝 정신 들어서 해야지. 이렇게 찬밥신세 될 줄 꿈에도 몰랐어. 형도 이제 자리 잡은 것 같으니 잘해. 그래서 우리 한번다시 뭉쳐서 옛날 영광을 맛보자고요."

오랜만에 만나니 반갑고 즐거웠다. 식사가 끝나고 근처 커피숍으로 자리를 옮겨 한 시간 정도 수다를 떨었다. 고교 때의 추억에 젖어 별말을 다 쏟아냈다. 그리고 재두와 수호가 산과 수아를 남기고 들어갔다.

산과 수아는 공원 길을 걸었다. 차가운 겨울밤이라 사람은 드문드문했다. 수아가 산이의 팔을 꼈다. 산이는 처음에 밀쳤다가 다시 시도하는 수아에게 맡겼다. 좋은 분내가 났다. 친구라 생각하더라도 피 끓는 젊은이들이었다. 갑자기 심장박동이 크게 들렸다. 산이는 그런 자기가 웃겼다. 정말 단 한 번도 여자로 수아를 바라본 적이 없었기에 수아랑 있다고 긴장한 적이 없었다.

그런데 묘했다. 군대를 앞두고 약간은 걱정도 되고 우울해지기도 하고 두렵기도 했었다. 수아의 팔에 힘이 더 들어갔다. 흠칫, 건강하고 젊은 살내가 났다. 수아는 그저 좋은지 산이에게 기대여 콧노래를 불렀다. 한참을 걸었다가 벤치가 있어 나란히 앉았다. 그리고 하늘을 쳐다보니 겨울 잔별들이 웅크리고 있었다.

세월은 잘도 흘러가건만 산이의 앞날은 여전히 불확실했다. 이렇게 무너지고 싶지 않았다. 벤치에서도 수아는 산이에게 기대어 한 치도 떨어지려고 하지 않았다. 그런 수아를 산이도 가만히 두었다. 오늘은 쓸쓸하고 자기도 누군가의 위로를 받고 싶었다. 점점 수아는 산이에게 밀착하더니 산이를 물끄러미 쳐다보았다. 그러더니 부끄러운 표정으로 말했다.

"산아, 나 오늘 너하고 같이 있고 싶어. 집에 안 들어갈래."

김산은 갑작스러운 수아의 당돌한 말에 어찔했다. 수아를 살짝 밀쳤다. 그리고 아무 말도 대꾸하지 않았다. 깊은 속내는 허둥댔다. 마음이 갈팡질팡했다. '수아는 친구다, 친구.' 속으로 되뇌면서도 치사한 욕망은 올라오고 있었다. 한참 후 긴 숨을 내쉬고 말했다.

"수아야, 늦었다. 인제 그만 집에 가자."

겉과 속이 다른 민망한 떨리는 음성이었다. 수아가 사랑스러운 눈동자로 김산을 쳐다보았다. 그러더니 붉게 물든 입술을 내밀었다. 김산은 당황했다. 수아가 김산의 팔을 끌어당겼다. 가로등은 희미했고 주위에는 사람이 없었다. 김산은 어지러웠다. 눈을 감은 수아의 모습은 정말 아름다웠다. 김산이 수아를 끌어안았다. 입술이 부딪쳤다. 촉촉이 젖은 입술은 향내가 났고 기다란 혀는 깊은 동굴로 빠져들어 갔다. 숨이 막혔다. 그 수많은 세월에서 단 한 번도 생각해 본 적 없는 일이 벌어지고 있었다. 수아를 더욱 끌어당겼다. 속없는 힘이 아랫도리에서는 솟구치고 있었다. 둘은 떨어질 줄 몰랐다. 김산도 수아에 대한 연정이 있었다. 단지 엄마의 흔적 때문에 여자에 대한 기대를 안 했던 것이었다. 한참 후 김산은 수아를 가만히 밀어 냈다. 그리고 수아를 빤히 바라보면서 말했다.

"미안… 그런데 오늘 수아 정말 예쁘다."

수아가 빙긋 웃었다. 그리고 다시 김산에게 기댔다. 수아는 아주 행복한 표정이었다. 그리고 약간 말없이 긴 시간을 물끄러미 서로 바라보았다. 그러다 둘은 실없는 웃음을 지었다. 수아는 김산에 대한 원망이 있었다. 아무리 자기가 대시해도 김산은 자기를 못 본 척했었다. 그런 산이가 한때는 밉기도 했고 포기도 하려고 생각도 했었다.

자기를 좋아하는 남자들이 지천에 깔려 있었고 자기가 손만 내밀면 달려올 남자가 한 트럭은 되었지만, 수아는 오로지 김산뿐이었다. 그런데 오늘 드디어 입맞춤한 것이었다. 처음 하는 키스였다. 키스가 이렇게 달콤한 것인지 몰랐다.

군대에 입대한다고 아버지에게 말해도 별다른 말씀은 없었다. 아버지는 집에서 한 걸음도 나가지 않았다. 아버지 얼굴은 점점 초췌해졌다. 김산도 어쩔 방도가 없었다. 할머니는 군대 간다고 하니 눈물을 펑펑 쏟으셨다. 그리고 군대는 고생한다고 하던데 어쩌면 좋냐고 푸념했다. 할머니를 달랬다.

"할머니! 걱정하지 마세요. 훈련만 받으면 군대에서도 야구만 하니 괜찮아요."

"그래도 군대는 군대인데. 네 아비도 얼마나 군대에서 고생했는지 그쪽은 쳐다보지도 않는다 하더라. 아유 어쩌면 좋니! 우리 손자."

"걱정 마세요. 아버지같이 오래 근무 안 해요. 1년 반이니 금방 갈 거예요."

"그래도 우리 산이 어떻게 해."

자꾸 할머니가 울었다. 김산은 할머니를 부둥켜안고 등을 다독거렸다. 할머니의 등가죽이 얇았다. 자기를 키우고 애쓰느라 너무 늙어 버린 것이었다. 자꾸 눈물이 나려고 했다. 할머니가 주무시려고 방에 들어가자 김산은 자기 비품들을 정리하기 시작했다. 자정이 다 되어서 잠이 들자 오랜만에 꿈에 어머니가 보였다.

훈련소에 입소할 때는 혼자 간다고 했으나 수아가 끝내 동행했다. 훈련소에는 입영을 기다리는 젊은이들과 부모와 애인, 지인들로 가득 찼다. 머리를 깎아버려 털모자를 썼다. 그런 김산의 모습이 소년처럼 보여서 수아가 자꾸 머리를 만졌다. 숙소로 들어가려 하자 수아가 김산을 꼭 끌어안고 울었다. 김산도 나오는 눈물을 주체하기가 어려워 눈을 훔치며 수아에게 가라고 하면서 도망치듯 들어갔다.

6

군대

신병훈련소는 다 평등했다. 1주 차는 입영을 기다렸다가 중대가 편성되고 소대와 분대로 나누어지며 훈련이 시작되었다. 사회에서 익히 들었지만, 훈련은 쉬운 게 아니었다. 조교들이 수시로 내리는 얼차려를 훈련병들은 아무 말도 못 하고 시키는 대로 했다.

그리고 약 3주에 걸쳐 제식훈련, 사격, 각개전투 등 기초군사훈련을 끝냈다. 처음 본 사람들이지만 다 같은 처지라 힘든 것에 대하여 서로 격려하면서 동료애를 발휘했다. 처음 해 보는 것이 힘들기도 하고 재미도 있었다. 김산은 당당한 체격과 체력을 보유하고 있었기에 어렵지 않게 마칠 수 있었다. 특히 사격은 특등 사수로 임명되었다. 5주째는 수료식이 있었다. 또 수아가 찾아왔다. 짧은 시간이지만 수아가 장만해 온 음식을 들고나서 바로 헤어지게 되었다. 수아는 서울로 올라가고 김산은 문경에 있는 상무야구단으로 배치받았다.

다음날 더플백을 메고 들어서는 김산을 선임자들이 박수로 환영해 주었다. 부대장에게 신고를 하고 바로 선임에게 양도되었다. 그 선임은 익히 알던 일 년 선배인 유격수 출신인 서 일병이었다. 습관적으로 악수를 하려고 손을 내밀었더니 갑자기 김산을 툭 치더니 단호한 어조로 말했다.

"동작 그만! 지금부터 본 고참이 구령하는 대로 실시한다, 알았나!"

김산은 당황했다. 그러나 이곳이 군대란 사실을 깨닫고 바로 부동자세를 취했다. 그런 모습이 웃긴다는 듯 서 일병이 커다랗게 웃었다. 그리고 괜찮다고 하면서 김산의 손을 붙잡았다. 그제야 김산은 가슴을 쓸어내렸다. 어느 정도 상무에 대해 듣고 왔었다. 훈련소를 마치고 상무야구단에 배치되면 한 달 동안 나이, 경력에 상관없이 선임이 후임을 교육한다. 그리고 이 기간이 끝나면 다시 편하게 대해 준다. 다 같이 야구에 몸담은 이들은 어쩔 수 없이 선후배로 나뉜다. 다시 사회에 나가면 자주 얼굴을 볼 수밖에 없는 관계들이라 후임이라고 함부로 대하지 않는 전통이 있다.

군대 문제를 빨리 해결하려고 일찍 군에 온 어린 고참도 있고, 성적 때문에 구단에서 붙잡아서 입대가 늦어졌거나, 올림픽이나 아시안게임에서 금메달을 획득해서 군 면제를 받으려고 했다가 뜻대로 안 되어 뒤늦게 입대한 나이 든 선배가 함께 있기에 일반 군대 문화하고는 다른 면이 있다.

그러나 어린 고참이라도 고약한 성질이 있는 놈은 은근히 선배도 모른 척 단체 기합으로 괴롭히기도 했다. 어느 조직이나 상하 관계가 있고 특히 군대란 조직은 계급을 우선하는 곳이라 어쩔 수가 없었다.

상무는 국군체육부대 소속으로 프로, 아마추어를 망라하여 국군체육특기병이란 보직을 주고 총 27명을 뽑아 1월 16일과 5월 8일에 나눠 입대한다. 여러 날이 지나고 살펴보니 선수단 반 정도는 알겠지만, 반수 정도는 생소했다. 코치진은 그래도 한때 프로에서 이름을 날리던 선배들로 포진되어 있었다. 선수단 구성은 프로 1군과 2군에서 그래도 성적이 뛰어난 레귤러 선수로 구성되었기에 퓨처스리그에서 거의 1위를 독점하다시피 한다.

군대이기 때문에 프로 2군처럼 선수 육성에 기반을 두어야 하지만, 군은 패하면 존재 이유가 없기에 최선을 다해서 경기에 임한다. 코칭 스태프의 업무 고과에 성적이 반영되므로 선수를 다그치는 면이 있다. 김산도 군대 생활에 조금씩 적응이 되어갔다. 그리고 퓨처스리그에 본격적으로 참여하기 시작했다. 남부 리그 6개 팀 중 항상 1위를 놓치지 않는 상무였다. 상무가 아무리 강하다 해도 패한 경기도 부지기수였다. 모든 경기가 일방적일 수는 없다. 프로 2군에 있는 육성 선수 중에는 컨디션 난조로 2군에 내려온 강타자와 투수가 즐비했다. 김산은 그해 11승 4패 방어율 2.84로 선전했지만, 박 감독은 만족하지 않았다.

LC 구단의 감독은 자기 직속 선배였고 자기에게 김산을 특별히 부탁한다고 잘 키워 달라고 했었다. 퓨처스에서 이 정도 성적을 내서는 1군에서 설 자리가 없다고 생각이 들었다. 박 감독은 투수 코치와 김산의 장단점을 검토했다. 김산의 모든 경기를 분석했다. 그리고 김산을 불렀다. 김산의 휴가를 앞에 두고 있었다. 정기휴가 12일과 포상휴가 5일을 합쳐 17일이 가능했고, 휴가 상신을 해 놓은 상태였다. 김산은 휴가를 가면 보고 싶은 사람도 실컷 만나고 먹고 싶은 것도 실컷 먹고 싶은 심정에 하루가 여삼추 같았다. 그러나 감독은 단호하게 말했다.

"김산! 휴가 며칠 냈어?"
"네, 포상까지 17일이요."
"너 야구 할 거야 말 거야?"
"네? 그게 무슨 말씀인지?"
"너 퓨처스에서 이 정도 성적 내고 제대하고 나가면 1군에 설 수 있겠어?"

김산은 오금이 저렸다. 프로 감독은 선수 기용에 대한 권한이 있지만, 군 감독은 생사여탈권을 가진 지위였다. 어쨌든 지금의 김산에게는 박 감독이 더 무서운 분이었다. 김산은 고개를 떨궜다. 변명은 군에서 용서가 안 된다. 아무 말 못 하고 고개를 떨구고 있는 김산에게 박 감독이 다시 한번 묵직하게 말했다.

"휴가는 내가 가라는 곳으로 가. 이유는 묻지 말고."

김산은 어리둥절했다. 아무리 사회에서 일반인과 같이 야구 시합을 한다 해도 군대는 군대였다. 휴가를 가서 푹 쉬고 싶었다. 김산이 눈을 동그랗게 뜨고서 자기를 바라보자 박 감독이 피식 웃었다.

"왜! 그렇게 놀라긴 놀라. 내 말대로 할래, 안 할래?"
"감독님, 무슨 말씀인지 잘 모르겠습니다."
"그렇지… 음, 그러니까 휴가를 집으로 가지 말고 내가 가라고 한 곳으로 가라 그 말이다."
김산이 박 감독을 황당하다는 듯 쳐다봤다. 그리고 볼멘소리로 말했다.
"감독님, 집에 가서 식구들도 보고 친구도 만나고 해야죠."
"야! 친구 만나고 애인 만나고 그래서 언제 너 제구하고 멘탈을 고치니! 내가 소개해 줄 분이 있어. 그리로 가. 명령이야."

김산은 당황했다. 그러나 아직도 군 생활은 8개월이나 남아 있었다. 군대는 명령이었다. 김산은 적잖이 억울했다. 다른 선수도 평소보다 성적이 안 나온 투수도 있는데 굳이 자기한테만 그러는 감독이 서운했다. 그러나 김산도 상무에 와서도 고쳐지지 않는 고질적인 멘탈이 있었기에 뭐라 반문할 수가 없었다.
김산은 자기가 고집부리기에는 이미 때늦은 것이라고 생각이 들었다. 박 감독은 시합할 때에도 남이 보면 티가 나도록 배려해 주던 분이었다. 김산은 협상안으로 이틀만 집에 가서 할머니 뵙고 감독님이 가라고 하는 곳으로 간다고 말했다. 박 감독도 흔쾌히 용인해 주었다.
산은 속으로 부아가 끓지만 뭐라고 할 처지가 아니었다. 자기를 위해서 특별한 배려를 해주는 것이기 때문이었다. 휴가에 대한 환상으로 꿈꾸고 있다가 갑자기 묘한 구덩이에 빠져 허우적거리는 것처럼 느껴졌다. 그러나 이미 끝난 일이었다. 할머니를 만나고 붙들고 울고 식사하고 하룻밤을 자고 수아도 보지 못한 채 박 감독이 말한 경기도 가평으로 길을 떠났다.

그곳은 적은 숫자의 소를 키우는 자그마한 농장이었다. 그렇게 크지 않은 체구에 벙거지를 쓴 검게 그을린 분이 아는 척을 했다. 그의 안내로 자그만 방에 여장을 풀었다. 자세히 보니 어디선가 뵌 분 같았다. 박 감독이 보내서 왔다고 말하며 인사를 했다. 그분은 웃기만 했다. 어린 소년처럼 순진한 미소였다. 하얀 이빨은 가지런하고 눈매는 웃음으로 가득하였다. 김산은 자기도 모르게 기분이 좋아졌다. 미지의 사람을 만나기 전에 느꼈던 불안은 없어졌다. 김산도 아무 의미 없이 웃었다. 어색했다. 그러자 그분이 물었다.

"김 선수! 내가 누군지 알아요?"

순간 김산은 당황했다. 누군지도 모르고 무작정 찾아온 자기가 너무 결례인 것 같았다. 얼굴이 확 달아올랐다. 그리고 죄송하다는 표정을 지었다. 그러자 그분이 또 웃었다. 환한 웃음이었다.

"아, 박 감독이 말 안 해줬나? 참 그 친구 여전해, 그 성질은."

"네, 죄송합니다. 감독님이 무조건 가라고 해서 왔습니다. 정말 죄송한데요, 어디서 뵌 분은 같아요. 감독님 친구 되세요?"

"아, 친구라면 친구고 형이라면 형이고 그런 사이예요."

작은 소리로 말했다.

"네, 그렇군요."

김산도 쑥스러워 빙그레 웃고 말았다. 그분이 또 그냥 웃었다. 참으로 기분 좋은 웃음을 보았다. 그리고 차를 내왔다. 한방 내음이 났다. 말없이 한잔을 마셨다. 너무 긴 시간이 흐른 것처럼 서먹했다. 차를 마시고 데리고 간곳에는 작은 서재로 흑백 사진이 걸려있었다. 컬러가 아닌 흑백 사진은 묘

65

한 분위기를 만들었다. 김산은 소파를 '탁' 쳤다. 그리고 큰소리로 소리쳤다.

"아… 나현수 선배님…! 아이고, 몰라봬서 죄송합니다."

대투수 나현수였다. 한국야구사의 레전드 투수였다. 불멸의 기록을 남기고 갑자기 홀연히 야구계를 떠났던 분이었다. 나현수는 다시 소리 없이 웃었다. 그는 야구를 잊고 싶었다. 그러나 야구를 버린다는 것은 마음이 아팠다. 김산은 이런 시골에서 대투수를 만나자 갑자기 경건해졌다. 대투수 나현수는 존경의 대상이었다. 김산이 갑자기 표정이 변하며 안절부절못하자 나현수가 가만히 손을 잡았다.

"김산 씨. 어렵게 생각하지 말고 편하게 친형처럼 대해요. 갑자기 왜 그래요?"

"아, 여기서 대선배님을 뵈니 놀랍기도 하고 기쁘기도 하고… 헤헤, 그러네요."

"김산 씨, 나는 사실 야구를 잊고 싶었어요. 근데 이런저런 말도 안 되는 이유로 나에게 김산 씨를 보내서 고민했는데…. 사실은 박 감독이 부탁한 게 아니고 최 감독이 하도 날 협박하길래 받아준 거예요."

"네? 최 감독님이요? 감독님하곤 무슨 사이신데요?"

"아하, 우린 죽마고우죠. 자, 다음에 천천히 이야기하기로 하고 우선 소똥이나 치우러 갑시다."

갑자기 소똥을 치우러 가자는 말에 당혹스러웠지만 던져주는 옷을 걸치고 축사로 갔다. 반갑지 않은 냄새가 많이 풍겼다. 소들은 사람을 보자 이리저리 도망갔다. 한참을 걸려 소똥을 치우자 땀이 비 오듯 쏟아졌다. 땀을 손으로 훔치자 나현수가 껄껄 웃었다. 샤워하고 응접실로 들어가자 나현수의 아내가 과일을 가져다주었다. 힐끗 보니 정말 순박하게 생긴 분이었다. 부창부수라고 했던가, 두 분은 닮은꼴이었다. 나현수가 아내에게 최 감독이 보내서 온 친구니 앞으로 잘 보살펴 주라고 말했다. 아내는 고개만 끄덕였다. 김산은 정중히 인사를 하고 잘 봐주라고 말했다. 그러자 빙긋 웃고 자리를 떴다. 나현수가 물었다.

"김산 씨. 어때요, 소똥 치운 소감이?"

"글쎄요. 소가 좋아하는 것 같아 저도 기분이 상쾌하네요."

"그래요, 동물들도 주위 환경이 좋으면 좋아하죠. 야구도 하려면 주위가 깨끗해야 해요."

"네? 무슨 말씀인지?"

"주위 환경이 좋아야 무엇을 하던 집중할 수 있단 말이죠. 김산 씨가 왜 우리 집에 왔는지 잘 모르지만, 최 감독의 마음은 대충 알 것 같아요."

김산은 그제야 최 감독의 뜻을 조금 알 것 같았다. 자기가 트레이드되어서 왔고, 한 번도 지도를 받거나 시합을 한 적도 없는데 이런 배려까지 생각하는 최 감독이 왜 승리의 수호신이고 선수 관리에 철저하다고 소문이 났는지 알 것 같았다. 역시 훌륭한 관리자는 쉬운 것이 아닌 듯했다. 김산은 자꾸 '김산 씨' 하고 존대어를 쓰는 나현수가 어려웠다.

"선배님, 저한테 자꾸 '김산 씨'라고 말씀하시니 불편하고 부끄럽습니다. 그냥 '산이야'라고 불러주세요."

"그럴까? 안 그래도 물어볼 참이었는데. 그래, 산이라 부르지. 그리고 자네도 날 그냥 형님이라고 불러."

"아니, 어떻게 그래요. 전 선생님이라고 부를게요."

"선생님? 내가 그럴 자격이 있나. 편하게 형이라 불러. 그게 나도 편해."

김산은 망설였다. 나이로도 상당한 차가 있고 야구인으로도 대선배인 분이었다. 그러자 다시 다그치듯 나현수가 말했다.

"두 번 다시 말하게 하지 말고 내 말대로 해. 알겠지!"
"네. 잘 알겠습니다."

오랜만에 소똥을 치는 울력을 하고 났더니 밤에는 피곤했다. 시골의 밤은 빨리 찾아들었다. 푹 숙면했다. 다음 날 아침에 일어나니 몸도 마음도 상쾌했다. 아침상으로 야채 종류로 간단하게 차린 식사를 하고 나자, 나현수가 편한 복장으로 나오라 했다.

차를 타고 30분 정도 가자 깨끗한 수목원이 눈에 보였다. 전국에 유명한 아침고요수목원이었다. 들어가는 입구에 설명이 되어있었다.

1993년에 한 상경 교수라는 분이 설립한 10만 평 규모에 5,000여 식물들이 어우러진 식물원이었다. 나현수와 나란히 한참을 걸었다. 꽃과 나무가 어우러져 참으로 아름다운 곳이었다. 유럽풍 정원은 앙징스럽게 꾸며지고 깨끗하게 정돈되어 있었다. 1,000년 향나무 앞에 섰다. 단단하고 늠름하게 서 있었다. 그 옆에 노란 꽃이 예쁘게 피어 있었다. 김산은 왜 이런 곳에 자기를 데리고 왔는지 궁금했다. 잠시 자기를 쉬게 하려는가 느낌은 들었지만 그런 것만은 아닌 것 같았다. 앞으로 어떻게 지내야 한다는 말도 한마디도 안 했다. 그러나 오랜만에 아무 생각 없이 걷는 것도 좋았다. 한참 꽃을 보던 나현수가 말했다.

"산아. 꽃을 보고 무슨 생각이 드니?"
갑자기 질문하는 나현수를 보고 아무 말을 하지 못했다. 그러자 나지막한 소리로 중얼거리듯 읊조렸다.
"산아, 꽃은 필 때도 아프지만 꽃은 질 때도 아프단다."

김산은 느닷없는 나현수의 말에 이해를 못 하고 나현수를 쳐다봤다.

나현수는 잠시 빙긋 웃더니 말했다.

"산아 '한 송이 국화꽃을 피우기 위해 소쩍새가 어쩌고 하는' 거는 알지?"

"네."

"어느 분야에서나 화려한 꽃을 피우려면 엄청난 노력을 해야 해. 그리고 꽃은 언젠가는 할 수 없이 지지. 지는 꽃은 얼마나 아프겠니. 우리 운동선수는 그런 숙명을 받아들여야 해. 나도 한때는 정말 화려한 꽃망울을 피우고 환희에 들뜨고 좋아했었지. 그러나 이젠 전부 추억이 되었지. 잊지 못할 추억이고 다시 올 수 없는 과거지. 그런데 왜 그리 그 추억을 못 잊어버리고 못내 못내 하는지 나도 좀 웃겨."

"아뇨. 사람이 어찌 쉽게 추억을 잊겠어요!"

"그치… 그렇긴 한데, 그걸 품고 살 필요는 없지. 그리고 산아! 꽃을 오랫동안 피우려면 따뜻한 햇볕과 충분한 물과 따스한 보살핌이 필요하단다. 나쁜 환경은 꽃을 피우기 위해서는 정리해야 한다. 소똥을 치우듯. 알겠니!"

"명심하겠습니다."

"운동선수는 몸 관리가 최우선이야. 아무리 160km를 던지는 선수라도 몸이 아픈 순간부터는 아무것도 못 하지. 몸을 상하게 하는 음주나, 담배 그리고 너무 육체를 피곤하게 하는 일은 절대 하지 마라. 특히 투수는 약간의 컨디션이 안 좋으면 워낙 민감해서 안 되는 거야."

김산은 차분히 말하는 나현수의 심정을 어느 정도 이해할 수 있었다. 운동을 하는 기간은 그리 길지 못하다. 특히 야구는 무한한 변수를 가지고 있다. 주변 환경에 적응을 못 하고, 또는 부상으로 일찍 그라운드를 떠난 선수가 많다. 물론 오랫동안 철저한 자기관리로 유지한 선수도 있다. 그러나 수명은 길지 않았다. 그래서 김산의 아버지도 김산의 대학 진학을 권유했던 것이었다.

나현수의 이 말은 김산에게 보약이 되었다. 나현수의 말은 곱씹을수록 가슴에 깊게 숨어들었다. 수목원을 돌고 근처에서 막국수를 먹었다. 담백하고 시원했다. 그리고 집으로 돌아왔다. 나현수는 김산에게 쉬라고 말하고 축사로 갔다. 김산은 야구에 대해서는 한소리도 안 하는 나현수가 이상하기도 하고 편했다. 김산은 그동안 일들을 다 잊고 편하게 쉬고 싶었다. 나현수도 더 이상 김산을 부르지 않았다.

저녁 식사를 하고 서울에 있는 수아에게 전화를 했다. 반가워하면서도 휴가 기간에 자기는 나 모른 체하고 사라져 버린 김산에게 심하게 화풀이를 했다. 언제 오느냐고 앙탈을 부렸다. 김산은 사정 이야기를 했다. 그러나 수아는 들은 척도 안 했다. 미안하다고 말하고 전화를 끊었다. 밤기운이 서늘했다. 자리가 바뀌었지만 잠은 쉽게 들었다.

다음 날 아침이 되자 나현수가 등산복 차림으로 나오라 했다. 별다르게 준비해 온 옷이 없기에 가벼운 평상복으로 차려입고 나왔다. 차에 타라고 했다. 나현수가 차를 직접 몰고 연인산으로 향했다. 가평 인근에 있는 철쭉으로 유명한 산이었다. 주차장에 차를 주차하고 승안리부터 시작하는 코스로 산에 올라갔다. 엘레지 쉼터까지 쉬지 않고 올라가는 나현수를 따라 김산은 숨을 허덕이며 올라갔다. 쉼터에서 잠깐 숨을 고르고 정상으로 향했다. 정상까지 네 시간은 족히 걸린 것 같았다. 정상에서 내려다보는 아래는 아득했다.

숨을 길게 쉬고 손을 머리 위까지 올렸다. 정상에서 마시는 커피는 이루 말할 수 없이 고소했다. 향긋한 커피 향은 심신을 편하게 해주었다. 그때 나현수가 말했다. 그는 너무나 조용한 사람이었지만 몸에서 풍기는 카리스마가 김산을 억눌렀다. 김산은 그를 존경스럽게 쳐다봤다.

"산아, 산에 오니 어때? 좋지?"

"네, 아주 상쾌합니다. 땀을 흘리고 나니 기분이 아주 좋아요."

"그래. 그 맛에 산에 가곤 하지. 산은 우릴 말 없이 품어주지. 산아! 산은 높을수록 계곡은 깊단다."

"네. 그렇겠어요."

김산은 나현수가 말하는 의도에 영문도 모른 채 대답했다. 그러자 나현수가 또 웃었다.

"산아. 네가 이제 프로로 가면 어떻게 될 것 같니?"

"무슨 말씀이신지…."

"네가 프로로 가서 어디까지 올라갈 것이냐는 말이야."

"글쎄요. 한번 해 볼 데까지 해 봐야죠."

"아무렴 당연하지. 크고 높은 정상을 향해 노력하고 밟아봐야지. 그런데 말이야. 어디가 끝인지 모르지만, 정상에 올라가면 내려올 준비를 또 해야 해. 그러니 너무 서두르지 말고 천천히 올라가고 천천히 내려오는 지혜가 필요해. 너무 성급해하지 마라. 나는 네가 우리 집에 올 때 걱정이 많았어. 내가 너에게 해 줄 게 별로 없거든. 그런데 곰곰이 생각하니 최 감독이 나에게 널 보낸 이유를 대충 알겠더라. 너에 대한 자료를 찾아봤지. 너는 너에 대한 자신감이 부족하더라. 오늘까지 푹 쉬고 내일부터 야구 이야기를 해 보자."

"네, 잘 알겠습니다."

김산은 비로소 나현수가 꽃에 관한 이야기며 산에 관한 이야기를 해주는 이유를 알았다. 밤새 나현수가 말해 주었던 말들을 곰곰이 되씹었다. 조금은 말의 뜻을 알게 된 것 같았다. 그래, 천천히 꾸준히 하자. 너무 조급해할 필요가 없다. 그러나 꿈은 높게 꾸자. 눈을 감았다. 보고 싶은 모든 이들이 슬라이드처럼 지나갔다.

7

야구 이야기

황토방은 지글지글 끓었다. 나현수가 성당을 다녀오더니 황토방에 두꺼운 장작을 넣고 불을 지폈다. 고구마를 먹으며 야구에 관해 이야기해 보자고 했다. 땀이 이마를 스쳤다. 김산은 나현수가 정말 고마웠다. 별다른 말은 안 하면서도 사람을 편하게 해주는 그런 매력이 있었다. 김산으로서는 대선배이자 불멸의 기록 보유자인 나현수와 함께 시간을 보낸다는 것이 꿈만 같았다. 궁금한 것도 많았다.

나현수 아내가 쌍화차를 내왔다. 달걀노른자가 예쁘게 떠 있고 잣이 여러 개가 숨어 있었다. 커피만 마시다가 여기 와서 먹는 한방차는 보약처럼 느껴졌다. 나현수가 한 잔 마시고 말했다.

"산아, 뭐 궁금한 게 있으면 아무것이나 물어봐라. 오늘은 야구 이야기로 시간 좀 보내 보자."

"네, 저도 궁금한 게 너무 많아서 종일 물어보렵니다."

"하하… 그래 무엇이든 물어봐라. 오늘 딱 하루만이다. 나는 누구와 긴 말은 못 하지만 특별히 너한테는 선심을 쓰마."

"최 감독님과는 어떤 사이죠? 그게 첫 번째로 궁금합니다."

"최 감독이라… 흐음…. 그놈은 나랑 고교 시절 전국을 제패했던, 말 그대로 죽마고우다. 그런 놈이 널 보냈어. 나에게 전화도 뜸하더니 말야."

"그랬어요. 대학도 같이 갔어요?"

"그랬지. 그때 연고전이 불붙을 때였지. 대학은 연대, 고대가 2강을 이루고 있었지. 야구 좀 한다는 애들은 전부 연고대로 갔지. 그러나 우린 한양대로 갔지. 한양대가 우릴 원해서… 그래서 대학 야구가 3강으로 되었고. 그땐 정말로 최 감독의 공을 제대로 친 선수가 없었어. 그러다가 대학 졸업 후에 프로로 전향했지. 나는 최 감독과 다른 구단을 선택했고 우린 치열한 숙적이 되었지. 나는 처음 별 성과를 못 냈지만 최 감독은 승승장구했어. 당시 최 감독이 속했던 감독은 승부를 위해서는 선수를 혹사하는데 이골이 나 있던 인물이었지. 최 감독은 강속구로 재미를 보다가 결국 상완근이 파열되었어. 그때만 하더라도 완투는 보통이었지. 완투에 완봉승에 재미를 보다가 결국 무리한 투구로 부상이 오고 선수 생활을 마감했어. 수차례 재활 치료를 하고 복귀를 시도했지만, 결국 포기하고 미국으로 지도자 연수를 갔고 최 감독은 뛰어난 지도자로 환골탈태한 거지. 인간사 새옹지마라고 하나, 그는 성공했어."

"그럼 최 감독님과 형님하고 어떤 다른 점이 있었어요?"

"최 감독은 나와 달리 천성이 호방해서 자기식으로 윽박지르는 공을 던졌지. 최 감독은 그저 자기 공만 믿고 자신 있게 던졌어. 또 그게 먹혀들어 갔어. 나는 최 감독의 구속을 몹시 부러워했지. 하늘은 나에게는 그런 힘을 안 주셨지. 그래서 나는 제구로 승부했어. 제구는 자기가 노력한 만큼 되거든. 물론 최 감독이 나같이 제구까지 좋았으면 천하의 무적이었겠지만 하늘은 다 주지를 않아. 조금은 공평해. 하하하."

"형님은 그 뒤로 어땠어요?"

"나… 그래, 내 자랑 좀 할까! 나는 다양한 제구로 재미를 봤지. 최연소 100승에 200세이브로 구단 최초 영구결번 선수가 되었지. 145km 패스트볼과 포크볼, 슬라이더로 재미를 봤어. 다승, 승률왕, 구원왕 할 만큼 했지. 골든글러브도 4번이나 타고 16년 프로 시절 후회는 없어."

"그런데 왜 다들 지도자로 가던데 형님은 안 가셨어요?"

"선수 생활할 때 나는 KBO나 심판진에게 할 말을 했지. 부당하다고 느낄 땐 참을 수 없어서 한 거야. 선수보다는 구단을 위해서 하는 KBO의 행태를 두고 볼 수가 없어서 씹어 댔어. 입 바른 놈 누가 좋아하나. 그게 나한테 독이 된 거야. 어느 조직이나 한번 찍히면 영원히 도태되지. 프로구단에서 나를 낙인을 찍었어. 나 같은 사람 누가 쓰겠니. 그래서 깨끗이 포기하고 은퇴하고 사업을 했지. 물론 은퇴식도 안 해 주었지. 미운 놈 철저히 짓밟더라고… 한데 사업은 생전 해 보지 않은 놈이 제대로 될 수가 없지. 실패하고 결국 다 때려치우고 목장을 한 거야."

말을 하면서 옛날 일이 생각나는지 나현수는 얼굴이 붉어졌다. 눈가에 흐릿한 눈물이 맺혔다. 김산은 마음이 불편해졌다. 그러나 지나간 일들이고 자기완 별 상관없는 일이기도 했다. 누구나 자기 일은 중요하고 남의 일은 대수롭지 않은 법이다. 김산은 대투수였던 그가 자기에게 호감을 보이며 잘 대해 주니 안절부절못했다.

"최 감독님이 왜 절 형님에게 보냈을까요?"

"글쎄… 아마도 자네 성격을 고쳐주라고 보낸 것 같아. 나도 상당한 내성적 성격에 낯가림이 심한 편이거든… 아마도 최 감독은 나 자신을 이긴 이유를 잘 알거든."

"아하… 형님이 그런 성격이에요! 형님은 언제든지 상대 타자를 두려워하지 않고 공을 던졌다고 하던데."

"고교 때에는 항상 공을 던질 때마다 불안했지. 그런데 신부님의 말씀으로 완전히 바뀌었지. 그분이 아니었으면 그런 성공을 할 수가 없었어."

"어떤 분인데요?"

"당시 주임신부님이셨는데 온화하고 성자와 같은 분이었지."

"어떻게 해 주셨는데요?"

"나의 신앙심에 대한 믿음이지. 아니, 나에 대한 믿음… 바로 자신감이었지."

"어떻게 자신감을 가지게 되었어요?"

"나는 당시 신앙심이 별로였지. 그런데 그분을 만나고 나서 신앙심이 굳어졌어. 그리고 나는 생활상에서 뭐든지 하느님이 날 지켜준다는 믿음을 가졌어. 이기면 이긴 대로 지면 진 대로 하느님의 뜻이라고 생각하니 어떤 승부도 두렵지 않았어. 어찌 보면 나약한 생각이겠지만 나 같은 성격의 소유자는 그게 보약이었어."

"형님! 정말 하느님이 있는 거예요?"

"나도 모르지. 있다고 생각하면 있는 것이고 없다고 생각하는 사람에게는 없는 것이지. 나는 존재한다고 믿어. 세상에서 우리가 상상도 못 할 일이나, 기적 같은 일들이 일어나잖니! 우리같이 미미한 존재가 할 수 없는 일들 말이야."

"그러네요. 형님은 종교에 대한 믿음이 강했군요."

"그런 편이지. 우리는 누군가에게 기대고 싶은 나약함이 존재하지. 기대면 편해지지. 너도 한번 종교에 대해 생각해 봐라. 어느 종교든 상관없어. 꼭 어떤 종교가 맞다 틀리다 서로 주장하는데 난 자기가 믿는 종교에 대한 확신만 있다면 된다고 봐."

김산은 여태까지 한 번도 종교에 대해 생각해 본 적이 없었다. 과학적 지식으로 보면 종교는 조금은 황당했다. 나현수의 말을 듣고 보니 약간은 종교에 대한 편견이 바뀐 것 같았다. 그러나 당장 교회를 갈 생각은 없었다.

"아! 그렇군요. 저도 한번 생각해 봐야겠어요."

"그래라. 나는 네가 종교를 가지든 아니든 강요하고 싶은 마음은 없다.

그러나 조금 간이 작은 사람은 약이 되기도 해. 특히 승부의 세계에서 긴장되고 강박증이 느껴질 땐 이보다 더 좋은 약이 없는 것 같아. 나는 하느님을 믿으면서 하느님께 기대니 세상 살기가 편해졌어. 근심 걱정이 사라졌지. 참 편해, 지금은."

그러나 김산은 굳이 누군가에게 기대여 자기 자신을 맡기고 싶진 않았다. 아직은 젊음이 오만함을 만지고 있었다. 김산에게 이런 대선수의 속내를 들여다본다는 것은 기적에 가까운 일이었고 다시 올 수 없는 기회였다. 다시 물었다.

"제 약점은 무언가요. 어떻게 고쳐야 합니까?"
"넌 타고난 어깨를 가진 좋은 투수다. 그러나 그런 재능도 열심히 닦아야 발현될 수 있다. 물론 기술도 필요하지만 우선 자기를 믿는 자신감이 필요하다. 한데 넌 멘탈이 너무 약한 거 같더라. 네가 했던 시합 동영상을 유심히 살펴봤는데 너무 자신감이 없어. 너의 치명적인 단점이다. 자기를 믿지 못하는 사람이 누굴 이길 수가 있겠니."
"물론 저도 제 약점을 압니다. 제가 마음이 여리고 멘탈이 부족하다는 것도요. 근데 어떻게 멘탈을 고치나요?"
"믿음이지. 나를 믿고 공을 던져야 하지."
"제가 고교 때는 치려면 치라고 자신 있게 던졌는데, 대학가고 프로에 오니 전부 내 공을 쉽게 치더라고요. 그때부터 자신감이 훅 떨어져서 겁이 나요."
"그건 당연한 말이다. 한번 당하면 상대가 불안하지. 그래서 주눅이 들지."
"그럼 형님은 어떻게 극복했어요?"
"물론 나도 혼난 적이 있지. 내 공을 쳤던 상대가 다시 타석에 서면 불안하지. 그러나 난 오기로 그가 좋아하는 구질의 공을 던졌어. 그럼 다시 맞앉지. 내성이 생기더라고. '좋아, 더 쳐봐!' 하고, 또 던지고 또 맞고 반복되고 그때 난 스스로 깨달았지. 억지로 하지 말자. 상대를 우습게 보지 말고 상대의 약점을 공부했지. 그러나 그 후도 자신이 없으면 두들겨 맞곤 했지. 그러나 나는 나의 하느님을 믿고, 또 나를 믿고 위기상황에서도 흔들리지 않고 넣고 싶은 곳에 넣었어. 맞기도 하고 안 맞기도 하고 그때부터 나는 걱정에서 벗어났지. 그만큼 멘탈이 중요해."

"형님은 얼마나 치열하게 노력했어요?"

"정말 피나게 했지. 손가락이 까져서 굳은살이 박이고 평상시에 버스를 타더라도 악력을 키우기 위해 중지와 검지로만 안전봉을 잡았고, 목욕을 가서도 손은 물에 불리지 않으려고 밖에 내놓고… 모든 실생활에서 나의 행동은 모두 오른손을 위한 것이었지. 투수의 생명은 손가락이기 때문이야. 국보급 투수인 선동열은 손가락이 짧아서 엄청난 훈련으로 극복했다지. 너를 보니 손가락이 길어서 변화구나 강속구를 구사하기에 좋은 신체조건을 갖추고 있어. 한데 넌 얼마나 노력했다고 보니? 아마도 선동열에 비하면 새발의 피겠지. 대투수는 그냥 만들어지는 것이 아니야. 선천적으로 밤잠을 안 자고 노력해도 안 되는 사람도 있긴 해도, 노력을 배반하지는 않아."

김산은 나현수의 말을 듣고 나니 부끄러웠다. 과연 자기는 얼마나 만족스러운 피나는 훈련을 한 적이 있던가 되돌아보니 치열함이 없었다. 김산은 한참을 멍하니 허공을 보았다. 그런 김산이 자기 말에 무언가 감동을 받은 것 같아 나현수도 빙그레 웃었다. 대화란 상대가 있고 받아줘야 소통이 되는 것이다. 나현수는 속으로 내심 좋았다. 최 감독의 뜻을 알기에 김산을 받아 좋지만, 걱정은 되었다. 야구계를 완전히 떠난 뒤 그래도 야구를 잊지 못하고 가끔 뉴스나 TV를 통해 듣기는 하지만, 다시 관여하고 싶지는 않았다. 그런데 찾아온 김산은 젊은 시절 자기의 성격을 빼다 박은 것 같았다. 더구나 지켜보니 착한 심성을 가지고 있었다. 잔정이 들었다. 김산이 고개를 들더니 다시 질문했다.

"그러면 승부를 내는 공은 어떻게 해야 하나요?"

"음… 투수는 상대의 심리를 읽을 혜안이 있어야 한다. 물론 어려운 일이지. 독심술을 할 수도 없는데… 무슨 소리냐 하면, 상대가 노리는 것이 보여야 해. 스트라이크를 노리면 볼을 던지고 볼을 기다리면 스트라이크를 던지면 되지."

"아이고, 그게 무슨 말씀이에요? 형님도 참 농담을… 그게 가능해요?"

"어렵지. 타자와 투수는 서로 상대의 심리를 읽으려 하지. 상대적이야. 그래서 타자에 대한 분석을 철저히 하고 그의 성격도 읽어야 해. 천성은 바꾸기가 힘들어. 운동은 성격대로 한다는 말이 있지. 철저한 데이터와 분석을 통하여 공부해야 해. 넌 하늘이 주신 좌완에 강한 어깨를 가졌어. 너의 성격상 제구를 다듬을 세밀함도 보여. 이제 남은 게 뭐겠니! 자신감 회복과 제구에 피나는 노력밖에 뭐가 있겠니! 알지만 안 되지. 왜냐고? 원래 사람은 나태하고 거저먹으려는 못된 맘보가 있기 때문이지. 무슨 말인지 알겠지?"

"형님 말씀이 다 맞는데, 한 가지 남의 마음을 읽는 그런 능력은 없어서….."

"오래 하다 보면 알게 돼. 선생 생활 20년 한 친구가 있는데 학생하고 이십 분만 이야기하면 대충 눈에 다 들어온다 하더라. 너도 자주 시합을 하다 보면 눈이 뜨일 거야. 너무 염려만 하지 마라. 물론 세상이 그리 쉬운 게 아니긴 하지만."

"그건 그런데요. 자신감을 가지려면 두려움을 떨쳐야 하는데 어떻게 해야 합니까?"

"누구나 긴장의 순간이 오면 두려워하지. 약한 인간이니까. 좋은 생각이란 책에 공자와 제자가 한 말이 있더라. 제자가 노를 아주 잘 젓는 사공에게 비법을 묻자. 사공이 그러더래. 헤엄을 잘하냐고, 헤엄을 잘하면 쉽게 노를 저을 수 있다고, 그다음에 잠수할 수 있다면 더 쉽게 배울 수 있다고 해서 제자가 공자에게 물었지. 도대체 헤엄하고 잠수가 노 젓는 비법하고 무슨 상관이 있냐고… 그랬더니 공자가 한 말이, '헤엄이나 잠수를 잘하는 사람은 물을 두려워하지 않을 것이다. 노를 젓다가 설령 배가 뒤집혀도 죽지 않으니 두려움이 없어 노 젓는 실력이 늘 것이다.'라고…. 그렇지, 마음속 두려움이 없어야 배움에 집중할 수가 있다는 공자의 말이지. 야구도 마찬가지야. 두려움이 없어야 내 마음대로 공을 집어넣을 수가 있지. 그러려면 어떻게 해야 해? 네가 자신 있는 비장의 무기를 개발해야 하겠지. 야구에 무슨 왕도가 있겠니!"

김산은 확연히 깨달음을 느꼈다. 스스로 자기에 대한 믿음이 없었고 한번 추락한 공에 대한 자신감은 결국 마음속의 내 두려움이었고, 그 두려움을 떨쳐야 하는 것은 결국 피나는 훈련밖에 없다는 사실을 알았다. 이보다 더 좋은 마음의 훈련은 없었다. 머리가 멍해지면서도 기쁨은 배가 되었다. 김산의 눈이 반짝거리자 나현수도 흐뭇한 표정을 지었다.

누군가의 한마디 말은 사람을 바꿀 수가 있다. 장시간 이야기를 하다 보니 어느덧 저녁 식사 시간이 다 되었다. 나현수의 아내가 정갈한 밥상을 차려서 가지고 왔다. 김산은 아무 대가도 없이 융숭한 대접을 받으니 민망했다. 저녁 식사를 물린 뒤 봉투를 만들어서 나현수의 아내에게 드리자 한사코 뿌리쳤다. 남편이 알면 큰일 난다며 있을 때까지 편하게 계시다 가라고 말씀하였다. 소박한 미소를 띠며 나가셨다.

김산은 고민스러웠다. 아무리 최 감독이 부탁해서 왔지만 그건 도리가 아니었다. 그런 심정을 나현수에게 말하자 빙그레 웃고 만다. 저녁을 먹고 난 뒤, 차를 가지고 들어오는 나현수 아내에게 다시 한번 고맙다는 인사를 했다. 이번에는 향긋한 냄새가 나는 오미자차였다. 커피만 먹다가 한방차를 마시니 정신이 맑아진 것 같았다. 김산은 나현수 앞에 당겨 앉아 마르지 않는 호기심으로 물었다.

"형님! 공은 둥글고 내가 아무리 자신 있게 던져도 타자가 잘 치면 별수가 없잖아요. 그럴 때는 어떻게 대처해야 합니까?"

"응, 네가 아무리 공을 완벽하게 던져도 그 완벽한 공을 치기 위해 365일 노력한 타자에게 맞을 수 있지. 또 빗맞은 안타가 생길 수도 있지. 그러면 어때! 맞아버린 것은 맞은 것이고 빨리 잊어버려야지. 맞는 것에 대한 미련을 가지고 흔들리면 좋은 투수가 못 되지. 아무리 대투수라 해도 전승을 할 수가 없어, 있을 수 없는 일이지. 자신 있게 던진 공이 안타가 되면 '아하, 너 운 좋구나' 하고 웃어버려. 즐겨야지. 노력하는 자보다 즐기는 자가 최후 승리자라고 하던… 꼭 이기려 하지만 말고 최고가 아닌 최선을 다하는 자세를 견지해야 해. 과유불급이라고 욕심이 지나치면 도리어 화가 될 수 있어. 웃기는 말이지만 운칠기삼이라고 생각하고 편하게 던지면 돼."

"어디 그게 마음대로 되나요! 말은 쉽지만 안 되는데요."

"그래 네 말도 맞아. 쉽지 않지. 그래도 좋은 말은 자주 하고 실천하면 그게 행동이 되고 그 행동은 익숙한 습관이 되고 결국은 네 운명을 바꿔놓지. 희망적인 말을 해야지 희망이 생기지, 부정적인 말을 하면 부정적으로 돼. 그래서 말은 잘 다스려야 해. 나는 그러지 못해서 적을 많이 만들었어. 결국 그게 오늘의 외로운 처지가 되었지. 자, 오늘은 너무 말을 많이 했다. 푹 쉬고 내일은 내가 소개해 줄 사람이 있으니 그리 알고 있어라."

"네, 오늘 정말 감사합니다. 근데 형님! 형님은 무얼 그리 많이 아시나요?"

"하하하… 내가 무얼 많이 안다고 그러니! 초야에 묻혀 사니 시간이 넘쳐나서 자주 책을 읽지. 책은 마음의 양식이라고 하던… 너도 시간 나면 네게 필요한 책을 자주 봐라. 운동한다고 무식한 소리는 들어서는 안 된다."

"네. 잘 알겠습니다. 죄송하지만 하나만 더 물어볼게요."

"그래 말해 보렴."

"사람이 살면서 꿈을 꾸고 실현하려고 다들 노력하잖아요. 그런데 뜻대로 안 될 때는 어떻게 해야 합니까?"

"한 가지만 말하자면 사람은 살면서 모든 것을 다 가질 수가 없어. 지금 이 순간의 자리에서 행복을 찾고 느끼고 만족해야 해. 끊임없이 욕심을 부리면 불행해질 수밖에 없어. 인생은 공정하지 않다는 사실도 인정하고 훌륭하신 분들의 말씀도 귀담아듣고, 옳고 그름만 따지지 말고 타인을 배려하는 심정으로 용서하고 친절을 베풀고 살면 안 되겠냐!"

"제가 부족해서 실천하기가 어려운 말씀들이네요."

"맞다. 어느 누가 성인들처럼 실천하고 살겠니! 그러나 성공이란 의미에 너무 집착한 나머지 진정으로 가치를 못 느끼고 지나치기도 하지. 너무 외형적인 성공만 집착하고 내적인 성취는 나 몰라라 하고. 바보 같은 짓이지. 의미 있는 성취가 무엇인지 고민해 봐야 해. 결국 모든 것은 자기 마음먹기 달린 것이야. 난 그렇게 생각해."

"그럼 꿈을 꾸지 말란 말이에요?"

"그런 말이 아니지. 꿈은 높게 꿔야지. 그러나 헛된 꿈은 피하라는 거야. 김수환 추기경께서 '자기는 바보다'라고 한 적이 있어. 인간은 본질적으로 어리석음을 껴안고 사는 존재로 타인의 인정을 받고 살려고 불안하게 자기의 삶을 허비하고 힘들게 산다는 거야. 그런데 내가 바보란 걸 인정하고 그냥 자기 생긴 대로, 능력대로 결점들을 인정하고 살면 편해진다는 것이야. 나를 바라봐야지 타인의 시선을 쫓는 것은 어리석다는 것이지. 꿈은 내 것이지 다른 사람의 것이 아니야."

그렇게 말하고 나현수는 도망치듯 자기 방으로 가버렸다. 김산은 어디에서도 듣지 못했던 좋은 말에 머리가 아팠다. 나현수의 말은 어느 하나 허투루 들을 말이 아니었다. 김산은 운동만 하느라 인문학적인 지식에는 약했다. 그러나 오늘 대단한 열강을 들은 것처럼 감격으로 온몸이 오싹했다. 나현수의 서재는 많은 책으로 싸여 있었다. 몰래 가서 아무 책이나 하나 가져왔다. 펼쳐 들었으나 눈에는 안 들어 왔다. 그냥 눈을 감으니 저절로 잠이 들었다. 오랜 시간 깊은 잠자리에 들었다.

8

소통

김산은 순간 자기 눈을 의심했다. "어서 오세요."라고 말하는 의사는 반달 모양의 눈매에 웃음이 배어 있는 모습, 그리고 한 점 군더더기 없는 몸매와 백옥같이 희디흰 피부는 엄마의 젊을 적 그 모습이었다. 목소리는 듣기에 좋게 청량하고 낮았다.

김산은 순간 비틀거렸다. 그러자 그 의사는 의미심장한 미소를 띠며 의자에 앉으라는 손짓을 했다. 자리에 앉아 유심히 보니 여덟 살 어린 자기를 버리고 집을 나가 버린 어머니와 정말 흡사했다. 심장이 두근거렸다. 바라볼수록 어머니와 꼭 닮았다. 여의사가 김산을 보고 반가운 표정을 지으며 말했다.

"삼촌이 가슴 여린 분을 보낸다더니 이렇게 멋진 분일 줄 몰랐어요! 반가워요. 저 박보라입니다."

"네, 저는 김산이라고 합니다."

"호호호, 제가 보기엔 늠름하고 당당하게 생기셨는데 뭐가 문제예요?"

"아, 나는 형님이 가 보라고 해서 왔는데… 저도 뭔지 모르겠어요."

"삼촌이 그러던데요. 심장이 요만해서 아무것도 제대로 못 한다고요."

엄지와 검지를 살짝 포개며 김산의 눈앞으로 보인다. 김산은 당황했다.

"저는 정말 아무것도 모르고 왔는데 형님이 그랬다고요! 저 그렇게 여린 놈이 아닌데, 하긴 형님이 보기엔 그럴 수도 있겠네요."

"글쎄요. 하여튼 한번 들어나 봅시다. 뭐가 문제인지."

"나는 별문제 없는데 형님이 절 여기로 보낼 때는 이유가 있겠죠."

"제가 듣기론 김산 씨가 야구선수라고 하던데, 맞아요?"

"네. 지금은 군대에서 운동하고 있습니다."

"삼촌이 그러데요. 김산 씨가 자신을 믿지 못해서, 아니 두려움이 많아서 시합을 어렵게 한다고요! 맞아요?"

"그렇긴 한데, 그렇다고 제가 정신과에 올 정도는 아닌데… 참… 형님도 그러네."

"호호호, 정신과가 무슨 미친 사람들 오는 데가 아니에요. 그저 이런저런 사유로 힘들게 세상을 지내는 분들이 오시죠. 너무 그런 식으로 생각하지 마세요."

"그래도 참 난감합니다. 이렇게 병원까지 오고… 뭐 선생님 고견을 한번 들어보죠."

"김산 씨, 요새 세상이 강퍅하고 힘들잖아요. 그래서 스트레스도 많이 받고 힘들어하죠. 그런 분들이 건강하게 생활하도록 도움을 주는 곳이에요. 옛날에 생각하던 그런 곳이 아녜요. 다른 선입견은 버리세요. 어디가 아파서 치료한다고 생각 마시고 그냥 속마음을 털어내고 편하게 지내자 이 정도로."

김산은 엄마를 닮고 '뇌섹녀' 같은 그녀에게 호감이 갔다.

"네. 잘 알았습니다. 그럼 제가 어떻게 해야 하죠?"

"김산 씨가 느끼는 고민이 있을 거 아니에요. 한번 저에게 속내를 털어내 보세요."

"형님이 우려하는 공에 대한 자신감이 없는 편이죠."

"왜? 자신감이 없죠?"

"공을 던질 때마다 불안감이 와서요."

박보라는 김산의 가족관계에 관해 물었다. 대부분 모든 사람의 성격 형성은 가정에서 이루어지고 영원히 굳어지기 때문이다.

"아버진 어떤 분이세요?"

"조금은 꼼꼼하고 제자리에 물건이 놓여 있지 않으면 잘 못 참는 결벽증이 있으시고 혼자 있기를 좋아하시는 편이죠. 나쁜 것에 대하여는 손해를 보더라도 타협을 안 하시고 좋게 말하면 정의의 사도죠."

"그럼 김산 씨는 아버지를 많이 닮았다고 생각하나요?"

"아마 조금은 그런 편이죠. 그러나 결벽증 같은 것은 없고요."

"아까 절 보고 왜 놀랐어요?"

"아… 그거요… 선생님이 우리 어머니를 너무 닮아서요."

"어머, 그래요. 호호호. 어머니도 꽤 미인인 모양이네요. 김산 씨가 어머니를 닮아서 잘생겼나요?"

"잘 모르겠어요."

"김산 씨 어머니는 무슨 직업 없어요?"

"모르겠어요."

"모르다뇨?"

"어머니는 내가 어릴 때 이혼하시고 집을 나가셨어요."

"아, 그래서 김산 씨 표정이 그랬군요. 어쩐지 밝은 얼굴은 아니고 우울해 보였어요. 그늘이 있더라고요."

"다른 사람들은 그런 말 안 하던데요."

"의사가 보는 관점은 다르죠. 어릴 때 그런 상처가 있는 사람은 자기도 모르게 위축되고 자신감이 결여되죠. 한창 엄마의 사랑을 먹고 살아야 할 시기에 그런 일이 있으면 성격도 변하죠. 알겠어요. 어쨌든 김산 씨의 과거를 좀 더 듣고 싶네요."

두 사람은 많은 이야기를 했다. 상담은 내담자의 진실을 들어주고 공감하고 먼저 옹호해 주어야 한다. 박보라는 상당히 활달하고 적극적인 사고를 하는 사람이었다. 김산이 말을 하다가 잠깐 말을 끊으면 다시 말을 끌어내는 능력을 갖추고 있었다. 한 시간 정도에 김산의 보따리가 다 풀렸다. 김산 자신도 왜 이렇게 술술 말이 되는 줄 몰랐다.

박보라는 수줍어하던 김산의 모습을 떠올리면서 흐뭇해했다. 김산은 순수하고 정직한 젊은이였다. 이런 젊은이를 본 적이 최근에 없었다. 자기보다 대여섯 살 적은 것 같지만 호감이 갔다. 한 번 정도 안아주고 싶었다. 김산에게 오늘은 이 정도 하고 이틀에 한 번씩 다섯 번을 내담하라고 했다. 김산은 고개를 끄덕였다. 자꾸 보고 싶은 생각이 앞섰다. 자기도 모르는 마음이었다.

박보라는 비혼주의자이지만 섹스에 대하여는 자유분방한 여자였다. 어렵게 취득한 전문의로서 사회생활을 포기하기 싫어 결혼을 포기했다. 아니, 그것보다는 누구에게 구속을 당한다는 것은 자존심이 상했다. 그런 자기를 삼촌은 못마땅해했다.

나현수는 자기 누나가 어렵게 가르쳐 놓았더니 혼자서 마음대로 사는 조카가 미웠다. 그러나 워낙 붙임성이 좋아 미워할 수가 없었다. 신경정신과 전문의로서 드물게 인정을 받는 의사였다. 누구에게나 자랑하고 싶은 조카지만 들리는 소문에 의하면 남성 편력이 많다는 소리도 있었다.

다 큰 조카에게 무얼 강요한다는 것은 그러지만, 크지 않은 소도시에서는 쉽게 말이 퍼져나가는 것이기 때문에 걱정도 많았다. 김산의 내성적이고 자신감이 없는 것을 치유하기엔 조카가 안성맞춤인 것 같았다. 자기는 한계가 있다는 것을 알기 때문이었다. 박보라를 만나고 온 김산에게 물어보았다.

"산아, 어때? 가 보니?"

"형님, 미리 말해 주시지 당황해서 혼났네요."

"그래 그건 내가 미안하고. 어때, 보라가 뭐라 해?"

"네. 제가 대부분 이야기하고 그분은 듣기만 하시대요. 그리고 고개만 끄덕끄덕하시고, 저도 속 말을 털어놓으니 한결 기분도 낫고. 그런데 그분 정말 미인이시더군요."

"그지, 잘 생겼지! 그런데 시집을 안 가… 왜 그런지 몰라. 남자가 줄을 서 있는데 눈 하나 깜짝 안 해. 즈그 엄마는 속이 터지는데. 여자들 많이 배워놓으면 제 잘난 맛에 살려고 해. 하긴 요사이 결혼 안 하려는 청춘들이 많다고 하더니만 큰일이야."

"요새 사회 분위기가 그런 것 같아요. 결혼하기에는 집 장만도 힘들고 아이들 양육하는 것도 힘들고, 여러 가지 사정이 발목을 잡지요."

"그래, 너도 결혼을 안 할래?"

"저도 별생각 없어요. 난 여자는 별로예요. 우선 야구에만 전념하려고요."

"운동을 꾸준히 잘하려면 가정을 일찍 이루는 것도 좋아. 여러 가지 장점이 많지. 나도 다른 사람보다 일찍 갔어. 평소에 술은 많이 안 한 편이지만 가정을 가지니 책임감도 더 생기고 건강도 더 신경 쓰이고 좋은 점이 많아. 야구로 성공했다는 선수들 대부분이 일찍 가정을 가진 사람이 많아. 솔직히 혼자 있다 보면 유혹도 많고 나쁜 식습관도 생기고, 또 누군가의 정신적 도움도 받아야 하는데 그런 게 없잖니! 너도 잘 생각해 봐라."

"저는 비혼주의자입니다. 갈 생각이 없어요."

"그럼 연애하는 여자도 없니?"

김산은 순간 당황했다. 수아와의 관계가 연애인지 친구인지 구분이 안 되었다. 어쩔 땐 친구처럼 편하다가 어느 순간에 육체적 욕심이 들기도 했다. 활화산처럼 솟구치는 젊음은 평소 지론이던 연애에 대한 부정적 생각을 지우기도 했다. 김산은 대꾸를 못 하고 피식 웃고 말았다. 그런 김산을 보던 나현수가 짓궂게 말했다.

"너같이 잘생긴 놈 여자들이 가만두겠니! 우리 보라도 딴생각하는지 모르겠다."

"네에… 무슨 그런 소리를 하세요. 의사 선생님이 저보다 훨씬 선배인데."

"요새 연상이 유행이라던데, 뭐."

"아이고 형님 그래도 그러지요. 어디 선생님이 절 깜으로 보겠어요! 그런 미인이."

"뭐야 너 생각은 있다, 그 말이냐?"

"아니, 그런 것이 아니고 박 선생 같은 분하고 저 같은 것이 상대되나요!"

"하하 너도 남자다, 그 말이지… 하하하, 너 조심해라. 보라 그 애 보통 애가 아냐."

"넵, 명심하겠습니다."

"하하하, 웃자고 한 이야기다. 자 들어가자."

나현수는 박보라에게 김산에 관해 물었다. 그러나 박보라는 상담 내용에 대하여 한마디도 말해 주지 않았다. 환자와의 상담 내용은 지옥에 가서 염라대왕 앞에서도 발설할 수 없는 것이 신경정신과 의사의 의무고 또 발설해서 문제가 생기면 형사상 처벌을 받기 때문이었다.

그러나 어릴 때 어머니에 대한 충격과 아버지의 유전자를 가진 김산이 유약할 수밖에 없는 이유와 함께 잘 치료하면 벗어날 수 있겠다는 확신은 없지만 노력해 보겠다는 말을 전해 들었다. 나현수는 김산의 불행한 과거사를 듣고 연민이 더 생겼다. 바르게 자란 김산을 정말로 다독거려 주고 싶은 마음이 들었다. 그러나 김산의 과거에 대해 일절 말하지 않기로 마음먹었다.

나현수는 김산에게 야구공과 글러브를 가지고 오라고 했다. 공터에서 김산의 공을 받아보았다. 묵직한 공이 미트에 꽂혔다. 나현수는 속으로 깜짝 놀랐지만 겉으로 표정을 보이진 않았다. 최 감독이 탐을 낼 만한 아이였다. 나현수도 오랜만에 공을 받아보니 감개가 무량했다. 야구를 잊고자 손을 놓은 지 수년 만에 받아본 공이 얼마나 사랑스러운지 손으로 몇 번이나 문질렀다.

직구 말고 변화구를 요구했다. 변화구가 구속도 그렇지만 꺾이는 각도가 미미했다. 다시 포심을 요구했다. 손바닥이 아플 정도로 강렬했다. 회전도 많았다. 이런 구속과 구위라면 직구로 승부 낼 정도로 좋은데 왜 그렇게 자신이 없는지 이해가 안 갔다.

이번엔 슬라이더를 던져보라고 했다. 횡 방향으로 던지는 공이 변화의 폭이 작고 휘어져 들어가는 속도가 느렸다. 나현수는 날카로운 변화구와 제구로 한 시대를 풍미했지만 늘 최 감독의 강속구가 부러웠다. 그러나 구속은 하늘이 주는 것이고 제구는 자기의 노력이 만들기 때문에 정말 피나는 노력을 했다. 김산은 제구와 비장의 무기로 변화구를 습득하면 최고의 투수가 될 것이 의심의 여지가 없었다.

몇 개의 공을 더 던져보라고 하고 난 뒤 바꿔서 자기도 공을 뿌려봤다. 구속도 안 나오고 제구도 안 되었다. 나현수는 머쓱해서 크게 웃었다. 김산도 그런 나현수의 공에 살짝 웃음이 나왔다. 세월의 무상함이 옛 영웅을 초라하게 만든다. 사람은 그런 세월의 부침을 잘 인정하려고 않는다. 나현수는 속으로 화가 은근 났다. 까마득한 후배 앞에서 자기의 건재함을 보여주고 싶었는데 마음대로 안 되었다.

"산아, 형이 던지는 공이 웃기지!"

"아뇨. 아직도 살아있네요."

"이 자식이 입은 살아가지고 날 놀려!"

"아니, 정말입니다. 커브는 저보다 훨씬 낫습니다."

말이란 역시 칭찬이 좋다. 고래도 춤추게 한다고 하던가. 나현수는 뻔히 입바른 소리인 줄 알면서도 기분은 좋았다. 나현수가 야구공을 김산에게 넘겨주면서 말했다.

"산아. 너 실밥이 왜 108개인 줄 알지?"

"네, 귀에 닳도록 들었죠."

"그럼 한번 말해 봐라. 무슨 뜻이 있는지."

"누군 불교의 백팔번뇌란 우스갯말을 하지만 전 그냥 공을 만들다 보니 그렇게 됐다고 봅니다."

"음… 그치, 나도 그렇게 생각한다. 그러나 한편으론 의미도 있다고 봐. 인간의 6개의 감각기관과 그걸 느끼는 6가지에 과거 현재 미래의 3을 곱해서 108가지라, 이 번뇌를 가지고 사는 우리에게 그 고통을 해소하는 노력을 하고 살아야 할 의미 말이야. 야구도 어찌 보면 인생의 축소판이 아니냐! 열심히 해도 안 되는 선수가 있고 태생적으로 재능을 가지고 쉽게 하는 선수도 있고, 잘 맞은 타구가 수비에게 정면으로 가고 빗맞은 공이 안타가 되는 그런 운도 따르고 하여튼 인생은 바라는 대로 되지는 않는 것 같아."

"맞아요. 저도 공을 잡으면서 늘 속으로 기도하죠. 그러나 잘 안되는 경우가 많아요."

"넌 어떤 변화구가 가장 자신 있어?"

"대체로 슬라이더를 던지고 커브를 던지는데 썩 마음대로 안 돼요. 노력한다고 하는데 뭐가 잘못되었는지 별 효과를 못 봐요."

"그래, 아까 네 볼을 받아보니 확실히 포심은 부러울 정도야. 커브는 너무 낙차 폭이 작고 볼이 회전력도 그렇고… 네 속구와 변화구의 구속이 너무 차이가 나."

"네, 저도 잘 알고 있어요. 그리고 슬라이더는 약간 팔꿈치에 무리가 오는 것 같아서 자제하고 있어요."

"그래. 넌 어릴 때부터 속구를 위주로 던졌기에 그게 편하고 변화구는 쉽지 않았을 거야. 왜냐하면, 자기가 먹히는 구종이 안심이 되거든. 그러나 패스트볼은 몇 번 타자가 못 치다가 눈에 익으면 바로 반응을 할 수 있어.

물론 랜디 존슨처럼 타자가 손을 못 대는 160km 강속구는 다르지만, 그러나 랜디 존슨도 제구가 불안정해서 '볼넷 왕'이란 칭호가 있었지. 그 뒤 제야에 묻혀 있던 고수를 만나 제구를 다듬고 메이저리그를 평정했어. 그래서 반드시 구속과 변화구의 조화가 필요하지. 직구 하나로 경기를 지배하기는 하늘의 별 따기야. 그런 면에서 슬라이더와 체인지업이 무기로 좋아. 물론 네가 할 수 있다면 포크볼을 장착하면 최고의 무기가 될 수 있어. 너 클볼을 던져 공의 회전수를 낮춰서 낙폭을 크게 할수록 효과가 좋은데 숙련이 필요하지. 포수가 잘 받쳐줘야 마음 놓고 뿌릴 수 있는데 나는 그걸로 재미를 많이 봤었어. 그때 포수가 조 감독이었거든. 대단한 포수였지."

"저도 노력을 많이 해봤는데도 잘 안 되더라고요."

"얼마나 피나게 훈련했는데?"

"헤헤…. 죄송해요."

"정말 피나는 노력을 안 하면 변화구는 제 마음대로 못 던져. 나는 굳이 여러 개의 변화구에 힘쓰는 것보다는 정말로 무기가 되는 변화구 두어 개 정도에 네 속구면 누구와 승부하여도 안 질 거라 봐. 충분히 20승 투수가 될 가능성이 보여. 혹이라도 무슨 스크류볼 같은 마구의 유혹에는 빠지지 말고."

"고맙습니다. 절 과대평가해 주시고, 하여튼 형님 말씀 명심해서 노력하고 꼭 성공하겠습니다."

"성공 말고 게임을 즐겨. 재미있으면 자연히 승리도 따라오게 돼. 재미가 없이 목표에만 집착하면 오래가지 못해. 그리고 1구 2무라고 했어. 한 번 던진 공은 두 번 없다는 말이야. 전력투구를 해야 해. 공 하나하나가 네 연봉을 결정짓는 거야."

김산은 그 뒤로 한참 동안 다양한 공을 던져보았다. 변화구를 던질 때 나현수는 고개를 갸웃거렸다. 한창때 자기가 던지던 변화구를 따라오기에는 많이 부족했다. 나현수는 공의 실밥을 잡는 법과 공을 감아 던지는 시범을 보여줬다. 알고 있었지만 나현수의 실밥을 잡는 방법은 조금 독특했다. 손가락 길이가 길지 않아 그가 고안해 낸 방법이었다. 같은 변화구라도 공을 잡는 방법과 쥐는 악력에 따라 같은 구종이라도 다 다른 것이었다. 많은 투수가 한 가지 구종을 던져도 투수마다 회전력과 낙폭이 다른 것이었다.

나현수도 그런 점을 알기에 김산의 공 잡는 것에 대해 이렇다저렇다 말하지 않았다. 변화구의 이름은 같지만 모든 선수의 움직임과 그립과 속도에 따라 수많은 공이 형성되기 때문에 정석이 없는 것이었다. 세계적인 테니스선수들의 스트로크를 치는 동작을 보면 다 다르다. 우승을 많이 한 선수의 자세가 꼭 바르다고 볼 수가 없다. 자기에 특화된 편한 자세가 맞는 것이다.

오후 늦게 어스름해지자 나현수는 다시 김산을 불렀다. 그리고 다시 공을 던지게 했다. 차가운 날씨에도 땀이 솟구쳤다. 자세를 다시 잡아 주고 매번 지적했다. 그만큼 나현수의 눈에는 변화구를 던지는 김산이 어설퍼 보였다. 어느 정도 시간이 지나고 던지는 훈련을 멈추고 둘은 샤워실로 들어갔다. 뜨거운 물로 맞으니 온몸이 시원해졌다. 나현수가 힐끗 김산을 쳐다보았다. 그리고 호탕하게 웃으며 말했다.

"야, 정말 너 부럽다. 정말 좋은 근육으로 뭉쳐졌네. 내가 너 정도였으면 한국야구사에 신기록을 다 갈아치웠을 텐데… 하느님은 왜 이리 불공평하신지 모르겠어!"

"뭘요! 형님도 좋은 신체를 가졌네요."

"너한테 비하면 조족지혈이지. 너 몸 관리 잘해. 몸이 고장 나면 천하에 관우도 파리 한 마리도 못 잡아. 그러니 정말 몸 관리에 신경 써야 해. 한번 고장 나면 다시 회복하기가 어려워. 몸이 아파서 야구계를 떠난 선수가 한 둘이 아니야. 야구밖에 모르는 사람이 야구를 못 하면 뭐 하겠니! 세상 살기가 어려워져. 그러면 세상이 원망스럽고 누군가에 원한을 갖게 되고 자칫 막다른 생각도 하게 돼."

"네. 명심할게요."

나현수는 잘 먹고 자기를 잘 따르는 김산이 막내아우 같아 귀여웠다.

20여 년의 나이 차가 있어도 말이 통하는 착한 녀석이 틀림없었다. 볼을 가볍게 어루만졌다. 김산은 고맙다는 표정을 지었다. 샤워 후에 먹는 엄마의 밥상 같은 자연식은 말 그대로 보약이었다. 살이 자꾸 붙는 것 같았다.

9

워크숍

구 총재는 이른 아침에 일어나서 스트레칭과 빠른 속보로 몸을 풀었다. 쾌청한 날씨였다. 그는 KBO의 숙원이던 선수 출신 총재였다. 역대 총재는 장관 출신이나 관료. 그리고 재벌 회장들이었다. 단지 명예직으로 야구에 대해서 무능한 얼굴마담들이었다. 야구 행정이 제대로 돌아갈 리가 없었다.

그는 잘나가던 선수 시절 부상으로 인하여 일찍 선수 생활을 마감하고 미국 메이저 야구에 다년간 유학하여 전문가로서의 선진야구를 한국야구에 접목하는 데 일조를 하였고, 해설위원이던 시절은 야구 전문용어를 구수하게 풀이하여 시청자가 재미있고 듣기 쉽게 전달하였다.

한때는 프로 감독과 코칭 생활을 했으나 그리 빛을 보진 못했다. 그러나 한국야구에 대한 열정은 남달랐다. KBO 집행부에 쓴소리도 하고 선수를 혹사시키는 감독에게 경고도 했다. 또한 열악한 야구 불모지를 개발하는 데 앞장서 야구장을 사비로 만들어 주기도 하였다. 아주 쉽고 흥미롭게 쓴 야구에 관한 책도 여러 권 발간했다. 그가 KBO 총재로 발탁되자 행정을 하는 직원들은 걱정 반 환영 반이었다. 행정에 대하여 일가견이 있기 때문이었다.

일반 운동선수와는 달리 법을 전공한 석사 출신에 명예 언론학 박사이기도 했다. 특유의 거침없는 추진력은 그의 신념인 돔구장을 만들어 냈고 지방구단의 열악한 경기장에 대해 구단주에게 독설을 퍼부어 끝내 신설경기장을 만들어 내기도 했다. 그러나 자기 고향 팀에 대한 편향된 사랑이 여론에 부딪히기도 했다. 그것까지 무어라 할 수는 없는 법이다. 누구나 다 장단점이 있기 마련이다.

구 총재는 간부 회의를 소집했다. 회의장에는 한국야구를 쥐락펴락하는 전문 행정가로 자리를 차지했다. 구 총재는 잠시 인사말을 하고 자기가 생각하고 있는 계획을 말했다. 그는 자기가 총재가 된 후 한국야구를 어떻게 혁신하고 발전시켜야 하는 것이 골몰했다. 대략 요점은 3개년 야구 발전 계획을 수립하고 진행하는 방법과 선수단과 KBO의 소통과 공감을 끌어 내기 위해 워크숍을 추진하라는 지시를 내렸다. 사무총장이 약간은 난색을 표했지만, 구 총재는 못 본 척 회의를 진행했다. 일정은 각 구단이 동계 훈련을 가기 전에 잡고 공문을 시행하라고 했다. 경비는 자기가 직접 구단주에게 협조를 부탁하겠다는 말로 회의를 마쳤다.

워크숍 날짜가 잡히고 일사천리로 진행되었다. 서울에 있는 특급호텔로 장소가 잡혔다. 각 구단에서 코칭 스태프 5명, 프런트 3명, 선수 대표 3명으로 참여하라고 했다. 그리고 KBO에서는 각 위원회별 2명, 심판진은 대표로 3명 등 130여 명의 야구 식구의 잔치가 개최되었다.

워크숍 당일, 전국 각지에서 올라온 야구인들은 시즌 이후 만나는 반가움에 서로 악수를 하고 껴안고 야단법석이었다. 오후 세 시에 워크숍이 시작되었다. 구 총재가 단상에 오르자 야구 선배 총재인 구 총재를 향해 지나칠 정도로 박수를 보냈다.

구 총재는 약간 상기된 표정으로 워크숍을 개최한 이유와 모든 야구인 가족의 행복을 진심으로 기원한다는 말로 끝냈다. 그리고 사무총장이 사무국에서 만든 야구 발전 계획과 상벌위원회에서 작성한 자료를 배포하고 설명했다. 혁신과 야구인의 공감과 현장의 목소리를 경청하고자 한다는 원론적인 말을 하였다.

이어 날카롭게 생긴 상벌위원회 위원장이 담담하게 상벌 규정의 적용에 대해 말했다. 두어 시간에 걸친 회의장은 쑥덕거렸다. 사무총장은 내일 오전 오후 각 두 시간씩 토론의 장을 가지니 충분히 자료를 검토하고 회의에 참석하라는 당부를 했다. 그리고 저녁 식사 시간을 가졌다. 역시 특급 호텔의 뷔페는 완벽하게 입맛을 당겼다.

모든 사람이 오랜만에 함께 먹고 즐기니 즐거웠다. 이러한 자리가 여태껏 한 번도 없었다. 참석한 야구인들은 이런 자리를 일 년에 한 번 정도 만들면 좋겠다고 이구동성으로 말하였다. 술을 즐기는 이들은 끼리끼리 자리를 만들어 환담했다. 금년 시즌에 관한 이야기, 누구누구 뒷말을 하고 웃고 떠들었다. 만찬장은 화기애애했다.

다음날 오전 열 시에 시작한 토론장은 그야말로 불꽃이 튀는 설전이 되었다. 사무국에서 발제한 혁신 계획에 대해서는 그다지 반론은 없었다. 그러나 선수들의 팬서비스에 대한 문제점을 말하자 대형 타자인 조용호가 일어나서 말했다.

"우리는 팬들에 대한 존경은 반드시 해야 한다고 생각은 합니다. 물론 야구로 돈을 벌고 생활을 하지만 저희도 사람이고 감정의 동물입니다. 물론 저희를 좋아해서 다가오는 것을 탓할 수는 없습니다. 그런데 우리도 가정이 있고 기다리는 아이들도 빨리 보고 싶은데 지나치게 붙잡고 늘어질 때는 당혹스럽습니다. 우리도 보호를 받아야 할 권리가 있는데, 조금 소홀하면 전부 우리한테만 책임을 전가하니 답답합니다. 또 원정 경기 때는 바로 뒷날 시합을 위해 충분한 휴식이 필요한데 이해를 못 하는 팬분들이 계셔서 입장이 난처한 경우가 많습니다."

사무차장이 되받아 말했다.

"아, 물론 선수 처지에서 보면 그럴 수 있죠. 그런데 우리가 누구 때문에 존재합니까? 시합에 열광하고 환호하고 시합이 끝나고 나서도 자기가 좋아하는 선수를 보려고 기다리고 사인 한 장 받으려 애태우는데, 단 1분의 시간도 할애를 못 하고 대충 팬을 대하는 것은 선수의 자세가 아닙니다. 우리가 팬이 없으면 존재를 할 수 있나요? 자기가 좋아하는 선수의 사인 한 장은 그 사람에게는 평생 잊지 못할 추억이 됩니다. 그래도 우리나라 팬들은 예의가 있다고 생각합니다. 선수 스스로 프로 정신을 마음속에 가져야 할 것입니다."

"물론 그 말씀이 맞지만 지나친 팬들도 있다는 사실을 알아야 합니다. 인기 있는 제 후배는 집 앞까지 몰려와 피해를 주고 주변 사람들에게 비난을 받고 있어요."

"그런 팬이 있다는 사실이 좋지 않아요?"

"아니죠, 다른 사람에게 피해를 줄 정도의 팬 문화는 이제 조금 정돈될 필요가 있다고 봅니다."

구 총재가 그사이를 들어왔다. 빙그레 웃으며 말했다.

"잠깐만. 두 분 말씀이 다 맞아요. 사람은 다 자기중심적으로 살고 그렇게 행동하죠. 그게 인간입니다. 한편에서 보면 그림자고 다른 한편에서 보면 햇빛입니다. 팬서비스는 우리 쪽만 봐서는 안 됩니다. 팬이 없는 프로는 있을 수가 없는 것입니다. 물론 열성적으로 지나친 팬들도 있죠. 대부분 어린 학생이거나 동생들이죠. 그때는 오직 자기가 좋아하는 선수만 보일 때입니다. 그들은 장래가 우리 자산입니다. 우리가 조금만 양보하고 신경 써야 하는 이유입니다. 선수 개인적으로 어렵겠지만 우리 모두를 위해서 한 걸음만 양보하는 미덕을 가지면 좋겠습니다. 물론 일부 몇몇 선수에 한하지만, 그들 때문에 야구계 전체가 욕먹는 일이 없어야 합니다."

"총재님 말씀은 충분히 공감합니다만, 단지 팬들의 입장만 듣고 언론이 떠들면 KBO는 팩트는 체크하지 않고 부화뇌동하는 경향이 있어서 드리는 말씀입니다. 우리도 억울할 때가 많습니다."

"네, 충분히 이해합니다. 저희도 확실히 사실 확인하여 억울한 선수가 나오지 않도록 하겠어요. 선수들도 각별한 주의를 해 주시면 감사하겠습니다."

다들 손뼉을 치고 팬서비스 문제는 그 정도로 마감했다. 구 총재가 국제 경쟁력 제고에 대해 언급했다. 수년에 걸쳐 밑바닥을 기고 있는 국제 경쟁력은 팬들을 실망시켜 야구장에서 쫓아내고 있으며, 옛 명성을 찾기 위해서는 선수 육성에 각 구단에서 신경을 써 주어야 한다는 기본 인식이었다. 정 단장이 그 말을 듣고 일어나 말했다.

"맞습니다. 우리 야구계 전체가 각성해야 할 문제입니다. 그런데 기술위원회에서 구단의 의견은 무시하고 그들의 눈높이로 선수를 선발합니다. 물론 자기 팀 선수를 추천하려는 구단의 말을 다 들어주기에는 무리라고 봅니다. 그러나 이제까지 잡음이 얼마나 많았습니까? 대표 선수 선발은 모든 야구인이 다 공감할 정도로 선발해야 합니다. 학연이나, 지연 또는 기술위원들의 입김으로 뽑으면 아무리 순수하게 선발했다고 항변해도 이해해 줄 사람이 없습니다. 그리고 군 면제가 달린 올림픽이나 아시안게임의 대표 선발도 여러 각도로 고려하여 선발해야 합니다."

기술위원장이 답변했다.

"그렇게 말씀하시면 꼭 우리가 책임도 없이 아무렇게나 선발했다고 들리는데, 우리도 심사숙고해서 최선을 다합니다. 그런데 결과만 놓고 이러니저러니 탓만 하니 정말 괴롭습니다. 한 구단에 편중되지 않게 선발하면 문제 삼고, 실력대로 뽑으면 어느 한 구단에 몰아 준다고 하고, 누구 말에 장단을 맞춰야 하는지 모르겠어요. 그러나 단 한 가지, 우리도 좋은 성적을 내기 위해서 밤잠을 못 자고 끙끙댑니다. 그리고 기술위원회에서 만든 기준에 의해 사심 없이 선발한다는 사실만 알아주시면 고맙겠습니다. 솔직히 전에는 류현진, 구대성 투수나 박경완 같은 포수, 이대호, 이승엽 같은 타자 등 불세출의 선수가 많았죠. 지금은 그런 선수들이 나오지 않아 좋지 못한 성적이 나온 이유도 크죠. 인정할 것은 인정해야 하는 거 아닙니까!"

"그건 핑계입니다. 지금도 좋은 선수가 많아요. 잘 활용할 방도를 마련해야지. 현재 선수를 깎아내리는 것은 바람직한 태도가 아닙니다. 그리고 감독 선임도 옛 명성에만 집착하지 말고 야구에 대해 확실한 실력과 선수들이 따르는 그런 분을 추천해야 온전히 승부할 수 있어요. 꼭 실력만이 승부를 좌우하는 것이 아니라 선수단의 결기 그리고 화합이 있어야 좋은 결과를 가져올 수 있어요."

"현대 야구는 데이터와 실력입니다. 예전같이 죽기 살기로 덤벼서 이길 수 있는 그런 시스템이 아니에요. 결기! 좋죠. 그러나 실력이 안 되는 결기가 무슨 소용이 있어요. 이제 우리의 처지를 알고 선수 육성에 더 힘을 쏟을 때입니다."

"위원장님 말씀은 일리가 있습니다. 그런데 나는 좀 다른 생각입니다. 장수는 지장이나 맹장보다는 덕장이 손에 피를 묻히지 않고 승리합니다. 그래서 저는 그런 감독을 더 선호합니다. 물론 생각은 다 다를 것입니다. 내 생각이 맞다고 고집은 안 합니다. 단지 다른 사람들의 다양한 의견을 모으는 지혜가 필요하다, 그런 말입니다."

여기저기서 서로의 의견을 가지고 설왕설래했다. 세상에 정답은 없는 법이다. 사람은 다 자기가 생각하고 다른 이가 동조해야 직성이 풀리는 동물이다. 자기의 의견이 다른 사람에게 꺾이면 진다고 생각한다. 그러나 그건 옳지 않은 자기 욕심이다. 자기만을 고집하지 말아야 한다.

우리는 '나'라는 조그만 울타리에 가둬놓고 자기가 전부인 양 알고 살아간다. '내가 생각하는 세상은 객관적이다'라고 착각하고 산다. 다 자기 기준을 설정하고 '나는 옳고 너는 그르다'라고 고집을 부린다. 상대에 대한 배려는 없이 자기주장만 옳다고 하는 우리 정치판의 '내로남불'과 같다. 그렇게 세상을 바라보는 눈은 다 주관적일 수밖에 없다. 세상의 이치는 맞고 틀리는 그런 이분법적인 것이 아니다. 보는 각도에 따라 달리 보일 뿐이다. 상대의 견해를 '틀렸다'고 말해선 안 된다.

점심시간이 되어서 열띤 토론이 멈췄다. 식사 후 끼리끼리 모여서 오전에 있었던 말의 성찬에 대해 또 다른 토론이 시작되었다. 생각하는 의견이 완전히 일치하는 것은 없었다. 낮잠을 즐기는 이도 있었고 오랜만에 보는 친구하고 노닥거리는 이도 있었다. 즐거운 시간이었다. 오후 세 시가 되자 다시 회의실로 집합했다. 상벌위원회 위원장이 발제에 나섰다. 요즘 언론에 과도하게 집중적으로 보도되는 학교폭력과 음주운전, 그리고 성범죄에 대한 징계 여부였다. '오래된 과거의 일이지만 학교에서 일어났던 폭력이나 따돌림 등 학교폭력에 연루된 선수는 우선 경기에 배제하고 사실 확인 후 그에 따른 조치를 한다'고 말했다. 참석자 다수가 그에 대한 반론은 없었다. 그러나, 한사람 김영우 투수 선수가 학폭에 대해 다른 의견을 내놓았다.

"학교폭력은 용서해서는 안 되는 범죄이지만, 무조건 피해자의 말만 듣고 선수를 가해자로 낙인을 찍어서 조치하는 것은 무죄 추정의 원칙에 반합니다. 빨리 사태에 대해 조사하고 처벌을 하든지, 아니면 가해자와 피해자가 합의하여 용서를 구하든지 그런 조치가 필요하다고 봅니다. 두 사람의 쟁점이 생기면 사법적 판단을 받은 후 처리해야 공정하다고 봅니다."

"물론 사실 확인을 하고 조처를 해야 하지만 늦어지면 여론에서 들끓고 더욱더 여론을 악화시킬 수가 있어서 그건 곤란합니다. 이건 정당하냐 아니냐 하는 문제가 아니고 일단 그런 일이 있었다는 것이 문제예요. 사회 분위기가 관대하지 못해요."

"하지만 배구선수의 예를 보더라도 무죄로 판명된 예도 있고 또 피해자와 원만한 합의를 하고 용서를 구한 사례도 있어요. 우리 야구계만 엄격하게 할 필요가 있나요?"

"다른 종목의 사례가 우리 야구계의 대안이 될 수가 없습니다. 좌우간 우리는 그렇게 시간을 끌고 여론을 악화시켜서는 안 된다는 것입니다. 양해해 주시고 선수들에게 각별한 주의를 전달해 주세요."

다들 침묵한다. 운동선수들은 그런 학교폭력에서 벗어날 수 없었다. 수십 년 전부터 이어져 왔던 운동부의 군기는 상상을 초월한 것이었고 누구나 그런 상처는 어느 정도는 가지고 있다. 다만 심하냐 아니냐에 따라 구분될 정도였다. 지나간 오래된 어릴 적 철없던 행동에 대해 어른이 되어서 책임을 지라고 하는 것은 가혹하겠지만, 절대로 학교폭력은 용납되어서는 안 된다는 사회적 요구였고 작금에 드라마 주제로 많이 나오다 보니 국민의 눈높이가 달라졌다. 학교폭력에 대해 사회가 절대 용서하지 않고 폭력을 저지른 당사자나 부모에게도 불이익이 가도록 하는 것은 재발 방지를 위해서 좋은 방안이고 철저히 바로잡아야 할 일이다.

상벌위원장은 이번엔 음주운전에 대해 단호한 어조로 말했다.

"음주도 마찬가지입니다. 음주운전은 살인미수 행위입니다. 절대로 해서는 안 될 일이지만 최근에 사회적 물의를 일으키고 자숙하지 못하고 야구계의 복귀를 시도한 선수가 있었습니다. 우리 KBO에서는 절대로 복귀를 인정할 수가 없습니다. 사회적 분위기도 절대로 용납하지 않습니다. 저는 이상하다고 생각합니다. 그 어렵게 운동을 해서 성공을 눈앞에 두고 그런 짓을 하는 까닭을 모르겠어요. 제가 술을 안 먹어서 그런지 당최 이해가 안 돼요. 뻔한 일을 왜 저지르는지 답답합니다."

참석한 사람들 모두가 할 말을 잊은 듯 조용했다. 최근에 일어난 음주에 대한 사회적 공분이 대단했다. 뺑소니 사고도 일어났고 만취 상태로 운전을 하다 사고를 낸 선수들에 대해 여론은 악화일로였다. 다시 상벌위원장이 말했다.

"요사이 성추행, 성폭력이 난무합니다. 전에 우리한테도 있었고 그에 대해 단호히 대처했지만 정말 성범죄에 대한 것은 절대 용서받기 어렵습니다. 만약 성추행 등으로 일이 터지면 사법적 처벌도 받겠지만, 야구계에서 영구 제명할 것입니다. 학교폭력은 어릴 적에 정신연령이 낮아서 했다는 조금은 이해되는 측면은 있으나, 성범죄는 성인이 되어서 발생하는 것으로 절대 용서받지 못할 범죄입니다. 물론 성인 두 사람이 하는 연애 같은 사생활에 대해 간섭은 할 수 없지만, 비윤리적인 물의를 일으키는 선수도 일벌백계로 다스릴 것입니다. 이상 세 가지에 대해서는 재고의 여지가 없다는 사실을 명심하시고 선수 관리에 온 힘을 쏟아 주시기 바랍니다."

상벌위원장의 말에 공감을 표하고 고개를 끄덕이는 사람, 혀를 차는 사람, 고개를 숙이고 생각에 젖는 사람들이 있었다. 구 총재가 다시 한번 강조했다.

"여기에 계시는 분들은 그런 일로 물의를 일으키실 분들이 아니라고 봅니다. 그러나 주변에서 그런 일이 현재도 일어나고 있고 아무리 강조해도 아마도 앞으로도 일어날 것입니다. 야구위원회에서는 이런 일의 재발 방지에도 힘쓰겠지만 야구에 책임 있는 여러분의 각성이 더 중요하다고 생각합니다. 우리 서로 한번 잘해 보도록 합시다."

참석한 모든 사람이 손뼉을 치고 크게 "예"라고 외쳤다.

사실 야구선수뿐 아니라 사회 전반에 걸쳐있는 고질적인 병폐였다. 유교적 전통문화가 사라지고 한두 명의 자식을 가진 부모의 조건 없는 자식 편애는 작금의 사회를 병들게 하고 있고, 이기적인 사고가 팽배하여 타인에 대한 배려가 사라진 지 오래다. 더구나 절대 손해를 보지 말고 살라는 유튜버가 설치고 타인의 어려운 처지도 동정하지 말고, 담배를 피우는 어린 학생이 있어도 간섭하지 말라는 분위기가 만연하고 있는 실정이다. 어른은 이미 실종했고 어른을 공경하는 시대는 이미 지나갔다.

학부모는 자식 편애가 도를 넘어 학생을 지도하는 교사의 목을 잡거나, 학생 지도로 조금만 회초리나 조금 거친 욕을 하면 바로 고소를 하는 행태가 일어나고 있고, 교권은 추락하고 교사에 대한 자긍심은 바닥을 치고 있으며 교단을 떠나는 교사가 많아지고 있다. 미래의 우리 사회는 암울한 상태이다. 점점 그런 개인주의 사고에 젖은 분위기에서 자란 선수들이 자리를 잡고 단체 생활의 협동심은 아예 없어졌다.

분위기가 어수선해지자 이십 분간 휴식 시간을 주고 다시 모여주라고 당부했다. 고 감독과 장 코치는 다른 구단의 감독들과 상벌위원장이 했던 말에 관하여 이야기를 나눴다. 다들 공감한다고 말했다. 야구계가 걸러야 할 그런 일에 적극 코치진이 나서야 한다고 이야기했다. 커피를 한잔하고서 다시 자리에 앉았다. 시간이 어느덧 많이 흘러가고 있었다. 다시 회의가 시작되었다. 이번에는 심판위원장이 나섰다. 심판위원장이 발제하려고 할 그때, 김영민 선수가 일어나서 말했다.

"잠깐만요… 심판진에 대한 말씀이 있기 전에 총재님에게 한 말씀 올리고자 합니다. 위원장님의 양해를 구합니다."

심판위원장이 잠시 당황하다가 구 총재를 바라보았다. 구 총재가 고개를 끄덕였다.

"여기 우리 야구계를 책임지시고 계신 분들이 모두 모였기에 꼭 간곡히 부탁드릴 말씀이 있습니다. 저는 선수협 대변인을 맡고 있는 김영민입니다. 다름이 아니라 선수 보호 차원의 대안이 없어서 제가 버릇없이 나선 거니 용서하시고 들어주시면 감사하겠습니다. 신인 드래프트 제도와 FA에 대하여 다시 한번 뜯어고쳐야 할 시기가 아닌가 합니다. 우리나라는 시장 자유주의입니다. 그런데 구단의 억압으로 선수는 노예 계약에 수십 년을 길들여 왔고 순응해 왔습니다. 드래프트도 FA도 이제는 손 볼 때가 되었다고 봅니다. 이에 대해 총재님의 고견을 듣고 싶습니다."

"아… 네… 선수협에 계시네요. 저도 이 건에 대해서는 할 말이 많습니다. 그러나 이 자리에서 논하기는 시간적 여유도 없고 하니 저희 사무실로 언제든지 내방하면 허심탄회하게 논하여 봅시다. 아시겠지만 야구 규정이나 규칙을 개정하려면 이사회를 열어야 하고 그 이사회는 구단 대표이사로 구성되어 있어요. 잘 알잖아요. 쉽게 고치기가 어렵다는 것을… 딱 한 가지만 이 자리에서 말하자면 우리나라 야구계 현실이 어느 한쪽만 손들어 주기에는 어렵다는 것이고, 그 제도들이 선수들에게 불리하다는 것도 알지만 과당경쟁으로 인한 운영하는 구단의 입장도 있고… 수십 년을 지속해 온 제도고… 하여튼 계속 연구해야 할 것입니다. 미안하지만 이 정도로 마감하죠."

구 총재가 점잖게 말하자 김영민도 더 이상 이 자리에서 논하기는 시간적 여유가 없다는 사실을 인정하고 자리에 앉았다. 잠시 후 심판위원장이 말했다. 스트라이크 존의 확대와 고의성 악송구로 인한 경기 저해, 심판 판정에 대한 불복 등에 대하여 말했다. 사실 왔다 갔다 하는 스트라이크 존에 대하여는 코치진이나 선수들도 불만이 많았다. 김 코치가 일어났다. 심판위원장에게 불만이 가득한 표정으로 말을 했다.

"위원장님! 대체 스트라이크 존이 왜 무슨 기준도 없이 왔다 갔다 합니까? 투수들이 정신을 못 차려요. 국제 규격에 맞게 하든지, 아니면 KBO 규격화를 하든지 해서 선수들이나 코치진이 헷갈리지 않게 해야죠. 좌우가 터무니없이 넓어지고 위아래는 구심에 따라 늘어났다, 좁아졌다. 내 참 이해가 안 돼요. 타자도 투수도 구심에 따라 달라지니 엄청 불만이 많습니다. 이게 말이 됩니까?"

"그건 심판진이 마음대로 하는 것이 아니죠. 다 규칙에 의해서 하는 거라 우리에게만 그러지 마세요. 그때그때 수시로 바꾸는 것은 아니에요. 김코치가 잘 알면서 그럽니까!"

"아니죠. 존이 더 좁아졌어요. 그리고 심판에게 어필하면 척사 존을 설정하기도 하는데 난 이해가 안 갑니다. 우리 리그가 평소 스트라이크 존에 대해 국제 규격화되어야 국제 시합에 경쟁력이 생기는 것인데, 오히려 도하 참사 이전으로 회귀하고 있어요. 심판진의 권위만 내세우지 말고 코치진과 협의도 하면서 리그전에 자세한 설명이 있어야 한다고 봅니다."

"그렇게 하잖아요. 왜 그렇게 시비조로만 말합니까? 우리도 최선을 다해서 공정한 심판을 하려고 노력하고 있어요."

"알죠. 그런데 누가 봐도 분명 스트라이크인데 볼이라고 판정하는, 명백한 오심이 나와도 판정을 번복하거나 이해를 구하지 않고 그냥 심판 말에 복종하라면서 진행한단 말이에요. 사실 어필하면 불이익이 올까 봐 조용히 하는지도 모르고… 조금 강하게 항의하면 퇴장이나 시키고, 그건 너무 하는 것 아닙니까?"

김 코치가 작정을 하고 말했다. 김 코치가 격하게 대들다 한 번 퇴장을 받은 적이 있어 가슴에 맺혀 있었다. 심판들이 주로 야구 선배이기 때문에 코치진도 강하게 어필하지 않는 분위다. 또한 심판은 그 시합에 대하여 전권을 쥐고 있기에 대들어 봐야 선수단에 손해만 있다. 그러나 끊임없이 오심 논란이 있고, 확인되더라도 오심도 경기의 일부라는 황당한 변명을 일삼는다.

심판들이 오심을 인정하기 어려운 이유는 인사 고과에 반영되고 오심이 많은 심판은 2군으로 좌천되는 불이익을 받기 때문이다. 심판도 사람인지라 순간적으로 일어난 상황에 미처 파악할 수가 없는 때가 있다. 영상 판독으로도 구별이 잘 안 되는 순간에 벌어진 사태에 실수도 따를 수밖에 없다. 그러나 그에 대한 선수들의 항의에 너무 권위적으로 대하고 있다.

"우리도 정말로 열심히 하려고 공부도 하고 시뮬레이션까지 합니다. 그러나 우리도 열악한 조건에서 피곤을 참아가며 선수들의 공감을 얻으려고 노력합니다. 그렇게 몰아세우지만 마세요. 동료 심판들이 부상을 당하고 제대로 치료도 못 받고 또 시합에 나가야 합니다. 선수는 다치면 로테이션도 하지만 저희는 숫자도 부족하고 힘듭니다. 존에 애매하게 걸친 공을 판정하는 데 순간에 해야 합니다. 솔직히 손이 올라가다가 말 때도 있어요. 그건 어쩔 수 없는 거잖아요. 우리보고 고자세라 하는데 절대 그렇지 않아요. 솔직히 말하면 우리는 미국 메이저 심판보다 잘하고 있다는 자부심도 있습니다. 우린 선수단을 아끼고 사랑합니다. 선수단이 없으면 우리도 설 자리가 없잖아요. 서로 좋게 이해하면 고맙겠습니다."

여러 사람이 다른 많은 의견을 내놓고 격렬한 토론이 되었으나 원론적인 말만 되풀이되었다. 결국은 모든 책임은 KBO가 지는 거로 귀결되었고 워크숍은 끝났다. 속내를 털어놓은 소통의 자리였지만 그러나 일부분 앙금은 남았다.

10

심리

"김산 씨! 저하고 얘기해 보니 어때요?"

"네, 마음이 매우 편해졌어요."

"그래요. 그럼 오늘은 김산 씨가 부정적으로 생각하고 있는 것을 버리는 것을 해 봅시다. 눈을 감고 한번 아버지를 생각해 보세요. 한 일 분간만."

박보라는 김산과 상담을 해 본 결과 아버지에 대한 부정적인 인지구조가 사로잡혀 있다는 것을 느꼈다. 아버지의 DNA를 가진 내성적인 소유자 김산이 특히 어릴 적 부모의 이혼으로 인하여 아버지에 대한 반감과 더구나 무심한 아버지와 마음의 교류가 없었던 시간들이 김산의 마음을 닫아 놓았던 것이다.

물론 아버지도 그에 대한 죄책감으로 어린 김산 보기를 힘들어하고 방관하게 되었고 서로 장벽이 높아져 버렸다. 인간은 합리적 존재임에도 불구하고 대부분 비합리적인 선택을 하고 힘들어하고 자존감이 낮아진다. 박보라는 김산의 감정 상태를 충분히 공감하고 수용하여 그 원인 파악을 위해서 김산에게 상담 과정을 설명해 주었다. 김산의 부정적인 사고에 대해 논리적으로 반박하고 김산이 부정적인 사람이 아니라는 것을 스스로 깨닫게 하여 긍정적 방향으로 개선시키는 목적이 있었다. 한참을 생각하다가 김산이 눈을 떴다. 그리고 박보라를 쳐다보았다.

"아버지 생각하니 무슨 느낌이 드나요?"

"글쎄요…. 불쌍하기도 하고 밉기도 하고… 대충 그래요."

"왜 불쌍한 생각이 들어요?"

"불쌍하죠. 어머니와 이혼하고 여태 혼자 사시면서 얼마나 힘들었겠어요! 더구나 지금은 학교에서도 억울하게 쫓겨나고…."

"그럼 미운 생각은 왜 들어요?"

"솔직히 아버지는 어릴 때부터 절 품어주지 않았어요. 아버지는 결벽증에 혼자 있길 좋아하시고 전 할머니랑만 있었죠. 전 아버지의 사랑은 받아보지 못했죠."

"지금도 미워요?"

"뭐, 이제 저도 나이가 들 만큼 들었고 미워하면 뭐 하나요. 그러나 한편으로는 마음이 안 편해요."

"맞아요… 그게 당연한 거죠. 김산 씨가 잘못하는 것이 아니에요. 자기를 돌봐주지 않으니 당연히 밉죠. 더구나 어린 시절 얼마나 부모의 사랑을 받고 싶었겠어요! 너무 자신을 미워할 필요는 없어요. 잘 알았어요. 그럼 이제 어머니를 생각해 보시고 다시 얘기하죠."

김산은 다시 눈을 감고 어머니를 떠올렸다. 보고 싶은 얼굴이지만 미운 생각이 더 들었다. 갑자기 화가 나기도 하고 눈물이 쏟아지기도 했다. 그런 김산을 박보라는 의미 있게 바라보았다. 한참 후 김산이 눈을 떴다. 김산은 눈가에 묻어 있는 눈물을 훔치고 머쓱해했다. 박보라가 빙그레 웃으면서 물었다.

"어머니는 잘 만났어요? 여러 생각이 겹치는 모양이에요!"

"네, 어머니는 생각날 때마다 밉고 보고 싶고, 하여튼 가능한 생각을 안 하려고 하는데… 좌우간 모르겠어요."

"당연해요. 그 어린 나이에 가장 사랑하는 어머니하고 헤어진다는 것은 말할 수 없는 고통이었을 거예요. 지금도 힘들죠?"

"이제는 조금 나아요."

8세 정도의 나이에 부모의 이혼으로 인한 상처는 성인이 되어도 없어지지 않는 트라우마다. 떠나버린 어머니에 대한 슬픔은 가장 기를 죽게 하고 아버지에 대한 반감도 생기고 마음의 벽도 쌓게 되었다. 슬픔과 분노를 느끼고 자신이 버려질 수 있다는 두려움에 불안을 느끼고 우울증세가 생기고 자존감은 떨어지고 불안정한 가족관계에 주위와 비교하면서 퇴행 행동을 하게 되고, 인간관계에 부적응 문제를 일으킨다.

그러나 다행히 김산은 그런 단계까지는 아닌 듯싶었다. 할머니의 지극한 보살핌이 김산의 정서를 더 나쁘게 하지 않은 것 같았다. 박보라와 김산은 많은 이야기를 주고받고 하였다. 김산은 가슴속에 담아 놓았던 응어리를 내뱉으니 시원했다.

여태 누구하고도 한 번도 말하지 않았던 혼자만의 비밀을 어머니와 너무나 닮은 박보라에게 하니 속이 뚫렸다. 십 분만 쉬고 역할 바꾸기 연극을 해 보자고 했다. 박보라는 김산의 자신감을 심어주려면 자존감을 올려주어야 하고 자존감을 올리려면 아버지와 어머니에 대한 부정적 마음을 버려야 한다는 결론을 얻었다. 박보라는 작성된 대본을 김산에게 주고 아버지의 역할을 하게 하고 자기는 김산의 역할을 했다. 박보라는 김산의 등 뒤에서 가만히 김산의 손을 잡으며 말했다.

- 아버지! 아버지는 왜 절 그렇게 힘들게 했어요?
- 산아, 아버지가 너에게 왜 그러했겠니. 난 너를 사랑했어.
- 그런데 왜 어머니와 이혼하고 나 혼자 살게 했어요?
- 그건 네 어머니가 날 배신하고 널 팽개치고 가버렸지. 난 도무지 참을 수가 없었어. 나도 괴로웠어. 너한테는 미안했지만. 그때 나는 너무 힘들었

어. 그래서 널 제대로 보살펴 주지 못했지 미안해.

- 어머니가 뭘 아버지에게 그렇게 잘못했어요?

- 나중에 말하자. 나도 괴로워.

- 그렇다고 어린 나에게 아버지는 한 번도 다정하게 해 준 적이 없어요. 그래서 나는 언제나 혼자였고 너무 외로웠어요. 할머니가 없었다면 아마도 난 나쁜 짓을 했을지도 몰라요.

- 그래, 정말 너한테는 할 말이 없다. 미안하다. 용서해라.

- 인제 와서 그런 말이 뭐가 필요해요. 뭘 용서하란 말이에요!

- 미안하다. 정말로 미안해.

아버지에 대한 역할 심리극이 끝나자 김산은 기분이 묘했다. 박보라가 가만히 김산의 등을 어루만졌다. 그리고 화장실을 다녀와서 차를 내왔다. 고소한 커피 향이 풍겼다. 서로 바라보면서 멋쩍어했다. 김산은 처음 해 보는 역할극의 아버지가 그래도 이해가 되지는 않았다. 잠시 후 이번에는 어머니의 역할을 김산에게 하라고 하고 박보라는 김산의 역할을 했다.

- 엄마! 엄마는 왜? 어린 날 두고 집을 나갔어. 나는 어쩌라고.

- 그래, 정말 너한테는 입이 열 개라도 할 말이 없어. 그런데 그땐 어쩔 수가 없었어.

- 왜요? 무슨 일이 있었길래.

- 네 아버진 좋은 사람이다만 너무 꼼꼼해서 날 너무 힘들게 했어.

- 아무리 힘들게 한다고 어린 날 두고 집을 나가요?

- 네 아버지는 퇴근해서 들어오면 창틀에 먼지부터 손으로 훑던 사람이야. 그런 결벽증에 혼자 자수성가한 탓에 생활비를 나에게 안 주고 자기가 관리했어.

- 그런다고 이혼을 해요?

- 그것 가지고 그러겠니. 나는 아버지 사랑을 받고 자라서 비교적 활달하고 내 마음대로 안 하면 못 견디는 성격이었지. 친구도 많고… 그런데 친구도 마음대로 못 만나게 했어.

- 어린 나는 생각도 안 했어요?

- 왜 널 생각 안 했겠니! 너는 내 눈에 넣어도 아프지 않은 아이였는데.

- 그런데 왜!

- 네 아버지는 의처증이 있었어. 날 정말 사랑했지. 그러다가 업무적으로 남자를 만나도 무조건 의심하고 날 구속했어. 더구나 네 할머니는 아빠 편만 들고 나는 너무 힘들었어… 널 두고 나가는 난 미치겠지만 나도 살아야 했어. 정말 너한테는 할 말이 없어. 미안하다. 너에게 할 말이 없어.

끝내고 이십 분 후 다시 박보라와 김산의 역할을 바꿔서 했다.

김산은 자기의 역할로 돌아가자 눈물을 흘리며 어쩔 줄 몰라 했다. 그런 김산을 박보라는 안아 주었다. 그러자 김산은 정말 어릴 때의 아이처럼 박보라를 끌어안으며 꺽꺽 울어댔다. 박보라는 그런 김산이 가여웠다. 자기도 모르게 김산을 품에 안으며 한숨을 길게 쉬었다. 탄탄한 김산의 팔에 안겨 한참 동안 있으니 심장의 박동이 뛰었다. 김산이 눈물을 훔치며 박보라를 바라봤다. 박보라는 그런 마음이 들킨 것 같아 김산을 밀어냈다. 그러나 김산은 더 힘을 쓰며 놓아주지 않았다. 박보라도 포기하고 가만히 있었다. 긴 시간이 흐르고 난 뒤 김산이 팔을 풀었다. 멋쩍은 미소를 띠며 김산이 입을 열었다.

"선생님, 고마워요. 제가 그동안 너무 내 생각만 했던 것 같아요. 엄마도 아버지도 각자 다 사정이 있었겠죠. 하지만 난 어릴 때 엄마 없는 설움을 너무 많이 받았어요. 아버지도 다정하지 않고 전 저 자신에 대한 자신감이 없었어요. 지금도 그런 게 많이 남아 있죠. 이제 어른이 되었는데도 아직도 벗어나지 못하고 있어요. 오늘 고마웠어요."

"상대방의 입장에 서 보면 조금이라도 이해될 수가 있어요. 이번 한 번으로 김산 씨가 변하겠어요? 가끔은 오늘의 이 역할극을 생각해 보고 두 분을 이해해 보도록 해 보세요. 다른 사람이 아무리 뭐라고 한들 크게 도움을 줄 수 없어요. 난 단지 김산 씨 편이 되어 들어주고 동조한 것뿐이에요. 내적 갈등의 치유는 본인밖에 할 수가 없어요. 내 입장만 생각하고 타인을 보면 절대 나아질 수가 없어요. 사람은 누구나 행복해질 권리가 있어요. 김산 씨도 행복해져야죠."

"네, 명심하고 노력할게요. 저도 이제 성인인데 과거에만 묻혀 살 수 없죠."

"김산 씨, 천성은 안 변한다고 해요. 그러나 뇌에는 변연계라고 희로애락을 담당하는 곳이 있어요. 부정적인 감정을 정화하고 긍정적인 감정을 강화하면 천성도 변화시킬 수 있다고 해요. 마음은 우리 가슴에서 일어난다고 하지만 실제로 우리 뇌에서 일어나는 반응이거든요. 각인된 기억을 버리기는 어렵지만 뇌가 바뀐다는 가소성 연구가 있어요. 결국 다 자기 몫이에요."

"고마워요. 노력해 볼게요."

"자기를 사랑해야 남들도 사랑할 수 있어요."

박보라와 점심을 같이하고 나현수의 집으로 돌아왔다. 가만히 생각하니 아버지도 어머니도 불쌍한 분들이었다. 침울하게 있는 김산을 나현수는 가만 내버려 두었다. 그리고 축사로 가서 소똥을 치웠다. 소들은 온순하고 인간에게 모든 것을 내준다. 나현수는 소를 키우면서 소에게 미안함을 느꼈다. 인간의 탐욕은 끝이 없고 미안해할 줄도 모르는 족속들이다.

오후 늦게 김산을 불렀다. 이제 며칠 안 남은 시간이라 마음이 다급했다. 김산도 이제는 서서히 헤어질 시간이 닥쳐오자 마음이 심란해졌다. 은근히 나현수하고 정이 들어서 지나가는 시간이 아까웠다. 미트를 가지고 나현수에게 갔다. 나현수는 박보라에게 갔다 온 김산에게 아무것도 묻지 않았다. 자기가 끼어봐야 무어라 할 말도 없기 때문이었다.

날씨는 차가운 편이었다. 포크볼에 대하여 다시 한번 알려주고 계속 던져보라 했다. 자기와는 딴판으로 공이 들어왔다. 워낙 강하게 던지는 김산의 포크볼은 볼의 각도는 작으나 구속은 놀라울 정도로 빨랐다. 나현수의 포크볼은 속도는 느리지만 폭포수처럼 각이 많은 공이었다. 공의 회전수를 낮춰 공의 낙폭을 크게 만드는 포크볼이지만 두 사람의 포크볼은 확연하게 달랐다. 그건 손가락 길이와 어깨 힘에 따른 차이인 것 같았다.

나현수는 굳이 자기가 구사하는 포크볼을 김산에게 요구하지 않았다. 다 그들대로 장단점이 있기 때문이었다. 자기는 너클볼에 가까운 구종을 결정구로 많이 사용하고 효과를 봤다. 동양인 투수들, 특히 일본 투수들이 주로 사용하여 메이저리그에서도 재미를 본 구종이다. 그러나 홈플레이트 근처에서 변화가 많기 때문에 포수가 포구하기에 신경을 많이 써야 한다.

나현수는 제구를 주 무기로 하던 선수라 구사하는 변화구의 구종이 많았지만, 김산은 강속구 위주의 투수라 두세 개 정도의 변화구만 제대로 장착하면 대성할 수 있는 투수라 여러 가지를 권하지 않았다.

며칠 계속해서 연습한 결과 미미하게 변화가 있었다. 어차피 짧은 기간에 이루어 낼 수는 없지만, 그래도 대학이나 프로에 와서 집중적으로 노력한 효과가 조금씩 접목되는 것 같았다. 앞으로 상무에서 혹독한 훈련만이 김산을 대선수로 만들 수가 있다. 그건 김산의 몫이었다.

휴가 기간 만료 4일을 남겨두고 수아한테서 전화가 왔다. 김산이 사유를 말하고 전화는 사절한다는 당부를 했기에 참다 참다가 수아가 한 것이었다. 그곳으로 가고 싶다는 것이었다. 군 귀대하기 전에 꼭 봐야겠다는 각오를 내비친 것이다. 김산은 망설였다. 집에도 안 가고 여기서 바로 귀대하려는 마음을 먹었기에 남의 집에 오라고 하기에는 마음이 허락을 안 했다. 이런저런 핑계를 대고 못 오게 해도 막무가내였다. 나현수에게 그런 사정을 이야기했다. 무슨 관계냐고 물었다. 김산은 대충 얼버무려 말하고 그냥 얼굴만 보고 보낸다고 말하자 나현수가 웃으며 말했다.

"괜찮아… 여기 와서 하룻밤 묵어도 돼. 친구라며 그냥 어떻게 보내. 오라고 해라."

김산은 수아에게 연락했다. 수아는 뛸 듯이 기뻐했다. 뒷날 바로 쳐들어 왔다. 손에는 한우와 과일을 잔뜩 들고 찾아들었다. 나현수와 그의 아내는 반갑게 맞이하면서도 수아의 예쁜 모습에 환호를 질렀다.

"어서 와요. 뭘 이렇게 가지고 오셨어요. 호호호 정말 예쁘네요. 김산 씨와 정말로 잘 어울려요."
"감사합니다. 듣자니 산이가 정말 고마운 분들이라고 신신당부하더라고요. 빈손으로 올 수가 없어서 무얼 좋아하시는 몰라서 그냥 사 가지고 왔어요."
"안 그래도 되는데… 어서 올라오세요."
"네, 고맙습니다."

자기를 환대하는 두 분의 모습을 보니 영락없는 시골 촌부였다. 산이가 말하길 한국야구사에 커다란 발자취를 남긴 대투수 출신이라고 해서 기대 했는데 평범하게 보였다. 그러나 순수한 모습은 수아를 편하게 해주었다.
나현수의 아내가 차를 내왔다. 수아가 오자 젊은이들의 취향에 맞춰 일부러 커피를 내왔다. 짙은 커피 향이 코끝을 스쳤다. 조신하게 커피를 마시는 수아를 보고 나현수의 아내가 묻는다.

"수아 씨, 김산 씨와 무슨 사이예요?"

"아… 네… 제가 좋아해요."

"그래요. 김산 씨는 좋겠다. 저런 예쁜 아가씨가 좋아하고. 부럽네요!"

"아뇨, 그냥 친구예요. 오래된 그런 친구예요."

"제가 연애하자고 해도 안 한다고 버텨요. 웃기죠?"

"그러네요."

"자기가 뭐 무슨 넘사벽인 줄 알아요."

"김산 씨, 이렇게 아름다운 아가씨가 좋다는데 그래요!"

"아주 많이 오래된 친구라 여자로 안 보여요."

"연애는 속없을 때 하는 거예요. 나이 들면 이것저것이 보여서 안 돼요. 지금이 딱 좋은 나이인데…."

김산과 수아는 커피를 마신 후 산책을 갔다. 시골길은 공기도 좋고 하늘은 맑았다.

수아는 한시도 김산을 놓으려 하지 않고 팔짱을 끼고 흥얼거렸다. 김산도 기분이 절로 좋아졌다. 수아를 슬며시 바라봤다. 티 없이 고운 미소에 흥얼거리는 수아가 예뻐 보였다. 오랜 세월을 자기만 쳐다보고 한눈팔지 않은 수아에게 미안한 감정도 생겼다. 김산이 슬며시 수아의 어깨에 손을 둘렀다. 그런 김산을 사랑하는 눈으로 바라보며 수아는 행복에 취한 표정이었다. 한 시간을 재잘거리는 수아의 말을 받아주고 낄낄대고 즐거웠다. 집에 돌아오니 나현수의 아내가 호기심 어린 시선으로 바라보며 물었다.

"재미있었어요?"

"네."

수아는 호기롭게 말했다. 이제 세상이 다 자기 것 같았다. 즐거워 어쩔 줄 모르는 수아를 바라보며 김산은 빙긋 웃었다. 그런 김산을 보고서 나현수가 말했다.

"뭐 친구! 아주 엉큼한 놈이네… 저렇게 좋으면서."

"헤헤헤… 친구를 오랜만에 보니 좋아서 그러죠. 내 둘도 없는 친구라고요."

"그래 잘 알겠다. 평생을 같이할 친구라 그 말이지."

"그건 모르죠. 같이 할지 아님 각자도생할지."

그때 밖에서 소란스러운 소리가 나면서 두 사람이 집으로 들어섰다.

"어야! 친구야, 나네."

"이게 누구야! 아무런 말도 없이 쳐들어와?"

"우리 사이에 연락하고 와야 할 사이인가! 어, 수아 씨도 있네."

최 감독과 박 감독이었다. 김산을 보내놓고 미안하기도 하고 어떤 소득이 있었는지 궁금도 해서 둘이 아무 말도 없이 쳐들어온 것이었다. 오랜만의 해후에 서로들 반가워하고 손을 잡고 야단법석이었다. 친구란 나이가 들어도 늘 어릴 때 순간으로 돌아가 버린다.

김산과 수아도 당황했다. 그러나 반가운 사람들이었다. 정중히 인사를 하고 옆으로 섰다. 나현수가 응접실로 인도했다. 나현수는 갑작스러운 손님들을 응대하느라 땀이 났다. 그러나 죽마고우와 후배가 오니 기분이 정말 좋았다. 이런저런 얘기를 하고 있는데 낭랑한 목소리가 들리며 박보라가 들어섰다. 나현수와 김산은 깜짝 놀랐다. 나현수가 물었다.

"아니, 너 여기 웬일이냐?"

"삼촌, 내가 얼마나 최 감독님 팬인지 몰라요! 숙모가 전화해 줘서 벼락같이 왔지. 아유, 최 감독님 반가워요. 제가 얼마나 좋아하는지 알죠? 찐 팬이에요."

"아하 박 선생! 고맙고 반갑네요. 그런데 박 선생은 나이가 들수록 점점 예뻐져. 영화배우 뺨치겠네요. 요새 뭐 좋은 일 있는가 보네."

"아휴, 말씀은 고맙지만 무슨 좋은 일이 있겠어요. 환자 보기도 바쁜데."

갑자기 나타난 박보라를 보고 수아는 의아해하면서 김산에게 눈짓으로 물었다. 그러자 김산이 나현수 씨 조카고 의사라 말해주었다. 그러자 수아가 너는 어떻게 아는 사이냐고 다시 물었다. 김산이 자기의 주치의라고 말하자 수아는 무슨 말인지 모른다는 표정을 지었다. 그러면서도 갑자기 화려하고 섹시한 박보라가 나타나자 순간 경계심이 들었다. 박보라가 수아를 보더니 김산을 향해 말했다.

"어머 김산 씨⋯ 여자친구예요? 참 예쁘네⋯."

"선생님, 잘 오셨어요. 수아야 인사해."

"처음 뵙겠습니다. 반갑습니다."

"네, 반가워요. 김산 씨한테 이렇게 예쁜 애인이 있다니 갑자기 질투가 나네⋯ 호호."

"아이고, 선생님 애인이 아니고 친구예요. 친한 친구."

옆에서 지켜보던 최 감독이 입을 열었다.

"난 수아 씨가 김산 애인인 줄 몰랐네. 산아, 남녀 사이에 무슨 친구야. 그냥 애인이지. 산이가 능력이 있네, 저런 미녀를 사귀고. 수아 씨 산이 잘 돌봐줘야 해요, 알았죠? 마음에 안 든다고 버리면 내가 용서 안 해요."

"네, 감사합니다. 감독님. 제가 그럴 일은 천지개벽이 나도 없을 거예요. 감독님이 산이나 잘 관리해 주세요."

박보라가 의미심장한 표정을 지으며 김산에게 물었다.

"김산 씨 나한테는 절대 여자는 안 사귄다고 하더니 거짓말이었네요."

117

"선생님, 전 여자하고 시시덕거릴 시간도 없고 여잔 별로예요."

"자신을 속이지 말아요. 얼굴은 좋아서 어쩔 줄 모르는데… 잠시 제가 은근 생각이 있었는데 포기해야겠어요."

최 감독이 끼어들었다.

"아니, 산이는 무슨 복으로 이런 미녀들의 마음을 사로잡지? 하긴 잘났지 잘났어! 그런데 산이야, 그런 실력으로 야구계를 평정해야지 여자만 홀리면 되니!"

그때 박 감독이 맞장구를 친다.

"산이가 운동장 나오면 여성 팬들에게 몸살을 당할 거야. 수아 씨, 독한 마음 먹어야 해."

"네, 명심해서 꼭 붙잡을게요. 응원해 주세요."

수아가 MZ 세대답게 숨김없이 당당하게 자기 속마음을 표하자 박보라가 입을 삐쭉 내밀면서 말했다.

"제가 산이 씨와 이런저런 말을 해 본 결과 산이 씨는 정말 여자에게 관심이 없는 것 같았어요. 나한테도 눈길 한번 안 주었거든요. 수아 씨, 잘해야 될 거예요."

"아니, 보라가 산이에게 마음이 있었어? 내가 약간 걱정했었는데. 너 조심하라고 산이에게 당부도 하고…."

나현수가 깜짝 놀란 표정을 지으며 놀려댔다. 모두가 다 웃고 깔깔댔다.

박보라는 조금 민망했다. 그러나 산이보다 대여섯 연상이지만 잠시 흔들리기도 했다. 심리극을 할 때는 정말로 엄마가 되어서 김산을 어루만져 주고 싶은 모성애도 느꼈었다. 그런데 지금 수아가 눈앞에 있자 은근 질투심이 생겼다. 삼촌도 자기를 조심하라고 했다는 말을 듣자 부끄럽기도 했다. 저녁 식사를 맛있게 하고 약간의 과일 안주에 와인을 들었다. 말이 없던 박 감독이 입을 열었다.

"형님! 산이 어때요?"

"뭐가?"

"공 하고 멘탈 말예요."

"뭐 그저 그렇지. 그거 어디 벼락에 콩 볶듯 쉽게 되겠니. 더 열심히 본인이 노력해야지."

"그래도 최 감독님이 형님에게 보낼 때는 무슨 기대가 있어서 그랬을 거 아뇨."

박 감독이 다그치자 나현수가 말했다.

"하기야, 최가 놈이 나에게 기대는 하고 보냈겠지. 근데 20%도 못 바꿔 었어. 속구만 몸에 익어서 잘 안 되더라고… 그래도 내가 전수해 준 포크나 슬라이더는 조금씩 알아가는 것 같기는 하더라고…. 그게 완전체가 되면 아마 한 선수 될 것은 같은데 모르겠어. 그리고 멘탈 부분은 보라가 어디까 지 했는지 난 몰라. 도둑놈들! 나한테 일언반구도 없이 산이를 보내 놓고 보따리 내놓으라는 심보네. 산이가 잘되면 다 네놈들 덕이라 할거지?"

"아뇨. 다 형님 덕이겠죠. 산이야, 너 형님한테 잘해야 돼. 알았지!"

박 감독의 말을 이어서 최 감독이 웃으며 말했다.

"야 친구야… 너하고 나하고 그럴 사이냐. 산이가 꼭 너 닮아서 뭔가 넌 할 수가 있겠다 하고 보냈지. 난 산이가 우리 팀의 대들보가 될 것 같은 기 대를 하고 있어. 물론 산이가 가지고 있는 단점을 극복한다는 전제로 말이 야. 현수가 넌 해 줄 수 있을 것 같다고 믿었지. 근데 겨우 20%야! 너 다시 봐야겠다. 그래도 50%는 되었어야지."

"야! 내가 무슨 천재냐? 그리고 내가 공을 손 놓은 지 몇 년인데 그래. 내 가 시범을 보이다가 산이한테 비웃음도 샀어. 이 친구야."

"아이고, 형님. 제가 뭘 비웃었다고 그래요."

"그럼 안 그랬어? 내가 포크볼 던질 때 슬쩍 웃고서는 아니라고 시치미 떼고 그래!"

웃고 떠들고 하다 보니 시간이 많이 지나갔다. 최 감독과 박 감독이 일어나려 하자 나현수가 늦었으니 자고 가라고 하였다. 수아는 아예 가려고 생각도 안 하고 있었다. 김산은 내심 걱정이 되었다. 모든 사람이 잘 정도로 숙소가 넉넉하지 못해서 수아를 보내야 하는데 꿈쩍도 안 할 기세였다.

최 감독과 박 감독이 팀 사정으로 가봐야 한다고 말했다. 김산이 수아에게 같이 가라고 말했다. 최 감독이 흥미롭게 바라보았다. 야구선수도 공인이 되다 보니 스캔들에 휩쓸리기에 십상이다. 최 감독은 김산을 자기 팀의 마스코트로 삼고 싶었다. 김산은 잘생겼고 승률만 높이면 충분한 흥행 메이커가 될 것으로 기대했다. 자기의 선수를 보는 안목에 항상 자신이 있었다.

최 감독이 나현수의 아내를 찾았다. 그리고 봉투를 내놓았다. 나현수의 아내는 손사래를 쳤다. 최 감독이 나현수의 아내의 손을 붙들고 말했다.

"제수씨, 이거 내가 주는 돈 아니에요. 구단에서 주는 것이니 부담 갖지 말고 받아요. 내 일부러 온 거요. 나도 양심이 있지, 내가 현수에게 그냥 부탁하겠소!"

현수의 아내가 몇 번 뿌리치다가 어쩔 수 없다는 듯 빙그레 웃으며 봉투를 받았다. 그런 최 감독을 보면서 나현수도 아무 말 안 하고 고개만 끄덕였다. 최 감독과 박 감독이 떠날 준비를 하자 김산은 다시 수아를 밀쳤다. 이수아는 떠미는 김산과 최 감독을 번갈아 눈치를 보다가 할 수 없이 따라나섰다. 그런 수아를 박보라가 기쁜 듯이 빙긋 웃으며 배웅하였다. 이수아도 정중히 고개를 숙였다. 별똥별들이 우수수 떨어지고 있었다.

11

복귀

이제 귀대 준비를 해야 했다. 짐이라 해 봐야 가방 하나라 별것이 없지만, 옷가지를 챙겼다. 두 주일 정도의 기간이었지만 김산은 자신이 스스로 많이 변했다고 생각했다. 사람의 연이란 어쩌면 숙명인지도 모르겠다. 한 번도 본 적이 없고 생각해 본 적도 없는 나현수였다. 그러나 갑자기 다가온 나현수와의 만남은 김산에게는 하늘이 내려주신 기회였다. 함부로 인연을 맺지 말라는 법정 스님의 말씀은 귀한 인연을 소중하게 받으라는 말씀이다. 비록 짧은 두 주일이지만 나현수와의 조우는 김산에게 인생의 변곡점이 되었다.

가방을 챙기고 나현수를 찾았다. 나현수가 아내와 함께 있었다. 회자정리라 사람은 만나면 반드시 헤어지게 되어있다. 김산을 바라보는 나현수의 눈가에 아쉬움이 배어 있었다. 그동안 깊은 정이 들어 버렸다. 나현수도 초야에 묻혀 야구를 잊고 살다가 김산을 통해 어른거렸던 추억의 강에 풍덩 빠졌었다. 그리고 어린 나이지만 순박하고 자기를 잘 따르는 김산에게 마음을 주었던 것이다. 이제 헤어짐을 앞에 두고 아쉬운 마음이 드는 것은 당연한 것이었다.

사람의 연이란 억지로 만들어지는 것이 아니다. 인생은 씨줄과 날줄의 촘촘한 직조로 베를 짜듯 관계가 만들어지고 유지되는 것이다. 김산이 두 사람에게 엎드려 큰절을 하였다. 여태 누구보다도 고마운 분들이었다. 김산은 차가운 아버지에게서 사랑의 눈길을 받지 못하고 커 왔다. 늘 사랑이 배고프고 외로웠다. 그런데 여기 와서 분에 넘치는 환대와 야구에 대한 모든 것을 배웠다. 정말로 고마웠다. 할 수만 있다면 여기서 오랜 기간 있고 싶었다. 나현수는 김산에게 위대한 스승이었다. 나현수가 큰절을 하는 김산을 보고 흐뭇한 미소를 띠었다. 그리고 김산에게 자신이 프로에서 오랫동안 사용했던 글러브를 주었다. 김산은 너무나 황송해서 어쩔 줄 몰라 했다.

글러브에는 61번이 쓰여 있고 번호 옆에 빼어날 수(秀) 자가 한자로 적혀 있었다. 오래된 거라 조금은 낡은 글러브였다. 김산은 눈물이 핑 돌았다. 갑자기 눈물이 쏟아졌다. 이런 자애로운 사랑은 처음이었다. 아무것도 끈이 없는 자기에게 모든 것을 주는 나현수가 정말 말할 수 없게 고마웠다. 나현수의 아내도 눈물을 흘리는 김산을 보고 마음이 울컥했다. 잔정이 들었었다. 나현수가 김산에게 일어나라고 말하면서 김산에게 다가가 가볍게 안았다. 그리고 말했다.

"산아… 네가 간다니 정말 서운하다. 그동안 너에게 정이 많이 들었는데. 더 잡고 싶지만 그럴 수가 없고 잘 귀대하고 건강하게 잘 지내라."

"네, 그동안 정말 고마웠습니다. 두 분의 사랑 과분하게 받고 갑니다. 죽을 때까지 잊지 않고 살겠습니다. 제가 꼭 성공해서 두 분에게 다시 찾아오겠습니다."

"아무렴 꼭 성공해야지. 꼭 안 찾아와도 좋아."

"아뇨. 전 제 인생에 있어서 참 스승을 만나서 사람이 된 것 같습니다. 이 은혜는 꼭 갚도록 하겠습니다."

"아니 나도 널 만나서 즐거웠어. 나도 네가 고마워. 글러브는 내가 쓰던 거야. 조금 낡았지만 내 마음인데 받아주고 결정적인 시합에 한번 네가 사용하면 좋겠다. 내가 조금 웃긴 주문이지!"

"아뇨, 전 영광입니다. 꼭 그렇게 하겠습니다."

"산아, 채근담에 이런 말이 있어. 넓은 세상에서 많은 이들과 인연을 맺으며 살아가는 것이 행복한 일인데 맛있는 음식이 있으면 다른 이들과 함께 나눠 먹으라고… 함께 사는 세상을 우리는 만들어 가야 한다. 혼자만이 모든 것을 누리고 사는 것은 공평한 세상이 아니야. 성공도 하면 좋지만, 너무 과신해서 실패한 다른 사람을 무시하거나 흔들어 대면 안 된다. 언제나 낮은 자세로 인생을 살아가야 해."

"네, 명심하고 잘 처신하겠습니다."

"그래 그럼 나가봐. 아, 그리고 이것 가져가."

나현수가 봉투를 김산에게 주었다. 김산은 깜짝 놀라 뿌리쳤다. 그러자 나현수가 말했다.

"산아, 너 휴가 받고 귀대하면서 동료들 너만 기다리는데 빈손으로 가려고 그래. 자 이거 가지고 가."

"형님! 고맙지만 안 받을래요. 제가 무슨 낯짝으로 돈까지 받습니까!"

"받아. 이건 최 감독이 너무 과하게 준 돈에서 극히 일부야. 편하게 생각하고… 그리고 나 너한테 투자하는 거야. 나중에 꼭 갚아."

김산은 할 말이 없어 그냥 나현수를 쳐다봤다. 그리고 김산은 훌쩍거렸다. 그런 김산을 보고 나현수가 크게 웃었다. 그리고 말했다.

"에이, 다 큰 놈이 눈물은… 야 그만 울자. 너 때문에 나도 눈물이 나오려 해."

두 사람이 이별의 순간을 놓치기 싫어 눈물을 보이자 나현수의 아내도 울컥했다. 그때 김산의 휴대폰이 울렸다. 박보라였다. 오늘 귀대하기 전에 자기를 꼭 만나고 가라는 것이었다. 박보라의 음성이 들리자 나현수가 웃었다.

"그래 만나고 가라. 할 말이 있는 모양이지."

"잘 알겠습니다. 그나저나 전 형님께 빚을 너무 많이 져버렸습니다."

"그래. 알면 꼭 성공해서 반드시 갚어. 안 그러면 내가 쫓아가서 받아낸다."

나현수는 껄껄 호탕하게 웃어댔다. 아내도 덩달아 웃었다. 김산을 배웅하고 돌아서는 나현수는 허전했다. 김산과 함께했던 시간이 순식간에 지나가고 김산은 곁을 떠났다. 집이 휑한 것같이 보였다. 축사로 가서 소똥을 치우기 시작했다. 오늘따라 삽질이 잘되지 않았다. 김산과 너무 정이 들었던 모양이었다. 방으로 들어가 아내에게 술 한 잔만 가져오라 했다. 대낮에 술을 먹겠다는 남편의 심정에 공감하기에 아내는 술상을 마련해 주었다. 댓 잔을 거푸 마신 나현수는 그대로 쓰러져 눈을 감았다.

하얀색으로 모티브를 잡은 아담한 커피숍이었다. 그녀는 연한 녹색 셔츠와 군청색 점퍼에 청바지를 입고 나왔다. 하얀 피부는 빛났다. 적당한 키의 그녀는 평소 보았던 박보라보다 서너 살은 어리게 보였다. 김산을 보고 미소 짓는 입술은 연한 붉은 색의 립스틱이 발라져 있었다. 캐주얼한 그녀의 등장에 김산은 잠시 어질했다. 늘 가슴속에 품고 살았던 엄마의 기억이 그녀를 볼 때마다 소환되곤 했다. 그런데 오늘은 더 생기있는 활달한 모습이 심장을 두드렸다. 그녀가 김산 앞에 앉았다. 부드러운 향내가 풍겼다. 주위의 사람들은 두어 명으로 별로 없었다. 커피를 시켰다.

짙은 커피 향이 퍼졌다. 김산이 킁킁하며 냄새를 음미한다. 그녀가 웃었다.

"김산 씨… 아이 같아!"

"네, 박 선생님 앞에서는 아이가 되고 싶어요."

"뭐라고요? 왜 내 앞에선 아이가 되고 싶어요?"

"엄마같이 푸근하고 어른 같고 날 안아줄 것 같고… 히히히… 그러죠."

그랬다. 김산은 자기의 모든 비밀을 털어놓은 상대였다. 물론 치료를 위한 경우였지만 그녀는 김산의 모든 것을 들여다본 사람이었다. 상대가 나를 다 안다는 것이 두렵기도 하지만 한편은 기대고 싶은 마음이 더 들었다. 어차피 자기보다 연상에 의사였다. 그녀는 김산의 심장을 가끔씩 두드리는 여자였다. 그리고 언뜻언뜻 엄마의 냄새가 났고 자기에 대해 호감이 있다는 것도 안다. 수아와는 다른 여자였다. 지적이면서 성적 매력을 풍기기는 어려운데도 그녀는 다 가지고 있었다. 엄마의 따스함도 지니고 있었다. 이제 그녀와도 오늘이면 떨어져야 한다.

"산이 씨… 오늘 귀대한다면서요!"

"네."

"그럼 제대는 언제 해요?"

"한 8개월 남았죠."

"아, 그럼 내년 6월 초 정도."

"네."

"그럼 제대하면 바로 프로로 가나요?"

"네."

"쉬지도 못하고요!"

"그러죠. 우린 구단에 얽매여 있어 내 맘대로 못해요."

"너무하네요."

"그래도 불러만 줘도 고맙죠."

"그래요. 힘들겠네요!"

"우리 생활이 다 그러죠."

"산이 씨! 언제 서울로 올라오면 술 한번 해요."

"서울에 와도 시합 때문에 꼼짝할 수가 없어요. 몰래 도망쳐야 하는데 잘 못하다가 영창 갑니다. 제가 휴가가 더 남았거든요. 휴가 내서 만나면 되죠."

"정말요. 그럼 약속한 것으로 알고 있을게요. 딴소리하기 없어요."

"네. 선생님 만나는데 그래야죠."

"그런데, 수아 씨는 정말 어떤 관계예요?"

김산은 그 말을 듣고 잠시 망설였다. 사실 전에 키스를 하고 난 뒤 혼란스러웠다. 오래된 친구로 정말 사심 없이 지내왔었다. 그런데 그런 일이 있고 난 뒤로 자신의 감정이 무언지 자신할 수가 없었다. 수아를 만나면 좋기도 하고 편하기도 한 감정이었다. 그녀의 풍만한 육체를 볼 때는 심장이 잠시 뛰다가 잠시 후 식어 버리고 아무런 욕망이 안 생겼다. 그렇지만 박보라는 볼 때마다 심장이 두근거렸다. 김산도 왜 그런지 몰랐다. 단지 그녀를 볼 때마다 엄마의 잔영이 어른거리고 성숙한 그녀의 체취가 숨을 못 쉬게 하였다.

그러나 그녀는 자기보다 연상에 전문의로 자기가 넘보지 못할 상대였다. 언감생심 그녀에게 자기의 마음을 표하고 싶지만, 자신이 없었다. 더구나 수아가 자꾸 걸렸다. 저렇게 대놓고 자기를 놓치지 않겠다는 선언을 아무한테나 하는 수아를 눈물 나게 할 수는 없었다. 김산은 마음이 여리고 선한 편인 젊은이였다. 잠시 망설이다가 말했다.

"오래된 친구죠. 그리고 날 좋아하고, 물론 남자로서요… 그런데 정말 난 결혼은 한 번도 생각해 본 적이 없어요. 이번 상담을 통해서 엄마에 대한 미움은 조금 해소되었지만, 그것과는 별개로 전 비혼주의자예요."

"호호호… 그래도 예쁜 수아가 여자로 안 보이나요! 남자들 다 속셈이 뻔한데."

"남들이 생각하기 나름이죠. 나는 아직 야구에 대한 욕심도 있고 해야 할 일들이 첩첩산중이라, 그래서 아직은 여자 생각으로 고민하고 싶지는 않아요."

"뭐 김산 씨 입장에서 그럴 수가 있죠. 한데 수아 씨를 보니 그건 아니던데요."

"수아 마음이야 할 수 없죠. 그러나 내가 단단히 말해두었어요. 난 절대 결혼 따윈 안 한다고."

"수아 씨는 뭐라 해요?"

"죽을 때까지 서로 연애라도 하자고 그러데요. 그래서 웃고 내가 그러자고 했죠."

"산이 씨, 내가 왜 이런 질문을 한다고 생각해요?"

순간 김산은 당황했다. 이야기하다 보니 묘한 곳으로 흘러간다고 느꼈다. 그러나 이미 주워 담기에는 늦었다. 박보라는 신경정신과 의사였다. 사람의 심리를 잘 알고 통제하고 소통하는 의사였다. 김산은 이 순간을 벗어나기 어렵다는 생각이 순간 들었다. 그녀의 김산에 대한 감정을 이야기하라는 것이다. 본인이 아니고 김산의 입을 통해서 자기의 마음을 내뱉고자 하는 것이었다. 노련한 상담자였다.

"저 잘 몰라요. 선생님이 직접 말해 보세요."

"호호호, 왜 제가 말하는 의도를 몰라요? 저도 산이 씨하고 오래 이야기하다 보니 산이 씨가 듬직하게 다가오더군요. 남자답게… 처음에는 나약하고 속은 온통 부정적이고 뒤틀려 있었는데 자세히 들여다보니 상처가 많았어요. 그래서 안쓰럽기도 하고 안아주고 싶은 감정이 생겼어요…. 저도 여잔데 김산 씨같이 잘생긴 분 보고 가슴이 안 움직이겠어요! 물론 제가 나이가 많아 욕심을 버리려 했지만 수아 씨가 나타난 바람에 경쟁심이 생기더라고요… 호호호. 이기고 싶어요."

박보라도 천상 여자였다. 사냥꾼이 자기 혼자일 때는 여유롭게 관조하지만 다른 적이 나타나면 경계하고 방어한다. 그리고 먹이가 평소보다 더 크게 보인다. 박보라는 처음에는 나이 차 때문에 스스로 자제했고 자기가 아무리 프리섹스를 지향하는 자유인이지만 참아야 했다.

그러나 보면 볼수록 김산은 매력 덩어리였다. 여자는 원래 마음속에 상복을 입고 남자를 대한다. 남자 앞에 좀처럼 속내를 드러내지 않는다. 윤리적 도덕적 이유를 내세우는 여자는 타인의 시선만 아니면 하고 싶은 것을 이루려는 경향이 있다.

박보라가 평소보다 말이 많아지고 있었다. 원래 듣기만 하던 박보라였다. 박보라의 숨겨진 마음이 흔들리고 있었다. 여자는 원래 직접적 표현을 꺼린다. 속마음을 들키고 싶지 않기 때문에 빙빙 돌려서 말을 한다. 수아의 미모를 보고 박보라는 긴장감을 느꼈고 약간의 허세를 부렸다. 그건 자기도 모르는 불안감의 표시였다. 김산은 당황했다. 자기가 대시하기는 너무나 먼 곳에 위치한 사람이었다. 그러나 지금의 박보라의 고백은 김산의 마음을 흔들기에 충분했다. 갑자기 심장이 덜컥댔다. 그리고 얼굴이 벌겋게 달아올랐다.

잠시 침묵이 흘렀다. 박보라가 갑자기 웃었다. 그리고 김산을 반짝이는 눈으로 바라보았다. 김산은 때 묻지 않은 자연림 같았다. 그 무성한 숲을 헤쳐보고 싶은 심정이 자리 잡아 버렸다. 요사이 '나이가 대수냐'라는 유행어에 스스로 매몰되었다. 타인의 시선도 중요하지 않았다. 사랑에 빠지면 뇌는 그 사랑을 쟁취하기 위해 제일 나은 방법을 경주한다. 감정의 뇌가 작동하고 잠시 이성의 뇌를 버린다. 뇌는 원래 자기 생존을 위해 끊임 없이 분석하고 판단하고 창조하는 정교한 시스템을 가졌다. 박보라도 이성의 뇌가 감정의 뇌에게 밀리고 있는 상태였다. 사랑에 빠지면 옳고 그름은 이미 벗어나게 되는 것이다.

갑자기 박보라가 평소와 달리 수줍게 다시 말했다.

"산이 씨! 내 말 듣고 당황했죠! 근데 오늘 말 안 하면 기회를 놓칠 것 같아서 용기 낸 거예요. 나도 말하고 나니 조금 부끄럽네요. 산이 씨는 제 말이 어때요?"

"고맙죠. 저 같은 것이 뭐라고 선생님이 생각해 주시는 거… 이번 선생님과 시간도 저에게는 귀한 시간이었고 정말 고마웠는데… 절 이렇게 생각해 주시니 정말 몸 둘 바를 모르겠어요. 저도 선생님이 좋아요, 그런데 전 이제 시작하는 야구고 아직도 해야 할 게 많고 … 좀 더 시간을 두고 생각해 보겠습니다."

"그래요, 내가 갑자기 한 말에 너무 신경 쓰지 말아요. 천천히 오랫동안 고민하고 연락해 주세요."

"감사합니다. 선생님 마음 절대로 잊지 않을게요."

"그래야죠. 절대 내 마음 잊어버리면 안 돼요!"

"넵."

"아, 그리고 한 가지 더 말해 줄 게 있어요. 삼촌은 벌레 하나 죽이지 못하는 여린 사람이었지만 대투수가 되었어요. 성격이 여리다는 것과 승부욕은 달라요. 어떤 목표를 정하고 자신감을 가지면 충분히 해낼 수 있어요. 물론 삼촌은 종교를 등에 업고 믿음이란 방패를 이용했지만, 삶에 대한 경건함과 최선을 다하는 충실한 분이라 그런 업적을 남길 수 있던 거예요. 산이 씨도 그런 면에서 삼촌과 닮은 점이 많아요. 산이 씨는 삼촌보다 신체적으로 힘이 더 좋으니 자기를 믿는 자신감만 있으면 충분히 대단한 투수가 될 거예요. 시간이 나는 대로 혼자 명상을 하고 스스로 자기를 컨트롤하는 방법을 만드세요. 누구도 김산 씨를 대리해 줄 수 없어요. 자기는 자기가 죽이고 살리고 하는 거예요. 나는 김산 씨가 잘 되길 정말 바라요."

헤어지는 시간이 다가서자 박보라는 못내 아쉬워했다. 김산도 그런 마음이었지만 귀대가 우선이었다. 앞으로 그녀에 대한 생각은 천천히 해도 될 것 같았다. 지금은 야구에 대한 책임이 먼저였다. 여자 문제로 중간에 야구를 접었던 선배들이 얼마나 많았는지 김산도 잘 알고 있는 터였다. 박보라가 먼저 자리에서 일어났다. 김산도 엉거주춤 따라 일어났다. 그리고 박보라에게 그동안 정말 고마웠다고 인사치레를 했다. 박보라가 김산 옆으로 오더니 살며시 안아주었다. 김산은 엄마의 품 같은 포근함을 느꼈다. 김산도 박보라를 힘차게 끌어안았다. 서로의 교감이 자리했다.

부대로 돌아오자 고향 같은 냄새가 났다. 통닭을 충분하게 돌렸다. 다들 허겁지겁 먹었다. 어느 정도 배가 차자 주 병장이 김산을 보고 놀려댄다.

"산아, 그래 재미 좀 보고 왔니? 저 얼굴 봐라, 뭘 좋은 것 먹었는지 훤하네."

"네, 잘 먹고 왔어요. 힘이 넘칩니다. 두고 보세요. 이제 제 공을 선배는 못 칠 거요."

"뭐… 어디 산속에 들어가 무림 고수한테 전수받았니?"

"네. 무시무시한 고수한테 비법을 전수받았습니다. 이전의 김산이 아니니 기대하시기 바랍니다."

"야, 며칠 전수받았다고 큰소리치냐. 고놈 웃기네. 내일 어디 한번 네 공 쳐 보자."

"얼마든지요… 내가 그냥 큰소리치는 거 아닙니다. 두고 보세요."

"알았어, 평소 조용한 네가 큰소리치는 것 보니 기대는 된다. 근데 감독님은 뵈었니?"

"아뇨, 이제 가 보려고요."

"그래, 너 많이 기다리신 것 같더라. 얼른 가봐라."

박 감독은 김산을 기다리고 있다가 활기차게 들어오는 김산을 보고 빙긋 웃었다. 휴가를 낸 김산을 집에도 못 가게 하고 강제로 나현수 선배에게 보낸 게 마음에 걸렸는데, 엊그제 본 김산이 많이 유쾌해졌고 얼굴도 좋아졌고 몸무게도 더 나간 것 같아 흐뭇했었다. 본래 목적인 김산의 멘탈 부분과 변화구 숙달이 궁금했다.

"그래, 잘 지내다 왔냐?"

"네. 덕분에 잘 지내다 왔습니다."

"산아 너한테 미안하다. 자유를 빼앗고 휴가를 힘들게 보내게 하고…."

"아뇨. 감독님 덕분에 이번 정말 많은 것을 배웠습니다. 좋으신 분도 만나고… 잘 먹고 몸도 불리고 다 감독님 덕분입니다."

"그러면 다행이고. 날 원망하면 어쩌지 하고 걱정했는데… 그래, 현수 선배가 잘해 주던?"

"네, 정말 고마우신 분이에요. 아는 것도 많고 저에게 비장의 무기도 전수해 주시고, 조카도 소개해 주셔서 마음의 병도 치료하고, 하여튼 이번 휴가는 저한테는 행운이었습니다. 감독님께 다시 한번 감사드립니다."

"아냐 나 말고 최 감독님께 인사드려. 그 형님이 날 조져서 할 수 없이 널 그렇게 보냈지. 내가 아냐."

"어쨌든 그래도 여기서 감독님이 해 주셔서 된 거죠, 절대로 감독님 은혜 잊지 않을 겁니다."

"괜찮다. 난 네가 여기 있는 동안 좋은 시합 해주면 그걸로 만족이다. 너 시간 나는 대로 현수 형님이 가르쳐 준 거 오 코치하고 연마해라. 내년 시즌에 한 번 제대로 써먹어 보자."

"네, 잘 알겠습니다. 열심히 배우겠습니다."

"그래 인제 그만 쉬어라."

겨우내 투수 코치의 지도로 김산은 거듭나고 있었다. 하루가 피곤함에 지칠 정도로 구슬땀을 흘렸다. 공이 제법 손에 잡혔다.

12

1군

183cm, 97kg, 우투, 우타. 당당한 몸매를 가진 강수호는 무역업을 하는 아버지 밑에서 어린 시절 비교적 풍족한 집에서 태어나 쾌활하고 적극적 사고를 하는 아이로 자라났다. 아버지의 지극한 사랑으로 어디서나 앞장서는 리더의 자질을 가지고 자랐다.

공부에 대해 별로 관심이 없었고 운동을 좋아해서 일찍이 야구를 시작했고 아버지도 적극적으로 밀어주었다. 사실 어릴 적부터 덩치가 있어 씨름단에서 구애하였지만, 아버지가 야구부로 보냈다. 아버지는 야구광이었고 상당한 야구 지식도 가지고 있었다. 강수호에 대한 기대치도 컸다. 초등학교 시절부터 강수호는 주목받는 야구선수였다.

강수호는 초등학교와 중학교 때는 투수를 하다가, 덩치가 큰 이유로 포수 마스크를 쓰기 시작했다. 강수호가 중2가 되는 시기에 아버지와 함께 동업하던 삼촌이 계약 관계로 외국에 자주 들락거리다 거래처에서 제공하는 향응에 빠져 공금 횡령에 도박과 여자 문제를 일으키고 잠적해 버렸다. 회사는 부도가 났고 아버지는 외국환관리법 위반으로 교도소에 수감되었다. 풍족하고 화목했던 가정은 일시에 무너졌고 어머니는 충격으로 쓰러지셨다.

부자가 망해도 삼 년은 간다고 했던가! 아버지는 어머니에게 가족들 생계에 대하여 대처하는 말을 해 주었고 작은 빌라로 옮긴 뒤 어머니는 수호와 미영을 위해서 마트 계산원과 식당일을 겸하면서 열심히 살았다. 아버지의 수발도 정말 열심히 했다. 자기 오빠가 엄청난 일을 저지르고 간 바람에 가정이 풍비박산이 나서 남편과 자식에게 볼 면목 없어서 늘 눈물로 지냈다.

몸은 점점 쇠약해지고 끝내 병원 신세를 지게 되었다. 수호는 3살 터울 누나 미영이가 보살피게 되었다. 그렇게 낙천적이고 외향적이던 수호도 기가 죽기 시작했다.

그러나 워낙 강한 DNA를 가진 아버지의 유전자를 이어받은 강수호는 겉으로 절대 내색하지 않고 시합에 나섰고 파이팅을 외쳤다. 좋은 성적을 내고 강수호는 최강이던 한성 고교로 스카우트 되었다. 어머니는 점점 쇠약해지고 가정이 위태로울 지경이었다. 누나 미영이가 고교를 졸업하고 바로 취업을 하고 가정을 돌보았다.

아버지가 2년 6월 수감 생활을 마치고 사회로 나왔으나 병원에서 힘들게 투병하던 어머니는 끝내 하늘나라로 가버렸다. 자기 친오빠로 인하여 남편이 감옥에 가고 아이들이 힘들게 되면서 마음의 상처가 커지고 끝내 유약했던 어머니는 스트레스를 이기지 못하고 위암이 데리고 가버린 것이었다. 아버지는 너무 서러워 몇 날을 지새우고 술에 빠져 살았다. 피폐해진 아버지를 두 남매가 위로했지만 제 자리로 오기까지 오랜 시간이 걸렸다. 아버진 강한 신념이 있었지만 몇 년 사이에 벌어진 일들이 꿈만 같았다. 인생을 그렇게 나쁘게 살지 않은 자기에게 하늘은 너무 가혹한 것 같았다. 모든 것이 원망스러웠다.

그러나 손을 놓고 지내기엔 남매가 있었다. 어쨌든 사는 사람은 다시 살아야 했다. 할 수 있는 것이 무역업이라 다시 재기하려고 기웃거렸으나 신용불량자로 낙인이 찍혀 자금을 끌어 올 수가 없었다. 그래서 사채를 쓰기 위해 신체 포기 각서를 쓰고 1억의 자금을 만들었다. 그러나 터무니없이 적은 돈으로 재기하기가 불가능했다. 전에 같이 했던 직원들을 수소문해서 함께 하려고 사정했지만, 뻔히 앞이 안 보이는 강수호의 아버지와 함께할 직원은 없었다. 혼자 중국으로 들어갔다가 여기저기 돈이 되는 물품을 사들여 한국으로 돌아오려고 할 때 밀수품 취급으로 전부 압수되고 중국에서 한 달을 계류되었다가 영사관의 도움으로 겨우 풀려났다.

빈털터리가 된 아버지는 한국으로 돌아와 공사장을 전전했다. 사채업자들은 꼬박꼬박 이자를 받아 갔으며 원금을 갚으라는 말은 안 했다. 워낙 고율의 이자를 받으니 굳이 원금 상환을 하라고 할 필요가 없었던 것이고 만약이라도 상환을 못 하면 신체 포기 각서가 있고, 더구나 잘생긴 딸과 든든한 야구선수가 있었기 때문에 걱정할 필요가 없었다.

아버지는 열심히 번 돈을 고스란히 그들에게 착취당하고 있었다. 미영이가 버는 적은 돈으로 근근이 살았다. 그러나 운동하는 강수호의 몸을 유지하기 위해 고기를 사야 하는 그들에게 너무 어려운 생활들이었다. 아버지는 수호를 볼 때마다 굵은 눈물을 떨구었다. 수호에게 아버지로서 너무 미안했다. 한창 많이 먹고 체력을 유지해야 하는데 지원을 못 하니 자신이 원망스러웠다. 그러나 강수호는 아무 내색도 안 하고 열심히 운동만 했다. 빨리 프로로 가서 돈을 벌어서 아버지와 누나를 편하게 모시는 것이 수호의 꿈이었다.

고교 2학년 때 좋은 투수 2명이 들어왔다. 신바람이 났다. 다음 해 봉황기와 황금사자기를 획득했다. 전국고교를 제패한 것이나 다름없었다. 학교에서는 난리가 났다. 강수호와 김산, 오재두는 대환영을 받았다. 물론 그들 두 투수의 역할만이 아니었지만 결정적인 순간에 게임을 길게 잡아 주고 자기의 결승 홈런으로 승부가 나고 정말 야구가 재미있었다.

고교를 졸업하자마자 프로로 갔다. 제법 받은 계약금으로 사채업자에게 빌린 돈을 상환하려 했지만, 이런저런 핑계를 대고 상환을 거부했다. 아버지가 쫓아가고 몇몇 덩치 좋은 야구부 선수를 데리고 가서 겨우 원금을 상환했다. 신체 포기 각서와 차용증을 받고서 그 자리에서 불태워 버렸다.

그날 밤 아버지와 누나와 수호는 부둥켜안고 밤새 울었다. 아버지는 수호의 손을 꼭 잡고 '정말 미안하다'라는 말만 수십 번 했다. 강수호는 기분이 좋았다. 스스로 번 돈으로 이렇게 효도를 할 수 있고 고생하는 누나에게 더 이상 피해를 안 주어도 되고 아버지도 이제는 공사장을 전전하지 않아도 되기 때문이었다.

그러나 2군으로 배치된 뒤로 적은 연봉은 강수호를 위축시켰고 아무리 열심히 해도 1군으로 올라갈 조짐이 안 보였다. 1군에는 베테랑 포수와 괜찮은 백업 포수가 버티고 있었다. 퓨처스에서 성적은 좋고 2군 감독의 총애를 받았지만, 앞이 안 보였다. 세상이 싫어지고 모든 것이 실망스러웠다. 다른 구단으로 가면 좋겠지만 그럴 수도 없는 신세였다. 고교 때 주목받던 자기가 이렇게 아무것도 못 한 채 사라질까 두려운 마음이 들었다. 그래서 시합이 있으나 없으나 밤낮으로 훈련을 했다. 손바닥은 까지고 어깨는 더욱 두툼해졌다. 2군에서의 성적은 괄목할 정도로 뛰어났다. 그러나 1군에서의 콜은 요원했다. 세상이 원망스러워지고 기가 꺾이기 시작할 때, 영태 형이 부상으로 시즌 아웃이 되고 수호가 1군으로 콜업되었다.

영태 형의 부상이 마음은 아프고 미안하지만, 그날 밤 강수호는 기뻐서 아버지를 안고 기쁨의 눈물을 흘리고 다짐했다. 남의 불행이 나의 행운이 되어서는 안 되지만, 수호에게는 다시 못 올 기회였다. "다시는 2군으로 안 내려가리다!" 소리 내 외쳤다. 아버지도 강수호의 손을 꽉 잡고 말했다.

"수호야, 기회는 왔다. 이 기회를 못 잡으면 넌 야구선수로서 끝날지도 모른다. 포수가 자리 잡는다는 것은 엄청난 실력도 있어야 하지만 운도 따라야 해. 그런데 이제 네 앞에 무지개가 펼쳐졌어. 수호야, 우리 한번 해 보자."

"네, 저도 잘 알고 있어요. 제가 퓨처스에서 삼 년을 지냈어요. 말은 안 했어도 얼마나 마음고생을 했는지 아무도 모를 거예요. 두고 보세요. 이런 행운을 전 절대 안 놓칩니다. 아버지, 나는 아버지가 고마워요. 아버지가 아니었으면 운동도 못 했을 텐데… 오늘은 엄마가 보고 싶네요."

　강수호가 '흑흑흑' 하고 눈물을 흘렸다. 그러자 아버지가 덩달아 눈물을 보였다. 늦게 회사에서 돌아온 누나도 수호가 1군으로 가게 되었다는 말을 듣고 엉엉 울었다. 오랜만에 세 식구가 한우에 근사한 저녁 식사를 하였다. 행복은 그리 거창한 것이 아니다. 사소한 기본욕구가 충족되면 조금 더 높은 메타욕구가 있는 것이고, 그것을 성취하기 위한 노력이 있고 결과가 좋으면 행복의 요건이 되는 것이다. 뱃속이 더 이상 욕심이 안 날 때 사람은 만족스러워하고 편안해한다. 아버지가 기분 좋은 표정으로 수호에게 말했다.

　"수호야. 이제부터 시작이니 내 말을 명심해라. 꿈을 품고 절대 그 꿈을 포기하지 말고 성취를 믿는 긍정적인 생각을 해야 해. 넌 할 수 있어. 이미 준비를 하고 있었잖니! 네가 어떤 생각을 하고 어떤 마음가짐을 가지냐에 따라 네 앞날이 결정된다. 그리고 다른 사람에 대해 행동을 조심하고, 또 하다 보면 위기도 올 것이야. 그것도 너에겐 약이 될 것이야. 실패는 성공의 지름길이라고 하던… 그리고 누구보다도 너를 사랑하고 널 믿어라. 자기 자신을 믿어야 자신감이 생긴단다. 그리고 쓸데없는 징크스는 만들지 마라. 그런 것은 없다."

　"네, 잘 알겠습니다. 저도 사회에 나와서 이렇게 어려운 경쟁을 하리라고는 꿈에도 생각을 못 했어요. 그런데 정말 힘들더라고요. 이제 기회가 왔으니 아버지 실망하게 하지 않고 날아 올라가 볼래요. 아들을 믿으시고 편하게 관전만 하세요."

　"그래, 그래야지. 난 널 믿는다. 넌 강하고 착한 애니까. 포수는 다른 선수완 달라. 전체 시합의 그림을 그리고 투수와 수비수의 움직임을 조절해야 해. 너의 역할이 커. 머리가 잘 돌아가야 시합의 흐름을 조절할 수 있어. 공부도 많이 해야 해."

부자간에 야구에 대한 말과 인생 조언을 하는 아버지를 보자 미영이는 새삼 고마웠다. 갑자기 젊은 시절 돌아가신 엄마 생각이 났다. 그러나 이 좋은 순간 눈물을 보여서는 안 되는 것이기에 꾹 참았다. 앞으로는 세 식구가 행복할 것 같다는 마음이 들었다. 이전 몇 년 동안의 아픔은 이제 잊어버려야 할 때이다. 모든 일이 다 고마웠다. 어려운 일들이 있었지만 그러므로 오늘의 행복도 있는 것이다.

그러나 1군으로 올라온 뒤로도 강수호는 11게임이 지나도록 포수 자리에 앉아 보지를 못했다. 강수호는 더그아웃에서 게임을 지켜보면서 속이 상했다. 그러다 8:1로 패색이 짙은 게임에 교체로 나섰다. 타석에서 친 타구가 깊은 3루수 외야에서 잡혔다. 그런대로 타구의 질은 좋은 편이었다. 딱 한 타석이었다. 그리고 다시 5게임 동안 나오지 못했다.

팀은 3연패를 당하고 있었다. 2, 3위 순위 경쟁을 하는 상대였다. 만약 오늘 이 게임마저 패하면 선수단의 사기는 물론 게임 차 회복이 힘들고 3위로 물러나게 되어있었다. 그러나 오늘도 8회 말 투 아웃까지 3:2로 지고 있었다. 요새 부쩍 점수를 내지 못하는 선수들에게 극약 처방을 해 보지만 한번 꺾인 사기는 당최 회복되지 않았고 선수들은 불안해하고 초조했다. 최 감독은 고민했다.

포수 영수의 타격이 엉망이었다. 주전 포수의 부상으로 백업이던 영수가 포수 미트를 잡았다. 수비는 나무랄 데 없는 실력이지만 타율은 1할대를 치고 있었다. 1루에 나간 기호는 발이 빠르고 재치가 있는 선수였다. 도루도 쉽게 한다. 최 감독은 타격 코치를 불렀다.

"어야, 영수가 요새 통 안 맞지. 한번 수호로 바꿔 볼까!"

"그것도 괜찮은데 수호가 신인인데 제대로 할까요?"

"영수가 웬만해야지… 요새 완전 자신이 없어 헛방망이질만 하고…."

"영수가 모처럼 주전을 하다 보니 힘든가 봅니다. 책임이 크니 강박증이 온 것 같아요. 감독님 한번 수호로 가 봅시다. 어차피 이 타석에 안 되면 이 게임도 끝인데 한번 지푸라기 잡는 심정으로 가 봅시다. 수호도 2군에서는 제법 타격이 좋았거든요. 세밀한 것은 없어도 한방은 있어요. 한번 하늘에 맡기고 수호로 가 보죠."

최 감독이 수호를 불렀다. 수호는 깜짝 놀랐다. 감독 앞에 갔다.

"수호야 네가 나가라. 마음 비우고 딱 한 곳만 노리고 쳐. 못 쳐도 괜찮으니 긴장하지 말고, 알았어!"

수호는 갑자기 타석에 나가라는 감독의 말에 놀라기도 했지만, 너무 긴장되었다. 그러나 수호에겐 다시 못 올 기회였다. 야구 배트를 잡은 손에 침을 발랐다. 그리고 타석에 섰다. 상대 팀 감독은 신인인 수호가 나오자 조금은 편안한 모습이었다. 캐스터가 이 해설위원에게 묻는다.

"이 위원님, 아니 이 순간에 대타로 강수호 선수를 쓰네요! 어떻게 보세요?"

"음. 조영수 선수가 타격이 너무 안 좋으니 대타로 쓰긴 해야 할 거예요. 타율이 일 할대잖아요. 그런데 강수호가 1군에 올라와 한 번인가 타석에 섰는데… 감독이 어련히 했겠죠. 강수호 선수도 일방장타가 있긴 해요. 타구의 질도 괜찮고 한번 봅시다."

관중석에서는 기대 반 실망 반으로 함성이 나왔다. 신인에게 이 게임을 맡기는 최 감독에게 항의성 함성이었다. 강수호는 손에 땀이 뱄다. 다리는 휘청거렸다. 입술을 깨물고 타석에 섰다. 상대 투수는 불펜 투수로 공이 까다롭기로 유명한 투수였다. 홀드왕도 한번 차지했던 백전노장이었다. 기호가 도루를 위해 자주 움직였다.

상대 투수가 볼을 던졌다. 강수호는 헛스윙을 했다. 상대 팀 관중석에서 우우하고 소리쳤다. 최 감독도 순간 아찔했다. 물론 그렇게 기대는 안 했지만, 눈에 보이는 볼에 헛스윙을 하는 수호가 실망스러웠다. 투수가 다시 변화구를 던졌다. 파울이 나왔다.

투 스트라이크가 되자 관중석도 더그아웃도 실망의 분위기였다. 투수가 다시 볼을 던졌다. 강수호는 꼼짝도 안 했다. 상대 투수는 고개를 갸웃하더니 기호를 한 번 견제했다. 그리고 다시 로진백을 문질렀다. 다시 변화구를 던지려 퀵모션을 하는 순간 기호가 도루를 감행했다. 어차피 공 하나에 게임이 넘어갈 수 있기에 무리하게 도루를 했다. 포수가 당황했다. 기호는 도루왕을 한 번 했던 준족이었다. 아슬하게 세이프가 되었다. 투수가 순간 흠칫 흔들렸다. 이제 안타 한 방이면 동점이 된다. 상대 투수도 조금 긴장이 되는 모습이었다. 투수가 슬라이더로 승부했다. 낮게 들어오는 공을 강수호는 쳤다. 일루로 가는 파울이 되었다. 승부가 예상외로 길어지자 캐스터가 다시 이 위원에게 물었다.

"이 위원님, 강수호 선수가 생각 외로 대처를 잘하네요. 신인답지 않네요."

"그러게요. 제법 잘 대처하네요. 하긴 고교 때는 홈런왕이었어요. 자질은 괜찮다고 봐요. 한번 결과가 어떻게 나오는지 봅시다."

하늘은 높고 맑았다. 수호는 하늘을 쳐다보고 엄마에게 빌었다. 그리고 긴 숨을 들이마셨다. 관중석을 힐끗 쳐다보았다. 자기에게 모든 것을 기대하는 저들을 실망시킬 수가 없는 것이었다. 엄마가 손짓하며 응원하는 것 같았다.

다시 투수가 공을 던졌다. 강수호가 잘 치던 몸쪽으로 오는 높은 볼이었다. 수호는 온 힘을 다하여 힘차게 잡아당겼다. 공은 멀리멀리 날아갔다. 외야 중간 상단에 맞는 홈런이었다. 그라운드는 함성으로 뒤집히고 강수호는 손을 높게 쳐들고 홈을 밟았다. 역전 홈런이었다. 상대 투수는 그대로 허탈하게 넋을 잃고 그 자리에 앉아 버렸다. 더그아웃에 들어오는 강수호를 모든 선수가 환영해 주고 머리를 가볍게 두드렸다.

최 감독은 가슴이 짜릿했다. 강수호를 대타로 한 것은 모험이었지만 성공이었다. 9회는 마무리 투수가 3자 범퇴시키고 게임은 끝났다. 그 시합을 계기로 팀은 반등하기 시작했고 우승권으로 진입하기 시작했다. 강수호는 최 감독의 귀염을 받았다. 그러나 그 뒤로도 자주 포수 자리에 앉지는 못하고 영수와 번갈아 시합에 출전했다. 최 감독은 상대 투수가 조금 약할 때 수호를 썼다. 그때마다 수호는 역전 결승 홈런을 쳤다. 시합의 분수령을 넘기고 있을 때 수호가 3게임을 역전시켰다. 최 감독이 분석하기에 수호는 블로킹도 잘하고 특히 도루 저지에 뛰어난 강견이었다. 아직 투수 리드가 조금 미숙하지만 그건 투수와 더 많은 시합을 하면 손발이 잘 맞을 것이었다.

최 감독은 강수호가 신뢰가 갔다. 후반기에 들어서자 강수호가 포수 마스크를 쓰는 시합이 많아졌다. 타율은 그리 높지 않으나 순도 높은 결승타가 많았다. 강수호는 이제 다른 팀 투수의 위험인물이 되었다. 이런 것을 행운이라 하지만, 행운은 준비된 자에게 오는 것이다. 그러나 영수는 어느 순간 백업 포수가 되어버렸다. 경쟁 사회에서는 누군가의 행운은 누군가에게 불행을 안겨 준다. 시리즈가 끝나고 강수호는 신인왕이 되었다. 역대 포수가 신인왕이 된 것은 단 세 사람에 불과했다. 강수호는 스포트라이트를 받으며 스포츠 기자들의 인터뷰 1순위가 되었다.

어느 날 종편방송의 스포츠 기자에게서 연락이 왔다. 그녀는 한창 잘나가는 〈야구사랑〉 프로의 기자 겸 MC였다. 한가한 시간을 받아서 만났다.

인터뷰 장소는 의외로 작은 사무실이었다. 카메라맨 그리고 PD 작가 서너 명이 동석했다. 강수호는 분장하고 카메라 앞에 섰다. 이제는 자주 카메라 앞에 서보니 떨림도 없어졌다. 여유가 생겼다.

그녀는 날씬하고 지적인 모습이었다. 강수호는 운동만 하고 공부에는 관심이 별로 없는 편이라 지적인 사람을 만나면 주눅이 들었다. 한편으로 상대방에 대한 존경심이 들었다. 그녀 황선주는 단아하게 생겼고 인터뷰도 강수호가 편하게 이끌어 주었다. 또한, 강수호를 보는 시선은 못내 좋아서 누구나 눈치채는 꿀이 떨어지는 눈망울이었다. 생글거리며 자기를 쳐다보는 황선주의 시선을 똑바로 바라볼 수가 없었다. 이십 분 정도의 시간이 지나자 녹화를 끝내고 스태프들이 분주히 정리하고 사무실을 나갔다. 커피를 내오고 강수호와 황선주가 마주 앉았다. 강수호는 황선주를 바로 쳐다볼 용기가 없어 시선을 피했다. 그러자 황선주가 웃으며 말했다.

"수호 씨! 저 좀 똑바로 봐요. 뭐가 부끄러워요?"
"아, 예… 그러죠."

강수호는 헛기침이 나왔다. 그런 강수호가 순수하게 보였다. 황선주는 그런 강수호가 마음에 와닿았다. 황선주는 권위주의적이고 차가운 아버지 품 안에서 엄격하게 자랐다. 아버지는 법무법인 한얼의 대표이사였다. 법에 의한 원칙과 사실에 의해 판단을 하는 법관이었다. 아버지의 지근거리에서 바깥출입은 통제되고 친구도 많이 사귀지 못하고 공부만 하던, 세상 물정 모르던 여자였다.

석사 과정을 마치고 방송사 시험을 치르고 합격 소식을 전했을 때도 아버지는 화를 냈다. 여자가 얼굴을 파는 그런 곳은 안 된다는 것이었다. 더 공부해서 교단에 서든지 아니면 법무법인에 근무하라는 것이었다. 며칠을 엄마와 공동으로 떼를 써서 겨우 근무하게 된 것이다. 여태껏 아버지는

141

그만두라고 말하고 있다. 몸가짐을 조심하게 지내다가 좋은 배필 만나서 결혼하여 사는 게 여자의 도리라는 것이다. 세상이 변하고 젊은 세대들은 꼰대들의 의사와 반하는 행동을 한다. 그러나 아직도 나이 든 세대는 라떼를 말하고 고집한다. 세대 간 갈등이 첨예하게 대립하고 있는 실정이다.

요사이는 아버지와 얼굴 보는 시간이 거의 없다. 아버지도 법무법인 일로 바쁘지만 자기도 야구 시즌이 오자 눈코 뜰 새가 없었다. 나이가 어느덧 20대 중반을 넘어가고 있지만, 남자를 사귀어 보지도 못했다. 야구 경기를 방송하면서 강수호의 인생 성공을 좋아했다. 그리고 판다처럼 순수하게 생긴 수호가 마음에 와닿았다.

오늘도 내내 방송을 하면서도 수호를 보면 묘하게 기분이 좋아졌다. 사람을 편하게 하는 매력이 있었다. 사실 야구에 종사하는 기자나 아나운서 출신이 야구선수와 연애하는 것은 일반인하고 하는 것보다 더 많은 것이 기정사실이다. 야구를 취급하다 보면 야구가 좋아지게 되고 야구선수가 관심의 대상이 된다. 그건 어쩔 수 없는 환경이다. 황선주는 거의 매일 보는 강수호가 점점 마음속으로 들어오고 있었다.

"강수호 씨, 이건 제 개인적 질문인데요, 혹시 애인 있어요?"

강수호는 화들짝 놀랐다. 갑자기 그런 걸 묻는 황선주가 이상하기도 했고 연애 한 번 못 해 본 자기가 창피하기도 했다. 잠시 뜸을 들이다 어설프게 말했다.

"아뇨… 운동만 하느라 그럴 시간이 없었어요."
"아, 그래요 잘됐네요."
"뭐가요?"

"호호호 수호 씨가 애인이 없다니 말예요."

"내가 애인이 없는 게 왜 좋아요?"

"음, 그러게요. 왜 내가 좋죠? 어쨌든 강수호 씨가 혼자라는 게 기분 좋아요."

"황 기자는 애인이 있겠죠?"

"나요… 나도 없어요."

"아니 황 기자처럼 예쁜 분이 없다니 누가 믿어요!"

"없다니까요. 우리 두 사람 다 없으니 한번 사귀어 볼까요!"

"네? 뭐라고요?"

강수호는 넋이 다 나간 모습이었다. 여자는 누나밖에 모르던 강수호였다. 야구에 미쳐서 다른 곳에 눈길을 돌릴 여유가 없었다. 한창 젊은 호르몬이 온몸을 지배할 때도 오로지 운동만 했다. 그게 아버지에게 효도하고 누나의 고생을 마감시키는 방법이었다. 오늘까지 너무 긴 시간을 힘들게 보냈고 여자들에게 곁눈질할 여력이 없었다. 이제 겨우 첫발을 내디뎠다. 그런데 이렇게 지적이고 아름다운 여자의 솔직함에 강수호는 정신이 없었다. 자기를 혹 놀리는 것은 아닌지 당황스러웠다.

그때 스태프들이 들어왔다. 잠시 두 사람의 대화가 끊겼다. 강수호는 다행이라고 생각했다. 그러나 가슴은 진정되지 않았다. 황선주가 수호의 뇌에 각인되어 버렸다. 그날은 그렇게 헤어졌다. 황선주가 자기의 명함을 건넸다. 강수호는 명암을 호주머니 깊게 넣었다. 그리고 돌아오는 내내 터져 나오는 웃음을 참을 수가 없었다. 그도 청춘이었다. 2군에서의 오랜 머무름은 강수호를 나약하고 자신 없는 젊은이로 만들었다. 그러나 갑작스러운 기회가 오고 세상에 우뚝 서게 되고 황선주처럼 아름다운 여자가 자기에게 사귀자는 말을 하자, 모든 행운이 자기에게 달려드는 것 같았다.

13

미투

서 대리가 수아한테 찝쩍대기 시작했다. 수아를 한번 흔들어 보자는 심사인지, 아니면 그저 심심풀이 땅콩으로 생각하는지 수시로 추근거렸다. 수아는 속에서 울컥 치밀어오는 화에 얼굴이 빨갛게 달아오른다. 저 밑바닥에서 치미는 억울함과 두려움이 겹쳐진다. 무얼 내가 잘못했는데? 이런 수모를 당하는지 수아는 화가 치민다.

"수아 씨! 날 어떻게 생각해?"
수아는 어색한 눈짓으로 서 대리를 쳐다봤다.
"내가 우습게 보여요?"
"아뇨. 죄송합니다."

오금이 저렸다. 왜 이런 하찮은 놈에게 이런 수모를 당하는지 속이 부글거렸다. 그러나 수아는 아무런 말도 대꾸할 수가 없었다. 그냥 서서 고개를 푹 숙이고 처분만 기다렸다. 그는 수아를 바라보더니 픽 웃었다. 수아는 당황했다. 그의 웃음이 무얼 뜻하는지 불안했다. 수아는 계약직에 회사의 부속품이었다. 서 대리는 구단주의 먼 조카뻘로 그런대로 실세였다 서 대리가 추근대도 항변할 수가 없었다. 반항할수록 수아는 더 불리해질 뿐이었다. 매일매일이 피곤했다. 이런 기분이 두려워 같이 근무하는 정미 언니를 불러냈다.

언니는 내 눈치를 살핀다. 입사 동기 때부터 지금까지 가까이 지낸 터다. 커피를 마시고 나서 언니가 물었다.

"왜, 무슨 일 있어?"
"응, 뭐 그래."
"또, 그 자식이 그래?"
"후우… 참 세상 살기 힘들어."
"다 그러지, 나라고 편하겠니. 나도 할 수 없이 다니지. 어쩌니? 참고 살아야지."

잘 빠진 젊은 여자 둘이 술을 먹으니 남정네들이 침을 흘리고 벌건 눈으로 쳐다본다. 활달한 언니는 잘난 뭇 사내와 많은 연애를 하고서 이제는 남자를 사귀는 것을 끊었다. 언니는 사내란 다 그놈이 그놈이라는 이치를 진즉 깨달은 현명한 여자였다. 다 가져 본 사람은 다 알기에 다시는 무리하게 가지려 하지 않는다. 그러나 남자를 싫어하지는 않는다.

"우리 둘이 넋두리해 보아야 해결이 안 돼."
"그럼 언니, 나 어쩌면 좋아?"
"그냥 모른 척해."
"어떻게 그래. 자꾸 성가시게 하는데."
"그럼 실장에게 말해."
"그러면 해결돼…? 언니야, 고발하자마자 난 아웃이야."
"그만두면 되지."
"언니! 언니 일 아니라고 그렇게 쉽게 말하지 마!"

집에 들어오자마자 침대에 몸을 던졌다. 어머니가 걱정스러운 표정이었다. 그냥 가라고 말하고 깊게 잠을 잤다. 서 대리가 뱀이 되어서 똬리를 틀고 수아를 쫓아다니는 악몽에 시달리다가 깼다. 온몸이 식은땀으로 젖어있었다. 한속이 들었다. 그러다 다시 수아는 엎어져 날밤을 새웠다.

밤새 아무것도 생각나지 않은 악몽에 시달리다가 새벽에 눈을 떴다. 별들이 지고 해가 떠오르려 몸부림을 치고 있었다. 회사에 나가기가 갑자기 겁이 났다. 서 대리의 얼굴이 떠오르자 진저리가 쳐졌다. 수아는 언제부터 서 대리를 무서워했는지 당최 기억이 나지 않았다. 굳이 기억할 필요가 없지만, 그러나 마음이 불편했다. 미워할 가치도 없는, 아니 수아에게 아무것도 아닌 무언가 괴롭게 붙잡아 둔다. 무슨 전생의 연으로 이렇게 불편해야 하는지 모르겠다. 아니, 서 대리는 하나도 수아가 불편하지 않을 것이다. 그렇다, 수아만 힘들어하고 시간을 허비하고 있다. 허깨비 같은 마음을 정리하려 하는데도 안 된다. 그냥 무시하려 하면 할수록 더 깊게 자리하고 만다.

이제라도 무관심하고 무시하기로 해 보자. 머리가 깨질 것 같고 온몸은 쑤셔댔다. 우선 몸을 추스르려고 인근 조그만 의원을 찾았다. 후덕하게 생긴 나이 든 의사가 빙그레 웃는다. 의사의 웃음도 소름이 확 돋았다. 가슴속으로 청진기를 집어넣는다. 수아는 차디찬 쇠붙이의 감촉이 꼭 의사의 손바닥처럼 느껴져 순간 몸을 움츠렸다. 다시 의사가 의미 없는 웃음을 지었다. 그리고 포도당을 맞으라 처방했다.

사람의 간사함이란 웃기는 것이다. 물 같은 액체가 수아의 몸뚱이를 전과 같이 돌려놓은 것 같다. 이것은 몸보다 마음인 듯하다. 하여튼 자리에서 일어나니 한결 가볍다. 의원을 나서 밖에 나오니 세상은 전과 같이 똑같이 굴러가고 있었다. 수아만 혼자 오지랖을 떨었던 것이다.

다시 시간이 흘러가고 있다. 하루에도 수백 번 우울함, 지루함, 두려움이 반복되어 마음속에서 스멀스멀 기어 나오다 사라지고, 한심한 몰골은 무너져 내렸다. 그렇지만 수아를 지켜보는 날카로운 서 대리의 시선에 숨을 쉽게 쉴 수가 없었다. 스스로 헤쳐나가야 하는 방법은 수아 스스로 해결해야 했다. 우울하고 힘이 든다는 것은 수아가 그렇다는 것이지 남들은 전혀 알 수가 없다. 허깨비 같은 마음을 수아는 바꾸는 방법을 찾아야 했다. 쉽지 않은 일이었다.

치어리더 연습을 하고 퇴근하면 근처를 산책했다. 아무 생각 없이 걸었다. 주위도 살펴보지 않았다. 몸이 피곤할 때까지 걷고 들어와서 씻고 몸뚱이를 뉘었다. 반복되는 답답한 일상이 권태롭게 지나갔다. 김산이 보고 싶었다. 그러나 김산은 야구에 빠져 아예 연락조차 못 하게 했다. 화가 나지만 수아는 참을 수밖에 없었다.

야구장에서 바라본 야구의 세계는 약육강식의 밀림이었다. 힘이 없는 나약한 짐승은 강한 자에게 포획되고 도태되는 것이었다. 김산은 현재 자기의 입장을 말하고 조금만 참아달라고 부탁했다. 그런 김산에게 자기의 처지를 말하는 것이 싫었다. 더구나 자기를 괴롭히는 서 대리 얘기를 하면 불상사가 날지도 모르기에 괴롭지만 죽을 듯이 참았다. 엄마는 수아가 안색이 안 좋은 걸 알고 물었다.

"왜, 회사 일이 힘드니?"
"아니."
"몰골이 그게 뭐니."
"내가 어때서?"
"어디가 아프니?"
"아니."
"힘들면 그거 하지 마."
"아니야, 안 힘들어."

알았다 하면서 나가는 엄마는 무척 걱정스러운 표정이었다.

147

하루하루가 힘들었다. 마음이 울적하니 몸도 잘 따라주지 않았다. 자꾸 팀원과 다르게 율동을 하는 수아를 보고 큰언니가 불렀다.

"수아야, 왜 무슨 일 있니?"

"아뇨. 감기 기운이 있어서 힘드네요. 미안해요, 저 때문에 안 맞아서."

언니가 수아 등을 쓸면서 말했다.

"괜찮아. 조금 쉬어라."

알겠다 하고서 화장실로 들어갔다. 갑자기 울음이 쏟아졌다.

세상은 누구나 혼자다. 올 때도 혼자였고 갈 때도 혼자다. 모든 일에 대한 책임은 자신에게 있다. 뜻대로 되지 않는 것이 세상이다. 쏟아지는 눈물이 멈추지 않았다. 한참을 울고 나니 조금 시원해졌다. 누구에게라도 기대고 싶은 심정이지만 지금 수아 주변에는 아무도 없다.

지친 몸에 여유를 주기 위해 일찍 집으로 들어가려는데 홍보실에서 직원 회식 자리를 마련한다고 한 명도 빠짐없이 참석하라는 지시를 했다. 그러나 당최 몸이 말을 안 들을 정도가 돼서 언니에게 참석을 못 하겠다고 말했더니, 참석만 하고 집에 들어가라고 해서 할 수 없이 회식에 참석했다. 오랜만에 하는 회식이라 직원들은 흥이 나 있었다. 서 대리가 수아를 보는 눈빛이 징그럽게 빛났다. 자기 옆으로 앉혔다. 거절하기가 어려워 마지못해 자리했다. 그런 수아를 자기 옆으로 끌어당겼다. 수아는 그런 그에게 하지 말라는 표정을 하고 떨어져 앉았다. 서 대리도 더는 다른 직원들 눈치가 보이는지 다시 시도하지 않았다. 그러나 가시방석 같은 자리가 숨쉬기가 어려울 정도였다. 고기도 먹는 둥 마는 둥 조금 들고 화장실 가는 척하고 밖으로 나섰다.

집에 들어서자 바로 옷도 벗지 않은 채로 침대에 누웠다. 갑자기 세상이 싫어졌다. 그러나 싫다는 세상보다도 그런 세상을 이겨내지 못하는 수아 자신이 더 싫었다. 실컷 소리 내어 울었다. 침대에 눈물 자국이 나도록 울었더니 조금은 시원해졌다. 그리고 그대로 눈을 감았다. 또 아무 생각도 나지 않는 악몽에 시달렸다. 아침에 일어나니 몸뚱이가 전 같지 않았다.

서 대리는 노골적으로 수아에게 추근댔다. 조금만 틈이 나면 몸을 만지려고 했고 은근한 눈매로 쳐다봤다. 서 대리만 보면 진저리가 났다. 수아는 서 대리를 성희롱으로 고소하려는 생각에 몇 번이나 소장을 썼다가 찢다가 반복하다가 결국은 포기했다. 그를 성희롱으로 고소할 배짱이 생기지 않았다. 고소하는 순간 수아는 회사를 나와야 하는 사실을 잘 알기 때문이다. 참아야 했다.

근래 미투에 대한 기사도 비일비재했다. 결국 가해자가 감옥에 가고 일하던 곳에서 추방되는 것을 봤다. 그러나 결국 피해자인 고소인들도 자리에서 쫓겨나고 있었다. 버티고 있는 용감한 사람들도 힘들어했다.

'이 세상 누구도 날 대신해 주지 못한다. 내가 기댈 곳은 나 스스로밖에 없다.'

수아는 몸부림치다가 어렵게 잠이 들었다. 깨어나니 환한 아침 해가 떠오르고 있었다. 가볍게 화장하고 밥은 건너뛰고 또다시 늘 반복되는 하루를 위해 나갈 채비를 한다. 변하지 않는 똑같은 일상이 흐른다. 김산이 더욱 보고 싶어졌다. 그러나 수아는 참았다. 김산이 성공해야 수아도 마음이 편해지기 때문이다. 김산을 불편하게 할 바보는 아니었다. 시간은 살같이 흘렀다.

선수들은 동계 훈련을 떠나고 프런트 직원들은 나름 휴가를 얻은 것처럼 여유가 있었다. 어느 날 서 대리가 수아에게 보자고 했다. 수아도 피할 생각이 없었다. 어차피 한 번은 결판을 낼 문제였다.

한적한 카페였다. 사람은 별로 없고 조용했다. 구석진 곳으로 앉았다. 요새 카페답지 않게 오래된 팝송이 흘러나오고 있었다. 'Without You' 머라이어 캐리가 부르는 노래였다. 애절했다. 자리에 앉자 서 대리가 수아가 나와줘서 고맙다고 말했다. 수아는 고개만 끄덕였다.

"수아 씨, 나 정말 수아 씨가 좋은데 왜 내 마음을 몰라줘요. 네?"

"서 대리님! 전 서 대리님에게 아무 감정이 없어요. 그러지 마세요."

"수아 씨, 누구 있어요?"

"누가 있고 없고는 상관없고요, 내가 서 대리님에게 마음이 없다고요."

"제가 뭐가 모자라 그래요. 이래 봬도 구단주와 그런 사이고 얼굴도 이만하면 괜찮죠. 수아 씨가 물론 잘생기고 멋지지만 나도 나가면 다들 쳐다봐요."

"그게 나하고 무슨 상관이에요. 난 그저 서 대리님께 생각 없으니, 그만 날 성가시게 하지 마세요."

"내 참 더럽게 그러네. 수아 씨가 뭐 그리 대단하다고 고자세요?"

"내가 잘나서가 아니라 대리님이 싫다고요. 그냥 나를 불편하게 하지 마세요."

"남자 있어요?"

수아는 더 이상 서 대리에게 끌려다니는 것이 싫었다. 더구나 김산은 자기가 사랑하는 사람이었다. 굳이 없다고 할 필요가 없었다. 서 대리의 눈길에서 벗어나려면 김산과의 관계를 말하고 싶었다.

그러나 야구계의 풍토나 언론에 가십거리로 나오면 좋을 것이 없었다. 그래서 수아는 여태 말하지 않았던 것이다. 그러나 오늘은 해야 했다. 더이상 이런 일로 고민하고 힘들어할 필요가 없는 것이었다. 단 당사자가 김산이라는 말은 하고 싶지 않았다. 수아가 힘들게 입을 열었다.

"네, 있어요. 사랑하는 사람."

"치… 그러지. 그러니까 저렇게 튕겼지. 대체 수아 씨를 훔친 자가 누구요?"

"그건 대리님이 알 필요 없어요."

"아니, 내가 알아야 확실히 결심을 할 것 아니요. 말해 봐요."

"못 해요. 그냥 그렇게 아시고 다신 절 불편하게 하지 마세요."

서 대리의 미간이 크게 찌그러졌다. 수아는 정말 누구나 한 번 정도 쳐다보는 미인이었다. 처음 입사한 수아를 보고 늘씬한 몸매와 서구적인 세련미가 서 대리를 흔들었다. 서 대리는 여자 문제가 복잡한 젊은이였다. 많은 여자를 접해 봤지만, 수아는 특별하게 다가왔다. 수아를 점령하려는 욕망에 수차례 수아에게 접근했지만. 번번이 퇴짜를 맞았다.

서 대리는 자존심이 상했다. 웬만한 여자는 자기가 손 내밀면 고맙다고 덥석 잡았는데 수아는 끄떡도 안 했다. 어떤 방법을 써 봐도 움쩍도 안 했다. 그래서 수시로 업무적으로 괴롭혀 보기도 했다. 미동도 없었다. 그럴수록 서 대리는 틈만 나면 더 악착스럽게 수아를 괴롭혔다. 그리고 오늘 드디어 만남의 자리를 마련한 것이었다. 그리고 최후통첩을 받았다.

서 대리는 순간 참을 수 없는 수치심을 느꼈다. 수아의 손목을 낚아챘다. 그리고 수아를 잡아당겨 자기 앞으로 당겼다. 얼굴이 가까워지자 입술을 댔다. 순간 수아는 역겨운 냄새가 나는 것을 느꼈다. 그리고 가로로 얼굴을 비꼈다. 그러자 다시 서 대리가 수아의 얼굴을 끌어당겼다. 수아는 더 이상 참을 수가 없었다. 서 대리의 뺨을 치고 그대로 카페를 벗어났다. 그리고 그대로 집으로 가버렸다. 밤새 잠을 제대로 이루지 못하고 끙끙대다가 겨우 눈을 붙였다.

아침은 전과 같이 변함없이 다가왔다. 눈을 뜨고 보니 당장 두려웠다. 간단한 화장을 하고 아침은 거른 채로 회사로 갔다. 직원들이 많이 출근하였다. 서 대리가 힐끗 쳐다봤다. 그리고 다른 쪽으로 시선을 돌렸다. 수아는 잠시 심장이 멈추는 것 같은 기분에 오싹했지만, 가슴을 부여잡고 치어리더의 연습실로 얼른 들어갔다. 세상은 또 그렇게 힘들게 흘러가고 또 힘들게 다가선다. 수아의 어른이 되기 위한 성장통이었다.

오늘은 기어코 김산을 불러내 한을 풀리라 각오했다. 그러나 김산은 못 온다는 소리만 했다. 수아는 쓸쓸했다. 집에 와서 독한 술을 거푸 석 잔을 먹고 쓰러져 버렸다. 겨울 가로등이 외롭게 길가를 비추고 있었다. 그해 겨울이 다 지나가도록 김산은 야구에 전념하고 어느 누구도 만나지 않았다. 수아는 혼자서 슬픈 겨울을 보냈다.

강수호는 이게 정말 꿈인지 생시인지 모를 일이었다. 뺨을 꼬집어 봤다. 아팠다. 진정 꿈은 아닌 것 같았다. 어릴 때부터 야구에 미치고 야구가 전부였고 야구를 위해 한 번도 한눈을 판 적이 없었다. 젊음의 아우성이 몸부림칠 때도 수호는 참았다. 옆을 스치는 예쁜 여자들을 안 보려고 눈을 감기도 했다.

천성적으로 여자에게 큰 관심은 없었다. 그저 야구가 여자보다 더 재미있고 좋았다. 황선주가 한번 만나자고 연락이 왔다. 수호는 두근대는 심장을 손으로 누르고 긴 호흡을 했다. 모처럼 얼굴도 만지고 머리도 드라이를 했다. 거울을 들여다봤다. 까맣게 그을린 얼굴이 썩 마음에 안 들지만, 판다처럼 순한 인상은 다른 사람의 시선을 편하게 해 준다.

그녀가 만나자고 한 곳은 서울 근교였다. 강수호는 차가 없었다. 황선주가 앙증맞은 작고 짙은 감청색의 차를 가지고 나왔다. 수호를 보더니 유리창 문을 열고 손을 흔들었다. 강수호는 수줍은 소년처럼 상기된 얼굴로 황선주에게 아는 척을 했다. 그녀의 차를 타니 향긋한 냄새가 코를 찔렀다. 기분이 좋아졌다. 그녀의 옆자리로 앉았다. 차 안은 그녀의 성격답게 깔끔하게 정리되었고 운전대 앞에 그녀의 식구인 듯한 사진이 달려 있었다. 수호는 잠깐 황선주를 바라보다가 황선주가 그를 보자 얼른 얼굴을 돌렸다. 그러자 황선주가 웃으며 말했다.

"수호 씨! 왜 그렇게 순진해요! 날 좀 봐요."

"아… 네…."

"어휴, 운동하는 사람이 그게 뭐예요! 덩치는 소만 해가지고."

"네."

강수호는 짧게 대답하고 고개를 숙였다. 강수호의 얼굴이 홍당무가 되었다. 그런 강수호가 귀여운지 황선주는 깔깔대었다. 황선주가 자기를 놀리는 것 같아 더 위축되었다. 황선주는 엄격한 가정 환경에서 자란 외동딸이었다. 엄마가 불임으로 아이를 갖지 못하다가 시험관 시술을 3번이나 실패하고 4번째 성공하여 낳은 자식이었다. 눈에 넣어도 아프지 않은 자식이었다.

아버지는 황선주를 낳고 엄마가 너무 힘들어하니 더는 아이 낳기를 포기하고 황선주를 애지중지 키워왔다. 아버지는 딸을 온갖 정성을 들여 학업을 뒷바라지하고 교수를 만들고 싶었는데, 종편방송사의 스포츠 기자로 가버렸다. 아버지는 화를 참지 못하고 당장 그만두라고 했으나 황선주는 엄마의 절대적인 도움으로 기자 생활을 할 수가 있었다.

엄하고 날카로운 성격의 아버지는 엄마에게는 한없이 약한 분이었다. 황선주 아버지 황유일은 개천에 용이 나듯 어려운 집안에서 사법시험에 합격하고 손꼽히는 법관을 배출했던 집안에 데릴사위로 들어갔다. 그 덕에 아버지는 승승장구했고 어느덧 한국의 대표 법무법인을 호령하게 되었다. 몸이 그렇게 건강하지 않은 아내에게 황선주 아버지는 잘 보살피고 신경을 많이 쓰는 편이었다. 바쁜 업무로 인하여 시간이 없을 때도 아버지는 대충 하는 법이 없었다. 그러하기에 황선주는 언제나 엄마에게 기대고 엄마 뒤로 숨었다. 엄마는 외동딸인 선주가 활발하고 친구들과 잘 어울리고 생활하는 것에 감사했다.

수호와 선주는 삼십 분을 운전하고 북한강 근처의 커피숍에 들어갔다. 황선주는 파란 선글라스에 하얀 반코트를 걸치고 청바지를 입고 있었다. 뒤태가 정말 날씬했다. 황선주는 그리 큰 키는 아니었으나 완벽한 체형이었다. 걸어가면서 살짝 흔드는 엉덩이의 볼륨은 강수호의 눈길을 사로잡았다.

강수호는 황선주의 뒤를 따르면서 어찌할 줄 몰랐다. 황선주가 뒤로 돌아보고 웃었다. 미소가 아름다웠다. 강변에 위치한 커피숍은 남녀들의 연애사를 역사한다. 실내는 화려한 인테리어로 되어있고 오픈된 자리는 강변을 보게 되어있고 칸막이가 된 곳은 조금 구석진 곳에 자리하고 있었다.

두 사람은 칸막이가 된 곳으로 들어갔다. 그러면서 조금은 어색한 웃음을 서로 지었다. 사실 이제 야구판에 나온 강수호나 2년 차 스포츠 기자인 황선주를 누가 기억을 하겠냐만, 그래도 타인의 눈길을 의식해야 했다. 황선주가 자리에 앉으며 피식 웃었다.

"수호 씨! 저기 창가로 앉을 걸 그랬어요."

"아, 네. 그럼 저기로 옮길까요?"

"수호 씨 괜찮겠어요? 수호 씨는 이제 유명인인데."

"제가 무슨 유명인이에요! 너무 그렇게 놀리지 마세요."

"어머, 수호 씨는 신인왕이잖아요! 신인왕!"

"아이고, 누가 야구 신인왕 알기나 하나요."

"그래도 야구에 대해 관심 있는 사람은 다 알 걸요. 그냥 우리 여기에 있어요."

"그러죠. 황 기자님 뜻대로 해요."

"수호 씨! 황 기자, 황 기자 할래요? 저 황선주예요. 황선주."

강수호는 순간 황선주를 바라봤다. 그녀가 생글생글하며 빤히 강수호를 쳐다봤다. 강수호는 그녀의 샛별 같은 눈망울을 보자 심장이 덜커덕거렸다. 그녀를 바라볼 수가 없어 고개를 돌렸다. 그러자 또 그녀의 낭랑한 웃음소리가 났다.

"수호 씨 참 애기 같네요. 순한 아이요."
"아, 네… 황 기자님이 보기에 그래요? 내가 덩치가 소만 한데."
"덩치 말고요. 하는 모습이 아이 같아요. 정말 보기 좋아요."
"그래요. 감사하네요. 좋게 봐줘서."
"근데 이제 날 보고 황 기자 황 기자 하지 마세요."
"그럼 무어라 불러요?"
"선주, 선주라고 불러주세요."
"어떻게 그렇게 불러요! 못 하겠는데요."
"호호호, 하여튼 순진하시기는… 그럼 선주 씨라고 하세요."

소소한 이런저런 이야기를 황선주가 주도하고 강수호는 주로 듣기만 했다. 두 사람의 시간이 흐르고 강수호와 황선주의 마음의 벽이 천천히 허물어지고 있었다. 두 사람의 임계점이 다가섰다. 인간은 듣고 싶은 것만 듣고 보고 싶은 것만 본다고 한다. 쳐다만 봐도 두 사람은 즐거웠다. 짙은 커피 향이 두 사람의 자리에 맴돌았다.

14

관계

조 감독이 강수호를 불렀다. 김산과 트레이드를 하고서 데리고 온 뒤 처음 상견례였다. 강수호가 조금은 어색한 자세로 조 감독에게 인사를 하였다. 조 감독이 볼 때 강수호의 체구는 포수로서 안성맞춤이었다. 김산과 3루수를 보내고 데려온 신인왕 출신이었다.

강수호는 상대방 선수였지만 조 감독이 보기에 중간 정도 수준으로 보았다. 블로킹과 도루 저지는 그런대로 수준급이지만, 투수 리드에 약하고 타율과 출루율이 낮았다. 물론 투수 리드는 1군으로 갑자기 올라가서 투수들과 손을 맞출 여유가 없기에 다소 인정되는 부분은 있었다.

조 감독이 강수호의 손을 펴 보았다. 굳은살이 훈련의 강도를 말해준 듯 두터웠다. 장딴지를 보니 굉장한 두께였다. 포수는 앉았다 일어났다를 반복하는 에너지가 많이 드는 포지션이라 체력이 뛰어나야 한다. 조 감독은 만족한 듯 살며시 웃었다. 모처럼 좋은 후배를 만난 것 같았다.

야구 감독은 배구나 농구 감독처럼 코치라 안 하고 매니저로 불린다. 야구 감독은 경기 진행뿐 아니라 구성원들의 공동 목표인 우승을 위해 평소 선수단의 화합과 선수 관리, 훈련 프로그램을 짜는 등 전반적인 역할을 담당하고 그에 대한 책임을 진다.

감독의 유형은 크게 지장, 덕장, 맹장 등으로 구별된다. 물론 지장과 덕장

156

의 품성을 모두 가졌거나, 맹장이지만 지략이 뛰어난 감독도 있다. 성적이 나쁘면 선수들의 질적 수준은 크게 탓하지 않고 감독의 책임을 묻는다. 구단주의 눈에 안 차면 계약 기간이 안 지켜지는 것은 비일비재하다. 연봉은 많지만, 임시계약직 정도로 대우를 받는다. 그래서 선수를 혹사하면서까지 승부에 올인하는 감독도 있다. 그런 면에서 조 감독은 승패를 떠나서 선수들을 편하게 대해 주는 것으로 선수들에게 존경을 받는 편이었다. 강수호에게 구단 선수들하고 수인사는 나누었냐고 물었다. 강수호가 크게 대답했다.

"네. 선배님들, 동료들 다 만나고 인사드렸습니다."
"그래, 어때? 여기 오니?"
"네, 아주 좋습니다. 최선을 다해 잘해 보겠습니다."
"암 그래야지. 그래 우리 선수들이 환영은 잘 해주었나?"
"네, 극진히 환영해 주었습니다."
"우리 팀이 올해는 자네가 죽였는데… 내년에는 저쪽 팀을 자네가 죽여줘야 해! 알겠지! 자네는 아직은 다듬을 것이 많아. 훈련도 더 열심히 하고….'
"명심하겠습니다."

강수호는 조 감독을 바라보면서 존경의 눈길을 놓지 않았다. 조 감독은 포수들의 우상이었다. 불멸의 기록을 가지고 은퇴하면서 조 감독의 등 번호인 62번이 영구결번으로 남았다. 영구결번은 이제까지 한국야구사에 총 17명이 지정되었다. 포수로서는 한국야구사 두 번째였다. 강수호도 조 감독을 자기의 우상으로 삼고 야구를 했었다. 그런 조 감독이 자기를 트레이드로 받아들이고 바로 자기 앞에 서 있다는 자체가 감동이었다. 더구나 다음 시즌에 1군 출전이 불투명했는데 트레이드로 조 감독의 밑으로 오게 되어 1군으로 합류가 기대되었다. 이제야 강수호의 세상이 온 것 같았다.

동계 훈련은 여러 가지 사정으로 국외로 가지 못하고 국내 남부지방으로 갔다. 선수들과 합류하면서 강수호는 빠르게 친분을 쌓았다. 워낙 천성이 밝고 활발하고 타인에 대한 배려가 많은 강수호는 얼마 안 가 귀여움을 독차지하였다.

포수 코치가 전담으로 강수호를 지도했다. 구단 투수들의 장점과 약점, 그리고 구질의 변화에 대처하는 법 등을 집중적으로 받았다. 매일매일이 힘든 훈련이었다. 그러나 1군에 남아야 하고 프로의 세계에서 살아남기 위해 최선의 노력을 해야 했다. 아무리 힘들어도 강수호는 즐거웠다. 미래에 대한 청사진이 펼쳐진 지금 조금이라도 나태하면 순간 나락으로 떨어진다는 것을 잘 알고 있었다.

오전 포수 훈련을 하고 오후에는 타격 훈련을 했다. 타격 코치에게 잔소리를 심하게 들었다. 힘으로 당겨서 치는 강수호의 타법에 코치는 여러 번 지적했다. 그러나 쉽게 고쳐지지 않았다. 오랫동안 굳어진 자세는 바깥 공을 치기에 난감했다. 어느 날 조 감독이 타격 연습을 하는 강수호에게 오라는 손짓을 했다.

"수호야. 잘 안 돼?"

"네. 코치님이 잡아 주어도 금세 또 옛날 버릇이 나와서 잘 안 되네요."

"그래, 넌 네가 무엇이 문제라고 보니?"

"몸쪽 공은 그런대로 대처가 되는데 휘어져 먼 낮은 곳으로 떨어지는 공에 손을 못 대겠어요. 그것 때문에 정말 열심히 하는데도 안 됩니다."

"음. 네 타격 자세를 보니 당연히 그런 현상이 있지. 배트 잡는 것도 너무 힘을 주고 끌어당겨서만 치려고 하고… 물론 걸리면 한 방 제대로 넘어가겠지만, 그것도 쉬운 게 아니지. 투수가 너를 알면 그런 공을 주겠니!"

"그쵸. 감독님 어떻게 해야 해요?"

"너, 타격 수칙은 알지?"

"귀에 지겹도록 들었죠. 균형 잡힌 스탠스로 타격 시 완벽한 체중 이동을 하고, 공은 앞에 놓고 앞발에서 유연하게 스윙하라… 상체가 아니라 하체의 힘으로 허릿심으로 쳐라… 근데 안 돼요."

"넌 스윙 폼을 고쳐야 해. 백스윙을 생략하고 간결하게 맞히는 타격을 해야 타율이 올라갈 것 같아. 아마도 쉽게 고쳐지지는 않을 것이야. 김성한 대선배는 자기만의 오리 궁둥이 타법을 만들어서 자기의 약점을 고치고 타격왕이 되었었지. 자기가 자기의 약점을 제일 잘 아는 법이야. 남이 보기에 '왜 저러지' 하고 말은 쉽게 하지만 알 수 없는 게 있지."

"감사합니다. 열심히 해 볼게요."

"사실 수칙이란 거는 원론적인 이론이지. 처음으로 배우는 선수가 기본으로 장착해야 하는… 그런데 너는 이미 기본에서 벗어나서 자세가 굳어진 것 같아. 이제 그런 것들을 바꾸려면 더 타격감이 안 좋을 거야. 좌우간 천천히 해 보자. 그리고 매 순간 타격 매커니즘이 다르니 초심으로 돌아가서 공부해야 해."

"죽도록 해 볼게요."

"공격력도 중요하지, 그러나 포수의 본연의 임무는 우선 수비야. 전반적인 게임 운영을 해야 하는 책임이 더 크니 타격보다는 투수 리드나 수비 위치를 읽는 눈을 더 길러야 한다. 네가 흔들리면 선수 전체가 흔들려. 그렇다고 너무 성급히 걱정만 하지 마라. 더 많은 경험이 생기면 자신감도 생기니까. 천천히 이제부터 시작이다."

포수는 포지션 특성상 체력적인 부담도 크고, 부상에서 자유롭지 못하고, 주전 포수가 되는 것도 어려워 꺼리는 자리다. 그러나 강수호는 포수가 적성에 딱 맞는 포지션이었다. 강수호의 엄청난 덩치는 투수가 공을 던질 때 편하게 포구를 해주어 안정된 투구를 할 수 있게 했다. 더구나 활달한 성격은 파이팅을 하고 선수의 사기를 높이는 역할도 하였다.

팀을 옮겼지만, 강수호는 얼른 동료들에게 녹아들었다. 훈련도 재미있고 팀원들과 사귐도 좋았다. 특히 마무리 투수인 김일권과의 호흡은 잘 맞아들었다. 강수호의 특장점은 다른 사람의 말을 경청하는 습관에 있었다. 팀원들이 자기에 대해 장황하게 말을 해도 강수호는 귀를 쫑긋하면서 관심이 많은 듯 들어주었다. 판다처럼 친근한 얼굴은 상대를 편하게 해 주었고 사소한 일이라도 언제나 솔선수범했다. 인간은 감정의 동물이라 어려운 논리를 따르지 않고 스스로 불러일으키는 마음이 있어야 한다. 강수호는 동료를 대할 때도 솔직하고 진지하게 대했다. 그리고 조금의 고마움도 감사를 표했고 칭찬을 해 주었다. 그런 강수호의 태도에 선후배 동료가 손을 내밀었다.

동계 훈련이 끝나고 며칠 휴가 기간을 줬다. 황선주가 그 틈을 노리고 강수호를 불렀다. 동계 훈련을 마친 강수호는 약간 까칠해졌다. 그런 수호를 황선주가 안타까운 듯 수호의 얼굴을 어루만졌다. 강수호는 심장이 부서지는 쾌감을 느꼈다. 두 사람의 열정이 불꽃처럼 타올랐다.

많지 않은 만남이었지만 서로의 마음은 이미 하나가 되었다. 두 사람 다 첫사랑이었다. 황선주의 적극적인 구애가 순진한 강수호의 심장을 도려낸 것이었다. 뒤늦은 만남은 급하게 서두르게 되었고, 요새 젊은이처럼 어렵지 않게 몸과 마음이 하나로 되었다. 강수호는 매일 황금빛이었다. KBO리그가 시작되어 바쁘게 시간이 흘러가도, 두 사람은 어떻게라도 시간을 내어 둘만의 자리를 가졌다. 사랑에 빠지면 주위는 안 보이게 되는 것이다.

황선주의 표정은 언제나 반짝였다. 그런 황선주를 엄마는 조심스럽게 봤다. 걱정은 되지만 나이 든 딸의 연애에 간섭하고 싶지는 않았다. 본인은 연애 한 번 못 하고 중매로 남편을 만나 불타는 시절을 한 번도 못 느끼고 살았다.

남편은 차갑고 어느 하나 실수를 하지 않는 완벽한 사람이었다. 데릴사위 비슷하게 들어온 남편은 자기의 위치를 알고 한 번도 윗사람들의 눈을 벗어 난 적이 없는 행동을 했었다. 당연히 장인에게 점수를 얻고 재산까지 물려받으며 법조계에서 승승장구했다. 정치적인 힘의 균열로 검사장에서 내려온 남편은 법무법인을 만들어 왕성한 활동을 하고 있었다. 수십 년을 알콩달콩 살아 본 적이 없었다.

남편이 딸의 연애를 모르면 했다. 그러나 비밀이란 언제나 발가벗게 되어있다. 자주 보지는 못하는 부녀 관계지만 죄인들을 다루는데 이골이 난 남편이 눈치를 채는 것은 그리 어려운 일이 아니었다. 남편도 처음에는 모른 척하는 것 같았다. 그러나 딸의 상대가 강수호라는 것을 알면서 대로했다. 그렇게 말렸는데도 방송사에 취업하더니, 결국 그런 놈하고 연애하다니 화를 참을 수가 없었다.

황유일은 딸을 불러 앉혔다. 분을 참을 수 없었지만, 조용히 말했다.

"얘야… 너 야구선수와 연애한다며?"

황선주는 올 것이 왔다고 생각했다. 그러나 아무 말을 안 했다.

"왜 말이 없어? 누구야?"

"저도 이제 성인이에요. 연애도 할 수 있잖아요!"

"그래, 연애야 할 수 있지. 그런데 상대가 누구냐에 따라 다르지."

"제가 알아서 할게요."

"뭐, 그런 야구선수랑 연애하게 내버려 두라고! 그게 아빠에게 할 말이냐!"

"야구선수가 왜요! 제가 좋아하는데 무슨 문제가 있어요?"

"뭐라고! 그게 여태껏 너만 바라보고 산 아빠에게 할 말이야?"

"아빠, 저도 제 남자를 선택할 권리가 있고 좋아할 수도 있어요. 그럼 아빠가 정해준 사람하고 하란 말이에요?"

"그건 아니다만… 아니, 연애할 사람이 없어서 야구선수야. 난 절대 용납 못 해. 당장 그만둬라. 알겠니?"

"아빠! 전 못 그만둬요."

황선주는 아빠와 헤어져 엄마에게 갔다. 뾰로통해서 자기에게 오는 딸에게 옅은 웃음을 지었다. 그리고 살며시 안아주었다. 어렵게 얻은 딸이었다. 눈에 넣어도 아프지 않은 예쁜 딸이었다. 황선주가 엄마에게 투정을 부렸다.

"엄마, 내가 연애 좀 한다고 아빠가 화를 내고 난리야. 그럼 늙도록 연애도 하지 말란 말이야!"

"선주야. 아빠 말은 그게 아니고 조금 좋은 조건을 가진 사람하고 하란 말이지."

"야구선수가 어때서요?"

"글쎄, 난 네가 선택한 것에 대해 불만은 없어. 근데 아빠는 조금 다르지, 아빠를 몰라?"

"내가 좋아하는 남자랑 만나야지. 아빠가 좋아하는 남자를 만나란 말이어요!"

"나도 사실은 운동선수 말고 아빠 회사에 근무하는 변호사하고 하면 좋겠다는 마음이야. 운동선수는 우락부락하고 또 오래 할 수도 없고… 솔직히 조금은 나도 걱정이 돼."

"엄마가 몰라서 그래. 수호 씨는 순하고 날 얼마나 생각해 주는지 엄마는 몰라. 그리고 성적만 좋으면 남부럽지 않게 돈도 벌고 나중에 은퇴하면 지도자로 가고… 뭐가 걱정이야?"

"그래도 난 엄마로서 걱정은 되지."

"그럼 엄마는 내 편이 아니란 말이야?"

"아니, 그런 말이 아니라… 하여튼 잘 생각해라. 아빠를 이기는 방법도 생각하고. 난 네 편도 아니고 아빠 편도 아니다."

"엄마! 엄마가 왜 그래. 항상 연애 한 번도 못 하고 시집가서 억울하다고 하면서."

"그건 내 형편이고, 넌 그게 아니지… 알았어. 난 중립을 지킬 테니 끙끙 대지 마."

바늘로 쑤셔도 피 한 방울 나오지 않을 정도로 차가운 아빠였다. 무슨 일이든지 모두 원칙적이고 자기가 하는 일은 정의롭다고 생각하는 자기중심적인 법관이었다. 그런 아빠가 황선주는 정이 안 갔다. 아무리 자기를 귀여워하고 예뻐하지만 자기와는 별로 맞지 않았다.

반면에 강수호는 황소처럼 순진하고 가식이 없고 자기 말에 한시도 해찰 부리지 않고 들어주는 것도 좋았고, 언제나 자기를 먼저 배려하는 마음에 황선주는 감동하기도 했다. 타인을 대하는 자세도 언제나 겸손했다. 그런 황수호에게 자기가 빠지는 것은 당연하다고 느꼈다. 첫 남자이기도 하지만 모든 면이 황선주를 끌어당겼으며 순식간에 깊이 빠져 버렸다. 이제는 절대 포기할 수 없는 남자가 되어버렸다. 그러나 아빠가 저렇게 반대를 하니 걱정이 태산 같았다.

황유일은 사무과장을 불렀다. 자기가 고검에 있을 때 함께 일하던 수사관이었다. 황유일의 눈빛만 봐도 무얼 원하는지 아는 오래된 사이였다. 머리는 희끗희끗하고 눈빛은 사나웠다. 황유일은 강수호에 대해 알아보라고 지시했다. 하루도 안 되어서 손 사무과장이 A4 두 장에 신상 정보를 가져왔다.

서류를 살펴보던 황유일은 안절부절못했다. 도저히 용납할 수 없는 강수호였다. 자기 딸이 아니더라도 싫은 상대였다. 손 사무과장에게 시간을 잡아 강수호를 사무실로 한번 오게 지시했다. KBO리그가 한창 진행되므로 쉽게 자리가 안 잡혔다. 그것도 황유일은 불만이었다. 며칠 우기가 접어들고 경기가 순연되었다.

강수호가 법무법인 사무실로 갔다. 강수호도 황선주의 아버지가 보자고 하는데 안 갈 수도 없었다. 오금이 저리지만 할 수 없었다. 황선주에게 물었다. 황선주는 가지 말라고 했다. 왜냐고 물으니 대충 이야기해 주었다. 그러자 강수호는 그럴수록 더욱 가봐야겠다고 말했다. 그러자 황선주도 알겠다며 말하고 아빠의 원칙적인 일 처리 방식에 대해 귀띔해 주었다.

사무실로 가기 전날 악몽에 시달렸다. 뻔한 결말이 앞에 보였다. 황선주는 석사에 뛰어난 가문의 아가씨였다. 자신을 뒤돌아보았다. 자기는 황선주와는 절대로 어울리는 짝이 아니었다. 사무실로 들어가는 발걸음이 무거웠다. 손잡이를 잡는 마음은 두려움으로 가득 찼다. 그러나 워낙 낙천적이고 긍정적인 강수호인지라 숨을 가득 삼키고 들어섰다.

사무실에는 황유일과 손 사무과장이 있었다. 황유일은 들어오는 강수호를 강한 눈빛으로 바라보았다. 인물은 변변치 않으나 편한 인상이었다. 강수호에게 자리에 앉으라고 하고서 차를 내오게 했다. 손 사무과장도 자리에 앉았다. 황유일이 헛기침을 했다. 그리고 말문을 열었다.

"잘 오셨어요. 내가 누군지 알죠?"

"네. 황 기자님 아버지죠. 반갑습니다. 헌데 왜 절 보자고 했습니까."

"아하…. 제가 보자고 한 이유를 모르겠어요? 우리 딸하고 사귀고 있죠?"

"네, 그렇습니다."

"강 선수가 우리 딸과 맞는다고 봐요?"

"무슨 말씀이신지!"

"내 말을 못 알아듣는 거요? 아님 못 들은 척하는 거요? 아니 여길 오면서 아무 생각도 안 하고 왔어요!"

"제가 부족한 것은 맞는데 그렇다고 서로 연애도 못 하나요?"

"연애를 하게 되면 결혼까지 염두에 둬야 하죠. 그럼 가족끼리 하는 것이 돼요. 그런데 수호 씨 아버지는 수감 생활도 했고 수호 씨는 고교 학력이고… 이게 맞다고 봐요?"

강수호는 말문이 막혔다. 황유일의 말은 하나도 틀림이 없었다. 그러나 황선주와 자기는 정말로 사랑하는 사이고 장래를 약속한 사이였다. 강수호가 대답을 못 하자 황유일은 속으로 웃었다. 제 놈이 이제야 말귀를 알아듣는 모양이라고 생각했다. 강수호가 한참을 침묵하다가 입을 열었다.

"황선주 씨는 어떤 생각을 가졌는지 모르겠네요."
"아, 내 딸은 내가 잘 말해두었어요. 내 말이라면 잘 들으니까."
"오기 전에 선주 씨와 전화했는데 자기는 절대 날 포기 안 한다고 하더군요. 저도 절대로 선주 씨를 포기할 생각이 없습니다. 두 사람의 뜻이 그러는데 부모님들이 나서서 이러는 것은 조선 시대에나 있는 일 아닙니까!"
"뭐라고요… 부모가 반대하는 결혼이 축복받겠어요? 잘 생각하고 선주를 놔 주세요."
"제가 지금 이 자리에서 결론을 말하기는 그러고요. 좀 더 숙고하고 나중에 말씀드리겠습니다. 이해해 주세요."
"뭘 더 생각하고 말 것 있어요. 뻔한 결말을 알면서… 지금 이 자리에서 말해요."
"선주 씨랑 더 얘기를 해 보고 말씀드리겠습니다. 그럼 전 그만 가 보겠습니다."

그리고 강수호가 자리에서 일어나 꾸벅 인사를 하고 나갔다. 황유일은 말로 해서는 안 되겠다는 생각이 들었다. 손 사무과장을 돌아보았다. 손 사무과장은 황유일이 얼마나 화가 났고 어떤 일을 요구하는지 대충 감으로 느꼈다. 황유일은 절대로 구체적으로 지시를 하는 일이 없었다. 나중에 일어날 일에 대하여 누구도 모를 일이기에 법조계에서 잔뼈가 묻은 그는 책

165

임질 일은 안 하는 사람이었다.

　손 사무과장은 고민이 되었다. 다시 황유일이 손 사무과장을 보고 말했다. 수사관으로 명성을 날리던 사람이었다.

　"한번 잘해 봐."

　손 사무과장이 말없이 고개를 까닥했다.

15

학교폭력

"갑니다, 날아갑니다. 쭉 쭉 날아갑니다… 아! 홈런입니다. 끝내기 홈런이 또 강수호 손에서 마무리됩니다. 벌써 3게임을 강수호가 해냅니다. 이제 선두와 반 게임 차가 됐어요. 정말 재미있는 올해가 되겠네요!"

송 캐스터가 흥분을 가라앉히지 못하고 큰소리로 연신 중계했다.

"그러게요. 강수호 선수 정말 대단합니다. 작년하고 많이 달라졌어요. 역시 조 감독이 잘 만들었네요. 홈런도 홈런이지만 타율도 2할 4푼이면 아주 준수해요."

"잠시 후 끝내기 홈런을 친 강수호 선수를 황선주 기자가 만나보겠습니다. 이 위원님, 작년하고 강수호 선수가 달라진 점이 무엇이라고 생각합니까?"

"우선 타격 메커니즘이 달라진 것 같아요. 무엇보다도 노림수가 좋아졌어요. 실투를 절대 안 놓치고 타격도 간결해졌어요. 스윙 폭이 작아지고… 1군으로 올라온 지 얼마 안 되어 이런 변신이 가능하다니, 조 감독은 보물을 얻게 됐네요."

"국가대표 선발을 눈앞에 두고 시위하는 것 같아요."

"아하, 그러게요. 이런 추세라면 국가대표로 안 뽑을 이유가 없겠죠. 조 감독으로서는 가장 잘한 트레이드라 봅니다. 역시 레전드 포수 출신 감독이라 보는 눈이 있어요. 저는 김산과 맞트레이드를 할 때 깜짝 놀랐어요.

그래도 좌완에 강속구를 던지는 김산은 무궁무진한 자원이거든요. 미래를 보자면 김산 같은 강견이 없거든요. 그래서 나는 실패한 트레이드라 봤는데 강수호 대단합니다. 역시 윈윈 하는 트레이드는 권장할 만합니다. 김산도 상무에 가서 호성적을 내고 있다고 해요."

"네. 재능있는 젊은 포수가 오랜만에 나온 것 같아요."

"그래요. 어린 포수가 이렇게 1군에서 대단한 활약을 한다는 것이 저도 기분이 좋습니다. 각 팀이 이런 변화를 모색해야 야구 판도가 재미있게 되죠. 사실 포수 기근인데 강수호 선수의 출현은 우리 야구계의 호재죠."

"자, 그럼 황선주 기자의 인터뷰를 보도록 하죠. 황 기자 나오세요."

황선주가 땀으로 젖어있는 강수호를 은근 사랑스러운 눈으로 쳐다보며 인터뷰를 하기 시작했다.

- 오늘 끝내기 홈런은 예상했나요?

- 아뇨. 그냥 정확히 맞힌다는 생각으로 쳤는데 예상 밖으로 홈런이 됐네요.

- 올해 유독 결승 홈런이 많이 나오는데, 비결이라도 있어요?

- 아, 팀이 바뀌었는데 제가 가장 존경하는 감독님을 만나서 집중 지도를 받았어요. 제 약점을 감독님이 강점으로 바꿔주었죠.

- 어떻게요?

- 제가 힘으로만 밀어붙이는 스타일이었는데 스윙 폭을 짧게 하고 간결한 타격을 하라고 해서 겨우내 노력했죠. 그리고 타격 메커니즘에 대하여 전수를 받았고요.

- 아하, 그런 노력이 올해 강수호 선수의 변신을 만들었군요. 감독님이 존경스럽겠네요?

- 그러죠. 저한테는 하늘 같은 분이죠.

- 이제 아시안게임 국가대표를 선발하는데, 본인은 가능하다고 보세요?

- 글쎄요. 기대는 하지만 전 아직 실력이 미천해서 그런 영광이 오겠어요! KBO에서 좋은 선수를 잘 선발하겠지요.

- 아니죠, 요새 성적으로 보면 충분한 것 아닌가요?

- 모르죠. 전 그저 KBO에서 하는 대로 따르는 것 외에는 할 말이 없어요.

- 네, 잘 알겠습니다. 이상으로 강수호 선수와 인터뷰를 마치겠습니다.

강수호는 끝내기 홈런을 치고 황선주와 인터뷰를 하자 하늘을 나는 기분이었다. 더구나 요사이는 공이 수박만 하게 크게 보였다. 타격감도 좋고 자신감이 있었다.

처음 시즌이 시작되었을 때 강수호는 백업 포수로 근 한 달여를 시합에 나가지 못했다. 그러다 교체로 들어간 이후 조 감독의 눈에 들어 계속 시합에 주전으로 나가게 되었고, 그때마다 결정적인 홈런으로 경기를 마무리하는 쾌거를 이루었다. 강수호가 비상하고 있었다. 물론 아직은 경기 경험이 많지 않아 가끔 실수가 있을 때도 있지만, 조 감독은 크게 실망하지 않고 계속 강수호를 기용했다.

도루 저지에도 역대 어느 포수보다도 잘했다. 강수호의 괴력은 홈런으로 증명했다. 경기 수가 적은데도 벌써 8개의 홈런을 양산하고 있었다. 스포츠 신문에 강수호의 활약이 대서 특필되었다.

황유일은 그런 강수호의 기사와 딸이 헤헤거리며 강수호와 인터뷰 하는 것을 보자 화가 치밀어 손 사무과장에게 어떻게 일이 진행되냐고 다그쳤다. 손 사무과장이 조금만 기다리라며 곧 좋은 소식이 있을 거라 말했다. 황유일은 딸의 일로 스트레스가 이만저만이 아니었다. 어떻게 생긴 딸인가! 외동딸을 그런 터무니없는 자식에게 보낸다는 것은 용납이 안 되었다. 속이 부글부글 끓었다.

그로부터 3주일 후 강수호에게 하늘이 무너지는 일이 생겼다. 상상할 수 없는 일이었다. 강수호가 학교폭력으로 고소를 당했다. 아시안게임 국가대표로 선발된 일주일 후였다. 고소인은 박성일이었다. 고교 때 2년 후배로 강수호와 같은 보직인 포수 출신이었다. 강수호는 하늘이 노래졌다. 이제 2군에서 벗어나 날개를 펼쳐 보려는 순간 학교폭력이라니 정신이 아득했다.

물론 자기가 고교 시절 군기반장은 했지만 한 번도 무리하게 후배들을 다룬 적은 없다고 생각했다. 그리고 박성일은 자기가 더욱 신경을 썼던 후배였다. 그런데 박성일이 고소했다고 하니 화도 나고 억울도 했다. 그러나 그건 가해자인 강수호의 눈에서 바라볼 때 느낌일 뿐이다. 학교폭력은 피해자 중심으로 봐야 한다. 꼭 신체적 폭력이나 협박 성폭력만이 아닌 정신적 모욕도 해당이 된다.

근래 미투 운동과 함께 학교폭력에 관한 관심이 사회 전반에 퍼져 있고 예전과 달리 용서할 수 없는 행위로 수많은 학폭 피해자가 호소를 하기 시작했다.

1990년대 교사의 폭력이 일상화되었던 시절은 조명되지 않았으나 2000년대에 이르러 일진들에 의한 폭력 서클의 구타가 난무하였고 그로 인해 피해자의 정신적 충격과 육체적 고통을 못 참고 자살하는 사례가 늘자 언론에서 대대적으로 다루기 시작했고 사회적 장치를 요구하는 소리가 커지고 그에 따른 처벌도 강해졌다.

공소시효는 정해지지 않았지만 폭력 같은 경우는 5년, 상해는 7년의 공소시효를 지닌다. 더구나 요사이는 드라마나 영화 같은 매체를 통해서 학교폭력에 대해 심각한 범죄라는 인식이 강해졌다. 쉽게 넘어가기가 어렵게 되었다. 특히 프로 배구계나 야구선수가 집중 조명되었고 그로 인해 가해자가 피해자에게 진솔하게 사과하고 은퇴를 한 선수도 있었고 가해자와 피해자가 서로 화해해서 다시 선수 생활을 하는 예도 있다.

운동을 하는 조직에서의 규율은 예전부터 누구나 잘 알고 있는 폭력 문화가 있었다. 물론 최근에는 학폭에 대한 심각성에 주춤하지만 음으로 양으로 진행될 수밖에 없는 환경이다. 군대도 구타 금지라고 그렇게 엄격하게 단속해도 아직도 개선되지 못하고 있는 실정이다. KBO에서는 우선 사실이 확인될 때까지 강수호를 국가대표에서 보류한다고 발표했다. 그러나 한 언론 매체에서는 그런 발표에 강하게 반발하는 논평을 냈다. 바로 제명해야 한다는 논평이었다. 사실 확인은 필요 없이 사회 분위기에 편승하는 기사는 사람의 인식을 불편하게 만들었다. 비상식적인 언론사에게 무죄 추정의 원칙 따윈 필요가 없는 마녀사냥이었다.

강수호는 우선 박성일을 수소문했다. 그리고 강수호에 대해 조금은 우호적인 언론의 인터뷰에 응하고 적극적으로 변명했다. 박성일은 자기를 만나려 하지 않았다. 강수호는 군에 있는 김산에게 도움을 요청했다. 그래도 고교 시절에 김산과 박성일이는 사이가 돈독했다. 겁이 많고 여린 박성일에게 김산은 선배로서 관심도 가져주고 다독였다. 물론 투수와 포수의 배터리로서의 동지애도 작용했었다. 박성일은 그리 우수한 선수는 아니었다. 강수호가 졸업하자 주전을 꿰찼지만, 타율이 너무 낮았다. 그런대로 수비 능력은 있어도 공격이 안 되니 후배 포수에게 밀리기도 했었다. 결국 박성일은 대학이나 프로에서 손을 내밀어주지 않았고 결국 야구를 포기하고 아르바이트로 근근이 살아가고 있다는 소식만 들었다.

김산은 박 감독에게 사유를 말하고 휴가를 내서 박성일을 수소문했다. 박성일과 친분이 있던 후배들에게 알아본 결과, 3일 만에 박성일이 근무하는 택배회사 분류장을 찾았다. 바짝 야윈 까맣게 그을린 박성일이 김산을 보고 흠칫했다. 김산이 다가가자 피하려 했다. 그런 박성일을 김산이 따라가 잡았다.

박성일은 누군가 반드시 자기를 찾아올 줄 알았지만, 군대에 있는 김산이 오리라고는 상상도 못 했다. 김산은 자기와 고교 때 형제 같은 사이였다. 자기가 야구를 포기하려고 했을 때마다 자기를 붙잡아주던 형이었다.

171

그러나 결국 자기는 실패하고, 아르바이트로 겨우 사는 모습을 보여주고 싶지 않았다.

기사를 통해 김산과 강수호의 트레이드도 보았고 김산의 상무 입대도 보면서 김산의 성공을 빌기도 했다. 최근 강수호의 활약을 보면서 약간의 비애와 슬픔을 느끼고 있을 즈음에 누군가가 찾아왔다. 그리고 박성일은 강수호를 학교폭력으로 고소하였다. 일파만파 일이 커지자 잠시 박성일은 후회도 되었다. 오랜만에 보는 김산은 더 건장해지고 얼굴도 좋아 보였다. 자기를 돌아보면 누구 앞에도 나서기 싫었다. 수년을 야구만 하다가 결국 부름을 받지 못하고 야구를 포기해야 하는 자신에게 화가 났었다. 세상이 원망스러워졌다.

아무도 보기 싫어 숨고 싶었다. 한때는 세상을 등질까 하는 생각도 수시로 하였다. 야구만 했던 자기에게 세상은 손을 벌려주지 않았다. 생계를 걱정하고 하루하루가 힘들었고 미래는 보이지 않았다.

아버지는 폭력적이고 술에 절어 살던 사람이었다. 모두가 다 미웠고 아버지에 대한 원한도 커졌다. 엄마의 헌신이 없었다면 박성일은 야구도 못했었다. 어릴 적 아버지의 폭압에 성격은 주눅이 들고 모든 것에 자신감이 없었다. 누구 앞에 나서지 못하고 늘 다른 사람의 눈치를 살피던 여린 학생이었다. 그런 박성일을 감싸고 돈 사람이 김산이었다. 투수와 포수의 관계는 아버지와 엄마의 조합이다. 둘은 2년을 같이 공을 주고받았었다.

졸업 후 김산은 박성일에 대한 소식만 들었다. 야구계의 부름을 받지 못하고 실망하여 숨어 버렸다는 박성일에 대하여 그 후 전혀 알 수가 없었다. 택배 분류장 옆에 있는 휴게소로 갔다. 김산이 박성일의 손을 잡았다. 그러자 박성일이 손을 뺐다. 머쓱해진 김산이 조금은 슬픈 표정으로 말했다.

"성일아. 잘 있었어. 반갑다 널 보니."

"네, 형도 잘 있었어요!"

"응, 나 군대 있잖니. 어때 일은 할 만해?"

"먹고 살자니 해야죠. 힘들어요."

"그치. 야구만 하다가 다른 일 하기가 어렵지. 엄마는 잘 계시고?"

"그쵸 뭐… 형, 뭐하러 여기까지 찾아와? 수호 형이 보냈어?"

"성일아 왜 그랬어? 수호 형이 너에게 얼마나 잘해 주었는데. 왜 그랬어?"

"형은 몰라. 수호형이 난 꼭 염라대왕처럼 무서웠어. 날 지도할 때는 오금이 저렸었어. 지금 생각하면 끔찍해."

"그래도 널 위해서 형이 그랬지. 잘못되라고 그랬겠니! 네가 포수라 형이 더 신경 쓴 거지."

"하여튼 난 수호 형이 좋기만은 안 했어. 무서웠어. 꿈에도 나타나 나보고 뭐라 하는데 힘들었어. 형, 나 바쁘니 할 말만 하고 가."

"그래, 성일아 고소 취하하면 안 되겠니?"

"형, 난 못 해. 아니, 안 해. 그 말 하려면 다신 오지 마."

"네가 수호 형 고소해서 무슨 이득이 있니?"

"내 마음을 달래줘야지. 누군 잘나가고 누군 이렇게 힘들고 그건 공평하지 못해요. 그리고 생각해 보면 다신 그런 폭력이 있으면 안 된다는 생각도 있어요."

"그건 나도 인정해. 그런데 수호 형이 말은 거칠었지만 폭력은 안 했잖아."

"꼭 손으로 때려야 폭력이나요! 마음의 상처가 더 문제죠."

김산은 대꾸하지 못했다. 박성일이가 마음이 여린 친구이긴 했어도 착한 학생이었다. 비행을 저지르는 학생이 있으면 못 하게 하고 손수레를 끌고 힘들게 가는 노인을 보면 달려가 함께 끌어주던 착한 학생이었다. 수호 형이 야구부를 위해 주장으로서 조금 억세게 선수들을 다룬 것은 사실이었다. 그러나 박성일같이 마음의 상처까지 있는 줄은 몰랐다. 하기야 여린 박성일은 그럴 수 있었겠다는 공감도 생겼다.

173

김산은 세상에 대해 원망이 많은 박성일이 안쓰럽기도 하고 걱정도 되었다. 그러나 자기가 뭘 해 줄 능력이 없었다. 더는 이야기해 봐야 별다른 결과를 얻을 수가 없어 자그만 봉투 하나를 건네고 돌아섰다. 봉투를 뿌리치는 성일에게 봉투를 호주머니에 넣어 주고 달려갔다. 박성일은 그런 김산을 멍하니 바라보다가 울음을 삼켰다. 그리고 작업장으로 갔다.

강수호는 하루하루가 지옥이 따로 없었다. 모든 경기에서 배제되고 집에만 처박혀 나오지 않았다. 김산은 박성일을 만나고 온 뒤 강수호에게 별다른 성과를 못 얻었다고 말했다. 강수호도 크게 기대를 안 하고 있던 터라 실망은 안 했다. 어차피 재판까지 가야 할 사안이었다.

검사가 피의자로 불렀다. 몇 번의 심문 끝에 기소가 되었다. 황선주는 강수호에게 연락하였다. 강수호는 진행되고 있는 사항을 말해 주었다. 그리고 황선주에게 너무 걱정하지 말라는 말을 해주었다.

그러나 황선주는 답답했다. 시합도 나가지 못하는 강수호가 안타깝기도 하지만 학교폭력에 연루된 사실에 더 낙담하였다. 언제나 온순하고 남을 배려하는 강수호가 학폭이라니 도저히 상상이 가지 않았다. 잘못되었다가는 영원히 야구계에서 추방될 수도 있는 일이었다. 강수호를 만나야 했다. 강수호가 잠시만 혼자 있고 싶다고 했다. 강수호는 몇 번의 검사 심문에 질려 있었다.

구단에서 변호사를 선임해 주었지만 그 변호사는 요사이 학교폭력으로 기소되면 무죄로 나오기 힘들다며 선처를 호소하여 경감을 받는 방법을 제시했다. 강수호는 그의 방법에 따를 수가 없었다. 죄를 인정하여 집행유예가 되더라도 선수 생활은 끝이 나기 때문이었다.

사실 강수호는 어느 일정 부분 인정은 하였다. 그러나 자기가 행했던 모든 욕설과 군기 잡기는 모두 야구부를 위한 고충이었다. 주장으로서 대충 넘어가면 나태해지기 쉬운 분위기를 잡기가 어려울 뿐 아니라 늘 긴장 속에서 시합을 치르는 선수들의 멘탈도 문제가 있기에 감독을 대신해서 조금 심하게 후배들을 다룬 것이었다. 그러나 절대로 폭력은 쓰지 않았다. 특히 박성일은 자기의 직계 후배 포수였다. 실력이 썩 좋지 않아 다른 선수들보다 심하게 다룬 면은 있었다. 그러나 강수호는 그건 박성일을 위한 관심이었지 결코 무시하거나 따로 마음을 아프게 다룬 적은 없었다고 생각했었다.

억울했다. 잠을 제대로 잘 수가 없었다. 아버지와 누나가 걱정스러운 표정으로 대하자 강수호는 더욱 마음이 불편해졌다.

어느 날 갑자기 황선주가 집으로 찾아왔다. 반갑기는 하지만 자기 처지가 불편했다. 황선주가 재판 진행에 관하여 물었다. 강수호는 그의 변호사가 이런 방법으로 진행하는 것 같다고 말해 주었다. 만약 그런 재판 결과가 나오면 야구를 그만두어야 할 것 같다고 말했다. 그리고 어린애처럼 훌쩍거렸다. 황선주가 수호를 껴안았다. 그리고 자기가 아버지에게 부탁하여 재판에 잘해 보겠다고 말했다.

아버지 사무실에 학교폭력 전담 변호사가 있으며 근래 재판에서 80%가 넘는 승소를 했다고 말했다. 강수호는 그 말에 잠시 혹했다. 그러다 고개를 떨궜다. 자기를 무시하는 황유일이가 자기를 변론해 주려고 변호사를 보내 줄 리가 없었다. 기운이 없는 강수호가 가여웠다. 황선주는 너무 염려 마라 하고 아버지의 사무실로 갔다. 딸을 보고 황유일은 속으로 미소를 지었다.

"딸! 무슨 바람이 불어서 아빠 보러 여기까지 왔니!"

"아빠, 나 좀 도와줘."

"무슨 일 있니?"

"강수호 사건 말야. 아빠 회사에 전담 변호사 있잖아. 수호 씨 변호인으로 해줘."

"왜 내가 그래야 해? 난 그 애 싫어. 그리고 학폭을 하는 그런 놈들 정말 지구에서 퇴출해야 해. 넌 오늘부로 그 애하고 헤어져."

"아빠, 나도 정말 괴로워. 수호 씨가 그런 말도 안 되는 일에 연루되었다는 것에… 근데 수호 씨 그런 사람 아냐. 정말이야."

"아닌데 고소당하니? 하여튼 넌 이 일에서 손 떼라."

"아빠, 제발 도와줘."

"안 돼. 단, 네가 나하고 약속만 하면 다시 생각은 해 보지."

"뭔데?"

"네가 그 애와 다신 만나지 않을 약속을 해라. 그러면 그 재판 이기게 해 주마."

"이기면 죄가 없다는 것인데… 왜 못 만나게 해?"

"너도 안 만난다고 약속해. 그럼 반드시 나가게 해 준다고 나도 약속하지. 그래야 그놈이 다시 야구 할 수 있잖니. 안 그래!"

"아빠 너무해. 시간을 좀 줘. 엄마랑 상의해 보고 말할게."

"약속하고 안 지키면 안 된다."

집으로 와서 아버지와 말했던 사안에 대하여 엄마에게 물었다. 엄마는 일단 사람부터 살려 놔야 하니 아버지가 하란 대로 하고 강수호와 만나고 안 만나고는 다음에 생각하자고 의견을 말했다. 황선주도 우선 일이 시급하니 그렇게 하는 것이 좋다고 판단되었다.

아버지는 황선주에게 각서를 쓰라고 했다. 황선주는 선선히 써주었다. 아버지는 너털웃음을 지으며 무척 만족했다. 그리고 바로 전담 변호사를 붙여 주고 재판에 응했다. 강수호도 황선주의 말에 공감했다. 그리고 우선 재판을 이기는 것이 급선무라 김산과 오재두에게 서류를 부탁했다. 당시 야구부였던 애들에게 당시의 상황과 느낌들을 녹취하고 구단의 선수들에게 탄원서를 받았다. 그리고 그 서류들을 변호사에 주었다. 재판은 진행되고 사회의 관심을 불러일으켰다. 강수호는 재판을 받으면서 얼굴은 꺼칠해지고 눈가는 움푹 팰 정도로 야위어 갔다. 재판은 오래 걸렸다. 그 사이 김산은 상무에서 제대하고 팀으로 돌아와 경기에 임했다.

몇 번의 재판에 증인으로 출석도 했다. 그럴 때마다 마주하는 박성일이 김산과 강수호의 눈을 피했다. 지루하게 재판은 진행되었고 선고 공판을 남기고 다시 법정 증언으로 검사의 심문을 받았다. 김산은 당시의 상황과 그럴 수밖에 없었던 운동부의 문화에 대하여 강변했지만, 검사에게 번번이 제지당했다. 강수호의 전담 변호인은 학교폭력의 재판에서 승률이 높은 인물이었다. 특히 있는 자들의 변론을 맡아서 패하지 않는 유능한 변호사였다. 우선 박성일의 속 내를 뒤흔들었다.

"피해자에게 묻겠습니다. 피해자는 폭력적인 아버지 밑에서 자랐죠?"

순간 박성일의 표정이 일그러졌다. 대답을 안 했다. 그러자 변호사는 말을 이어 갔다.

"여기 당시 피해자 동료들의 녹취록을 들어보면 강수호의 인성, 지도력, 배려심 등 모두가 긍정적이고 또한 당시 강수호의 언어에 대하여 다수가 별로 심하지 않고 운동부의 일상적인 표현이라고 말합니다. 물론 언어는 말하는 사람과 듣는 사람의 인지 부조화가 있을 수 있습니다. 그러나 다중이 그 말에 대해 거부감을 못 느끼는데 유독 심성이 약한 한 사람만이 강수호의 말이 폭력적으로 들렸다면 이게 온전한 것이 아니라고 봅니다. 또한 자기 보직과 같은 박성일 씨가 실력이 조금 부족하여 지도하는 과정에서 다소 거친 말이 오갈 수가 있습니다. 그건 군대도 그렇고 의사나, 심지어 여기 계신 법조인들의 문화도 별반 다르지 않습니다. 그런데 그곳 언어폭력은 이제까지 한 번도 고발되지 않았습니다. 지금 우리나라의 현실입니다. 지도를 빙자해서 괴롭히면 물론 그건 처벌받아야 마땅합니다. 그러나 후배를 위해서 지도를 하는 것까지 폭력으로 처벌한다면 과연 어느 누가 후배를 돌보려 하겠습니까? 재판장님! 우리나라가 아직 성숙한 문화가 정립된 것이 아닙니다. 현재 진행 중이고 이럴 때 일어난 사건에 대하여 일벌

백계로 처벌만 한다는 것은 위험한 일이라 사료됩니다. 현재 강수호가 속한 구단의 선수들 모두가 강수호의 인성에 대하여 더 말할 필요 없이 긍정적입니다. 이는 평소 강수호가 사심 없이 상대를 대하였다는 방증입니다. 고려하여 잘 선처하여 주시기 바랍니다."

　재판장이 강수호에게 마지막으로 할 말이 있으면 하라고 했다. 강수호는 진심으로 박성일에게 사과하고 용서해달라고 말했다. 그리고 앞으로 자숙하고 물의를 일으키지 않겠다고 말하고 박성일을 보고 흐느꼈다. 순간 박성일의 눈동자가 흔들렸다. 재판장이 박성일에게 마지막으로 할 말이 있으면 하라고 하였다. 박성일이 긴장된 표정으로 일어났다. 그리고 갑자기 울음을 터뜨렸다. 재판정이 갑자기 조용해졌다.

　"저기 저 수호 형은 죄가 없어요. 내가 혼자 무서워하고 싫어했죠. 저 형은 날 지도하느라 저에게 무섭게 했어요. 사실 그건 나한테만 한 것은 아니었어요. 나는 저 형을 고소하려고 마음먹은 적이 없어요. 나는 이렇게 실패하고 가난하게 사는데 저 형은 승승장구하고 질투는 나대요. 세상이 원망스럽기도 하고…. 그래도 그냥 내 탓이라고 살았어요. 근데 어느 날 어느 법무법인 사람이 날 찾아와서 수호 형을 고소하면 생각도 않는 많은 돈을 준다고 했어요. 순간 유혹에 넘어가서 이런 짓을 벌였어요. 그 뒤 얼마나 괴로웠는지 몰라요. 형들이 찾아오고 친구가 찾아오고 부끄러웠어요. 오늘 이 자리에서 고소를 취하합니다. 형, 용서하세요. 미안해요."

　법정이 소란스러워졌다. 강수호의 사건에 대하여 신문에 그날 대서특필되었다.

178

16

재기

강수호는 억울했다. 재판을 받다 보니 아시안게임도 참여하지 못했고 KBO리그 후반기를 전혀 뛰지 못했다. 팀은 또 준우승에 그쳤다. 자기를 이렇게 힘들게 한 장본인이 황선주의 아버지 소행이라는 사실에 경악을 금치 못했다. 박성일이 그의 도구가 되어 고소하였고 강수호는 정말로 마음이 아팠다.

긴 기간 재판으로 인해 몸과 마음이 피폐해졌다. 무죄로 재판이 끝나고 고소인의 취하가 있기에 검사도 항소를 안 했다. 그러나 이미 강수호에게는 너무나 큰 짐이 쌓이고 말았다. 울고 싶었다. 그러나 눈물도 메말랐다. 한숨을 돌리고 박성일을 생각했다. 그래도 어쨌든 박성일에게 마음의 빚을 진 것 같아 다시 찾아가서 진심으로 용서를 빌었다.

박성일은 몸 둘 바를 몰랐다. 그리고 잠깐 돈의 유혹에 넘어가 선배를 힘들게 한 자기가 잘못했다고 울면서 용서를 빌었다. 박성일도 착한 청년이었다. 서로의 아픔은 소통을 해야 알 수가 있다. 강수호는 자주 보자고 말하고 돌아섰다. 그러나 다시 볼 수 있을까 하는 자괴감이 들었다. 상처는 쉽게 아물지 않는다.

황선주는 아버지의 음모에 기절할 것 같았다. 모든 것이 엉망이 되어버린 강수호에게 변명의 여지가 없었다. 강수호를 만나서 눈물을 흘리며 진

179

심으로 미안하다고 빌었다. 강수호는 한순간 참을 수 없는 황유일에 대해 복수심이 생겼으나, 황선주 아버지의 심경이 한편 이해도 되었다. 자기 딸에 대한 지극한 사랑이 그런 못된 생각으로 일을 크게 만들었다는 것이 괘씸했지만 자기가 사랑하는 황선주의 아버지였다.

황유일은 절대 사과를 하지 않았다. 딸을 보기에 민망했지만, 그 계획은 자기가 직접 지시한 것이 아니라는 법조인들의 공식이었다.

황선주는 그런 아버지가 미웠다. 황선주는 아버지에게 진심으로 강수호에게 사과하고 자기들의 교제를 인정해 주라고 말했다. 그러나 황유일은 사과를 할 일을 안 했다며 들은 척도 안 했다. 황선주는 거듭 아버지를 설득했지만 황유일은 콧방귀만 뀌었다.

강수호는 아빠를 미워하지 말라고 신신당부했다. 황선주와의 만남도 편하지 않았다. 황선주를 만나고 싶지 않았다. 어쨌든 자기가 공들여 쌓던 탑이 일시에 무너졌고 사랑하는 아버지가 그로 인해 병원에 입원까지 한 것은 황유일의 농간에 이루어진 일이고 그는 황선주의 엄연한 아버지였다.

황선주는 처음으로 사랑해 본 여자지만 그렇다고 무조건 받아들이기엔 가슴이 허락하지 못했다. 황선주는 그런 강수호를 이해하면서도 만나서 속에 멍울이 된 돌덩이를 뱉어내고 싶었다. 그러나 강수호는 황선주를 밀어 냈다. 그러면서 마음은 쓰렸다. 가족이란 무엇인지 왜 이렇게 고통을 주어야 하는지 답답했다. 성인이 되어 자기의 길을 가야 하는데 왜 어른들은 자기 생각만 고집하고 자기 뜻대로 하려는지 화가 났다.

황선주는 수차 강수호에게 만나자고 사정했지만, 강수호는 일절 응하지 않았다. 그럴수록 황선주는 아버지가 원망스러웠다. 그러나 그 일에 대하여 세상이 다 알아도 아버지는 일절 대꾸를 안 했다. 황선주를 보더라도 당신은 아무 죄가 없다는 표정을 지었다. 황선주는 세상이 싫어졌다. 회사에 사표를 냈다. 그리고 혼자서 외국 여행을 떠나 버렸다.

강수호의 희망이었던 군대 면제는 결국 꿈으로 끝났다. 강수호는 고민했다. 상무로 신청하는 기일도 지났고 마음도 복잡하니 그냥 일반병으로 입대하기로 했다. 주위 선배들이 하반기 신청 기간에 지원하라고 말렸지만, 그냥 야구를 쉬고 싶었다. 사람이 무서워져 한없이 약해졌다. 김산이 찾아왔다.

"형! 아무리 속상해도 잘 생각해. 일반병으로 가서 어쩌려고 그래. 손 놓다가 다시 시작하려면 너무 늦어."

"솔직히 나도 모르겠어. 내가 야구를 한 게 무슨 큰 잘못도 아니고 야구 선수가 그런 사람들에게 우습게 치부된다는 것도 자존심 상하고… 이번 일은 너무 상처가 커."

"형 마음은 충분히 이해돼. 그래도 순간 잘못 마음먹으면 인생이 꼬여. 한번 잘 생각해 봐. 조 감독님과도 상의해 봤어?"

"해야지. 감독님도 매우 속상했을 거야. 그분께 미안하기도 하고 한번 만나서 사과드려야지."

"뭐 형이 잘못했나! 일이 꼬인 거지."

"아냐. 나도 이번 일로 많은 것을 깨달았어. 난 내가 하는 일이 다 맞는 것이라 하고 천방지축으로 날뛰고 했어. 그게 아냐. 다 상대적이더라고…. 내가 아무리 정의라고 생각해도 상대에겐 불의가 된다는 사실이야. 그래 상무 건은 더 생각해 보자. 네 말을 들으니 나도 성급한 것 같아."

"그래, 고마워. 난 형이 정말 잘 되면 좋겠어."

인간은 합리적 존재이면서도 불구하고 순간적으로 종종 비합리적 선택을 한다. 그 비합리적 오류를 피하려면 부정적 인지구조를 변화시켜야 한다. 스스로 자기 자신을 이해하고 통찰하여 성장을 도모해서 긍정적 방향으로 개선해야 도움이 된다. 물론 주위의 도움이 절실히 필요하다. 이 세상은 혼자만이 살아가는 외로운 삶이고 항상 어려운 도전들이 앞을 막곤 한다. 그 어려움에 굴복하면 패배자가 되는 것이다. 인생은 공정하지 않다는 사실을 인정하고 그 사실을 당당하게 받아들여야 한다. 쓸데없는 불평은 버리고 주위 사람들의 말에 귀 기울이는 것도 한 방편이다.

강수호는 너무 성급히 결정하였다고 느꼈다. 순간의 감정에 치우쳐 절망했지만, 다시 비상해야겠다는 각오를 했다. 이것 또한 성장을 위한 기회로 삼고 살아남기 위해 반드시 이겨내야 하는 일련의 과정이었다. 빠른 판단과 결정은 본래 강수호의 강점이었다.

김산이 왔다 간 뒤로 툴툴 털고 일어났다. 그리고 강변길을 오랫동안 뛰었다. 평소보다 숨이 찼다. 벤치에 앉아 숨을 골랐다. 많은 사람이 삼삼오오 웃으면서 천천히 빠르게 각자 자기 방식대로 뛰고 있었다.

갑자기 황선주가 보고 싶었다. 그러나 참아야 했다. 황유일과 엮이고 싶지 않았다. 사람과 사람의 관계에 대해 생각해 봤다. 인간이란 동시대에 태어나서 각자의 연으로 만나고 좋아하고 갈등하고 헤어지고 미워하고 그렇게 사는 것이다. 인간이 마음대로 결정하고 판단하는 것이 아닌 어떤 운명 같은 것을 느꼈다. 아버지가, 엄마가, 황선주가 그랬고 박성일이 어느 틈에 자기의 인생길에 들어왔다. 강수호가 생각하는 대로 그냥 진행되는 인생이 아니었다. 그러나 자기 인생에 대하여 최선을 다할 책임도 느꼈다. 시쳇말로 '인생아 비켜라. 내가 간다'라고 소리치고 싶었다.

강수호의 머리가 맑아졌다. 훌훌 털고 일어났다. 그리고 구단으로 가서 조 감독을 만났다. 조 감독은 재판을 받느라 고생한 강수호를 살포시 안아 주었다. 강수호가 미안하다고 울면서 말했다. 그런 강수호를 조 감독이 다독거려 주었다. 그리고 부드러운 말투로 말했다.

"수호야. 너 이번 일로 마음의 상처가 크지? 그런데 이 일이 너에겐 큰 시련을 주었지만, 재판이 끝나면서 넌 세상을 끌어안는 큰 가슴을 가지게 된 거야. 세상은 공짜가 없어. 좋게 생각해라. 그게 너를 위하는 길이야."

"네. 저도 이번 일로 세상이 그렇게 쉬운 곳이 아니고 언제나 가로막는 벽들이 존재한다는 것을 알았어요. 내가 너무 잘나가니까 잠시 쉬어가라고 그런 모양이에요. 뭐 호사다마라고 하더군요."

"그래. 이제 어쩔 생각이냐? 듣자니 일반병으로 가려고 억지 쓴다며."

"헤헤헤… 잠시 화가 나서 그런 생각도 했죠. 내년 전반기 뛰고 상무로 지원해 보려고요!"

"그래, 잘 생각했다. 너 없이 시합 치르느라고 죽을 뻔했다. 나도 너도 참 재수가 없어. 이제 다 잊자. 그리고 몸을 다시 만들어라. 너 보니 형편없이 되었다."

"네. 고맙습니다. 다시 잘해 보겠습니다."

"오냐. 그럼 올겨울은 내가 직접 너에게 지도하마."

강수호는 자기를 지켜주고 독려해 주는 사람들이 많다는 것에 힘을 가졌다. 그렇다, 나는 혼자가 아니다. 끌어주고 밀어주는 선후배가 있다는 생각에 마음을 다져 먹었다. 아버지와 누나도 강수호의 몸을 위하여 보약과 단백질이 충분한 고기들로 식단을 만들었다. 아버지는 아들을 위해서 해 줄 수 없는 자신의 무능이 한없이 부끄럽고 속상해서 술에 절어 살다시피 했다.

아버지가 몸 상태가 안 좋은 것 같아 강수호는 속이 많이 상했다. 아버지와 같이 병원을 갔다. 의사가 간경화 증상이 있으니 금주하고 편히 쉬어야 한다고 말했다. 강수호가 보기에도 아버지 얼굴은 검은색으로 변했고 몸은 많이 쇠약해진 것 같았다. 강수호는 그런 아버지를 보자 자신이 한없이 미웠다.

아버지는 자기를 위해서 오랜 기간 헌신적으로 보살폈다. 삼촌에게 재산을 몽땅 거덜 나고도 어머니에게 한마디 불만을 안 하고 식구를 위해서 공사장으로 전전했던 아버지였다. 강수호가 야구에 전념하도록 용기를 주었고 응원을 해 주었는데, 묘한 사건에 휘말려 힘든 나날을 보내는 강수호에게 아무런 힘도 되어주지 못하고 바라만 본 아버지는 낙담했다. 그리고 술독에 빠졌다. 몸은 망가지고 자신감은 떨어졌다. 아들을 보더라도 눈을 피했다. 아버지의 자격이 없는 자신이 부끄러웠다. 한번 사회생활의 낙오자가 되면 다시 일어나기가 어려운 것이다. 아무리 발버둥을 쳐도 재기하기가 하늘의 별 따기였다. 그럴수록 처남이 미웠다. 회사를 말아먹고 달아난 후로 지금까지 감감무소식이었다. 생각할수록 바보같이 사람을 믿는 자기가 미워졌다. 세상은 그렇게 순수하게 흘러가지 않은 자기 이익을 위한 게임이었다. 지나간 흔적을 더듬어 봐야 다시 되돌릴 수가 없지만, 마음은 한없이 괴로움에 시달렸다.

병은 마음에서 먼저 오고 육체는 동시에 진행된다. 스트레스로 인한 아버지의 몸은 점점 더 망가졌다. 일단 병원에 입원을 시켰다. 아버지는 극구 만류했으나 강수호와 미영은 아버지를 그대로 바라볼 수만 없었다.

병원에 입원한 아버지의 병세가 호전되지 않고 더 악화하였다. 미영이는 병원에서 살다시피 하고 강수호는 틈틈이 병원을 찾았다. 어느 날 담당 의사가 강수호를 불렀다. 강수호와 마주 앉은 의사가 말했다.

"수호 씨! 아버님이 많이 안 좋네요. 간경화가 심해져 위험한 상태예요."

"네! 얼마나 안 좋아요?"

"지금 간에 섬유화가 과도하게 쌓여 혈액이 잘 유입이 되질 않아 합병증들이 생겨 이대로 가다간 간암까지 위험해질 수가 있어요."

"그럼 어떻게 해야 해요?"

"할 수만 있다면 간이식을 하면 되는데… 그게 쉽지는 않아요."

"그럼 제가 하겠어요. 한번 검사해 주세요."

"강수호 씨는 야구선수라 알고 있는데, 이식 수술하고 계속 약물치료를 해야 하는데 선수 생활하기가 어려울 텐데 되겠어요?"

"선수 안 해도 됩니다. 아버지는 꼭 살려야 해요."

"잘 생각해 보세요. 가족 중 할 만한 사람 없어요?"

"없어요. 제가 할게요."

"수호 씨, 즉흥적으로 생각하지 마시고 주위에 공여할 만한 사람이 있는지 살펴보세요. 전에는 여러 조건이 맞아야 했지만, 요샌 의학이 발전해서 혈액 부적합 간이식을 특별처치로 가능해요. 수호 씨가 자식으로서 그런 결정을 하는 것은 이해가 돼요. 그러나 아버지가 수호 씨 성공만 바라본 사람으로서 허락하겠어요? 이식 수술 후 건강 회복이 쉽지만은 않아요. 한번 천천히 찾아보세요. 시간은 있으니까."

강수호는 고민에 휩싸였다. 아버지의 회복을 위해서는 당연히 자기가 공여자가 되어야 했다. 그러나 절대로 아버지가 허락을 안 할거였다. 병실을 올라갔다. 아버지를 보니 힘들어하는 표정이 역력했다. 아버지의 손을 잡았다. 아버지가 그런 수호를 물끄러미 바라보았다. 수호가 아주 낮은 소리로 말했다.

'아버지의 증세가 심하고 이대로 두면 간암까지 발전할 수가 있으니 간이식을 해야 한다. 여러 가지 조건이 맞아야 하는데 나만큼 맞은 사람이 없다. 간이식을 부분 절제하므로 조금 지나면 곧 회복된다. 그러니 내가 하도록 허락해 주라. 운동하는 데 별문제가 없다'라고 말했다. 아버지의 눈동자가 휘둥그레졌다. 그리고 힘에 겨운 듯 자리에서 일어나더니 힘없는 소리로 말했다.

"수호야. 그런 말 말아. 내가 잘못돼서 죽더라도 그건 안 돼. 운동하는 놈 간을 내 받아서 살면 내가 편히 살겠니! 너 알잖니, 너를 내가 어떻게 키웠는지. 앞으로 그런 바보 같은 소리를 절대 입 밖에 내면 부자지간을 끊겠다."

"그럼 어떡해요. 이대로 놔두면 점점 안 좋아진다는데."

"우선 약물치료 해 보고 다시 생각해 보자."

"얼른 간이식 못 하면 큰일 난대요. 아버지, 내 말대로 해요."

"너 나 죽는 꼴 보려고 그래? 다신 입 밖에 내면 너 안 본다."

강수호는 뻔한 답변을 듣는지 알지만, 억지를 부렸다. 아버지는 미동도 안 했다. 강수호도 그런 아버지의 마음을 충분히 안다. 자기를 위해 모든 것을 아끼지 않는 아버지였다. 여기저기 수소문해서 간 기증자를 찾아봤지만 없었다. 마음은 다급하고 초조해졌다. 누나도 눈물로 지샜다. 어느 날이었다.

모르는 번호로 전화가 울렸다. 요사이 하도 보이스피싱이 기승을 부려 전화를 안 받으려다 혹시 여기저기 부탁했던 간이식 소식일까 하는 바람으로 전화를 받았다. 아주 허스키하고 가래가 낀 듯한 목소리가 아주 낮게 들렸다.

"수호니. 삼촌이다."

수호는 '무슨 뜬금없는 삼촌인가' 하고 전화를 끊으려다 머리가 땡 하고 울렸다.

"예, 누구요? 무슨 삼촌이요!"

"수호야, 하나밖에 없는 네 삼촌이야."

"뭐라고요? 삼촌이라고요. 우리 가정을 도륙한 삼촌이요. 근데 웬일이죠."

"너 한번 만나자. 매제가 매우 아프다는 소릴 들었다. 어디로 가면 되니?"

"삼촌 볼일 없어요. 뻔뻔하군요. 정말 양심도 없는 분이군요. 올 필요 없어요."

"얘야… 수호야. 그러지 마라. 내가 네 아버지에게 용서도 빌고 할 말도 있어. 그러니 알려줘."

수호는 잠시 삼촌의 그 말을 듣고 고민했다. 아버지 회삿돈을 횡령하고

186

결국 그로 인해 엄마까지 돌아가시게 한 사람이었다. 그러나 16년 동안 소식도 없다가 갑자기 나타난 이유가 있을 법했다. 수호도 삼촌이 어떤 변명을 하려는지 듣고도 싶었다. 병원을 말해 주었다. 두어 시간이 지나서 삼촌인 듯한 사람이 병실로 들어왔다. 백발에 많이 수척한 얼굴이었다. 수호를 보고 아는 척을 했다. 엄마하고 많이 닮았다. 수호도 악수를 청하는 삼촌에게 손을 내밀었다.

삼촌이 침대에서 피곤함에 절어 자는 아버지를 쳐다보며 눈물을 흘렸다. 그리고 아버지의 손을 잡았다. 그때 인기척에 아버지가 눈을 떴다. 그리고 귀신을 본 듯 소리쳤다.

"아니, 이게 누구야⋯ 정일 형님⋯. 여길 어떻게⋯."

아버지는 금방 숨이 멈출 사람처럼 허둥댔다. 삼촌이 그런 아버지를 보고 다시 하염없이 눈물을 흘렸다. 그러자 아버지가 힘없는 목소리로 물었다.

"형님, 갑자기 이게 어떤 일이요. 16년 만에 어디 있다 이제 나타났소. 대체 무슨 일이 있었는지 말해 보소."

"정말 자네 보기 미안하네. 내가 무슨 낯짝으로 오겠는가. 근데 이제 나도 나이가 들고 자네에게 용서도 빌고 조카들도 보고 싶고⋯."

"그러니까 왜 그때 그런 짓을 했는지 자세히 말해요. 형님 때문에 우리 가정은 박살이 나고 수호 어미도 죽고⋯ 형님이 무슨 짓 했는지 알아요?"

"내가 무슨 할 말이 있겠어. 그저 죽일 놈이지. 그때 도박에 빠져 그곳 조폭들에게 생명의 위협을 받고 있었어. 돈을 안 가지고 오면 죽이겠다는 협박에 그만 그런 짓을 저지를 수밖에 없었어. 내가 미쳤었어. 용서하게."

진정으로 사과하는 삼촌을 보고 아버지는 할 말을 잊은 듯 잠시 넋이 나갔다. 생명의 위협을 느껴 회사의 공금을 횡령하여 자신을 무너지게 한 처남이 미웠지만, 이제라도 자기를 찾아와서 용서를 비는 처남이 안타깝기도 했다. 수호의 아버지는 천성이 착한 사람이었다. 다 지나간 일이었다. 되돌릴 수가 없는 일에 처남을 탓하고 싶지 않았다. 처남도 그동안 고생의 흔적이 남아 있었다. 아버지는 잠시 쉬고 싶다고 말했다. 삼촌은 강수호를 데리고 로비로 나갔다.

수호에게 자기의 과거를 자초지종을 말해 주었다. 자기가 그런 짓을 하고 난 뒤 어려운 생활을 수년 하다가 지인을 만나 다시 사업을 시작했고 어느 정도 베트남에서 자리를 잡았다는 것이었다. 그리고 언론을 통해 수호의 일도 알게 되고 아버지의 병환도 약간 알게 되었다는 것이었다. 그리고 아버지의 병 상태에 대해 물었다. 수호는 간이식을 해야 하는데 공여자가 없어서 수술을 못 하고 있다고 말했다. 돈으로 할 수 없냐고 삼촌은 물었다. 수호는 고개를 가로저었다. 삼촌이 그럼 어떤 사람의 간이면 되냐고 물었다. 수호는 자기 간을 이식하려고 하는데 죽어도 아버지가 반대해서 못 하고 있다고 말하고 건강이 좋은 사람의 간이면 된다고 말하자 삼촌이 말했다.

"수호야 내 걸로 하자, 내가 주고 싶어."
"삼촌이요!"
"그래. 내가 네 아버지에게 무얼 못하겠니. 베트남 사업체도 네 아버지에게 주려고 생각하고 왔어. 그러려면 매제가 건강해야겠지. 나도 속죄하고 싶어. 내 말대로 하자."
강수호는 아무 말도 못 했다. 고개를 숙이고 있는 수호의 손을 힘차게 잡았다. 삼촌도 그렇게 해야 과거의 악몽에서 벗어나리라 생각이 들었고 아버지도 삼촌의 제안을 선선히 받아들였다. 그게 처남을 과거에서 벗어나게 하는 일이라 생각이었다. 그리고 일주일 후 수술은 순조롭게 진행되고 아버지는 병상에서 벗어났다. 두 달 후 삼촌과 아버지는 회복된 몸으로 베트남으로 떠났다.

17

기로

이 코치가 오재두를 손짓하여 불렀다. 요사이는 코치를 보기가 무섭다. 웬일인지 구속은 더 떨어진 것 같고 변화구의 낙차 폭도 예전과 같지 않았다. 성적은 곤두박질쳤다. 스스로 원인을 찾아보려고 해도 도대체 알 길이 없었다.

필승조 불펜이었다가 어느새 패전 처리 투수가 되어버렸다. 입방아에 올랐다. 4년 차 징크스라는 것이었다. 이제 타자 대부분이 재두의 공을 분석하고 달려들어 손쉽게 안타를 양산한다는 것이다.

물론 오래전부터 상대편 분석원들이 여러 가지 각도로 분석 자료를 내놓고 타자들에게 전달하지만, 투수를 직접 상대하는 터울이 길어질수록 눈에 익게 되는 것이다. 이제 오재두도 다른 방안을 마련해야 야구판에서 살아남을 수 있기에 고심을 하지만, 뾰족한 대안이 없었다.

결국은 새로운 다른 구종의 공을 만들어서 제구의 다양함을 만드는 수밖에 없지만 그게 쉬운 일이 아니었다. 본래 오재두는 강속구 투수가 아니고 다양하고 날카로운 제구로 승부하던 선수였다. 구석구석 찌르는 공은 한 치의 오차도 없었고 땅볼 유도로 병살을 만들고 시합을 쉽게 끌고 가는 투수였다. 처음 프로에 와서 시작할 때는 의기양양하게 선발진에서 7승을 거두었고 오재두의 제구력에 손뼉을 쳐주었다. 그런데 어느덧 타자들의 밥이 되어있었다. 오재두가 이 코치에게 다가갔다.

"코치님 부르셨어요!"

"그래. 너 요사이 왜 그래? 공의 낙차도 그러고… 자신감도 없고. 그러다 2군으로 강등돼, 인마!"

오재두는 일순 자존심이 상했다. 한때는 주목받던 기교파 투수였다가 이런 수모를 당하니 환장할 지경이었다. 오재두는 할 말이 없었다.

투수 코치는 그런 오재두를 한심하다는 듯 쳐다보다가 말했다.

"너 요새 무슨 일 있어?"

"아뇨."

"근데 왜 그래? 어디 아파?"

"아닙니다. 아픈 데 없어요."

그렇게 말하고 나서 오재두는 잠시 생각에 잠겼다. 최근에 공을 뿌리면 끝까지 손을 뻗지 못하고 가끔 약간의 통증도 있었다.

'정말 어디 고장이 났나' 걱정스러운 마음에 인근 정형외과를 찾았다. 의사는 별다른 것은 없는 것 같다고 말했다. 조그만 의원인지라 MRI 기계도 없었다. 물리치료를 받고 가라는 처방만 내렸다.

한 삼십 분 정도 물리치료사가 땀을 흘리며 치료를 해주었다. 끝나니 조금은 시원해진 것 같았다. 구장으로 돌아와서 공을 던져보았다. 별다른 통증은 못 느꼈다. 전반기가 끝나고 하반기 중간 정도 시합이 점점 무르익고, 오재두의 팀은 가을 문턱을 오르락내리락했다.

결정적인 시합이 있었다. 5, 6위를 놓고 첨예하게 대립하던 경기였다. 이 한 경기는 두 게임 차의 격차가 벌어지므로 중요한 시합이었다. 7회 투 아웃에 2, 3루에 주자가 있었다. 3명의 불펜 투수가 투입되고 결국 오재두 까지 오게 되었다. 상대 타자는 발이 빠른 3할대 타자인 김경호였다.

김경호는 장거리 타자는 아니지만, 변화구에 대처를 잘하는 단타 위주의 선수였다. 배트를 짧게 잡고 스윙하는 국내 몇 안 되는 운동신경이 대단한 선수였다. 오재두는 길게 숨을 들이마시고 로진백의 송진 가루를 듬뿍 발랐다. 다른 선수보다는 신경을 많이 써야 하는 타자였다. 그는 평소 오재두의 공에 대처를 잘했다. 그걸 오재두도 잘 알기에 변화구의 속도를 평소보다 더 올렸다.

오재두의 장기인 낙차 큰 변화구가 오늘따라 잘 들어가 주었다. 투 볼 투 스트라이크였다. 한 번 더 볼이 나가면 위험해졌다. 만루가 되면 다음은 4번 홈런 타자인 박인수였다. 다음 타자까지 갈 수가 없었다. 포수가 결정구로 포크볼을 요구했다. 오재두도 같은 생각이었다. 길게 숨을 몰아쉬고 난 뒤 평소보다 더 낙차가 큰 포크볼을 구사했다.

순간 억하고 오재두가 쓰러졌다. 팔꿈치를 부여잡고 고통스러워했다. 팔꿈치가 면도날로 긁는 듯한 통증에 숨을 쉴 수가 없었다. 투수 코치와 포수가 뛰어나왔다. 2루심도 다가갔다. 우선 시합을 멈추고 오재두를 부축하고 더그아웃으로 옮겼다. 오재두는 팔꿈치 통증에 온몸이 떨렸다. 병원으로 이송시켰다. 병원에서의 MRI 진단은 팔꿈치 내측 측부 인대 파열이었다.

의사가 심각한 표정을 지었다. 팔꿈치는 상완골과 척골 및 요골이 모인 곳으로 특정 방향으로 지나치게 움직이지 못하게 인대가 잡아 주는데, 재두의 인대가 많이 손상되어 있었다. 재두는 변화구를 주로 던지다 보니 공의 변화를 많이 주기 위해 무리하게 팔꿈치를 비틀고 던지는 동작을 자주 하다 보니 내측 측부 인대가 지나치게 손상되어 있었다.

더구나 오늘은 구속을 더 내려고 지나치게 힘을 썼던 게 탈이 난 것이었다. 진단하기에는 보존적 치료로 부상이 완전 치유되기에는 인대가 매우 불안정하고 통증이 심하여 의사를 고민하게 했다. 우선 입원시키고 냉찜질을 하고 소염진통제를 복용시키는 처방을 했다. 오재두는 시즌 아웃이 되었다. 두 달 정도 치료와 재활을 병행했지만 쉽게 나아지지 않았다. 토미

존 수술도 고려했으나 워낙 오재두의 인대의 손상이 심해서 의사는 고심했다. 수술하고서 재활을 거쳐 다시 선수 생활을 이어간 오승환, 류현진, 임창용 선수들이 있지만 오재두는 팔꿈치 아래 굴러다니는 작은 뼛조각이 보여, 뼛조각을 제거하고 재건 수술을 해서 좋은 결과가 있더라도 다시 무리하게 공을 던지면 재발의 우려가 컸다.

구단의 관계자들은 의사의 의견을 종합하여 숙고한 결과 투수로서의 재활 가능성이 없다고 판단했다. 오재두에게 통보했다. 오재두는 비참한 심경이었다. 평생을 야구에 몸 바쳤으나 몸이 망가지니 바로 끝이었다. 4달을 입원 생활을 하고서 팔꿈치의 통증이 사라지자 퇴원했다. 감독을 찾았다. 오 감독은 자기와 3년을 동고동락했던 감독이었다. 눈가에 언제나 웃는 표정의 오재두가 깊은 슬픔으로 깊게 드리워져 있었다. 오 감독의 마음은 아팠다. 오재두의 손을 잡았다.

"재두야, 그래 이제 괜찮니?"

"네, 이제 아무 통증도 못 느끼고 괜찮아요."

"의사는 뭐래?"

"공은 이제 던지지 말래요. 재발하기가 쉽다고."

"그럼 이제 어떻게 하지…. 재두야 너 고교 때 투타를 겸했지. 그런대로 타격도 좋았다고 그랬지! 투수를 못 하면 타자라도 해야지, 이대로 끝내긴 너무 아까워."

"이제야 어떻게 타자로 전향이 되겠어요?"

"아냐… 추신수도, 이승엽도, 이대호도, 투수하다가 전향해서 국보급 타자가 되었지. 너라고 못할 이유가 있니. 넌 발도 빠르고 야구 센스가 있으니 해 보자. 일단 군 문제가 있어. 상무는 못 가겠고 일반병으로 가서 몸을 만들어라. 그리고 나한테 와."

오재두는 감독이 자기를 위로하느라 하는 말로 들렸다. 그러나 자기를 생각해 주는 그 마음이 고마웠다. 갑자기 자기의 신세가 처량해서 눈가에 눈물이 조금 맺혔다. 그런 오재두를 보고 오 감독이 재두의 손을 꼭 잡고 다시 말했다.

"재두야. 그냥 내가 너 위로하려고 한 말이 아냐. 넌 인성도 바르고 선후 배도 잘 챙기고 선수들 사이에서도 인기가 얼마나 좋았니! 너 같은 선수가 많아야 팀이 활력이 생기고 승부욕도 생기고 단합되지. 재두야, 너라고 왜 안 된다고 생각할 필요가 없어. 네가 야구 안 하면 뭘 할래. 사회에서 널 받 아줄 곳이 없어. 자신을 가져. 해 보고 안 되면 그때 가서 생각해 보자."

"감독님, 정말 감사합니다. 저 같은 놈 그렇게 생각해 주시고⋯ 감독님 말씀대로 한번 해 볼게요. 제가 없는 동안 감독님 떠나지 마세요."

"알았다⋯. 근데 그게 내 맘대로 되겠니?"

"그래도 제가 올 때까지 절대 가지 마세요. 감독님 가시면 제가 누굴 믿 고 운동해요?"

"오냐. 알았다. 기다릴게. 한번 맺은 인연인데 서로 잘되어야지."

오 감독은 평소 선수를 잘 챙기는 사람으로 정평이 나 있었다. 어떤 감 독은 선수들과 반목하고 갈등하고서 선수를 버리는 짓을 하지만 오 감독 은 덕장이었다. 코치진도 감독을 남다르게 따르고 성적에 전전긍긍하지 않 고 재미있는 야구를 하려고 노력했다. 그래서 선수 개개인에게 신임을 얻 고 있다. 억척스러운 경기를 하진 않고 선수 보호 차원에서 진 게임이 허다 했다. 그러나 구단의 모토가 '야구 사랑 지역 봉사'라 구단주나 팬들은 그 런 팀의 분위기를 크게 탓하진 않았다. 성적은 좋지 않지만, 전국적으로 인 기가 많은 팀이었다. 오재두는 고민이 되지만 한편으로는 지푸라기라도 잡 는 간절함이 생겼다.

오재두는 중 · 고교 때는 3번 타자로 뛸 정도로 타격에 일가견이 있었고 준족이었다. 178cm에 79kg의 비교적 날씬한 체형이었다. 일단 상무에서는 이미 소문이 나버린 재두를 선발할 리가 없었다. 차라리 일찍 일반병으로 다녀오는 것이 현명할 듯했다.

현역 입대 나이가 찬 젊은이들은 지원하면 우선 징집이 되었다. 강수호와 김산과 오재두가 회동했다. 인생의 흐름은 장강처럼 흐르지만, 돌부리에 걸리고, 갈지자로 가기도 하고 엎어지기도 하면서 먼바다로 흘러가는 것이다. 잘나갈 것 같던 강수호가 학교폭력으로 주춤하고, 먼저 치고 나가던 오재두가 부상으로 멈추었다. 갈지자로 오락가락하던 김산은 일찍 군대를 다녀와서 시합을 결정짓는 승부사가 되었다. 인생은 새옹지마라 하던가! 아직은 뭐가 잘 된 것인지 모르는 친구들이었다. 강수호가 재두를 향해 말했다.

"재두야! 팔꿈치는 어때?"

"뭐, 그러지. 형, 나 이제 투수 못 해."

"왜? 무슨 문제 있어?"

"어깨가 더 이상 무리하면 부서진대. 인대가 너무 약하대. 수술해도 다시 재발할 확률이 100%래. 나 끝났어."

"뭐라고? 그럼 너 어떡해?"

"응, 감독님이 타자로 전향해 보라고 말씀하는데, 그게 쉽겠어!"

옆에서 듣고 있던 김산이 화들짝 놀란 표정으로 말했다.

"그래, 듣고는 있었지만 정말 그렇게 심해? 팔꿈치가 그렇게 심하게 망가졌어? 재활이 안 된다고 해?"

"그렇다고 해. 나도 수술을 받고 재활을 해 보고 싶지만, 나는 좀 특이하대. 팔꿈치에 아주 미세한 뼛조각도 있고… 제거해 봐야 또 생긴대."

"뭐 그런 게 있어? 미국이나 일본에 가서 수술하면 안 돼?"

"응."

"그럼 넌 어쩔 생각이야?"

"일단 군 문제를 해결하고. 군에서 몸도 좀 만들고 나와서 한번 해 봐야지. 내가 이제 뭐 다른 것 하기에는 아는 게 있어야 하지. 어휴, 난 왜 이래."

강수호가 끼어든다.

"우리 셋이 한창 잘나갈 때는 천하도 우리 것 같더니… 후, 미치겠다. 나도 이거 뭐가 뭔지 모르게 깨지고… 다행히 산이만 조금 잘 풀리고 있어 다행이다."

"나도 첩첩산중이야. 이제 겨우 인정받고 있지만, 아직 멀었어."

"그래도 넌 내년에는 4선발로 기용된다고 소문이 자자하더라. 그 정도면 이제 네 세상이 온 거지. 부상 조심하고 잘해 봐."

"그래야지."

"넌 어떻게 실력이 갑자기 좋아졌니. 무림 고수라도 만나서 비법을 전수받았니? 한번 털어놔 봐."

"있잖아. 거 나현수 선배… 그분에게 이런저런 멘탈을 강하게 하는 그런 거 하고 변화구를 지도받았어. 그리고 죽자 살자 연마한 덕이지."

"어떻게 멘탈은?"

"응 그러더라고. 나 자신을 믿으라고. 이젠 자신감이 생겨서 그런지 겁 안 나. 맞으면 맞았구나 하고 웃어버려. 이젠 어떤 어려운 상황이 와도 겁 안 나. 게임이 편하고 왠지 꼭 이길 것 같은 예감으로 던져."

"우와… 이제야 산이가 옛날로 돌아갔네. 겁 없던 때로. 잘했다, 잘했어."

"아직은 부족해. 더 노력해야지."

"그럼 재두만 다시 시작하면 우리 셋이 만날 수 있을 텐데…."

"난 아무래도 어려울 것 같아."

"재두야, 한번 해 보자. 넌 타격에 소질이 있잖니."

"해 보긴 해 보는데 잘될지 모르겠어. 솔직히 자신이 없어. 배트 잡아본 지가 언제 적인데."

"야, 무조건 안 된다는 나약한 마음으로는 아무것도 못 해. 우리 있잖니! 깨질 땐 깨지더라도 해 보고 후회는 말자. 재두야, 한번 해 보자. 해 보고 안 되면 그때 다시 다른 것 하면 돼지."

"알았어. 형하고 산이가 고마워."

재두는 군대 지원서를 넣고 기다렸다. 시간이 여삼추같이 느리게 지나갔다.

미영이 누나가 병원에 자주 들러 간병도 해 주었는데 부상으로 선수 생활을 끝냈다고 생각하니 자꾸 눈물이 고였다. 미영이 누나한테 정말 미안했다.

어릴 적부터 수호형보다도 더 자기를 다독여 주던 누나였다. 오늘따라 보고 싶어서 연락했는데 오늘은 관리비 정산하는 날이라 오기 어렵다고 했다. 미영이 누나는 아파트 관리사무소 경리직으로 근무하는 관계로 시간적 여유는 많았지만, 급여는 박했다.

고교 출신의 여자가 갈 곳은 우리나라 현실에는 별로 없었다. 미영이도 수호와 같은 유전자를 지닌 착한 여자였다. 그리 뛰어난 미인은 아니지만, 남자들 호감을 사기에 충분한 자태를 가졌다. 더구나 얌전하고 별로 말이 없는 조용한 사람이었다. 오재두는 수아처럼 톡톡 튀는, 그리고 뇌섹녀 같은 것은 좋아하지 않았다. 그저 미영이 누나처럼 얌전한 사람이 좋았다.

은근 마음이 가지만 수호 형의 눈치가 늘 걸렸다. 미영이 누나도 자기를 아직까지 남자가 아닌 동생으로만 대하는 것도 알지만, 가슴속 깊이 미영이 누나에 대한 동경이 자리 잡고 있었다. 누나의 손길이 몸을 스칠 때면 온몸이 짜릿했다.

미영이 누나를 생각하니 보고 싶어 참을 수가 없었다. 옷을 대충 걸치고 미영이 누나가 근무하는 아파트로 찾아갔다. 저녁 8시가 다 되어 가고 있었다. 미영이 누나가 근무하는 사무실의 불빛이 환하게 비추고 있었다. 가까이 가려다 다른 사람의 모습이 어릿거리자 재두는 다시 뒤돌아서서 근처 벤치에 앉았다. 차가운 기운이 몸뚱이를 스쳤다. 몸이 오싹 떨렸다. 이십여 분 후, 사무실의 불이 꺼지고 사람들의 두런거리는 소리가 들리면서 누나의 모습이 보였다.

혼자가 아니었다. 관리사무소 복장을 갖춘 남자와 함께였다. 멀리서 봐도 그 남자는 미영이 누나에게 호감을 느끼는 것처럼 보였다. 재두는 천천히 미영이 누나에게 다가갔다. 오재두를 보고 미영이 누나가 화들짝 놀란 표정을 지었다.

"재두야. 여기까지 웬일이야?"

"응, 누나가 보고 싶어서. 너무 늦네."

"요새 좀 바빠. 저녁은 했니?"

"하고 왔어. 누나는?"

"먹었어. 햄버거로 간단하게. 재두야 인사해. 시설주임이셔."

"어, 네… 저 오재두라 합니다. 미영이 누나 동생이에요."

"아, 그래요. 전 박종호라고 합니다. 근데 미영 씨 동생은 강수호라고 들었는데…."

"네, 친동생이나 진배없어요. 이제 제가 누나 동행할 테니 들어가 보세요."

잠시 시설주임이 머뭇거리더니 미영에게 손을 흔들며 서운한 듯 떠나갔다. 재두는 설핏 화가 났다. 두 사람의 분위기가 심상치 않게 느껴졌다.

"누나, 저 사람 뭐야!"

"어, 시설주임이지. 나한테 잘 해줘."

"누나에게 뭘 잘 해줘. 그 자식 누나에게 흑심 있는 거 아니야?"

"애는… 같은 동료라 생각해 주는 거지… 그리고 너 나이 든 사람에게 그 자식은 뭐니? 재두 너 그러면 되니?"

"누나 그 자식 역성들어요? 혹 누나도 그놈 좋아하는 것 아뇨?"

"어머, 재두야 너 왜 그래! 그럼 누나는 사람도 못 좋아하니?"

"누나, 정말 그 사람하고 연애해?"

"아니, 연애는 안 해. 그래도 누나도 나이가 있잖니."

"안 돼, 절대 안 돼. 누나는 나 놔두고 다른 사람하고 연애 못 해."

"어머, 애는… 그게 무슨 말이야?"

"누나는 내가 불쌍도 안 해! 이제 야구도 못 하고 군대 가는 나는 필요 없다 그 말이야!"

"재두야 그건 또 다른 얘기지. 너 오늘 왜 그래. 심술은 나가지고."

"나, 누나 때문에 야구 잘하려고 몸부림쳤어. 근데 다치고 힘들어. 야구도 포기할까 하다가 누나 때문에 다시 하려고 하는데 누나가 나에게 그러면 돼! 나는 누나밖에 없어."

"알았어. 나도 네가 정말 걱정돼. 너 성가시게 안 할 테니 너도 잘해 봐."

"누나, 나 군대 갔다 올 때까지 절대 연애하면 안 돼."

"푸우… 알았어. 염려 말고 잘 다녀와."

미영이가 방긋 웃으며 말했다. 미영이도 평소 오재두에게 조금 마음이 가고 있었다. 그러다 재두가 부상을 당하자 순간 눈앞이 캄캄했다. 그리고 재두가 불쌍했다. 몇 개월을 병문안하면서 오재두가 좌절하는 것을 보고 슬펐다.

그리고 마음속으로 자기가 보살펴 주어야겠다는 생각을 하였다. 그런데 오늘 갑작스러운 프러포즈를 받았다. 밤은 깊어가고 두 사람의 마음은 조금씩 열리고 있었다. 깊고 어두운 밤하늘에 별이 반짝거렸다.

18

부활

최 감독이 김산을 불렀다. 상무에서 제대한 뒤 처음이었다. 최 감독은 김 산이 제대한 후로도 한 달여가 지나도 콜업을 안 하고 휴식을 주었다. 급할 게 없는 투수 강국이었다. 그러나 필승조 중간 불펜이던 조용안이 어깨 부 상으로 2군으로 내려가고, 뒷문을 잘 지켜주던 언더스로 심인식도 갑자기 얻어맞기 시작했다.

투수진이 흔들렸다. 연속 3연패를 당하고 2위와 게임 차가 1.5 게임으 로 좁아졌다. 전체적으로 선수단이 흔들렸다. 공은 둥글고 흐름에 따라 변 한다. 한번 무너지면 선수들의 멘탈이 같이 붕괴된다.

최 감독은 마음이 조급해졌다. 투수가 흔들리면 수비도 덩달아 흔들린 다. 그리고 타격까지 맛이 간다. 오늘 게임마저 놓치면 1위 수성도 어려웠 다. 그런데 7회까지 잘 막던 용병 투수 로페즈가 갑자기 흔들리더니 2:3으 로 한 점 앞서다가 1아웃에 만루가 되었다.

김산에게 몸을 풀게 했고 소방수로 투입했다. 다음 타자가 4번 타자 박 병일이었다.

"산아. 자신 있니?"

"한번, 해 봐야죠. 너무 걱정 마세요."

"어허, 너 내가 걱정 안 되겠니? 네가 물론 많이 좋아졌지만 퓨처스와는 다르잖니."

"잘해 볼게요."

"그래, 져도 할 수 없지. 산아 한번 이렇게 해 보자. 병일이가 홈런 타자는 맞지만 요새 컨택이 쪼금 떨어진 것 같아. 분명 네 포심을 노릴 거야. 노련하고 펀치가 있는 놈이야. 우린 역으로 가자. 이제 제구는 자신 있지?"

"네. 이제 어느 정도 제 마음먹은 대로 넣을 수 있어요."

"그래. 그럼 커브, 다음 슬라이더, 마지막 포크볼 삼 구 다 스트라이크로 던져라."

"네, 전부 변화구로만 승부하라고요. 더구나 스트라이크로만요!"

"그래, 한번 도박이라고 생각하고, 맞으면 할 수 없고…."

김산이 고개를 끄덕였다. 백전노장 최 감독이었다. 김산 같은 피라미가 최 감독의 말을 안 따를 수도 없다. 상무에서 뛴 퓨처스리그에서 김산은 전반기에 9승 1패 자책 1.64로 뛰어난 성적을 거두었다. 박 감독도 환골탈태한 김산을 보고 혀를 내둘렀다. 나 선배가 김산을 어떻게 지도했는지, 혼자 겨우내 투구 연습만 하더니 변화구가 남모르게 좋아졌고 자신감 있게 공을 던졌다. 포볼 내기 일쑤이던 김산의 변화에 눈이 휘둥그레졌다.

최 감독에게 말하면서도 계속 너털웃음을 지었다. 멘탈이 강해지면 자신감이 생기고 두려움이 없어진다. 포심 패스트볼이 주 무기였던 김산이 여러 무기를 장착하게 된 것이었다. 고질적인 제구 난조도 없어졌다. 김산도 1군에 와서 과연 자기의 볼이 통하는지 얼른 시험하고 싶었다. 그러나 감독은 바로 콜 해 주지 않았다. 그러다 오늘 중요한 게임의 어려운 순간에 김산을 밀어 넣었다.

김산은 깊은숨을 내쉬었다. 1군 첫 등판에 홈런 타자였다. 조금 노쇠한 타자지만 아직까지 4번 타자 자리를 지키고 있는 베테랑이었다. 그러나 김산도 스스로 강해졌다고 자부했다. 첫 출전에 강렬한 인상을 심어주어야 1

군에서 살아남을 수 있다는 사실을 잘 알고 있었다.

그러나 변화구로만 승부하라는 최 감독의 말에 약간 고민스러웠다. 변화구는 많이 숙달되어 내 것으로 만들었다고 해도 역시 자기의 강점은 포심이었다. 라이징볼처럼 떠오르는 패스트볼이야말로 자기의 무기라 생각했는데, 변화구로만 상대해야 하니 썩 좋지는 않았다.

최 감독은 박 감독으로부터 김산의 발전에 대하여 많은 귀동냥을 했었다.

그러나 1군과 2군은 천양지차였다. 그럼에도 불구하고 최 감독은 김산을 믿고 싶었다. 솔직히 이 어려운 순간을 김산에게 책임지라고 하는 것은 어리석은 결정이라고 생각도 했었다. 그러나 최 감독은 팀의 스타 탄생을 원했다.

그리고 나현수의 능력을 시험하고 싶었다. 김산은 멘탈만 강해지면 승부사가 될 충분한 재목이었다. 또한, 왠지 김산이 사랑스러웠다.

김산은 로진백의 송진 가루를 조금 발랐다. 그리고 투수 발판을 야구화로 문질렀다. 타자를 바라봤다. 전과 같으면 저런 대타자를 만나면 기부터 죽고 위축되었는데 전혀 두렵지가 않았다. 오늘 김산의 손에는 나현수가 준 글러브가 끼어 있었다. 선배의 기운이 올라오는 것처럼 느껴졌다.

손을 높게 쳐들고 낙차가 큰 변화구를 구사했다. 박병일은 전혀 생각도 못 한 공이 들어오자 바라만 보았다. 그리고 허탈하게 쓴웃음을 지었다. 김산은 감독의 의도가 맞아들어가는 것 같아 더욱 자신감이 생겼다. 자기도 모르게 미소가 번졌다. 그리고 다음은 횡으로 낮게 깔리는 슬라이더를 던졌다. 박병일은 패스트볼을 기다렸다가 헛스윙을 하였다. 박병일은 쓰디쓴 웃음을 지었다. 1루 관중석에서 커다랗게 환호하였다. 송 캐스터는 약간 흥분이 된 것 같았다.

"이 위원님! 김산이 대단하네요. 아니 속구는 안 던지고 변화구로만 승부하다니… 야, 정말 많이 노력했네요. 하긴 퓨처스 우수 투수라더니, 어떻게 보세요?"

"괄목상대라 하던데 김산에게 쓸 말이네요. 좀 더 두고 봐야겠지만, 앞으로 기대해도 되겠네요."

"포볼을 양산하던, 제구에 문제가 많던 선수가 어느덧 저런 투구를 한다는 것이 김산의 훈련량을 말해 주는 것 같네요."

김산은 흐뭇했다. 자기의 공에 손을 못 대는 박병일이 겁나지 않았다. 다시 삼 구를 던졌다. 타자 발밑으로 툭 떨어지는 포크볼이었다. 박병일은 놀란 듯 방망이를 내던지다시피 하였다. 삼 구 삼진이었다. 3루 관중석 쪽에선 순간 침묵에 싸였다. 송 캐스터는 특유의 함성을 질렀다.

"우와…. 삼 구 삼진입니다. 그것도 변화구로만 박병일을 잡습니다. 아, 정말 김산이 많이 변했군요."

"그러네요. 잘 던지네요. 그것도 완전한 변화구로…."

이제 아웃 카운트가 하나 남았다. 최 감독이 직접 투수판에 올라왔다. 관중들은 투수를 교체하는 줄 알고 우우 소리를 질렀다. 김산도 교체하려고 하는 줄 알고 최 감독을 보고 고개를 숙였다. 그러자 최 감독이 김산의 어깨를 붙잡고 작은 소리로 말했다.

"산아. 잘했다. 5번 타자는 교타자야. 변화구 대처를 잘하는 여우야. 이번에는 포심과 투심으로만 승부해 봐."

김산은 어리둥절했다. 투수를 교체하려고 올라온 줄 알았는데 타자 상대하는 방법을 직접 설명하러 올 줄은 몰랐다. 그런데 이번에는 전부 속구로 상대하라는 감독이 의아했다. 그러나 박병일을 잡는 방법도 최 감독의 조언이었다.

관중석은 웅성거렸다. 그리고 김산을 연호했다. 김산으로서는 오랜만에 들어보는 응원이었다. 감개가 무량했다. 더욱 힘이 나고 각오가 새로워졌다.

로진백을 문지르고 잠깐 삼루를 보았다. 누상에 있는 주자들은 움직이지 않았다. 어차피 이제 투수와 타자와의 승부에 결정 나는 것이기 때문이다.

김호 타자는 3할 타자였다. 10년 동안 3할을 쳤다. 센스가 있고 준족이었다.

김산은 잠시 숨을 멈췄다. 약간의 긴장이 올라왔다. 자신에게 말했다.

'나를 믿자, 설령 맞더라도 최선을 다해서 던지자. 그리고 신의 가호에 맡기자.'

1구는 김호의 몸쪽 높은 곳에 포심 패스트볼을 뿌렸다. 상무에 가기 전보다 공의 무게가 무겁게 들어갔다. 미트에 꽂히는 소리가 경쾌했다. 154km가 계측되었다. 김호는 손도 대지 못했다.

관중석에서 김산을 연호했다. 김호는 백전노장이었다. 그러나 신인급이나 다름없는 김산의 솟아오르는 공에 손이 가지 못했다. 김산은 연호하는 관중을 힐긋 쳐다보았다. 기분이 좋아지면서 절로 흥이 났다. 2구는 손가락 두 개만 실밥에 걸쳐 던지는 투심을 던졌다.

김호는 기다렸다는 듯 힘차게 배트를 휘둘렀다. 그러나 김호가 생각하는 대로 공은 들어오지 않았다. 김산의 투심은 초속과 종속의 차이가 많지 않고, 더구나 떨어지는 공이 종적으로 떨어지지 않고 횡적으로 떨어졌다.

김호가 아무리 교타자라 하더라도 치기가 어려운 공이었다. 헛스윙이 되었다. 관중석은 이미 정글처럼 아우성이었다. 5개의 공이 다 다르고 전부 스트라이크였다. 캐스터도 해설위원도, 양쪽 진영의 코치진도 입을 다물지 못했다. 김산은 제구가 어려워서 포볼을 양산하던 투수였다. 그래서 강수호와 트레이드도 쉽게 되었다. 그런데 상무에 입단하고 1년 6개월 만에 이렇게 변모할 줄은 누구도 예상하지 못했었다. 사실 최 감독도 크게 기대하지 않았었다.

천재적인 소질이 있어도 짧은 기간에 이런 괄목한 실력을 갖춘다는 것은 어려운 일이다. 그러나 김산은 조금은 다른 케이스였다. 강속구를 가졌고 고교 때도 부단히 변화구의 습득을 위한 기본이 되어있던 선수였다. 다만 멘탈이 워낙 약했고 프로에 와서 수준이 높은 타자들에게 두들겨 맞다 보니 더욱 자신이 없어져 스스로 무너졌던 선수였다.

그랬던 김산이 박보라와 상담을 하고 부정적이던 사고를 고쳤고, 나현수에게 변화구를 집중 전수를 받았고 선배의 인생 역정에 대해 듣고 약해빠진 정신 자세가 새로워진 것이다.

야구장은 김산의 하나의 공을 보기 위해 숨을 죽였다. 김산도 김호도 서로 쳐다보고 긴장했다. 김산이 다시 포심 패스트볼을 김호의 다리 근처로 낮게 던졌다. 김호가 친 볼은 3루 파울 볼이 되었다. 김호도 호락호락 넘어갈 선수가 아니었다. 김산은 이제 자신감이 넘쳤다. 자기 공을 정타로 맞히지 못하는 김호가 무섭지가 않았다.

다시 4구를 몸쪽 먼 곳 약간 높은 곳으로 온 힘을 다하여 강하게 뿌렸다. 김호는 빠른 공에 헛스윙하고 아웃되었다. 김산은 그 자리에서 팔짝 뛰었다. 1군 와서 첫 게임에서 두 명의 대단한 타자들을 연속 삼진으로 잡고 고비였던 8회를 마무리했다. 최 감독과 투수 코치는 함박 미소를 지으며 더그아웃으로 들어오는 김산을 맞이했다.

다른 선수들도 위기에 처했던 게임을 처리해 준 김산의 머리를 두들기며 즐거워했다. 9회는 세이브왕 출신인 유동안이 어렵게 해결하고 게임을 마무리했다. 그날 야구 중계석은 김산의 등장에 전부 시간을 할애하고 김산을 집중적으로 분석했다.

유일하게 SBS 스포츠에서 최 감독에게 인터뷰를 요청했다. 그리고 일사만루에서 신인이나 다름없는 김산을 불펜 투수로 기용한 이유에 대하여 물었다.

최 감독의 지론은 간단했다. 그는 평소 프로야구에 대한 소신이 있었다.

"프로란 팬들을 위한 즐거운 게임을 해야 한다. 물론 즐거운 게임을 해야 하지만 우승을 위한 투자도 아끼지 말아야 한다. 그리고 팬들의 영웅이 필요하다. 그 영웅은 야구를 이끌고 가는 원동력이다. 그 영웅은 절대 스스로 만들어지지 않는다. 타고난 천재성에 본인도 열심히 해야 하지만, 구단 차원에서 지원하고 환경을 만들어 주어야 탄생할 수 있다. 어느 누구를 영웅으로 만들려면 모험이 필요하다. 누군가 동료의 희생도 생긴다. 김산은 우리 팀에서 미래를 위한 영웅으로 만들기 위해 노력했다. 그리고 오늘 한 번 시도했고 어느 정도 만족했다. 더 기대해 주시길 바라고 응원해 주면 감사하겠다."라고 마무리했다.

최 감독의 인터뷰는 팬들의 가슴에 불을 지폈다. 그리고 김산의 투구에 환호하기 시작했다. 최 감독은 박빙의 게임의 승부수에 반드시 김산을 투입했고 성공했다. 처음에는 필승조 불펜 투수로만 기용했다. 처음부터 마무리로 기용하여 너무 부담을 주고 싶지 않았다. 그러나 몇 게임 남지 않은 페넌트시리즈에서 체력적으로 부담을 느낀 유동안과 교대로 마무리 투수로 기용했고 대성공이었다.

김산은 어느덧 팀의 수호신이 되어 가고 있었다. 유례가 없는 선수의 변신이고 부활이었다. 페넌트시리즈를 우승하고 김산에 관한 기사가 쏟아졌다. 팬들은 김산의 투구에 환호하고 불안해하지 않았다. 팬들의 승리에 대한 기대 방정식이었다.

특종 기사를 쓰는 오 기자에 의해 김산의 가족사와 강수호, 오재두와의 친분, 심지어 수아와의 연분까지도 각색되어 기사화되었다. 그리고 김산의 변화에 지대한 공이 있는 추억의 나현수까지 끌어들였다. 오 기자의 마당발은 대단했다. 그러나 지나친 사생활의 공개는 선수에게 또 다른 영향을 줄 수가 있어 기사화에 조심해야 한다. 특히 여자관계의 무분별한 추측 기사는 선수 생활을 끝내게 할 수도 있다. 여성 팬들의 억척스러움은 발달된 SNS로 인하여 사실인 양 빠르게 유포되어 심각한 결과가 나오기 때문이다. 찌라시 같은 기사가 아무 사실 확인도 없이 그저 구독자의 흥미를 유발하는 데 그쳐서는 안 된다. 그러나 아직도 언론의 생리는 무조건 특종에 몸부림친다. 나중에 거짓으로 판명돼도 아무도 책임은 지려고 하지 않는다.

나현수도 갑자기 야구판에 소환되었다. 나현수는 기분이 묘했다. 잊혀진 대선수였다. 아무도 자기를 기억해 주지 않았는데, 며칠 김산과 기거하면서 손보아 주었을 뿐인데 대단한 역할을 한 것처럼 기사화되는 것을 보고 당황했다.

선수 시절이 생각났다. 구단의 횡포와 묵인하는 KBO에 쓴소리를 할 때 어느 언론도 자기편을 들어주지 않았다. 오히려 나쁜 편으로 몰아갔다. 20년이 지났어도 언론은 변하지 않고 있었다. 그는 헛웃음이 나왔다.

그러면서 한편 김산의 작은 성공에 자부심이 생겼다. 고마운 일이었다. 갑자기 김산이 보고 싶어졌다. 잊어버렸던 야구에 대해 다시 관심을 불어넣어 준 김산이 정감 갔다. 한국시리즈를 남기고 갑자기 김산이 나현수를 찾아들었다. 가을 하늘은 높고 맑았다. 검게 그을린 김산은 나현수를 보자 부둥켜안고 울어댔다. 나현수도 김산의 어깨를 두드리며 훌쩍댔다. 그런 두 사람을 나현수의 아내가 옆에서 흐뭇하게 보더니 눈물을 흘렸다.

남편의 심정을 잘 안다. 팬들의 열화같은 환호를 받던 남편이었다. 그러나 별로 좋지 않은 은퇴와 사업 실패로 인하여 야구도 잊고 살았다. 그러나 야구를 잊지 못하는 남편은 몰래 야구를 접하고 있었다. 잘나가는 친구들을 부러워하는 남편이 한편 측은하기도 했다. 그러다 2주 정도 자기 집에서 거주하고 남편과 정겹게 지내던 김산이 스포트라이트를 받고 남편까지 기사화되자 놀라웠다.

김산이 가져온 선물을 챙기면서 즐거운 마음이 들었다. 박보라에게 연락했다. 저녁상을 차렸을 때 퇴근하고 부리나케 박보라가 들어섰다. 얼굴에 신경을 많이 쓴 모양새였다. 김산은 박보라를 주위에 나현수 부부가 있어도 반갑게 껴안았다. 박보라도 김산의 가슴에 안겨 키득거렸다. 서로 반가웠다. 나현수 부부는 그런 두 사람을 보고 빙긋이 웃었다. 그리고 저녁상으로 가서 앉았다. 그 사이 진수성찬을 차린 나현수 아내가 말했다.

"차린 것은 별로 없어도 산이 씨 잘 드세요. 그리고 보라도."

"나는?"

나현수가 아기처럼 칭얼대자 아내가 웃고 만다. 즐거운 자리다. 김산은 여기서 지낼 때 무려 5kg이 불었었다. 그에 따라 구속도 더 무거워진 것 같았다. 김산에게 세 사람은 자기를 환생시켜 준 은인들이었다. 정말 고마운 마음에 자꾸 바라봤다. 나현수도 조금 살이 오른 것 같고 박보라는 더욱 섹시해진 것 같았다. 박보라가 김산의 숟가락에 쇠고기를 올렸다. 김산은 민망했다.

그러자 부부가 환히 웃었다. 박보라도 씩 하고 웃었다. 김산은 모른 척하고 고기를 먹었다. 정말 근래에 먹어보지 못한 맛이었다. 고마웠다. 배가 터지도록 먹고 나자 한방차를 가져왔다. 향내가 진하다. 전에 지냈던 추억이 새로이 생각났다. 그리고 세 분이 고마웠다. 나약하던 김산을 변모시킨 황금 같은 날들이었다. 박보라가 궁금하다는 표정으로 물었다.

"김산 씨! 요새 잘나가던데…. 삼촌 덕인지 아시죠?"

"네, 그러죠. 형님이 아니었으면 지금 제가 있겠어요."

"아니야… 내가 뭘 했다고…. 산이가 노력했으니 잘된 거지. 근데 산이야, 너무 자만하지 마라. 또 너를 연구해서 치려는 타자가 지금 이 순간도 공부하고 있다는 사실을!"

"네, 언제나 형님 말씀을 가슴에 새기고 있습니다. 계속 노력해야죠."

"산이 씨! 그런데 수아 씨 하고 어쩐다고 기사 났던데…."

"네… 헤헤, 수아 안 본 지 몇 달 돼요. 기자가 맘대로 쓴 거죠."

"그래요. 하여튼 우리나라 기자들 웃겨?"

"왜 산이와 수아가 궁금한데?"

"아니, 난 그냥 궁금해서 그러지 뭐. 삼촌은 정말 왜 그래."

"아니 그러니까. 젊은 남녀가 좋아하고 사랑하는 게 어때서?"

"삼촌은 내가 뭐래. 산이 씨니까 궁금해서 그런다니까! 치, 나도 여자예요."

　다들 크게 웃는다. 박보라는 그 말을 해 놓고 홍당무가 되어 화장실로 가버린다. 김산도 잠시 가슴이 뛰었다. 박보라는 연상이지만 생각보다 순진하고 자기를 많이 생각해 주는 것 같았다. 아니, 연정을 품고 있는 듯했다. 그러나 지금은 아니라고 생각했다. 이제 시작이었다. 잡생각이 많으면 야구에 집중할 수가 없다. 나현수가 주위 환경이 좋아야 꽃도 잘 피고 똥을 치우면 소들도 좋아한다고 당부했었다.

　다시 박보라가 돌아오고 자리에 앉았다. 그리고 힐긋 김산을 보았다. 더 늠름해진 것 같았다. 박보라의 가슴에 불이 지펴졌다. 다들 둘러앉아 야구 이야기로 꽃을 피웠다. 그리고 한국시리즈에 대해 예측했다. 김산은 당연히 우리 팀이 우승한다고 말했고 나현수는 과신하면 안 된다고 말해 주었다. 우승은 누구 한 사람의 힘으로는 절대 안 되는 단체 게임이라는 것이었다. 김산도 그에 대해 얼른 수긍했다. 나현수는 김산 팀의 투수진은 좋지만, 타격에 조금 문제가 있다는 진단을 내놓았다. 가을밤은 깊어가고 좋은 사람들과의 회동은 김산에게 힘을 주었다. 보고 싶었던 사람들을 보니 가슴이 후련했다. 다들 즐거워했다. 나현수 부부가 안방으로 들어가고 김산과 박보라는 잠시 산책길을 나섰다.

19

연정

밖으로 나오니 칠흑같이 어두운 어둠이 내려앉아 있었다. 밤하늘에는 많지 않은 잔별들이 추위에 오돌오돌 떨고 있었다. 술이 들어가 후끈 단 몸뚱이도 늦가을의 찬 기운에 싸늘히 식어버렸다. 박보라가 몸을 으스스 떨더니 몸을 움츠렸다. 김산은 입고 있던 바바리코트를 벗어 박보라에게 입혀주었다. 가끔 차가운 밤바람이 박보라의 머리를 날린다. 박보라는 다소곳이 계속 앞으로 걷기만 하였다.

김산도 이 기분을 굳이 깨고 싶지 않아 조용히 박보라의 뒤를 따랐다. 그렇게 둘은 길게 늘어선 포플러 길을 걸어갔다. 굳이 말이 필요 없는 밤이었다. 어두움은 인간의 추악한 모든 면을 감싸주고 보듬어 준다. 밝은 대낮에 보이던 세상은 이제 보이지 않는다. 아무리 눈을 크게 뜨고 바라보아도 보이는 것은 어둠뿐이다.

가로수길에 펼쳐진 어둠을 응시하면서 지난날들을 회상하는 상념의 시간도 좋고 어린 시절 못내 아쉬워하던 추억을 그리워하는 것도 좋다. 또한, 어두움은 그러한 생각의 시간만을 가지게 하지는 않는다. 우리의 부끄러움을 감춰주고 우리가 가지고 싶어 하는 열망의 일면을 부추긴다. 어두움은 낮 동안의 수고에 대한 답례로 편안한 휴식과 또 다른 즐거움을 제공한다. 그리고 우리는 꿈을 꾸듯이 그렇게 하루를 보낸다.

육체의 눈으로는 밤의 아름다움이 보이지 않는다. 이젠 마음의 눈을 떠서 쳐다봐야만 보이는 어두움만이 존재하고 있다. 인생에 있어서 사람은 끊임없이 '이것인가, 저것인가'의 선택 앞에서 고민한다.

결혼해라 당신은 후회할 것이다. 결혼하지 말아라. 그래도 후회할 것이다. 결혼을 하든 안 하든 당신은 후회할 것이다. 많은 사람이 이것 아니면 저것의 일을 저지르고 나서 서로 대립하는 양자를 조화 혹은 조정하리라고 자신을 합리화하며, 그러한 영원한 상태 속에서 자신은 존재하고 있는 것이라고 믿는 것이다.

하지만 이것은 오해이다. 왜냐하면, 참 영원은 '이것인가 저것인가'의 뒤에 있는 것이 아니라 앞에 있기 때문이다. 사람은 그럴듯한 이유를 앞세워 그 이유 속에서 살아가고 있다. 선택하든 선택을 받든 결코 우연이란 없는 것이고 이것인가 저것이냐는 갈등 속에 존재한다.

박보라는 언제나 당당한 커리어우먼이었다. 언제나 자기의 인생은 자기가 책임지고 누구 탓을 할 필요가 없다는 자존감도 컸다. 특히 누구에게 집착하거나 끌려다니는 것은 창피하다고 생각했다.

그런 그녀가 김산을 만나고 흔들리는 것이 스스로 이해가 안 될 정도였다. 여자란 남자에게 호감을 느끼고 있다 하더라도 처음에는 싫다고 거절하는 게 일반적이다. 이때 여성이 취하는 거절의 행동은 남자를 초조하게 만들고 상대방에게 욕망의 강도를 높이려는 목적이 있다. 즉, 남자의 유혹에 대하여 완곡하게 승낙하려는 특유의 교태 연출이다. 일종의 동물적 본능에 입각하는 행위라 할 수 있다. 여성의 심층 심리가 암암리에 반영되는 것이다.

사람이 나타내는 말의 배경에는 크게 겉모습과 속마음의 두 가지 심리가 작용한다. 겉모습은 공적인 한 원칙을 나타내는 상태이고, 속마음은 사적인 쉽게 드러나지 않는 본심이다. 일반적으로 여성은 겉모습과 속마음의 분화도가 남성보다 크며 속마음을 덮는 겉모습이 매우 두껍다.

그에 비해 남성은 사회생활 속에서 자신이 원하든 원하지 않든 부단한 인간관계의 복잡함에 시달리고 그로 인하여 어떤 겉모습을 만들려 해도 외부의 압력에 의해 강제로 벗겨지는 일이 허다하다. 겉치레가 곧 소용이 없다는 사실을 깨닫는 것이다.

그에 비해 여자의 숨겨진 마음을 읽어 내기란 대단히 어려운 법이다. 박보라는 정신과 의사로서 많은 환자를 접했다. 무수한 형태의 환자들은 저마다 각자의 사고와 증상이 달랐다. 환자를 다루면서 박보라도 한때는 우울증에 빠졌다. 그러나 얼른 빠져나왔다. 그녀는 김산을 만나면서 자기 혼란에 빠졌다. 환자와의 교제는 정신과 의사의 금기 사항이다. 더구나 김산은 한참 연하이다. 박보라가 다수의 남자를 만나고 즐겼지만 한 번도 속마음을 드러낸 적은 없었다. 쉽게 만나고 쉽게 헤어졌었다. 그녀는 스스로 자기 부정을 하려고 하다가 김산을 만나면 자꾸 무너져 가는 자신이 미웠다. 누군가에게 얽매여 끌려다니는 것을 수치스럽게 생각하는 지식인들의 전형이었다. 그런 자기에게 화가 났다. 그러나 마음은 흔들렸다. 김산을 돌아봤다. 김산이 무언가 골똘히 생각하다가 박보라를 쳐다봤다. 그리고 히죽 웃었다. 참으로 호감이 가는 인상이다. 박보라가 말문을 열었다.

"생각보다 춥죠?"
"아뇨. 선생님과 함께 있으니 모르겠어요."
아양스러운 김산의 대답에 기분은 좋다. 자꾸 김산이 귀엽다.
"수아 씨는 잘 지내요?"
갑자기 수아를 묻는 박보라가 여자로 보인다. 김산은 속으로 여자는 다 매한가지라고 생각하면서 대답했다.
"몰라요. 본 지 오래돼서."
박보라의 입가에 미소가 번졌다. 김산을 보는 시선이 빛났다.
"이리 와봐요."

김산이 박보라의 곁으로 다가서자 박보라가 김산에게 손을 내밀었다. 김산은 박보라의 손을 꽉 움켜잡았다. 따뜻한 온기가 김산의 가슴을 녹였다.

　박보라의 얼굴이 붉어졌다. 심장의 박동 소리가 크게 들리는 것 같았다.

　박보라는 자꾸 어린애가 되는 것 같은 감정의 변화에 당황스러웠다. 자기는 항상 어른스럽고 나이 든 환자들도 마음대로 조절하곤 했는데 이런 감정이 생기리라곤 꿈에도 생각을 못 했었다. 그러나 기분 좋은 감정이었다. 김산에 대한 호감을 부정하고 싶지 않았다. 다만 타인들의 시선을 감당하기엔 자신이 없었다. 세상이 급하게 변하여 지금은 연상연하의 연애를 크게 탓하진 않는다. 그래도 걱정이 되는 것은 대중의 관심이 많은 김산과 의사인 자기의 위치였다. 그래도 오늘은 그런 생각에서 벗어나고 싶었다.

　벤치에 같이 앉았다. 김산을 바라만 봐도 가슴이 두근거렸다. 어린 처녀도 아닌데 무슨 첫사랑처럼 머리가 하얘지는지 박보라는 그런 자기가 웃겼다.

　김산이 박보라를 바라보면서 의미 있는 질문을 던졌다.

　"키스의 법칙에 아인슈타인 상대성 원리를 아세요?"

　"아뇨. 말해 봐요."

　"키스하는 사람의 시계는 키스를 안 하는 사람의 시계보다 훨씬 빠르다."

　"아이, 뭐 그런 것이 있어요?"

　"그럼 관성의 법칙은요?"

　"가만…. 관성의 법칙… 그래요 키스했던 사람은 계속하려고 한다. 이거 아니에요?"

　"어. 제법인데요. 그럼 도미노이론은?"

　"글쎄요. 그건 모르겠는데요."

　"옆자리의 사람이 키스하면 나도 하고 싶어진다."

　"그럴듯하네요."

"선생님이 하도 심각해서 웃자고 한 소리예요."

"내가 심각해 보여요?"

"평소답지 않아요."

"호호호, 내가 오랜만에 산이 씨 봤더니 긴장되는 모양이죠. 마치 첫사랑 만난 그런 기분… 호호호."

　김산은 잠시 멈칫거렸다. 김산도 자기의 마음을 종잡을 수가 없었다. 처음엔 엄마의 닮은꼴에서 호감을 느꼈고 상담을 할수록 그녀에게서 여자의 냄새를 맡았다. 그러나 연상이고 전문의였다. 자기완 상관없는 여자라 생각했다. 그런데 박보라는 언제부터인지 자기에게 관심을 표했고 다가왔다.

　운동만 하느라 여자는 생각해 보지 못한 청년이었다. 물론 수아는 곁에 있었지만, 여자로서 느껴보질 못했었다. 단 한 번 순간적인 감정으로 키스를 했지만, 다시 친구로 되돌아간 것 같았다. 김산은 두근거리는 마음을 진정시키려 했으나 안 되었다. 박보라를 끌어당겼다. 박보라가 움찔했다. 박보라에게서 아주 좋은 향내가 났다.

　박보라의 얼굴에는 기대에 찬 미소가 띠어졌다. 뜨거운 열기를 품은 김산의 숨결을 받아들이기로 마음먹었다. 박보라가 그렇게 당황하거나 놀라는 표정을 짓지 않고 자기를 바라보자 김산은 속으로 걱정하던 생각을 버리고 서서히 박보라에게 접근하여 두 손은 내밀지 않고서 그대로 얼굴만 내밀어 입술을 부딪쳤다.

　도톰하고 촉촉한 박보라의 입술도 조금은 열기에 들뜬 것 같았다. 박보라의 윗입술과 아랫입술을 차례로 혀끝으로 더듬었다. 그리고 가볍게 그녀의 아랫입술을 깨물었다. 그녀의 숨이 조금 거칠어졌다. 입속에서는 타액이 고였다. 그녀의 입이 자연히 벌어졌다. 그녀의 반쯤 열린 입술을 뚫고 혀를 넣어 사탕을 먹듯이 그녀의 혀를 감싸고 빨았다. 그녀도 자기의 혀를 이용하여 김산의 입속을 온통 헤매고 다닌다. 부드러운 입술 안쪽을 핥고

이의 안쪽을 미끄러지듯 들어간다. 무의식의 순간이 찾아오기 시작했다. 서로가 서로에게 향한 감정이 결국 이런 형태로 찾아온 것이었다. 그렇게 서로가 미치도록 갈구하던 키스를 멈추고 김산이 참지 못하고 다른 동작을 취하려 하자 박보라가 김산의 손을 꽉 잡았다.

"산이 씨 사랑해. 여기까지만. 응….."

그러자 김산은 서운했지만, 더 이상의 행동은 자제했다. 박보라는 삼촌의 집 가까이서 시간을 지체하면 괜한 오해가 있을 거라 생각이 들었다. 사랑은 이렇게 급하게 그들에게 찾아오고 있었다. 그들 둘만의 날이 그렇게 흘러가고 있었다. 김산은 집으로 들어가고 박보라는 그대로 차를 타고 갔다. 한국시리즈가 끝나면 꼭 한번 만나자는 약속을 하고 헤어졌다.

아침에 일어나서 야채 샐러드로 가벼운 식사를 했다. 나현수가 또 축사로 김산을 데리고 가서 소똥을 치웠다. 땀이 났지만 상쾌했다.

"산아, 어때? 오랜만에 소똥 치우니?"

"소들이 좋아하니 저도 좋네요."

"그래, 저 말 못 하는 소들도 깨끗한 걸 좋아하지. 야구는 네 주위가 시끄러우면 신경이 쓰여 잘 안돼. 전에도 내가 말했지만, 주위 환경이 중요해. 연애도 해야 하지만 심각한 연애는 하지 마라. 보라와 너, 그리고 수아. 나는 모르겠다만 복잡한 관계는 안 만들었으면 해."

"형님 말씀 명심할게요."

"불가의 법구경이란 책에 이런 말이 있어. 사랑하는 사람을 만들지 마라. 미운 사람도 가지지 마라. 사랑하는 사람은 못 만나 괴롭고 미운 사람은 만나서 괴롭다. 그러므로 사랑을 일부러 만들지 마라. 사랑은 미움의 근본이 된다. 사랑도 미움도 없는 사람은 모든 구속과 걱정이 없다. 물론 젊은이들이 사랑하고 살아야지. 그러나 괴로운 연들은 만들지 마라. 넌 지금 비상해야 할 시기야. 너를 기대하는 사람들이 실망하지 않도록 하면 좋겠다."

"맞아요. 형님은 뭘 이리 많이 아세요? 무식한 난 형님이 너무 대단해 보여요."

"자식… 그러니까 책을 좀 보라니까."

"어휴! 야구하기도 바쁜데 언제 보겠어요. 앞으론 틈나면 볼게요."

"꼭 그래라. 지켜본다."

나현수는 조카인 박보라가 김산에게 대하는 표정을 보고 한편 좋기도 하지만 보라의 연애관을 잘 알기에 김산이 혹 상처를 입을까 걱정되었다. 보라는 결코 결혼이나, 한사람에 자기 전부를 거는 그런 애가 아니었다.

나현수는 현숙한 아내를 일찍 만나서 비교적 안정된 선수 생활을 했었다. 그러기에 김산도 조금 일찍 가정을 가져서 선수로 성공하길 바랐다. 나현수는 야구를 잊고 살다가 갑자기 나타난 김산의 행동거지가 예뻤다. 김산이 어린 동생 같고 아들 같았다. 어쨌든 자기와 묘한 인연으로 엮어졌지만, 김산이 끝까지 야구선수로 대성하길 바라는 마음이었다. 김산과 수아와의 관계는 잘 모르지만, 수아의 김산을 대하는 것은 진심으로 보였다. 오랜 친구 사이라 연애 감정으로 변하기는 그러하지만 나현수는 김산과 수아의 결합을 더 기대했던 터였다.

그러나 김산은 박보라에게 더 흔들리고 있는 모양새였다. 나현수는 김산의 연애에 끼어들 생각은 없었다. 누구의 인생에 끼어들어 조언한다고 하지만 반드시 좋은 결과를 만드는 것은 아니기 때문이다. 그렇다고 보고만 있기도 그랬다. 김산에게 직설적으로 말하기가 그래서 에둘러 말을 한 것이었다. 김산이 자기의 말뜻을 오해하지 않고 받아주었으면 했다.

김산도 나현수의 심정을 충분히 알지만 다가서는 박보라를 밀쳐낼 자신이 없었다. 이미 가슴에 깊게 들어와 버렸다. 자꾸 박보라가 어른거렸다. 다시 구단으로 돌아가는 길은 서운했다. 나현수도 매우 섭섭했지만, 그러나 그는 모든 일을 하느님께 감사했다. 신앙이 있는 그는 김산을 만나고 김산이 잘되고 하는 모든 것이 다 하느님의 섭리라 믿었다. 짧은 기간의 만남이었지만 두 사람의 깊은 끈을 만들어 주었다. 그러나 한국시리즈를 준비해야 하므로 서운함은 뒤로 남기고 다들 헤어졌다.

김산은 돌아가는 길에 박보라에게 전화했다. 반갑게 응대를 했다. 가슴이 심쿵했다. 박보라가 이미 가슴 깊이 들어와 버린 느낌이었다. 온통 세상이 모두 김산 자신을 위해 존재하는 것 같았다. 혼자서 외롭게 오랜 세월을 버텼다. 엄마도 없고 말이 없는 아버지 사이에 늘 혼자였고 외톨이였다. 그런데 이제 자기를 격려하고 응원해 주는, 더구나 사랑하는 사람까지 생기니 말할 나위가 없었다. 팀에 돌아와서 최 감독에게 나현수의 안부를 전했다.

최 감독은 나현수의 은공을 절대 잊어서는 안 된다고 김산에게 당부했다. 김산은 고개를 끄덕이면서 반드시 그러하겠다고 다짐했다. 최 감독이 천천히 몸을 풀라고 말했다. 시합 당일에 맞춰 컨디션을 조절해야 한다고 누누이 당부했다.

미트에 꽂히는 공이 무겁게 소리를 냈다. 김산은 갈수록 좋아지는 구위에 기분이 좋아졌다. 훈련에 매진하고 잠시 휴식을 할 때 수아가 찾아들었다. 보고는 싶었지만, 박보라하고 그런 일이 있었기에 잠시 당황했다. 수아는 오랜만에 보는 김산이 더 늠름해졌고 선수로서 어느 정도 지명도가 있게 되어 자기도 덩달아 설렜다. 어릴 때부터 김산만 바라보고 지내온 세월이었다. 수아는 단 한 번도 김산 말고 다른 남자를 쳐다본 적이 없었다.

강수호가 프로에서 잘나가고 김산이 주춤거릴 때도 늘 잘되라는 기대를 하고 있었고 시합 때마다 기도했다. 야구 시즌에는 김산을 만나기가 하늘의 별 따기였다. 오늘 김산을 보니 가슴이 두근거렸다. 당장 안기고 싶었다. 김산도 반가워하는 눈치지만 잠시 머뭇거렸다. 수아는 서운했다. 자기를 보면 당장 끌어안아 줄 줄 알았다. 그런데 김산은 멈칫했다.

"야, 산이 너 나 보고 안 반가워?"

"반가워. 그런데 너 웬일이야? 이 시간에."

"너 보고 싶어 죽겠더라. 우린 시합 다 끝났잖니."

"그래… 얼굴 좋네. 점점 예뻐져."

"정말 그래? 아휴 기분 좋다. 너한테 그런 말 들어본 적이 까마득했는데. 근데 넌 나한테 전화도 안 하니? 날마다 기다렸는데. 자식, 너무해."

"미안. 시합에 열중하다 보니 다른 거에 신경 쓸 수가 없었어."

"뭐? 내가 '다른 거'야? 요 자식 봐. 날 그렇게밖에 생각 안 해? 서운한데."

"아니, 그런 게 아니고…. 야, 나도 너 보고 싶었어."

"정말이야? 그래야지. 내가 안 보고 싶다면 넌 사람도 아니지. 그치?"

"그래. 내 소꿉친군데."

"뭐야! 아직도 내가 친구야? 내 입술도 가지고서. 넌 나 책임져야 해."

"뭐라고? 세상에 어쩌다 키스 한 번 했다고 책임지라니 너무하네."

"야! 내 마음 다 가져가 놓고 뭐 어째! 책임 못 져! 흥, 기사도 났는데 네가 날 버리면 난 시집도 못 가. 알아서 해."

"그 기사야 기자가 제멋대로 각색한 거고…. 야, 너무 그러지 마."

"알아서 해. 난 너 아니면 시집 안 갈 테니."

김산은 수아의 진심을 알지만, 박보라가 눈앞을 스쳤다. 나현수의 말대로 사랑하는 사람을 만들면 괴로움이 따라온다는 말이 맞는 것 같았다. 김산도 박보라에 대해 감정은 이끌리지만 여러 제약이 따른다는 것을 안다.

더구나 박보라의 연애관도 약간은 안다. 박보라는 비혼주의자이며 어느 한 사람에게 구속당하기를 싫어하는 사람이었다. 김산의 고민도 여기에 있었다. 자기도 한때는 비혼주의자였다. 그러나 그건 박보라를 만나기 전의 엄마에 대한 적개심이었다. 박보라와 상담을 통해 어느 정도 엄마에 대해 이해를 하게 되었고 비혼에 대하여도 옅어진 상태였다. 박보라와 연애만 할 수도 없고 수아를 이 순간에 받아들이기는 양심이 꺼렸다. 팔팔한 고기처럼 튀는 수아의 젊음도 일순간 김산을 붙잡고 원숙한 여자의 향내를 풍기는 박보라도 놓치고 싶지 않은 욕심이 생긴 것이다. 남자의 욕심은 비겁하다.

둘은 오랜만에 만난 회포를 그렇게 풀었다. 두 사람은 만나면 어린애처럼 옛날로 돌아가서 시시덕거렸다. 수아는 김산과 함께 있고 싶어 한시도 떨어지려고 안 했다. 김산은 연습을 더 해야 하니 그만 가 보라고 했다. 그러자 수아는 깽깽거렸다. 그러나 시합을 앞에 둔 김산에게 부담을 주어선 안 된다고 생각하고 서운하지만 어쩔 수 없이 되돌아섰다. 김산은 일단 보라와 수아의 생각은 내려놓고 시합에 전념하기로 했다. 어느덧 한국시리즈가 5일 후로 다가왔다. 몸을 편하게 만들었다.

20

한국시리즈

큰소리치던 김산의 말과는 달리 시합은 기울어지고 있었다. 김산의 팀 투수들은 5선발까지 쟁쟁한 실력이었다. 두 용병은 특급 투수들이었다. 평균 자책이 1점대였다. 그러나 타자들의 타격 밸런스가 무너지자 수비 난조가 이어졌다. 한번 무너진 시스템은 걷잡을 수 없이 붕괴하였다. 5차전까지 2승 3패로 몰리고 있었다. 6차전도 7회까지 겨우 1점 앞서고 있었다. 외인 투수인 카펜더가 힘에 부치는지 볼을 양산하고 원아웃에 2루가 되었다. 포볼로 1루에 나간 도루왕 서정일이 2루를 훔쳤다.

최 감독은 불펜에서 몸을 풀고 있던 김산을 콜 했다. 김산은 기다렸다는 듯 그라운드로 나섰다. 응원하는 관중석은 열기와 환호로 가득 찼다. 김산은 이제 그런 함성이 즐거웠다. 자기를 믿고 연호하는 그들에게 희망을 주고 싶었다. 이제 배짱도 두둑해졌다. 최 감독이 믿는다는 수신호를 보냈다. 김산은 걱정하지 말라는 몸짓을 하였다.

타석에 들어선 선수는 2년 전 타격왕을 차지했던 3번 타자 서인국이었다. 웬만해서 삼진을 먹지 않는 교타자였다. 그러나 최근 들어 타율을 까먹고 있었다.

김산은 자신감이 넘쳤다. 요사이 슬라이더는 더욱 낙차가 커졌고 정교해졌다. 포심은 더욱 구속이 살아나고 공은 묵직해졌다. 최 감독도 그런 김산에게 위기에 처할 때마다 소방수로 내보냈다. 최 감독은 김산에 대한 믿음이 확실했다. 물론 가끔은 변화구가 실투가 있었지만 잘 처리하곤 했다. 최 감독은 김산을 스타로 키울 계획이었고 김산은 그런 최 감독의 생각대로 호성적을 내고 있었다. 오랜 기간을 거쳐 좋은 성적을 내는 선수보다는 갑자기 나타나 영웅이 되는 극적인 것이 팬들을 더 흥분시키는 것이었다. 그런 점에서 김산은 잘나가고 있는 선수였다. 잘생긴 얼굴은 여성 팬들의 마음을 흔들었다. 포수가 잠시 심판에게 말하고 송진 가루를 묻히고 있는 김산에게 다가왔다. 그리고 귓속말로 속삭였다.

"산아! 걱정 말고 내가 주라는 곳으로 네 공만 뿌려. 인국이가 요새 잘 안 맞으니 서두를 거야. 그래도 워낙 타격감이 좋으니 한두 개 정도는 볼로 유인하자."
"네, 잘 알겠습니다."

포수 고영태는 백전노장에 골든글러브를 2번이나 수상한 경력의 레전드였다. 타자들의 약점을 제대로 알아내 투수에게 요구하는 게임의 운영자였다. 김산의 변화무쌍한 공도 잘 막아내는 블로킹과 도루 저지에 일가견이 있었다. 투수로서 포수가 안정되면 심리적으로 편해진다. 김산은 포수 고영태를 믿었다.

투수와 포수, 그리고 타자의 수 싸움은 팽팽하다. 서인국도 그들이 속삭이는 것을 보고 긴장은 되지만 아직 경험이 일천한 김산을 요리할 자신이 있었다. 고영태가 초구에 낮게 떨어지는 볼을 요구했다. 김산이 힘차게 공을 던졌다. 스트라이크 존에서 조금 벗어난 볼이었다. 서인국은 빠른 스트라이크 속구를 기다리다가 급하게 배트를 댔지만, 파울이 되었다.

서인국은 자기 생각과 달리 볼로 유인하는 김산을 다시 쳐다봤다. 평소 김산은 볼보다는 스트라이크를 던지는 비율이 높았다. 평소 자신감 있게 승부를 겨루는 김산을 서인국도 높게 평가했다. 그리고 오늘 김산의 공에 대해 여러 대비책을 생각했었다. 그런데 자기의 생각을 완전히 무너뜨리는 공을 던지자 고개를 갸우뚱거렸다. 그리고 슬라이더 한 가지만 노리자고 마음을 먹었다. 고영태가 다시 2구에 대해 신호를 보냈다. 포심 패스트볼을 타자 어깨높이의 스트라이크를 원했다. 서인국은 김산의 팔이 변화구를 던질 때보다 더 높이 올라가는 것을 느꼈다. 순간 패스트볼을 감지했지만 153km가 되는 강속구였다. 타자 몸 근처 높이 스트라이크 존에 걸쳤다. 치기가 어려웠다.

투 스트라이크가 되자 응원석은 난리가 났다. 환호성이 김산의 귓가를 맴돌고 자신감이 더욱 들었다. 계속되는 포수의 요구에 볼을 던졌다. 서인국은 그래도 타격왕 출신이었다. 볼에 꿈쩍도 안 했다. 1 볼 2 스트라이크가 되자 포수가 다시 낮게 떨어지는 볼을 요구했다. 김산은 이제 승부를 내고 싶었다. 김산이 도리질하고 투심으로 결정을 내고 싶다는 신호를 하자 고영태가 고개를 가로저었다. 할 수 없었다. 김산은 다시 스트라이크 존에서 벗어나는 바깥쪽으로 낮게 떨어지는 변화구를 던졌다. 서인국은 미동도 안 했다. 볼이 되었다. 이제 결정을 해야 했다.

김산은 고영태에게 투심을 던진다는 신호를 보냈다. 그러자 고영태는 바깥쪽 횡으로 던지는 김산 특유의 슬라이더를 요구했다. 고영태가 노리는 것은 볼과 스트라이크가 접하는 곳으로 슬라이더를 던져 서인국을 헛스윙으로 유도하자는 것이었다. 김산은 슬라이더보다는 속구로 옥박지르고 싶었다. 그러나 포수의 요구를 모른 체하기에는 고영태의 위치가 너무 컸다. 김산은 이제 갓 껍질을 벗은 신인이나 다름없는 투수였다. 김산이 고개를 끄덕이고 포수에게 응답했다. 운동장이 조용해졌다. 김산은 다시 한번 로진백을 문질렀다. 그리고 2루를 돌아봤다. 유격수가 2루로 다가서자 2루 주자가 슬며시 2루로 돌아갔다.

김산은 심호흡했다. 그리고 실밥을 낚아 잡았다. 손가락 끝으로 채듯이 던져야 하는 슬라이더는 가장 많은 스트라이크를 잡아내는 구종이지만 서인국은 처음부터 이 공을 노리고 있었다. 김산은 던지고 서인국은 받아쳤다. 2루수 사이를 스치는 깊숙한 단타였다. 하지만 도루왕 출신인 서정일은 발이 정말 빨랐다. 홈으로 쇄도하는 서정일을 고영태는 악착스럽게 블로킹으로 막았지만, 간발의 차이로 득점이 되었다. 동점이 되었다. 최 감독은 비디오 판정을 요청했다. 고영태의 주자 터치가 거의 동시에 이루어졌기 때문에 득점으로 인정하기 싫은 것이었다.

그러나 판정 결과 간발의 차이로 득점으로 인정되었다. 투수 코치가 심판에게서 공을 받아 들고 나왔다. 김산은 교체되었다. 더그아웃으로 돌아오는 김산은 기운이 빠졌다. 허탈했다. 최 감독은 아직 김산의 구위를 믿지만 혹 다시 안타를 맞아 게임이 뒤집히면 김산은 그에 대한 평생 트라우마에 시달릴 것이어서 김산을 보호하고자 교체한 것이었다.

일반적인 경기에서의 승패와 중요한 경기에서의 승패의 강도가 다르다. 반드시 이겨야 할 경기의 패는 오랫동안 지워지지 않는다. 물론 그 안타는 김산의 잘못만은 아니었다. 포수의 주문으로 김산의 조금은 덜 꺾어진 슬라이더와 처음부터 슬라이더를 노리고 있었던 서인국의 노련미였다. 아무리 투수의 공이 좋아도 하나의 공을 노리고 달려드는 타자에게 이기기는 어렵다. 투수와 타자의 결과는 상대적이다. 이미 지나간 실점은 되돌아오지 않는다.

투수가 유동안으로 바뀐 8회는 그대로 마무리되었다. 9회와 10회까지 김산 팀은 득점을 내지 못했다. 상대 팀은 특급 마무리가 삼자 범퇴로 막았다. 연장 10회 말 유동안은 계속되는 무리한 연투에 발목을 잡혔다. 첫 타자에게 안타를 맞고 그다음 2번 타자의 희생 번트로 1사 2루가 되었다. 2루 주자는 베이스 러닝에 뛰어난 선수였다. 이제 단 하나의 안타면 한국시리즈는 끝나는 것이다.

야구는 실력이 밑받침되어야 하지만 사실 운도 따라주어야 하는 경기다. 3번 타자는 유동안의 공을 수년을 받아쳐 본 베테랑이었다. 그러나 유동안도 특이한 언더스로 투수로 다양한 구종과 날카로운 제구로 구원왕을 두 번이나 성취한 특급 마무리였다. 3번 타자 서인국은 처음부터 유동안의 주특기인 포크볼을 노렸다. 스트라이크를 노리고 들어오는 초구를 강타했다. 정타로 맞지 못하고 1루수 키를 넘기는 빗맞은 안타가 되었다.

최 감독은 순간적으로 올해의 운수는 여기까지라고 직감했다. 주자 1, 3루가 되었다. 사실 주자 1, 3루는 땅볼을 유도하여 병살 플레이가 자주 일어나는 형태다. 다음 타자는 힘이 좋은 4번 타자였다. 결국 최 감독의 우려가 현실로 되었다. 유동안은 싱커를 구사했다. 타자의 땅볼을 유도하기 위한 구질이었다. 언더스로 투수 유동안의 필살기였다.

그러나 4번 타자가 괜한 4번 타자가 아니었다. 힘껏 휘두른 방망이에 공은 높이 떠 갔다. 거의 펜스 가까이 날아간 공은 희생 플라이가 되었고 한국시리즈는 4승 2패로 막을 내렸다. 야구장은 침묵과 환호성으로 양분되었다. 야구는 다른 구기와 달리 공이 들어와 점수가 나는 경기가 아니고 사람이 들어와야 점수가 된다. 더구나 다른 구기 종목에는 없는 희생 플라이가 있다. 그 희생을 발판으로 상대 팀은 우승을 이루어 냈다.

야구는 자기를 희생해서 협업하는 특이한 경기다. 그래서 희생 플라이는 타율에서도 배제한다. 야구의 매력이기도 하다. 아무리 투수 왕국의 최 감독 팀이지만 결국 타자의 득점이 없으면 이길 수가 없는 것이 야구다. 정타로 잘 맞은 공이 야수 정면으로 가서 아웃이 되고 빗맞은 공이 안타가 되기도 한다. 그래서 야구를 인생에 비유하기도 한다. 가을 야구의 축제는 연속 우승을 노리는 최 감독에게 기회를 주지 않았다. 한국시리즈는 연속으로 우승하기는 어렵다. 물론 오래전 해태 시절과 삼성, 두산 등이 연속 우승을 했지만, 최근에는 없었다. 근래 한국시리즈치곤 박진감이 없는 경기였다.

우승 상금은 관중 입장 45%를 대회 운영비로 공제하고, 나머지 55% 중 20%를 우승 상금으로 주고 난 이후 35%를 가지고 1위부터 차례로 정한 비율대로 지급한다. 우승팀은 자연 많은 상금을 획득하게 되고 구단의 방침에 따라 선수들에게 지급한다. 한국시리즈는 1982년 프로야구 시작과 함께 지금까지 여러 형태의 방법으로 진행되었고 진기한 기록과 MVP들을 배출했다. 투표로 진행되는 MVP는 결정적 수훈 선수가 차지하게 된다. 투수가 4승을 위해 부단한 노력으로 성적을 냈어도 한국시리즈에서는 결정적 수훈 선수가 MVP를 받는다.

1984년에 최동원 혼자서 4승을 했지만, 역전 쓰리런 결승 홈런을 친 유두열이 받았다. 지극히 비상식적이지만 투표란 그렇다. MVP를 역대 두 번을 받은 선수로 LG 김용수와 삼성의 오승환, 그리고 포수로 양의지가 있다. 최 감독은 선수들을 바로 퇴장시키지 않고 운동장에 도열시키고 우승팀에 손뼉을 쳐주었다. 패자의 성숙한 면모를 보인 최 감독은 언론의 칭찬을 받았다. 한국시리즈가 끝나면 야구장은 조용해지고 내년을 위한 스토브리그와 동계 훈련이 기다린다. 야구를 사랑하는 팬들은 맥이 풀리고 오랜 기간이 지난 후 다시 시작하는 야구에 몸살을 한다.

김산은 한국시리즈가 끝난 일주일 뒤 최 감독의 호출을 받았다. 한국시리즈가 끝나면 보자던 박보라와의 약속도 취소하고 면벽 수행하고 있었다. 후회도 해 보고 다시 그 당시의 공을 복기도 해 보고, 그때 자기 뜻대로 투심을 던졌으면 어떤 결과가 나왔을까 생각도 해 보는 복잡하고 쓸데없는 것에 시간을 허비하고 있었다. 김산의 얼굴이 까칠한 것을 보고 최 감독이 빙긋 웃었다.

"산아. 너 지금까지도 시합 생각하고 있니?"
"아… 네. 너무 억울해서 못 잊겠어요."
"이런 자식 봤나. 내 그럴 줄 알고 널 불렀다. 그래 뭐가 억울하니?"
"뭐… 이런 거 저런 거 다요."

224

"영태가 서운하지. 그지?"

"아니… 뭐 그렇지는 않아요. 제 공이 부족했죠."

"그래, 그렇게 생각해야 해. 남의 탓을 하다 보면 제 잘못은 안 보이게 되는 거야. 지는 것도 멋지게 승복하는 것도 지혜다. 넌 잘못한 게 없어. 그러니 너무 자신을 탓하지 마라. 다른 사람들은 이미 그 시합에 대하여 다 잊고 자기 생활에 전념하고 있어. 누가 그때 네 공을 기억하겠니. 너의 실수나 잘못된 것에 대해 아무도 관심이 없어. 너만 끙끙대고 있는 거야. 이 바보야."

"그러긴 하는데요. 나 자신에 너무 화나요."

"그래야지 화내야지. 그래야 발전을 하지. 프로는 실수하거나 명백한 잘못이 있으면 벤치에 앉아야 하고 인정해야 해. 벤치에 앉을 수 있어야 진정한 팀원이 되고 다시 기회가 오면 만회하면 돼."

"그래도 미안하기도 하고."

"그렇게 상처도 나고 해야 네 심장이 더 커지고 강해져. 이제 너는 어느 정도 진화하고 있어. 그러니 내년을 위하여 더욱 노력해야 해. 올겨울 혹독하게 훈련을 해야 너를 크게 쓸 수가 있으니 각오해라. 내년에는 선발로 뛰어봐야지, 안 그래!"

김산은 내년에 선발로 뛰게 할 작정이라는 최 감독의 말에 정신이 아찔했다.

투수의 기본적인 목표는 선발이다. 리그가 시작되기 전에 동계 훈련의 평가에 따라 선발이 확정된다. 투수로서 선발이 되고 안 되고는 연봉에 많은 저울질이 된다. 더구나 선발로서 어느 정도 인정을 받게 되고 9개의 정규 시즌을 마치면 FA를 취득하고 엄청난 계약금과 연봉을 받게 된다. 물론 마무리 투수도 세이브왕 등 준수한 성적을 올리면 좋은 대접을 받는다.

김산은 약간 흥분이 되었다. 불과 2년 전만 해도 패전 처리 투수였다. 그런데 어느새 김산은 팀의 대들보가 되어가고 있었다. 상무 시절 아무 연고도 없는 자기를 절친에게 보내어 지금의 김산을 만들어 낸 최 감독의 선수 관리가 빚어낸 업적이었다. 또한, 나현수가 없었다면 과연 그게 가능했을까 하는 생각에 김산은 저절로 고개가 숙어졌다. 물론 김산의 혹독한 훈련이 밑거름되었지만 그건 선수로서 당연히 해야 하는 과정이다. 사람의 인연은 사람을 변모시키기도 하고 엇갈린 길로 보내기도 한다. 김산과 최 감독과 나현수는 좋은 인연이었다. 최 감독에게 진심으로 존경하는 눈빛으로 정중히 고개를 숙였다.

최 감독의 희망을 저버리는 행동을 해서는 안 된다는 각오를 했다. 그리고 겨우내 정말 죽을 듯이 훈련에 매진했다. 박보라도 이수아도 절대 만나지 않고 오직 야구에만 몰두했다. 더 이상 새로운 변화구를 만들려 하지 않고 오로지 숙달시키는 제구에만 전념했다. 패스트볼은 구속을 조금 더 높이는 훈련을 했다. 팔과 어깨 힘을 기르는 웨이트 트레이닝과 손의 악력을 기르기 위해 기계 훈련을 병행했다. 투수 코치의 개인 지도로 부드러운 투구 자세를 만들었다. 그리고 유연한 자세를 위해 요가를 아침마다 스트레칭 대신 하였다.

몸은 더욱 단단해졌고 구속은 2km 정도 더 나갔다. 그리고 공은 묵직해졌다. 어느 날 청백전을 실시했다. 김산은 백조의 선발로 나섰다. 5회까지 2개의 안타를 내주고 무실점으로 다음 투수에게 게임을 넘겼다. 김산의 비약적으로 발전하는 투구에 코치진은 물론 다른 타자들도 혀를 내둘렀다. 김산의 투구에 경이로운 표정을 지으며 손뼉을 쳐주고 김산의 머리를 가볍게 두드렸다. 이제 LC 구단의 확실한 스타가 탄생한 것을 확인한 것이고 김산에 대한 기대로 다들 기분이 좋아졌다. 한 마리 화려한 백조가 탄생한 것이었다.

그 뒤로도 계속되는 연습 게임에서 독보적인 공을 던지고 승리를 취했다. 김산은 어느덧 팀의 중심축이 되었고 선수들의 믿음을 확고하게 주었다.

투수가 흔들리면 모든 야수가 흔들리고 시합은 엉망이 되는 것이 야구이다. 야구가 투수놀음이라고 하는 이유가 여기에 있다. 야수들이 투수를 믿어야 수비에 대한 부담감도 없어지고 승리에 대한 기대가 되는 것이다. 아무리 앞서가던 게임도 필승조에 대한 불안감이 생기면 그때부터 무너지는 것이 다반사다.

어떤 팀은 마무리가 강하면 반드시 역전에 대해 기대를 하고 결국 게임을 뒤엎는다. 그것은 동료 선수들에 믿음이 강해야 일어나는 전투력이다. 그래서 어떤 팀은 역전의 명수라고 이름 붙여지기도 한다.

야구는 아주 미묘한 기운이 흐른다. 승리를 자주 하는 팀은 자신감으로 넘쳐있어 절대 쉽게 경기를 포기하지 않는다. 그런 게 팀의 색깔인 것이다. 늘 지는 것에 익숙한 팀은 별다른 이유 없이 경기를 쉽게 놓아버린다. 그런 패배 의식을 고쳐주는 것이 감독이지만 뛰어난 선수들의 조합이 없으면 그것도 어렵다.

외국인 감독을 영입하여 팀의 색깔을 바꿔 보려는 시도를 각 구단에선 하지만 이미 지는 것에 익숙한 팀은 쉽게 변화되지 않는다. 그래서 매번 시도되었던 외국인 감독 영입은 대체로 성공하지 못했다. 외국인 특유의 지연이나 학연에 휘둘리지 않고 오로지 실력에 의거 선수를 기용하고 시합에 대비하지만, 썩 좋은 성과를 이룬 외국인 감독은 없었다. 그것은 아마도 한국인 고유의 정서를 파악하지 못하고 선수 개개인의 성적만을 고집하는 데 있다.

야구란 그때그때 컨디션과 분위기에 결과가 좌우된다. 또한, 선수 개개인들의 누구도 모르는 생활의 공간이 있다. 외국인 감독이 그것까지 들여다보고 이해하기는 어려운 것이다. 최 감독처럼 개개인의 세세한 어려움을 파악하기는 어렵다. 그리고 개인주의적 사고로 살아온 외국인 감독은 한국인의 전체주의적인 성향도 인정 안 하려는 고집도 있다. 게임은 혼자만의 실수로 지는 것도 아니며 승리하는 것도 어느 혼자만이 잘해서 이루어지는 것이 아니기 때문이다.

한국시리즈에 나서는 팀 정도가 되면 코치진과 선수들, 특히 백업 선수들의 희생도 무시할 수가 없다. 서로 끌어주고 밀어주는 끈끈한 한 식구라는 믿음이 있을 때 그 팀은 강팀이 되는 것이다. 그 가운데 서로 정정당당하게 경쟁하고 실력을 키워가는 팀이 강팀이 되는 것이다. 김산은 앞으로도 더욱 강해질 것이다. 실력은 경험이 바탕이 되고 늘어나는 것이다. 기본적인 기술은 평소 훈련에서 숙지하고 시합에 나서서 일어나는 무궁한 변화에 대처하는 경험만이 선수를 발전시킬 수 있다. 모든 시합은 전부 똑같은 상황의 진행은 없다. 수만 번 시합해도 같은 결과가 절대 나오지 않는다. 모든 경기는 구력을 무시할 수가 없다. 그래서 노련한 선수를 우대하고 후배를 다독거리는 책임을 준다. 팀의 분위기를 만드는 것은 고참들의 몫이고, 후배들의 존경을 받아야 한다. 선임과 후배의 갈등이 생기면 그 팀은 나락으로 떨어지기 쉽다. 모든 조직은 개인의 이해 상관관계로 이루어지고 서로의 이익을 위해 공조한다. 인생이란 자신의 의지와 상관없이 사건이 벌어지고, 남의 손에 등 떠밀려 무대에 등장하기도 한다. 자기가 손해를 보거나 배척받으면 그에 대한 보복을 생각하는 것도 인간이다. 그것이 꼭 나쁜 것은 아니다. 자기애는 자존감과 자기의 인생 목표를 달성하기 위한 밑거름이 되기 때문이다. 그래서 시합의 결과에 대하여 좋은 결과는 동료에게 영광을 돌리는 자세를 견지해야 한다. 시합에 졌을 때도 동료 탓을 안 해야 한다. 그게 팀워크이다.

어느덧 추위가 풀리고 따뜻한 어느 날 박보라가 김산에게 전화했다. 보고 싶고 만나고 싶다고….

21

야구 휴게실

"자자… 편하게 하세요."

PD가 조 감독과 김산에게 당부했다. 김산은 갑자기 자기가 이런 프로그램에 출연한다는 것이 부담스러웠지만 방송사의 간곡한 요청과 구단에서 나가보라는 권유를 뿌리치기가 어려웠다. 넓지 않은 공간이었다. 송 아나운서가 친근하게 웃으며 말한다.

"아까 나눠준 대본 있죠. 그 순서대로 진행하는데요, 반드시 대본대로 할 필요는 없어요. 하고 싶은 말은 그냥 하시고 조금 곤란한 부분이 있으면 나중에 말씀하면 편집해 드립니다. 자, 그럼 시작하겠습니다."

송 아나운서가 말을 하고 난 뒤 잠시 숨 고르기를 한 뒤 PD가 액션을 불렀다. 카메라가 돌아가고 송 아나운서가 멘트를 했다.

"오늘 야구 휴게실에는 SG 구단의 조 감독님과 LC 구단의 김산 선수, 그리고 이 해설위원과 주민기 기자를 모시고 야구계 이슈와 인물, 그리고 야구계 현안에 대하여 허심탄회하게 논하는 자리를 마련했습니다. 먼저 주 기자께서 말씀해 주시지요?"

"네, 오늘 나오신 게스트와 관계가 있는 한 세 가지 이슈에 대하여 말씀 드려 보기로 하죠. 조 감독님 구단의 강수호 선수의 학교폭력 사건과 김산 선수의 활약상, 그리고 오재두 선수의 부상으로 인한 선수 중단 등을 얘기해 보려고 합니다. 그러고 보니 전부 김산 선수 주위에 있는 일이네요. 먼저 강수호 선수의 학교폭력 사건인데요. 먼저 조 감독님의 말씀부터 듣고 진행하기로 하죠."

조 감독이 헛기침하고 마이크를 들었다. 그리고 조금은 흥분된 어조로 말했다.

"네. 우리 팀에서 좋지 않은 일이 벌어졌었죠. 강수호 선수의 학교폭력 사건인데, 사실이 아니라고 사법적 심판이 내려졌지요. 물론 사법적 심판으로 모든 것이 다 끝나고 괜찮다는 것은 아닙니다. 학교폭력은 반드시 뿌리를 뽑아야 하는 중대 범죄라고 생각합니다. 그러나 음해로 인하여 그 선수는 재판 기간 내내 시합도 못 하고 대표선수 자리도 내려놨습니다. 어느 누군가가 질시하고 한번 툭 건드려 보는 말에 너무나 언론은 사실 확인하지 않고 선수를 무덤으로 내던져 버립니다. 우리 팀으로서는 충격이었고 구단 차원에서 용서도 빌었습니다. 그러나 여론은 재판이 끝날 때까지 강 선수를 범죄자로 몰았습니다. 사실 과거 우리 때는 그런 일이 일상적이고 다반사였습니다. 물론 그때 그런 문화가 있었다고 이해해 주라는 것은 아닙니다. 이제 점점 그런 문화는 사라지고 있다고 믿습니다."

이 해설위원이 말을 받았다.

"그래요. 학폭은 용서할 수 없는 범죄죠. 다신 그런 일이 일어나서도 안 되고 모두가 노력해야 할 것입니다. 그러나 강수호 사건에서 보듯 피해자라고 하는 사람의 일방적인 말만 믿고 그에 대해 여론 재판하듯 조치하고 피의자의 방어권은 전혀 고려하지 않는 것도 문제라고 봅니다. KBO에서 어떤 룰을 만들어야 할 것입니다."

송 아나운서가 말을 받았다.

"그럼 어떤 조치를 해야 국민이나, 피해자가 수긍할까요?"

"글쎄요. 그게 상당히 어려운 일입니다. 단, 이런 방법은 있겠죠. 가령 재판해서 문제가 없다고 나오면 그 고소했던 사람에게 무고나 명예훼손 등으로 조금 무거운 조치를 해야 하겠죠."

주 기자가 이어서 말하고 송 아나운서가 다시 질문을 던졌다.

"이 문제는 쉽게 접근하기가 어려운 것 같아요. 물론 고소당한 선수를 당연히 범죄자 취급해서 선수 생활을 막는다는 것은 문제지만, 요새 분위기로 보면 좀 어려운 것 같아요. 자, 이 문제는 다음에 더 논하기로 하고요. 조 감독님 여기 김산 선수를 보니 어때요? 요사이 김산 선수의 활약상에 대하여 전에 데리고 있었던 감독으로서 한마디만 하신다면?"

"아… 나도 놀랐어요. 물론 나도 김산의 미래 가치는 알았지만 이렇게 변할 줄은 정말 몰랐어요. 고맙죠. 이렇게 잘 크고 있으니."

"지금은 좀 아쉽겠어요. 그때 트레이드가."

"네. 그때 나는 반대했지만, 주전 포수는 FA로 떠난다고 하고 사실 당시에는 김산에 대한 믿음이 투수 코치나 단장은 없었죠. 좀 서운했어도 강수호가 와서 잘해 주었죠. 학폭 문제만 아니었으면 당시 손해 본 것은 아니었죠. 또 김산도 그곳으로 가서 이렇게 비약적인 발전을 했으니 아주 많이 잘한 트레이드죠. 어디 세상일이 자기 마음대로 됩니까? 새옹지마라 하던가요!"

"김산 선수는 당시 트레이드에 대해 어떤 생각이었나요?"

"아. 저는 그때 당연하다고 생각했어요. 누구도 서운하게 생각은 안 했지요. 제가 부족해서 그렇구나… 그리고 당시 우리 팀은 포수 문제가 숙제였고요. 뭐 지금에 와서 보면 강수호 선수나 저나 잘된 트레이드로 생각합니다."

김산의 그 말을 받아 이 해설위원이 물었다.

"김 선수는 무슨 바람이 불어서 그런 변화가 있었어요?"

"아, 네…. 최 감독님과 상무 박 감독님의 배려로 나현수 선배님께 사사를 받았죠."

"아니 무슨 사사를 받았길래 그렇게 공이 변할 수가 있어요. 아니, 이제 제구뿐 아니라 주자가 나가도 이젠 전혀 흔들리지 않아요. 무슨 비법이라도 전수받았어요?"

김산이 빙긋이 웃었다. 그러자 송 아나운서가 재촉했다.

"김산 선수! 여기를 초대한 것은 그걸 듣고 싶어서요. 말해 보세요."

"별것 아니고요. 제가 전에는 공에 대한 자신감이 없었어요. 고교 때와는 달리 대학에서나 프로에서나 제 속구를 잘 맞히더라고요. 점점 자신이 없어지고 힘들더라고요. 포볼이 다반사고 투수 코치님이 그때 화가 많이 나셨죠. 왜 네 볼을 못 던지냐고 역성도 냈죠. 그런데 그럴수록 더 자신감이 떨어지고 어떨 때는 다리가 후들거리기도 했어요. 제 멘탈이 문제였죠. 그걸 나 선배님이 잘 지적하고 심리 상담도 받았고 멘탈만 강해져선 안 되어 제구에 노력했더니 점차 자신감이 붙은 것 같아요. 그래서 아마도 이제는 조금 좋아진 것 같아요. 아직 멀었죠."

그 말에 주 기자가 대꾸했다.

"아니요. 김산 선수가 조금만 더 경력이 붙으면 충분히 20승도 할 수 있을 투수가 되었어요. 요새 지표로만 봐도 김산 선수는 가능하다고 봐요."

"아휴… 전 아직 멀었어요. 20승이라뇨?"

"아니… 주 기자 말도 근거가 있어요. 김산은 우리나라를 대표할 투수가 될 것 같아요. 제가 웬만하면 선수 칭찬을 안 하는데 요새 김산을 보면 걸쭉한 투수가 나온 것 같아요."

이 해설위원이 거들었다. 이 위원은 해설하더라도 선수의 장단점을 집중하여 분석하여 가감 없이 그대로 말하는 바람에 때론 선수들의 원망을 듣기도 한다.

"맞아요. 나도 김산을 자세히 분석해 보면 김산의 공을 때려내기가 어려운 것 같아요. 우리 선수들에게 물어봐도 강속구와 변화구가 절묘하다고 하더군요. 더구나 이젠 자신감도 장착했으니 더 나은 성적을 올린다고 봅니다."

조 감독이 마치 자기 선수인 양 칭찬하자 김산은 고개가 숙어졌다. 그러자 송 아나운서가 환하게 웃으면서 말했다.

"김산 선수! 어때요? 야구계 선배들이 김산의 진가를 알아줘서? 그리고 심리 상담으로 멘탈을 강하게 했다는데 어떻게 했어요? 아직도 배짱 투구를 못 하는 투수가 많은데 혹 알려줄 수는 없나요?"

"고맙죠. 제가 아직은 그런 말 듣기는 아직 멀었는데 칭찬을 해 주시니 몸 둘 바를 모르겠어요. 제가 실망하게 하지 않도록 더 노력하렵니다. 정말 감사드리고요. 멘탈은 자기가 스스로 이기지 않으면 안 되더라고요. 물론 심리 상담의 효과는 봤죠. 그거야 신경정신과에서 하시면 되고요. 근데 전 나 선배에게서 심리 상담보다 더 많은 지도를 받았어요. 그분은 다 내려놓으니 이제 세상이 편해졌다고 하셨어요. 그리고 그분이 한창 날릴 때 본인은 믿음으로 자신을 추슬렀다고 했어요. 저는 종교가 없지만 대신 전 자신에 대한 믿음을 갖기로 했죠. 맞아도 그건 할 수 없다. 그리고 지나간 것에 대한 생각은 안 하기로 했죠. 투수가 아무리 잘 던져도 맞을 수밖에 없는 것이 현실이면 긍정하자고요. 그것뿐이에요."

송 아나운서가 파안대소했다.

"그래요. 그래서 김산 선수가 이렇게 변했군요. 대단해요. 다른 선수들도 이 방송을 봤으면 좋겠어요. 그럼 앞으로 각오를 한 말씀만 해 주신다면?"

"네, 저는 이제 시작이죠. 오늘 과분한 대접을 받았는데 앞으로 잘하라는 뜻으로 알고 더 열심히 노력하겠습니다. 그리고 요새 우리 한국야구가 국제대회에서 처참한 성적으로 위상이 추락했는데 다시 회복하는데 조금이라도 일익을 담당하고 싶어요. 그래서 국제대회에서 승리를 챙기고 온 국민의 일등 야구로 다시 태어나야 한다는 생각을 하고 있어요. 더욱 열심히 노력하겠습니다."

어린 김산의 말에 모두가 대견스럽게 생각했다. 운동선수라도 언제나 겸손한 자세를 가지고 동료를 대하고 팬들에게 헌신해야 한다. 알면서도 잘 안되는 것이 세상사이다. 그러나 한 사람 한 사람의 변모가 야구판을 변화시키고 운동 문화를 바꾸는 것이다. 그리고 팬들을 위한 즐거움을 만들어 주어야 한다. 프로는 아마추어와 달리 취미로 하는 것이 아니므로 모든 종사자가 함께 노력해야 한다. 그래서 선수와 팬들이 한 몸이 되어야 한다. 야구를 관장하는 한국야구위원회는 오로지 야구만을 위한 행정과 선수 관리 그리고 너무 승부에만 집착해서 눈살 찌푸리게 하는 행위들을 근절시켜야 한다. 운동선수는 입으로 하는 것이 아니고 해설위원이나 캐스터들도 야구에 위해가 되는 언행은 버려야 한다. 김산의 이런 생각은 다들 귀에 담아야 할 것이다.

한 십 분 휴식을 취하고 다시 녹화한다고 했다. 커피를 한 잔씩 하고 담소했다. 조 감독과 이 위원이 김산에게 다가가 어깨를 툭 툭 두드려 주면서 연신 칭찬했다. 김산은 어쩔 줄 모르고 인사만 했다. 조 감독도 한때 자기의 숨통을 쥐고 있었던 분이었다. 우여곡절로 헤어졌지만, 조 감독의 칭찬을 들으니 기뻤다. 더구나 이 위원은 평소 존경하던 대선배였다. 그런 분이 자기를 직접 챙기니 황송했다. 다시 녹화가 들어가고 주 기자가 다시 문제를 제기했다.

"조 감독님! 제가 이런 말씀 드리기는 그러지만, 2년에 걸쳐 영입한 투수 용병들이 전부 실패하고 중간에 교체되는 그런 악수를 두는지 왜 프런트는 그렇게 선수를 못 고르는지 답답합니다. 제가 말하기는 그러지만, 외국인 투수만 잘 던졌다면 SG 구단은 정규 레이스 우승을 했으리라 장담해요. 두 외국인 투수가 합작으로 20승 이상만 챙겼으면 충분했을 거예요. 안 그럽니까?"

"용병이란 말은 안 쓰는 게 맞고요. 글쎄요. 저도 그게 답답하죠. 2년 연속 실패했죠. 이런 게 있어요. 현재 외국인 선수 계약 상한선이 있어요. 그 금액으로 맞춰서 데리고 오려니 맘에 든 선수는 없고, 설령 괜찮다고 데려왔어도 한국야구에 바로 적응을 못 하기도 하고 적극적으로 피칭을 안 하고 몸을 사리는 외국인 투수도 있고, 먹튀도 하고 뭐 하여간 여러 문제가 있었죠. 잘 길러놓으면 일본리그가 눈독 들이고. 지금 제도를 조금 손봐야 한다고 봐요. 물론 다른 구단에서는 싼값에 들여와서 재미를 톡톡히 본 경우가 있죠. 우리 프런트도 고생은 했는데 실패했죠. 그래서 내년은 단장이 직접 뛴다고 했으니 기대해 봐야죠."

"참 이상해요. 두산이나 키움 등은 잘 데려와서 몇 년씩 식구처럼 지내고 동료들과 화합도 잘해서 보물처럼 여기는데, 유독 SG 구단은 좋은 성적을 낸 외국인 투수를 못 봤어요. 그건 누군가 책임을 물어야 하는 것 아닙니까?"

"프런트도 잘 영입하려고 노력은 하죠. 하지만 결과가 그렇게 나오니 그런 거고… 하여튼 저는 할 말이 별로 없습니다."

"정말 아쉬워요. 나는 솔직히 말하면 SG 골수 팬인데."

"아유, 주 기자님. 그런 걸 여기 방송에서 말하면 되나요. 감독님 여기 편집해 주세요."

급하게 송 아나운서가 말했다. 다들 호탕하게 웃었다. PD가 동그랗게 손짓을 했다. 다시 녹화가 시작되었고 주 기자가 다시 발제했다.

"제가 듣기로 팔꿈치 부상으로 재활을 하던 오재두 선수가 결국 투수를 포기해야 하는 모양이에요. 썩 좋지는 않았지만, 그런대로 보통 이상으로 성적을 올렸는데 너무 아까운 생각이 들어요. 구단에서는 아마도 타자 전향을 권한다고 하던데 이 위원님은 어떻게 생각하세요?"

"아 오재두 아까운 선수죠. 쾌활하고 명랑해서 선수들과도 친화력이 끈끈하고, 또 그런대로 공도 괜찮았어요. 어릴 때부터 변화구 위주로 투구하다 보면 부상이 생길 수밖에 없어요. 아깝지만 어쩌겠어요. 그게 변화구 위주 투수의 약점이죠. 타자 전향이 쉽지는 않지만 이제 젊은 선수가 뭘 하겠어요. 야구만 죽도록 했는데 할 게 없죠. 한번 해 봐야죠. 투수에서 타자로 전업한 이대호, 이승엽 등 대타자들이 많잖아요! 사실 투수하다가 타자를 하게 되면 상대 투수의 공 배분을 일반 타자보다 더 잘 알죠. 그래서 타자로 변신해서 성공한 사례가 많으니 실망할 필요는 없다고 봅니다. 젊으니해 봐야죠. 그래서 안 되면 그땐 할 수 없지만 해 보지도 않고 포기하는 것은 바람직하지 않죠. 좋은 선수가 야구장을 그냥 떠나는 것 안 되죠."

"그러죠. 김산 선수! 오재두 선수와 친한 친구죠?"

"네, 중학교 고등학교 동창입니다. 10년이 넘는 친구죠."

"오늘은 김산 씨 프로가 돼 버렸네. 강수호도 선배. 오재두는 친구… 김산 씨 오재두 선수가 고교 때 타자로서 어땠어요?"

"잘 쳤죠. 투수로 안 나가는 날에는 3번 타자를 했고요. 타율도 좋고 승리 타점이 많았죠. 또한 준족이고 3루 수비도 환상적이었죠. 한때 타자 전향도 생각했었어요. 그런데 당시 변화구를 잘 구사하는 선수도 없었고 바로 프로에 투수로 갔기에 타자는 생각을 안 해봤겠죠. 저도 안타까운데 도울 방법이 없어요. 지금이라도 전향하면 될까요?"

"그건 오재두가 하기 나름이죠. 새로 다시 시작한다는 마음으로 하면 못할 게 있겠어요! 기본기가 있으니 하기 나름이죠. 오 선수 생각은 어때요?"

"포기하려다 다시 생각을 고쳐먹고 있는 것 같아요. 상무는 못 가니 일단 일반병으로 군 문제부터 해결하고 하려는 모양이에요."

송 아나운서가 말을 받았다.

"그렇지요. 군 문제가 젊은 선수들의 발목을 잡긴 해. 그래도 이제는 군 기간도 18개월이니 몸 만들어서 나오면 전화위복이 되겠네요."

"예, 저도 상무에서 몸 만들고 게임 몇 번 하니 금방 18개월이 가더라고요."

"우리 모두 오재두의 재기를 기대해 보죠. 참, 그리고 조 감독님. 나왔으니 꼭 한번 궁금한 거 한번 물어보죠. 감독님! 감독님 생각에 어떤 포지션이 제일 중요하다고 봅니까?"

"하하하… 야구에서 어느 포지션이나 다 중요하지, 참 유치한 질문을 하시네 송 아나운서님!"

"그거야 나도 알죠. 그런데 감독님이 생각하는 원탑 포지션을 묻는 거죠."

"하하하, 송 아나운서가 웃기네요. 왜 내 속이 궁금한지 모르겠네. 그래요. 내가 포수 출신이라 그런 게 아니라 내가 생각하는 포지션은 포수예요. 지금은 어린 야구 새싹들이 전부 꺼리는 자리죠. 힘들고 자리 잡으려면 어렵고 더구나 부상의 위험이 항상 도사리고. 그러나 늘 위험한 곳에 황금이 있지요. 한번 자리 잡으면 쉽게 도태되지 않고 대접을 받지요. 야구는 투수 놀음이라고 하지만 그 투수를 리드하고 게임을 전반적으로 조율하는 포수 자리야말로 원탑이죠. 물론 사람마다 생각하는 것은 다르겠지만 시합의 운영자로 포수만큼 중요한 자리는 없다고 생각하는 게 제 지론이에요."

"하아… 감독님이 제대로 셀프 선전하네요. 저도 그럴 거로 생각해요. 포수가 투수와 눈이 안 맞으면 게임이 제대로 안 굴러가지요."

그때 이 위원이 끼어들었다.

"물론 투수와 포수의 역할도 대단하지만 결국 점수를 내고 승부를 짓는 것은 타자죠. 아무리 영점 대 투수가 잘 던져도 아군의 지원이 없으면 승리를 할 수가 없어요. 그래서 저는 다 중요하고 필요한 포지션이지만 타자의 역할을 무시할 수가 없어요. 전 한 방으로 게임을 결정하는 4번 홈런 타자의 손을 들어주고 싶어요."

"전 모든 포지션이 협업해서 승부를 끌어가는 것으로 생각해요. 어느 한 포지션이 경기를 끌고 가는 것이 아니라 유격수는 유격수대로 외야수는 외야수대로 다 중요하고 필요하죠. 수비가 흔들리면 투수나 다른 야수까지 불안해지죠."

주 기자가 듣고만 있다가 말했다. 다들 좋은 의견이었고 시청자에게 다가가기에 손색이 없는 시간이었다. 방송이 후 김산은 팬들의 열화 같은 지지를 받았다. 그러나 방송이 후 재편되는 야구 감독에 조 감독은 해임되었다. 팀의 분위기를 바꾼다는 명분이었다.

후임에 우승 청부사로 유명한 고참 기 감독이 선임되었다. 기 감독은 우승을 위해서는 선수를 혹사하기로 유명한 감독이었다. 기 감독은 구단주가 특별히 추천했다. 10개 구단 중 성적이 좋지 못한 5명의 감독이 교체되었다. 그중 외국인 감독이 롯데와 한화 감독으로 선임되었다.

22

재회

하늘은 쾌청했다. 황선주가 외국 여행을 하고서 두문불출하다가 강수호를 보고 싶어 만나자고 했다. 강수호는 잠시 주춤거렸다. 마음의 벽을 닫으려 해도 뜨거웠던 강선주와의 추억에서 쉽게 벗어나지 못했다. 황유일이 아직도 자기를 인정하지 않으며 황선주와 교제를 인정할 수가 없다는 태도를 아는 강수호로서는 선뜻 황선주를 만나기가 꺼려졌다. 그러나 한번은 만나야 할 사이였다.

한강변에 있는 전망이 좋은 커피숍이었다. 젊은이들이 많아 좀 소란스러웠다. 한쪽 구석진 테이블로 자리했다. 황선주가 커피숍에 들어서면서 강수호를 보고 손을 들며 방긋이 웃었다. 강수호도 반가운 마음에 자리에서 일어났다. 황선주는 청색 투피스에 단정한 차림이었다. 그녀의 얼굴은 약간 야윈 듯 보였다. 자리에 앉으며 서로 웃었다. 몇 달만이었다. 청춘의 연애에 곧잘 어른들이 끼어들어 훼방한다. 오랜만에 보는 서로가 가슴은 서늘하다. 황선주가 아메리카노로 주문하고 잠시 강수호를 멀뚱멀뚱 쳐다보았다. 그러더니 옅은 눈물을 보였다. 보고 싶은 사람을 언제나 볼 수 없는 신세가 안타까운 것이다. 강수호가 입을 열었다.

"선주 씨! 얼굴이 왜 그래?"
"그럼 제가 얼굴이 좋겠어요?"

강수호는 순간 말문이 막혔다. 어리석은 물음이었다. 강수호가 머쓱해서 황선주를 외면했다. 그러자 황선주가 말했다.

"수호 씨는 보기에 괜찮네요. 뭐 좋은 일이 많은가 봐요?"

"왜 그래 선주 씨. 나라고 시간이 편했겠어? 너무 날 몰아세우지 마요."

"아버님은 잘 계세요?"

"아, 아버지… 베트남에 가셨어요. 삼촌 사업 돕는다고."

"아, 그 삼촌이요! 오셨어요?"

"네… 아버지가 그동안 간경화로 고생했는데 간이식도 해주고 용서를 빌어서 아버지가 흔쾌히 수락하고 함께 갔어요."

"잘되었네요. 서로 화해도 하고… 아버지는 이제 건강은 괜찮아요?"

"네. 이제 많이 좋아졌어요."

"수호 씨는 앞으로 어쩔 계획이에요?"

"응, 올해 상반기 뛰고 상무에 지원하려고요. 얼른 군 해결하고 다시 시작해야죠. 선주 씨는 앞으로 무슨 계획 있어요?"

"나요! 당분간 쉬다가 대학원 진학해서 공부를 더 하려고요. 이제 방송 일은 안 하고 싶어요."

서로가 자기의 심정은 물어보지 못하고 자꾸 곁으로 돈다. 서로 사랑하는 마음이 남았어도 표현을 하기가 겁이 났다. 입에서 나 보고 싶지 않았냐 하고 몇 번 말하고 싶어도 입이 열리지 않았다. 뭐라고 해야 하는데 차마 할 자신이 없었다. 앞으로의 우리는 어떡하면 좋겠냐는 물음도 못 했다. 서로의 마음이 두려웠다. 한참을 바라만 보다가 황선주가 말을 했다.

"나 오늘 수호 씨와 함께 있고 싶어요."

강수호는 갑자기 뜬금없는 말을 하는 황선주가 당황스러웠다. 자기도 백 번 같이 있고 싶었다. 하지만 황선주의 아버지가 반대하는 연애는 결국

파탄이 날 것이고 그 상처는 치유되기 어려울 것이다.

강수호는 가슴이 찢어지는 힘듦을 느꼈다. 계속 어른들의 반대를 이겨낼 자신이 없었다. 더구나 학벌에 대한 자신감도 없었다. 앞으로 크게 대성할 자신감도 떨어져 있었다.

강수호는 활달하고 리더십이 있던 야구선수였으나 학교폭력 사건 이후에는 매사가 힘들었다. 자신 있게 행동하는데 자연 주위 사람들의 눈치가 보이고 어려웠다. 자꾸 말이 없어지는 자신에게 한심했다. 그런 자신에게 힘내자고 매번 다짐하지만 한번 어긋난 멘탈은 쉽게 돌아오지 못했다. 자기를 무시하고 백안시하는 황유일을 이길 자신이 없었다. 강수호가 풀기 없이 말했다.

"선주 씨, 우리 한번 잘 생각해 봐요. 선주 씨 아버지가 우릴 반대하고 있는데 과연 우리가 그 가시덤불을 헤쳐나갈 수가 있을까요? 전 아니라고 봐요. 나도 태어나 처음 사랑했고 지금도 그 마음은 안 변하였어요. 그렇다고 끝이 뻔히 보이는데 자꾸 앞으로 달려만 나가면 어쩌자고요. 오늘은 그냥 헤어지고 곰곰 생각해 봐요."

"싫어요. 왜 우리 인생을 부모들이 맘대로 해야 하죠. 전 용납할 수가 없어요. 나는 절대 수호 씨를 버릴 수 없어요. 수호 씨도 날 절대 버리면 안 돼. 만약 그러면 나 어떤 생각 할지도 몰라."

그러면서 황선주가 훌쩍거렸다. 강수호는 남들이 볼까 걱정스러웠다. 황선주 옆으로 앉았다. 그리고 휴지로 눈물을 닦아주었다. 그러자 황선주가 더욱 흐느끼며 강수호에게 밀착하였다. 강수호도 마음이 답답했다. 그러나 별 뾰족한 출구가 보이지 않았다. 안 가려는 황선주를 겨우 달래서 다음에 다시 보자고 하고 집에 들여보냈다. 돌아오는 길이 쓸쓸하고 멀게만 느껴졌다.

사랑은 두 사람에게 불치병을 주었다. 앓으면 앓을수록 증세는 더 심해진다. 식지 않는 커피도 없고 사랑도 차디찬 억센 비바람에 꺼져간다. 사랑은 철도 레일처럼 조금만 치우치면 탈선하게 된다. 인간은 자유롭게 태어났지만 어디서나 사슬에 묶여 있다는 루소의 말이 떠올랐다. 그렇다고 쉽게 황선주를 포기하고 싶지는 않았다. 그렇다고 파도치는 험한 바다를 헤쳐나갈 자신은 없었다. 현실은 냉담했고 강수호는 어느 것을 선택하기는 용기가 없었다.

사랑은 하는 순간부터 괴로운 것이다. 하루하루가 재미있는 일이 없었다. 오재두도 부상으로 선수 생활을 마감하는 지경에 왔고 자기의 연애도 앞이 보이지 않고 군대 문제도 앞에 있어 우울해지는 날이 많아졌다. 그럴수록 잊어버리려 더 훈련에 매진했다.

김산이 오재두가 군에 입대하기 일주일 전에 한번 모이자고 했다. 김산, 이수아, 강수호가 만났다. 고급 한우집으로 잡았다. 맛집으로도 유명했지만 인테리어 장식들이 호화롭게 해서 손님들의 기분을 좋아지게 하는 곳이다. 직원들의 서비스도 유별나게 친절하여 수일 전에 예약을 안 하면 식사를 하기 어렵다. 물론 가격은 비싼 집이다. 김산이 선배의 말을 듣고 일주일 전에 예약했다. 약속한 7시가 되자 다들 모여들었다. 수아가 약간 모던한 복장으로 들어서면서 김산을 보고 호들갑을 떤다. 갈수록 수아의 육감적인 몸매는 시선을 사로잡는다.

"야… 산아. 너 더 좋아졌네! 전에 너 방송 나와서 말 잘하더라. 역시 내가 눈은 높아. 오늘은 네가 쏜다고? 그래, 이제 돈도 제법 받겠다… 뭐 그럴 만하다."

"이게. 보자마자 뭔 소리야? 내가 돈 많이 안 받으면 이 정도도 못 하니?"

"아니 그래도 네가 잘되니 좋다 그 말이지. 흥분하기는 쪼잔하게."

"야, 앉아라. 다들 오랜만이다. 그래, 별다른 일은 없고?"

강수호가 두 사람을 진정시키며 말했다. 그 말을 받아 오재두가 말한다.

"뭐 나나 군대 가니 그러지, 다들 잘 지내겠죠. 근데 산아. 왜 미영이 누나는 안 불렀어?"

"응. 누나 월말이라 눈코 뜰 새도 없이 정신없대."

"그래… 서운하다. 누나는 내가 따로 만나야겠다."

"재두, 네가 왜 누날 따로 만나?"

강수호가 말하자 오재두가 퉁명스럽게 되받았다.

"아니, 내가 누나 만나는데 형이 뭘 상관이야?"

"내 누나야, 내 누나."

"그래서 형 누나를 내가 만나면 큰일 나? 누나가 날 얼마나 챙기는데… 형보다 더 나를 챙겨. 알기나 해 형은?"

"이게. 그래서 어쩐다고?"

"형은 상관 마. 누나나 나나 아이도 아닌데. 솔직히 터놓고 말하면 누나가 나랑 연애하면 어때?"

"하여튼 저게. 그럼 인마, 내가 네 처남이 되잖니!"

"그게 어때서. 형이 내 처남 되면 서로 좋잖아."

"야야, 인제 그만해. 형도 재두가 누나랑 연애하던 사랑을 하던 끼리 마."

"오빠! 재두가 누날 사랑해? 근데 둘이 사랑하면 안 돼?"

"아니, 누나가 세 살이나 더 먹었잖니. 그리고 저놈은 이제 군대 가고."

"요새 나이 더 먹은 게 뭔 대수야. 옛날 사람처럼… 근데 재두야, 너 정말 언니 좋아하니?"

"묻지 마라. 그건 누나와 나의 비밀이니."

"호호호. 조금 이상하다. 부정을 안 하고. 오빠 재두가 진짜 저러면 어떡해?"

"몰라. 자기들 알아서 하겠지. 그만하고 밥이나 먹자. 배고프다."

잠시 후 고기가 들어오고 먹느라고 다들 정신이 없었다. 한참 지나 어느 정도 배가 차자 이수아가 김산에게 물었다.

"산아. 너 내가 그렇게 보자고 했는데 무슨 배짱으로 모른 척했니? 너 죽을래?"

"야, 시합할라. 연습할라. 내가 어디 시간이 있었겠니! 미안은 해. 네가 이해해야지."

"그래도 숨 쉴 틈도 없냐. 너 그러다 죽는다."

"이게 함부로 말을 해. 뭘 죽어."

"야 느그들 여기서 사랑싸움하냐! 시끄럽다. 우린 눈에도 안 보여?"

다들 웃는다. 재미있다. 오랜만에 만나는 모임이라 더 즐거웠다. 강수호가 김산에게 물었다.

"산아. 내년 연봉은 어때?"

"응, 아마 130% 정도 올려준대. 뭐 고맙죠."

"그럼 네가 최고 연봉 대우야?"

"아니, 나는 두 번째고 최고는 14승 올린 승후 형이야."

"네가 이제 나보다 낫구나. 잘되었다. 내년은 4선발이냐?"

"자세히는 모르겠어. 리그 시작해야 알겠지. 나는 욕심은 없어. 코치진의 평가에 따라 시키면 최선을 다하는 것뿐이지."

"부럽다. 난 이제 어떡해. 군대에 가서 잊히면 끝날까? 말이 타자 전향이지 그게 쉽겠냐고… 아이고 내 팔자야. 형! 형은 내년 상무로 갈려고?"

"그래야지. 재두야, 너 너무 실망하지 말고 군대에서 몸 만들고 구단에서 너 안 버리고 기다려 준다니 다시 한번 시작해 봐. 넌 그래도 고교 땐 곧잘 했잖아."

"그거야 그때고 지금이 언젠데. 방망이 놓은 지 4년이 다 되어가. 해 보긴 해야 하는데 모르겠어. 자신이 없어."

"그럼 야구 안 하고 뭐 할 건데? 너 그래가지고 누나 본다고? 미친놈이

네."

"내 참, 안 한다고 해요? 자신이 없다는 말이지."

"재두야. 그래도 한번 해 보자. 넌 준족에 타격감도 좋잖아! 우리 다들 한 번씩 위기가 있었잖아. 운명을 개척하는 것은 다 우리 몫이야. 형도 너무 오래 속상하지 말고 잊어버려. 형 얼굴이 말이 아니야. 언제 우리가 다시 한번 뭉쳐야 하지. 안 그래?"

"그래. 재두야, 오늘은 너 송별식이니 속상한 말은 그만하고 함 즐겨보자."

수아가 옆에서 듣고만 있다가 끼어들어 한마디 했다. 식사가 끝나고 클럽으로 가자는 수아의 말에 이구동성으로 동시에 안 된다고 말했다. 운동 선수라고 클럽에 가지 말라는 법은 없지만, 타인들의 눈에 띄면 괜한 기삿거리가 되고 별로 좋은 것이 없기 때문이다.

이제 강수호와 김산도 야구 팬이라면 다들 알고 있었다. 더구나 김산은 여성 팬들의 적극적인 호응을 받고 있기에 가십거리는 자제해야 했다. 지명도 있는 선수는 이미 공인이 되어버리고 몸가짐에도 신경을 써야 하기에 구단에서도 누누이 강조했다.

식당 근처에 있는 호프집으로 자리를 옮겼다. 약간 흐릿한 조명 아래 군데군데 젊은 남녀가 자리하고 있었다. 구석 한편의 무리 중에 어디서 본듯한 여자를 김산은 쳐다봤다. 나이가 든 남자 3명과 젊은 여자 둘이 있었다. 김산이 쳐다보자 그쪽에서 갑자기 한 여자가 일어나더니 소리쳤다.

"김산 씨! 여긴 어쩐 일이어요?"

박보라였다. 김산은 반가운 마음에 손을 들었다. 자리에서 일어나 김산에게 다가오더니 손을 덥석 잡았다. 그런 박보라를 쌍심지를 켜고 수아가 째려보았다. 그쪽 동료들도 의아한 표정으로 두 사람을 쳐다보았다. 김산은 난처했다. 반가움을 표현하는 것은 괜찮지만, 다수의 모르는 사람들이 있고 더구나 수아의 도끼눈은 무서웠다. 강수호와 재두가 자리를 잡고 앉고 이수아는 박보라에게 고개를 갸웃 인사를 했다.

"어머, 수아 씨도 계시네. 무슨 일이에요?"

"재두 씨가 군대 간다고 해서 모였어요. 선생님은 여긴 어떻게?"

"세미나 끝나고 동료분들과 간단히 맥주 한잔하러 들렀어요."

김산은 그 말을 듣고 아차 했다. 박보라가 접때 보고 싶다고 한번 보자고 한날이 오늘이었고 자기가 약속이 있어서 곤란하다고 했었다. 잠시 미안한 생각이 들었다. 그러나 오랜만에 보니 심장이 두근거렸다. 곤색 정장 차림의 박보라는 지적으로 보였고 김산을 보는 눈은 빛나고 있었다. 한잔 걸친 박보라의 홍조 띤 얼굴은 관능적이었다.

김산은 두 사람 사이에서 허둥댔다. 김산과 수아가 강수호가 잡은 자리로 갔다. 잠시 후 박보라가 동료들 자리에 가서 무어라 속삭이더니 가방을 들고 김산의 자리로 왔다. 김산은 순간 당황했다. 수아도 '왜 그러지?' 하는 표정으로 박보라를 쳐다봤다. 박보라가 약간은 민망한 표정을 지으며 말했다.

"아. 저 여기 앉아도 돼죠?"

"아. 네 앉으세요."

강수호가 대답하면서 김산과 박보라를 순식간에 쳐다봤다. 박보라가 강수호의 말이 떨어지기가 무섭게 김산의 옆으로 앉았다. 그러자 다시 수아가 마음이 불편한 듯 눈꺼풀이 떨렸다. 수아는 박보라가 자꾸 김산의 곁에 있는 게 속이 상했다. 전문의에 상당한 미모를 지닌 박보라가 김산을 대하는 것이 수상스럽게 보였다. 동물의 세계에서 수컷을 지키려는 암컷의 본능적인 태도였다.

김산과의 키스 이후 어느 정도 안도감에 행복했었다. 그러나 그 후 야구

에 전념하므로 자기와의 시간을 가지지 않는 김산에게 화가 많이 나 있다
가 오늘 김산을 만나고 기분이 좋아졌는데, 느닷없는 경쟁자가 들이닥친
것이었다. 그러나 대놓고 싫은 표정을 보일 수는 없었지만 자기도 모르게
찡그렸다. 그런 수아를 보고 강수호와 오재두는 슬며시 웃었다. 오재두가
껄껄 웃으며 말했다.

"누구세요?"

한 옥타브를 올려서 말하는 오재두가 웃기는지 박보라가 환하게 웃었
다. 그러자 박보라가 말하기 전에 김산이 말했다.

"어, 전에 나 심리 상담해 주신 의사 선생님 박보라 씨야. 내가 덕분에
공이 많이 좋아졌어. 은인이지."

그 말에 박보라가 기분이 좋은지 활짝 웃었다.

"호호호, 뭐 은인까지야… 하여튼 만나서 반가워요. 다들 김산 씨 친구
되시나요?"

"여긴 형이고 나는 죽마고우죠. 그리고 여긴 김산을 목메도록 따라다니
는 우리 귀여운 수아. 근데 저쪽은 괜찮아요?"

"네, 저쪽은 간단히 한잔하고 헤어질 때였어요. 근데 수아 씨가 김산 씨
애인이에요?"

모른 척 박보라가 말하자 수아가 얼른 대답했다.

"네. 죽도록 사랑하는 애인이죠. 그지, 김산!"

김산은 처지가 난처해졌다. 그렇다고 자기의 박보라에 대한 감정을 말
하기도 그랬다. 그러나 수아의 일방적인 말에는 대처해야겠다고 생각했다.
박보라에 대한 숨은 감정과 박보라가 자기에 대한 감정의 수위는 이미 수
아의 감정을 넘어버렸다. 힐긋 수아를 보았다. 수아가 김산의 대답을 희망
있게 기다렸다.

"수아야 너무 앞서가지마. 넌 내 오랜 친구지. 무슨 애인이야?"

이수아가 그 말을 듣더니 쌍심지를 켜면서 말했다.

"뭐! 너 나한테 정말 그럴래! 여기 다들 그렇게 알잖아. 너는 왜 그래? 내 마음을 가져가 놓고… 왜 그래, 정말!"

그러자 강수호가 말했다.

"원, 아이들도 아니고 여기 선생님 계신데 그만해. 그리고 산이야, 너 저렇게 애타 하는 수아한테 그러지 마라. 여자 독기 품으면 오뉴월에 서릿발 내린다는 말 모르니. 자 인제 그만하고. 선생님! 우리 산이가 선생님 덕을 많이 봤다고 그러던데, 산이가 어떤 문제가 있었어요?"

"호호호 산이 씨는 여러분들이 더 잘 알잖아요. 내성적에 소극적이고 마음도 약하고… 뭐 우리가 하는 일 대부분이 그런 분들 이야기 들어주는 거죠. 난 듣기만 하고 산이 씨는 속마음 털어놓고. 별거 아녀요. 다행히 천성이 착해서 조금 쉽게 돌아온 거죠. 제가 크게 한 일은 없어요."

"아하, 그러네요. 저도 요새 걱정이 많아 잠이 안 와요. 언제 선생님한테가 봐야겠네요."

"그래요. 산이 씨 친구라면 언제나 대환영이에요."

그러자 옆에서 듣고만 있던 오재두가 물었다.

"선생님, 그러면 저 같은 경우는 어떻게 해야 하나요? 전 이제 팔꿈치가 망가져서 투수를 포기해야 하는데 구단에서는 타자로 전향하도록 기회를 줬는데 자신이 없어요. 그 자신감을 어떻게 해야 가질 수 있나요?"

"호호, 갑자기 술자리가 상담소로 바뀌었네요. 한번 저한테 찾아오세요."

"제가 일주일 후엔 군대 입영해야 해서 시간이 그럽니다."

"그러세요? 그럼 짧게 해 보죠. 자신감은 말 그대로 자기 것이죠. 남이 만들어 주지 않아요. 지금 오 선수는 제일 먼저 해야 할 일이 자기 인정이에요. 그리고 '나는 할 수 있다'는 우선 긍정적인 자기 믿음을 가져야 해요. 사람은 누구나 다 실패도 하고 시련도 있게 되어있어요. 행복과 불행은 자전거 앞뒤 바퀴처럼 연결되어 있어요. 행복을 생각하고 꿈을 이루려는 노력이 있으면 가야 할 목적지가 보이는 것이죠. 피그말리온 효과처럼 된다는 믿음을 가지면 이루어지는 것이 인간이 가지고 있는 유전자예요. 열등하고 불안한 감정을 가지면 안 돼요. 자신을 사랑해야 자기실현이 되는 것이에요. 이게 무지개 효과라는 거죠. 오 선수도 이번 큰 시련이란 강에 허우적대지 말고 그 환경의 변화에 반응해서 강을 건너는 지혜를 스스로 가져야 합니다. 현재의 불완전한 상태를 인정하는 것이 급선무죠. 아무리 옆에서 조언해도 본인이 안 받아들이면 공염불이죠. 병도 다른 사람이 대신해줄 수 없듯이 인생도 다른 사람이 대신해 줄 수가 없는 거죠. 아마 이번 시련은 오재두 씨에게는 기회가 될 수도 있죠. 그 기회는 오롯이 오재두 씨거예요. 말이 길었죠. 그런데 다들 아시는 말이잖아요. 그런데 실행이 힘들죠. 생각만 해서는 아무것도 이루어지지 않아요. 새로 시작할 때는 남들과 비교하지 말고 자기 것만 천천히 만들어 가고, 한 번에 이루어지리라 믿지 마세요. 조금씩 조금씩 만드세요."

오재두는 박보라의 말에 크게 공감을 가졌다. 그랬다. 사실 어깨 부상으로 재활을 할 때만 해도 자신이 있었다. 그러나 최종 의사의 판단과 구단의 판정은 투수로서의 퇴출이었다. 프로의 세계는 쓸모없는 선수에게 투자를 안 한다. 그런 것으로 구단에 서운한 감정을 가질 필요가 없다. 어차피 약육강식 프로의 세계는 값어치 없는 곳에 투자할 이유가 없는 것이다.

선수들은 그런 구단의 행태에 대해 잔인하다고 한다. 그러나 인간적인 관계만 따져서 야박하다고 할 수가 없다. 쓸모없는 팔리지 않는 물건을 창고에 저장 관리하면서 돈을 낭비하는 어리석은 주인은 없다. 그게 바로 프로가 존재하는 이유다. 이겨내야 필요한 곳에서 다시 콜업하는 것이다. 그것은 수요와 공급의 원칙의 경제 이론처럼 이론이 없다. 야구선수가 1군에 못 서고, 아니 애초 프로의 세계에 발도 못 붙여 보고 끝난 유망주가 수두룩하다.

구단은 반드시 선수의 실력만을 보고 선발하지 않는다. 인성과 품성 등을 종합해서 뽑는다. 아무리 실력이 있다 하더라도 선수들의 화합을 해치는 선수는 불필요한 것이다. 좋은 제품이어야 고객의 선택을 받는 것이다. 다들 박보라의 말에 수긍했다. 그리고 하얀 거품이 흐르는 맥주를 들이켰다. 밤은 깊어가고 술자리는 오랫동안 지속하였다. 김산은 고민했다. 박보라가 자기와 같이 있고 싶다는 눈짓을 했고 수아는 어느 정도 눈치챈 것 같았다.

23

백업선수

    기 감독의 강력한 요구로 FA(Free Agent)로 B등급인 포수 김태수를 구단에서 영입했다. 강수호의 강력한 경쟁자이자 동료다. 강수호의 입대를 눈앞에 두고 고질적인 포수 기근에 시달리는 팀으로서는 손 놓고 바라볼 수는 없었다. 강수호는 현재 상황을 잘 알지만 군 제대 후 다시 주전으로 다시 설 수 있을까 하는 걱정이 들었다. 그러나 구단의 소극적인 대처로 B등급의 포수가 온 것에 대해 다행으로 생각했다. 레전드 급 포수가 영입되면 자기의 설 자리가 없어지고 시합에 출전하기가 어려워진다.

    우선 길게 고민할 필요는 없었다. 어차피 전반기만 뛰고 군에 가야 하니 나중 일을 미리 걱정할 필요가 없다고 생각을 먹었다. 전반기 리그는 강수호와 김태수가 교대로 시합에 나갔다. 강수호의 타격이 앞서고 김태수의 수비가 빛났다. 그런대로 전반기 3위로 시합이 끝나고 강수호는 상무의 선택을 받았다.

    약간의 여유 시간이 있을 때 황선주에게 연락이 왔다. 꼭 한번 만나야겠다는 전화였다. 강수호도 어차피 입대를 앞에 둔 처지로 황선주와의 관계를 정리하고 싶었다. 이미 지구 환경은 무더운 여름을 만들고 있었다. 반소매에 엷은 베이지색 바지의 황선주는 신선해 보였다. 황선주는 강수호를 보자 환하게 웃었다. 강수호도 반가운 마음이 앞섰지만, 결별의 심정으로 나온 자리이기에 쉽게 웃음이 나오지 않았다. 황선주가 그런 강수호의 마음을 읽기나 한 듯 머뭇거렸다. 자리에 앉자 황선주가 강수호의 손을 살며시 잡았다. 그리고 다시 강수호를 쳐다보며 웃었다. 그러나 그 웃음 뒤에는 묘한 슬픔이 자리하고 있었다.

"수호 씨 언제 군대 가?"

"응, 한 열흘 후에 입대해. 선주 씨 얼굴이 안 좋네."

황선주의 얼굴은 예전 싱싱하던 모습이 아니었다.

"뭐. 좋을 리 있겠어요! 그나저나 군대 가면 몇 개월 근무해요?"

"어, 18개월. 길다면 길고 짧다고 생각하면 짧지 뭐…."

"그래도 운동선수한테 그 기간은 너무 길다. 그래도 할 수 없죠."

"얼른 다녀와야지. 근데 뭔 일이야?"

"응, 전에 나 공부 더 한다고 했잖아… 그냥저냥 해서 수호 씨 보고도 싶고…."

"그래. 어디 대학에서 할 거야?"

"응. 나 미국으로 가기로 했어. 차라리 여기보다는 아무도 없는 곳에서 다 잊고 공부에만 전념하려고. 한 3년 잡았어."

강수호는 깜짝 놀랐다. 국내 대학에서 공부하는 줄 알다가 미국으로 간다니 갑자기 가슴이 먹먹했다. 황선주와 미련을 버리려 마음을 먹고 있었지만, 막상 외국으로 간다니 씁쓸했다. 강수호의 깜짝 놀란 얼굴을 보더니 황선주가 피식 웃는다.

"왜 놀라? 내가 멀리 가서 그래? 서운해?"

"아니… 그래, 공부하려면 선진국서 해야지. 잘했어. 언제 가?"

"응, 한 달 후 출국이야. 수호 씨 못 보면 못 살 것 같아 미국엔 안 가려고 했는데, 이왕 공부하려면 미국에서 하라고 엄마가 간곡히 말해서 결정했어. 수호 씨, 나 공부하고 올 때까지 맘 변하면 안 돼! 알았지! 아니 수호 씨가 가지 말라고 하면 지금이라도 바꿀게."

"아니. 마음먹었으면 그대로 해. 그리고 난 다신 연애 안 할 거야. 선주 씨와 만나든 아니든… 공부 한번 잘해 봐. 나도 선주 씨 생각 안 하고 야구만 전념하려고 해."

"그게 무슨 말이야! 내 생각을 안 한다니?"

"내가 선주 씨를 어떻게 잊겠어. 근데 우리는 앞이 안 보이잖아! 우선 시간을 보내보자. 그리고 또 어떤 변화가 있을 수 있으니 두고 보자고."

"앞이 왜 안 보여. 내가 수호 씨를 절대 못 버리는데. 아빠도 내가 공부하고 오면 마음이 바뀔 거야. 수호 씨, 너무 나약하게 굴지 마. 뭐야, 덩치는 소만 한 사람이 속은 밴댕이처럼 작아서…. 그런 좁쌀 같은 속으로 거친 운동을 해."

"그러게. 나 밴댕이야. 솔직히 나 자신 없어. 그래서 나 그만하자고 마음먹고 나왔어."

"그게 말이야 뭐야? 수호 씨가 나 없이 살 수 있어? 정말?"

"그만해. 나도 속상해. 선주 씨에게 미안도 하고."

"뭐가 미안한데?"

"내가 잘났으면 아빠가 우릴 반대했겠어! 내가 못나서 선주 씨가 힘들고 그러지."

"수호 씨가 뭐가 못나? 수호 씨보다 잘난 사람이 어디 있어. 수호 씨 그러지 마, 나 공부하러 멀리 가는 마음 이해하고 기다려 줘."

자꾸 반복되는 되풀이만 했다. 자꾸 칭얼대는 황선주를 강수호가 달랬다.

"알았어. 내가 기다릴게. 공부나 잘하고 와."

"진짜지? 약속해."

"그래, 알았어. 이제 그만해."

"그럼 우리 오늘은 같이 있어."

강수호가 고개를 끄덕였다. 그러자 황선주가 활짝 웃더니 수호의 목을 꺼안았다. 황선주는 한없이 칭얼대며 강수호에게 안겼다. 가슴 시린 두 사람의 이별의 아픔을 뒤로 둔 채 황홀한 마지막 밤은 지나갔다. 그리고 두 사람은 오랫동안 만날 수가 없었다. 몸이 멀어지면 자연스럽게 마음이 멀어진다. 사랑의 감정도 희석되고 만다. 강수호에겐 프로에서 살아남기 위한 절체절명의 이 순간을 마냥 허비해서는 안 되었다. 독하게 이를 갈았다. 아무것도 생각하지 않았다.

군 제대 후 다시 1군에 서려면, 프로에서 살아남기 위해서는 오로지 야구뿐이었다. 박 감독도 그런 강수호를 보면서 혀를 내둘렀다. 마치 야구에 한이 맺힌 듯 시간만 나면 훈련이었다. 그 결과 퓨처스리그에서 지옥의 사자란 별명을 듣게 되었다. 박 감독은 그런 강수호에게 너무 몸을 혹사하지 말라고 당부까지 할 정도였다.

강수호의 활약으로 상무는 일방적인 독주 체제로 남부리그 우승을 했다. 물론 상무는 우승 전담팀이었지만 강수호가 입대한 이후 78승 21패라는 엄청난 승부 차로 1위를 기록했다. 승률이 0.788로 역대급이었다. 특히 포수 출신인 타격 코치는 강수호의 치열한 노력에 감격한 나머지 개인 지도를 자청했다. 강수호의 잡아당겨서 힘으로만 쳤던 투박한 타격 자세를 바꾸고 밀어치기 위한 타격을 집중 연마시켰다. 공을 맞히는 순간 힘을 주는 임팩트를 살리는 유연함도 만들었다. 천천히 급하게 서둘지 않고 스케줄에 맞혀서 변화시켜 나갔다. 강수호는 놀랍게 변모하기 시작했다.

그러나 퓨처스 승부는 그들만의 리그였다. 언론도 팬들도 별로 관심을 주지 않았다. 다만 구단에서는 그런 강수호를 지켜보고 있었다. 그다음 해 리그에선 강수호가 최우수 선수상를 받았다. 그리고 오랜 시간이라 생각했던 군대는 어느새 앞에 있었다. 그리고 하반기 리그가 시작되자 기 감독이 1군으로 바로 콜했다.

김태수가 타격에서 주춤거리고 있었다. 그리고 팀은 3, 4위를 오르락내리락하고 있었다. 조 감독의 관리하에 있을 때 팀보다 더 약체로 평가받고 있었다. 코치진의 전면 개편에 기 감독의 이기기 위한 야구는 선수들의 사기에도 지장이 있었고 팬들의 응원도 떨어졌다. 기 감독의 지론은 재미있는 야구보다는 오로지 승리가 우선이었다. 패배는 프로의 의무를 저버리는 핑계고 가치가 없다는 지론이었다. 스포츠에서 2등은 아무 의미가 없고 오직 1등만이 프로의 최선이라 생각했다. 다만 이기는 방법은 정정당당하게 하되 모든 수단을 아끼지 말아야 한다는 철저한 프로페셔널이었다. 그래서 선수가 나태하면 즉각 반응했다. 프로는 성적을 얻고 승리하고 돈과 명예를 얻는 것이라고 선수들을 닦달했다. 팀을 위해서는 누구나 희생을 해야 하고 이기는 경기를 위해 프로답게 해야 한다고 강조했다. 한번 패배 의식에 사로잡히면 헤어 나오기가 힘들다는 무덤론까지 들먹였다.

맞는 말이지만 아무리 프로라 해도 선수는 사람이고 감정의 동물이다. 야구를 전쟁처럼 할 수는 없다. 물론 승리가 지상과제이기는 하나 재미가 없는 경기는 팬들을 식상하게 한다. 그래서 깜짝 영웅을 환호하고 생각지도 않았던 팀의 분전에 박수를 보낸다. 메마르고 오직 승부만을 위해 팬들의 의식을 팽개치는 우승팀을 바라지는 않는다. 팬들은 공정하고 재미있고 반전이 있는 야구를 원한다. 그래서 어느 구단의 공격적인 물량 공세로 선수를 일방적으로 영입하는 것도 바람직하게 보지 않는다. 기울어진 운동장에서 시합하는 것은 재미를 반감하기 때문이다. 어느 한 팀의 일방적인 독주는 싫증이 나기 때문이다.

강수호는 바로 주전으로 시합에 섰다. 이제부터 김태수와 동료이면서 밀어내야 하는 경쟁상대가 되었다. 퓨처스에서 아무리 날고 기던 강수호도 1군에 와서는 처음엔 주춤거렸다. 다섯 게임이 지나도 강수호의 타격은 살아나지 못했다. 강수호에 대한 기대감으로 가득 차 있던 기 감독은 노골적으로 인상을 찌푸렸다. 그런 감독에게 반응을 안 하려 했지만, 신경이 많이 쓰였다.

그리고 결과는 더욱 안 좋아졌다. 결국, 김태수와 교대로 포수 마스크를 썼다. 그러다가 대타로 나선 중요 승부처에서 강수호 특유의 홈런이 양산되기 시작했다. 이제야 1군 투수들의 공이 보이기 시작했다. 다시 주전 자리를 꿰차기 시작했다. 그리고 앞서가는 강수호를 김태수는 바라만 보는 신세가 되었다. 레귤러 멤버가 신인 강수호에게 자리를 넘겨주고 백업 포수로 전락해 버린 것이다.

주전 포수와 백업 포수의 연봉은 많은 차이가 난다. 프로이기 때문이다. 성과가 없는 회사원에게 사장단은 절대 성과급과 연봉을 올려주지 않는다. 프런트에서는 회사를 살리는 사원이 중요하고 필요하다. 이는 현실이고 치열하게 노력해야 하는 이유이다. 김태수는 조바심이 났고 더욱 주전 자리에서 멀어졌다. 팀에서는 이미 강수호를 선택했고 선수들도 내심 강수호를 밀었다. 다시 팀은 살아나기 시작했고 어느덧 1위와 우승을 다투는 승차가 되었다. 그제야 기 감독은 흐뭇한 미소를 보이고 강수호를 편애하기 시작했다.

주로 포기하다시피 한 경기는 김태수를 기용하고 이길 가능성이 있는 게임은 강수호를 주전으로 앉혔다. 그게 강수호에겐 또 다른 부담이 되었다. 지나친 편애는 선수단의 화합을 깨는 암초이다. 김태수에게도 미안했다. 하지만 프로의 세계는 경쟁의 허들을 넘어야 한다.

결국, 기 감독의 기대 밖으로 시리즈 우승은 못 하고 플레이오프로 한국시리즈를 치르게 되었다. 그리고 7전 4선승제 한국시리즈에서 강수호와 김산의 대결이 또다시 펼쳐졌다.

그 당시의 팀이 바뀌어 치르게 되는 아이러니가 펼쳐졌다. 언론은 대서특필하고 팬들은 두 사람의 재 승부에 열광했다. 프로는 재미있어야 하고 서스펜스가 있어야 관중이 몰리고 즐거워한다. 그래서 평소 시합에도 대표하는 투수의 맞대결이 되면 흥분하고 흥미진진해한다.

강수호와 김산의 관계를 양자의 팬들은 기대하고 초조해한다. 그리고 자기가 응원하는 선수의 일거수일투족에 환호한다. 게임의 시작부터 끝날 때까지 조마조마하면서 숨이 막히도록 긴장한다. 그래서 관중은 야구장을 더 많이 찾고 흥행은 이루어진다. 프로의 세계는 이런 장면을 많이 만들어야 한다. 그래서 팬들이 야구를 잊어먹지 않게 만들어야 한다. 김산은 몇 년 전 백업 선수에서 팀의 수호신이 되었고 강수호는 학폭에 연루되어 모든 것이 압류당한 체 상무에 입대하여 다시 재기에 성공한 선수였다. 이는 팬들에게 충분한 얘깃거리였다. 더구나 그들은 소문난 절친이었다. 이런 소재는 어디에도 없는 드라마틱한 한 편의 영화였다.

더구나 삼 년 만에 리턴 매치하는 양 팀의 한국시리즈는 관중을 끌어들이기에 안성맞춤이었다. 가을 하늘은 맑고 날씨는 쾌청했다. 유례없이 언론은 관심을 갖고 두 사람을 조명했다. 한국의 초특급 좌완 투수로 변신한 김산과 재기에 성공한 강수호를 만화 주인공처럼 각색했다. 형과 아우의 대결은 사실 여러 매체의 흥미를 끌었다. 또한, 공중파의 정규 뉴스 시간에도 거론되었다.

두 팀은 그런 호재에 힘입어 계속 게임도 그렇게 진행되었다. 1차전은 강수호 팀이 강수호의 역전 2점 홈런으로 가져갔고 2차전은 김산의 빼어난 구속과 제구로 7회전 0점대로 활약하면서 가져갔다. 3차전은 강수호 팀의 외국인 투수 산패로의 역투로 3:2 한 점 차 승리했고 4차전은 김산 팀의 4번 타자의 만루 홈런으로 어렵게 이겼다. 6차전까지 주고받는 경기가 되면서 결국 마지막 7차전을 남겨두게 되었다.

최 감독은 김산을 내세웠다. 4선발이지만 최 감독은 김산을 믿었다. 2차전 승리도 김산의 빼어난 실력으로 잡았는데 굳이 다른 투수를 올리기 싫었다. 야구장은 만석이었고 야구장 밖에는 못 들어온 팬들로 길이 막힐 정도였다. 모처럼 인산인해를 이룬 팬들의 성화에 야구장을 더 늘려야 한다는 유머도 생겼다. 야구 팬들은 긴장되는 이런 경기를 원한다. 김산이 마운드에 서자 관중이 환호했다. 김산도 이렇게 많은 관중이 자기를 연호하자

즐겁고 긴장이 되었다. 포수가 시작 전 김산에게 다가왔다.

"산아. 너 옛날 생각 안 나니? 이번에는 네가 복수할 차례야. 잊지 마. 그리고 넌 그때 산이가 아냐. 자신 있게 뿌려. 내가 다 받쳐 줄게."
"네, 걱정 마세요. 형, 나도 이젠 안 떨어요."
"그지. 그래 이번 한번 잘해 보자."

두 사람이 주 받는 대화를 조금 길게 하자 2루심이 다가와서 이제 그만하라고 말했다. 포수가 들어가면서 큰소리로 파이팅을 외쳤다. 관중도 그에 호응해서 더 큰소리로 화답했다. 야구장이 축제의 분위기였다. 김산의 등 번호와 이름이 적힌 유니폼을 입고 연호하는 여자들이 많았다. 김산은 이제 어엿한 팬들의 믿음의 선수가 된 것이었다.

로진백의 송진 가루를 묻히면서 김산은 감회가 새로웠다. 불과 몇 년 전만 해도 마운드에 서기가 두려웠다. 프로의 세계에서 어쩔 수 없는 일자리였다. 즐겁고 재미가 있던 게 아니고 할 수 없이 마운드에 섰었다. 그러나 이제는 이런 중요한 경기에서 책임지고 공을 던질 수 있다는 것이 즐거웠다. 인생은 최선을 다하는 것보다 즐기는 것이 만족감을 더 주고 성공의 지름길이다. 김산은 최근의 경기에서 최선을 다했지만, 그것보다는 경기를 즐기려 노력했다. 승도 많았지만 패도 있었다. 그러나 승패에 너무 연연하지 않았다. 안타가 맞으면 '어쭈, 잘 치네' 하고 그러려니 했다. 김산 스스로 아무리 잘 던진다 해도 실투는 있을 수밖에 없고 그걸 노리고 때리는 타자는 얼마나 많은 노력을 했겠냐는 자기 위안을 했다.

그렇게 하므로 얼른 잊어먹고 다음 공에 집중할 수가 있었다. 쉽게 생각하니 쉽게 경기에 임하게 되었다. 어느덧 자기 감정을 조절할 줄 아는 대투수가 되었다.

김산보다 더 강한 강속구를 던지고 변화구를 자유자재로 던지는 투수가 많다. 하지만 멘탈이 붕괴하면 갑자기 무너지는 것이 투수다. 그 감정 조절을 할 수 있는 투수만이 강한 투수로 남을 수가 있다. 그리고 구력이 쌓이면 경기를 조율하는 선수가 되고 투수로서 성공한다. 타자와 투수는 상대적으로 머리싸움을 할 수밖에 없는 상대자다. 복심술을 할 수 있다면 모르지만, 상대가 무얼 노리는지 수 싸움을 해야 한다. 그 수 싸움이란 게 자주 등판하는 투수와 타자의 회수에 따라 성숙한다.

김산도 아직은 연차가 많은 투수는 아니다. 아직은 자신감에 의한 패기로 던지지만 수 싸움은 능숙한 것이 아니다. 그래서 노련한 포수가 필요한 것이고 김산 팀의 포수는 투수 리드에 일가견이 있었다. 팀의 게임 지배에 절대적이었다. 김산도 그를 믿었다. 그래서 두 사람의 배터리는 환상적이고 대부분 승리를 했다. 김산이 일 구를 던졌다. 한복판에 꽂히는 패스트볼이었다. 154km의 숫자가 전광판에 찍혔다. 포수의 의도는 다분히 상대 타자들의 기를 누르려는 뜻이 있었다.

상대 타자뿐 아니라 상대 더그아웃에서도 신음이 나왔다. 1회 삼자 범퇴로 끝내고 더그아웃으로 들어가는 김산을 관중들이 연호했다. 송 캐스터는 자기가 마치 김산의 팬인 것처럼 열광했다.

"와… 이 위원님. 묵직한 빠른 공으로 기를 죽이네요. 어떻게 보세요?"

"김산 선수가 정말 많이 변모했어요. 전에 방송에서도 물어봤지만 저런 선수가 있을까 하네요. 몇 년 아닌 기간에 저런 공을 장착한다는 것이 경이롭네요. 웬만한 타자가 치기 어렵겠어요. 참 대단하네요."

"아니. 몇 년 차 안 된 선수가 저렇게 편하게 마운드에 선다는 것도 희한한데, 저런 강속구에 변화구까지 자유자재로 던진다는 것이 얼마나 많은 연습을 했을까요? 이제 우리나라 대표하는 좌완 투수가 됐어요. 국가대표 감이네요."

최 감독도 흐뭇한 미소를 지웠다. 동료 선수들이 기립 환호했다.

그러나 게임은 박진감 있게 진행되었다. 강수호의 팀에도 특급 외국인 투수가 잘 던져주고 있었다. 5회가 지나도록 두 팀 다 점수를 내지 못했다. 5번 타자인 강수호도 김산에게 두 번이나 삼진과 뜬공으로 당했다. 예전 김산의 공이 아니었다. 그러나 강수호는 분하기보다는 김산의 비약적인 발전에 기뻤다.

빠른 진행이었다. 두 팀 다 막강한 투수 대결이었다. 100만 달러를 주고 데려온 외국인 투수와 한 치도 밀리지 않는 김산의 호투에 관중은 열광하고 6회 무실점 호투를 하던 외국인 투수 터너가 안타를 맞기 시작했다. 그러나 노련한 피칭으로 점수는 주지 않았다. 김산이 6회 초 안타 한 개를 맞자 투수 코치가 마운드로 올라왔다. 포수도 같이 왔다. 코치가 김산에게 물었다.

"산아 어때? 아직 힘 있지?"

"네 걱정 마세요. 제가 7회까지 버텨 볼게요."

"그래, 이제 공 68개인데… 그래, 천천히 승부해. 너무 속전속결로 승부하지 마. 이제 네 공이 타자 눈에 보일 거야."

"네, 잘 알겠어요."

포수가 들어가면서 슬그머니 김산의 어깨를 두드리면서 말했다.

"산아. 괜찮아, 이제 안타 하나야. 그냥 네 공 마음대로 던져."

두 타자 연속으로 볼을 유도해서 잡았다. 그리고 강수호였다. 갑자기 옛날 한국시리즈에서 만났던 기억이 떠올랐다. 김산은 약간 긴장되었다. 강수호도 그때보다 훨씬 정교한 타격감이 있었다. 전처럼 힘으로만 치는 투박한 면은 없어지고 부챗살처럼 여러 방면으로 안타를 생산해 내는 추세였다. 그러나 자기도 예전의 김산이 아니었다. 일루를 보았다. 도루를 시도하려고 잔뜩 힘을 주고 있었다.

그러나 좌완 투수의 시선은 1루를 향하고 있어 쉽지 않아 망설인듯했다. 1루로 견제구를 던졌다. 다시 1루로 돌아갔다. 김산은 가볍게 송진 가루를 묻혔다. 강수호를 바라보았다. 확연히 타격 자세도 유연해지고 자기를 노려보는 눈매는 강했다.

고교 때 자기의 패스트볼을 간혹 때려내던 수호였다. 그러나 지금의 김산의 패스트볼은 구질 자체가 다르다. 김산은 잠시 망설였다. 예전에 빗맞은 안타가 빠른 볼이었다. 초구는 포수의 리드대로 타자 무릎 낮게 깔리는 변화구를 던졌다. 볼이었다. 강수호는 움찔하다가 방망이를 거둬들였다. 김산은 다시 포수를 쳐다보았다. 자기 생각과 같은 투심이었다. 깎이는 예리함이 살아있는 스트라이크에 강수호가 방망이를 헛 휘둘렀다. 일 구, 일 구가 긴장되고 관중은 연호했다. 삼 구는 빠른 패스트볼을 한가운데로 넣었다.

순간 강수호는 짧게 잡은 방망이를 공에 맞혀만 줬다. 유격수 스치는 안타였고 순간 1, 3루가 되었다. 김산은 '허어, 잘 치네' 하고 웃고 말았다. 다음 타자는 패스트볼로 윽박지르고 삼진 처리했다. 들어오는 김산을 1루에 있던 강수호가 보면서 활짝 웃었다. 그다음 7회까지 점수를 안 내주고 김산은 교체되었다. 그리고 상대 투수도 교체되었다. 박빙의 승부는 결국 마무리 싸움에서 강수호의 팀이 강력했다. 9회까지 무실점으로 막고 9회 말 강수호의 홈런 한 방으로 경기는 끝났다. 그리고 홈런 한 방으로 경기를 끝낸 강수호가 한국시리즈 MVP가 되었다.

24

몸부림

　강미영은 오재두의 말에 잠시 고민했다. 입대할 때 자기와 같이 가 달라
는 말이었다. 접때 오재두의 프로포즈에 농담스럽게 승낙을 했었지만, 동
생처럼 대한 세월이 가로막고 있었다. 쉽게 남자로 들어오지 않았다. 더구
나 시설주임의 자기에 관한 관심도 모른 척하기에는 아직 젊은 여자였다.
그러나 한참을 생각하다가 오재두의 동행을 약속했다. 오재두가 뛸 듯이
좋아했다.
　입대 하루 전 버스터미널에서 만났다. 강미영은 한껏 멋을 부리고 나갔
다. 그러나 오재두는 간단한 점퍼 차림이었다. 강미영은 그런 오재두가 서
운했지만 이해하기로 했다. 어차피 다 벗어던지고 갈 군대였다. 논산훈련
소까지 2시간여 시간이 걸렸다. 오재두는 버스에 타자마자 강미영의 손을
꽉 잡고 논산에 도착할 때까지 놓아주지 않았다. 강미영도 그런 오재두가
싫지는 않았다. 오후 네 시가 되어 내린 논산은 퇴락한 소도시였다. 시간이
있어 화지 중앙시장에 들러 떡볶이를 먹고 여기저기 둘러봤다.
　전통시장의 맛은 서울의 시장과는 달리 향토색이 묻어 있었다. 저녁 식
사를 하고 밤거리를 서로 팔을 끼고 돌아다니다 여관에 들어갔다. 주인은
그런 동행에 너무나 익숙한 듯 빙긋이 웃었다. 샤워를 하고 서로 바라보았
다. 청초한 강미영의 볼이 발그레해졌다. 오재두가 강미영를 쳐다보며 손
을 쥐었다. 그리고 가만히 그녀를 안았다. 오늘 밤이 지나면 당분간은 못

볼 사이였다. 그들의 밤은 그렇게 숨을 죽였다.

다음날 훈련소로 갔다. 그곳에는 자식을 배웅하러 나온 부모, 친구, 애인들까지 인산인해를 이루고 있었다. 널찍한 운동장에 빡빡 깎은 머리를 한 입대병들이 웅성거리며 모여서 지휘 장교의 지시를 기다리고 있었다. 보충대 지휘 장교가 훈화를 했다.

"여기 계신 부모님들, 또 친구, 애인들! 여기까지 오시느라 고생이 많으셨습니다. 여기 오늘 입대하는 장병들은 여러분들이 걱정이 없도록 저희가 잘 관리할 것입니다. 제대할 때는 늠름하게 변해있을 것입니다. 그럼 우리 샛별 신병들의 인사를 받으시고 편하게 귀가하시기 바랍니다. 자! 장병 일동 차렷! 구호는 필승이다. 오신 모든 분에게 경례!"

벌써 군인이라도 되는 듯 우렁차게 인사를 한다. 그리고 바로 뒤돌아서서 막사로 가기 시작했다. 오재두가 쳐다보더니 가라는 손짓을 하면서 슬그머니 눈가를 가렸다. 강미영은 오재두를 쳐다보다가 등을 돌리고 훌쩍거렸다.

어느새 오재두는 사라지고 강미영은 그 자리에서 계속 흐느꼈다. 배웅왔던 사람들이 다들 눈물 바람을 내고 귀가하기 시작했다. 강미영도 돌아섰다.

이별이란 사람의 마음을 씁쓸하게 한다. 서울로 오는 시간이 길게만 느껴졌다.

오재두는 신병교육대에서 훈련을 마치고 경기도 동두천 부근의 군부대로 전입되었다. 26사단 예하 부대로 교육전담 대대였다. 일 년 내내 훈련이 일상인 부대였다. 팔꿈치 재활 후 몸 상태가 많이 좋아지지 않아 훈련에 고생이 많았다. 평소 운동만 하던 체력이었지만 한번 대대훈련을 나가면 일주일 동안 잠도 제대로 못 자고 행군은 보통 200~300km를 하고 마지막 공격은 700m나 되는 산봉우리를 뛰어가는 고된 훈련이었다.

그러나 체력은 더 튼튼해지고 정신력은 더 강해졌다. 9개월이 되자 고참이 되고 시간이 여유가 생기자 별도로 체력강화에 집중했다. 부대 뒤편에 타이어를 걸어놓고 타격 연습을 했다. 부대 장교들이나 부사관들이 오재두의 신상을 알기에 지원해 주었다. 강미영은 그동안 세 달에 한 번꼴로 면회를 와서 같이 시간을 보내고 갔다. 하루가 여삼추 같던 시간도 금방 지나갔다. 제대 날에는 강미영이 알고 찾아왔다.

강미영은 군 생활로 검게 그을린 오재두가 늠름하게 보였다. 예전의 짓궂기만 했던 오재두는 없었다. 기대고 싶을 정도로 남자가 되었다. 두 사람의 사랑은 깊어지고 하루를 못 보면 몸살이 날 정도였다. 오재두는 2군으로 들어가고 타자로 보직을 받았다. 그리고 매일 훈련에 전념하고 그들의 만남도 어려워졌다. 강미영은 서운했지만 오재두의 재기를 위해 감내해야 했다.

오재두는 타격 코치에게 집중적으로 조련을 받았다. 그러나 생각대로 타격이 이루어지지 않았다. 그럴수록 조바심이 났다. 그럴 때마다 박보라가 말했던 변화에 적응하기 위한 마음가짐을 다졌다. 시간이 지날수록 점점 타격 메커니즘이 달라지기 시작했다.

퓨처스리그에 타자로 섰다. 7번 타자로 수비 위치는 3루를 보았다. 투수를 하다가 타자로 변신한다는 것이 쉽지는 않았다. 그러나 워낙 야구에 대한 기능이 탁월하고 준족에 영리한 게임을 하는 오재두는 오래지 않아 적응하기 시작했고, 전반기 리그가 끝나고 후반기에 들어설 때는 5번 타자의 자리를 차지했다. 감독은 그런 오재두를 기대하는 마음으로 특별 관리해 주었다. 오재두로선 한 번도 생각해 보지 못한 변신이었다. 투수로 선수 생활하다가 타자로 전향한다는 것은 완전 다른 인생이 펼쳐지는 것이다.

이승엽도 좌완 투수 유망주였으나 팔꿈치 부상으로 애를 먹다가 당시 타격 코치이던 박승호로부터 타자 전향을 권유받고 완전 적응을 한 뒤 아시아 최고의 타자로 거듭났다. 추신수, 이대호 등 거포로 성장한 배경에는 투수로서의 타자를 대하는 심리를 잘 알고 있고 투수의 성향을 잘 판단하면 안타를 내는 데 더 유리할 것이다.

오재두도 그런 사례를 잘 알기에 더 치열하게 훈련에 매진했다. 오재두에겐 강미영이라는 책임져야 할 사람이 생겼기 때문에 포기할 수가 없었다. 프로의 세계는 냉혹하고 양보해 주지 않는다. 경쟁상대보다 더 노력하고 때를 기다려야 한다.

후반기는 완전히 타자로 적응한 오재두가 펄펄 날았다. 고교 때 유망주들은 대부분 투타 겸업을 하다가 프로로 입단 시 결정한다. 대부분 야구에 재능이 있는 선수는 투수나 타자로서 다 잘한다. 오재두도 고교 때는 뛰어난 투타 겸업 선수였다. 프로 입단 시는 구단의 형편대로 투수를 선택하여 4시즌을 뛰었지만 그리 뛰어난 성적은 올리지 못했다. 물론 변화구의 제구에 대하여는 누구와 비교할 수 없을 정도였지만 워낙 구속이 느려서 파괴력은 없는 선수였다. 타자 변신 후 비록 퓨처스리그지만 얼마 안 되어 타자로서 확실한 눈도장을 찍었다. 1군에서 부상이나 갑자기 슬럼프에 빠져 2군에 내려간 선수를 대신해서 전천후 멀티플레이어 선수로 오재두를 부르기 시작했다.

그때마다 오재두는 최선을 다하여 빈자리를 메꾸고 감독의 신임을 받기 시작했다. 그러나 시즌이 끝나면 다시 2군으로 내려앉았다. 여러 가지 보직을 받는 선수는 강력한 눈길을 주지 못한다. 그래서 멀티플레이를 하는 선수는 오히려 트레이드 선순위 선수가 되어 대부분 각 팀의 구멍 메꾸기용으로 쓰인다. 아니면 아주 막강한 선수의 맞트레이드에 끼워 팔기 양념으로 쓰인다.

오재두는 그런 프로의 사정을 알기에 더욱 훈련에 매진했다. 손바닥은 벗겨지고 땀방울로 온몸을 적실 때까지 노력했다. 말 그대로 처절한 몸부림이었다. 그리고 그다음 해 퓨처스에서 타율 3위와 도루왕을 거머쥐었다. 다들 놀라워했다. 불과 1년 반 정도 타자로 전향해서 그런 성적을 낸다는 것은 오재두의 타고난 야구 감각이었다. 오재두는 성격도 좋아 분위기를 띄우는 사람으로 싫어하는 선수가 없을 정도였다. 오 감독은 1군으로 오재두를 불렀다. 그리고 오재두는 감독의 부름에 화답하듯 맹타를 두드렸다. 어느새 1군의 자리에서 부동의 3루수로 자리매김하였다. 강미영은 그런 오재두가 사랑스러워 어쩔 줄 몰라 했다.

김산과 강수호도 그런 오재두의 재기에 감탄했다. 늘 까불거리고 놀기 좋아하던 오재두가 그런 피나는 노력 끝에 1군으로 픽업되자 박수를 보냈다. 강수호도 대충 미영 누나와 연애하고 있다는 눈치를 채고 있었고 누나의 미래에 대해 불안했었다. 그런데 다시 제자리로 올라서는 오재두가 고마웠다. 그러나 서로 좋아하는 사이지만 또 승부의 세계에서는 적이 되기도 한다. 그들은 친구 사이지만 야구장에 서면 매번 적으로 만났다. 그리고 서로 이기려 최대로 노력했다. 다시 한 팀에 모이지 않는 한 고교 때의 막강 삼총사는 할 수가 없다. 셋이 한 가족이 되기는 현 야구판의 구도상 어려운 것이다. 단, 셋이 국가대표가 되어 태극 마크를 달면 가능한 일이었다.

그런 가능성은 모락모락 피어나고 있었다. 근래 한국야구의 국제적 위상이 처참하게 쓰러졌고 구 총재는 공식 사과를 하였다. 그리고 다시 위상을 끌어내기 위한 구상을 하였다. 그것은 공정한 실력으로 평가해서 대표 선발을 하고 각 구단의 인정을 받는 시스템을 도입했다. 물론 구단의 인정이란 객관적으로 판단하기 어렵지만, 야구인들의 공감을 얻어내기 위한 고육책이었다.

원래 한국의 스포츠는 지연이나 학연에 의한 대표 선발을 하여 어느 경기나 잡음이 꺼지지 않았다. 그래서 빙상 종목에서는 고소 고발이 난무하고 결국 다른 나라로 귀화까지 하는 일이 벌어졌었다. 그런 면에서 세계를 주름잡는 양궁은 철저한 경기 평가 방식을 통해 명성과 우승 후보라도 선발하지 않는 시스템으로 긍정적 호응을 받고 있다. 그러나 야구나 축구 등은 개인종목이 아니므로 점수화할 수가 없는 단점이 있다. 그렇다고 리그 성적만 가지고 선진야구를 하는 상대에 대해 대항할 수도 없는 측면도 있다.

국내 프로야구가 진정한 스포츠정신으로 국민의 여가문화를 진작시키는 순수한 경기란 의미를 퇴색하는 일부 승리 지상주의와 패배한 팀의 인기는 불문하고 책임을 물어 감독을 경기 도중에도 교체하는 강수를 두어 팬들의 원망을 자초하고 있다. 국내 야구선수들의 사기는 저하되고 경기 질은 낮아졌다. 그러면서 관중은 계속 감소하고 있다. 또한 과당경쟁을 해소한다는 명분으로 드래프트 제도, FA 제도 등 선수를 제약하고 선수 사기를 떨어뜨리는, 선수협에서 이야기하는 노예 제도가 현존한다.

물론 프로구단도 기업이기에 과다 출혈을 막아야 하는 이유는 존재한다. 하지만 프로야구가 시작된 이래 지금까지 변화가 없는 선수 모두가 인정하기 싫은 제도는 손봐야 한다. 그래야 경기에 대한 책임감도 더 생기고 경기 수준도 향상되는 것이다.

국제 경기에서 성적이 안 좋으면 야구 원로부터 레전드급 은퇴 선수까지 싸잡아 선수단을 비하하고 조롱한다. 어떤 야구 고문은 정신력을 강조하다 언론의 뭇매를 맞기도 했다. 야구는 단체 경기고 어느 한 선수의 기량으로 승리하는 시스템이 아니다. 감독이 아무리 적재적소에 선수를 기용하고 독려해도 다른 국가 선수보다 수준이 월등히 떨어지면 질 수밖에 없다. 실력의 격차는 인정하지 않으면서 국가대표단을 싸잡아 비난하는 것은 진정한 스포츠인이 아니다. 어느 누가 지고 싶은 사람은 없다. 그러나 현격한 실력 차는 인정해야 나중에 발전을 기할 수가 있다. 자기반성의 통렬함이 없이 어떤 비약을 기대하기는 어렵다. 누구를 탓하여 국가대표의 실력이 나아진다면 모든 국민이 비난하면 된다. 그러나 그건 말이 안 되는 어불성설이다. 결과에 집착하지 말고 왜 그런 결과가 초래되었는지 먼저 반성하는 자세를 가져야 한다.

너무 감정적인 언사는 두고두고 남겨진다는 사실에 조심해야 한다. 야구는 국민의 여가를 즐겁게 하는 대표 프로 스포츠이기에 야구인 모두 한 목소리가 필요하다. 국내 경기를 할 때는 적이지만 국가를 대표할 때는 동지이다.

오재두가 정말 철저하게 몸부림칠 때 강수호도 모든 일정을 오로지 야구 훈련에만 쏟았다. 한국시리즈에서 주전 포수를 맡을 정도로 감독의 신임을 받았지만 나태해지고 성적이 조금이라도 나쁘면 언제라도 백업 포수가 치고 올라온다. 김태수가 컨디션 난조로 강수호에게 잠시 밀렸지만 호락호락한 선수는 아니다. 그는 13년간 그라운드에서 몸을 던지고 공을 받고 막아내던 선수였다. 물론 그가 10개 구단의 포수 중 출중한 실력은 아니나 수비력에 관한 한 강수호보다는 앞서있는 선수였다.

타격은 언제나 일직선을 그리지 않는다. 곡선의 그래프처럼 컨디션에 따라 올라갔다 내려갔다를 반복한다. 김태수도 가정이 있고 이제 나이도 있기에 마지막 투혼을 불사르려고 마음먹고 훈련에 돌입했다. 강수호에게 밀려 고과 평점도 안 좋아 연봉도 깎이는 수모를 당했다.

그렇다고 강수호를 미워할 생각은 금물이다. 프로의 세계는 말 그대로 성과급이다. 한번 고액 연봉을 받았다고 계속 그대로 유지시켜 주지 않는다. 그해의 성적과 다음 해에 대한 기대치가 복합적으로 조정된다. 물론 미래의 기대치는 감독의 영향권에 있다. 구단의 프런트에서는 선수들과의 연봉 책정으로 사이가 벌어질 정도로 심각하다. 같은 구단의 선수와 직원이라 다들 친분이 있지만, 인정에 끌려서 연봉 책정을 할 수가 없다. 연봉 체결 마지막까지 줄다리기하고 할 수 없이 도장을 찍는 선수가 허다하다.

강수호는 나름 만족할 만큼 상향 조정이 되었다. 강수호는 많지 않은 금액의 차이로 실랑이를 벌이고 싶지 않았다. 그래서 백지위임을 했다. 이럴 때 프런트는 고민한다. 그래서 백지위임은 어떨 때 이익을 보고 어떨 땐 손해도 본다. 그러나 백지위임은 프런트와 선수의 믿음을 준다. 그래서 그런 선수에게 더 호감을 보이고 긍정적이다. 그런 면에서 김산도 구단에서의 결정을 겸허히 수렴했다. 구태여 기분 상하면서까지 줄다리기를 하고 싶지 않았다.

김산은 연거푸 최고 상한을 기록했다. 그동안의 보상을 한 번에 받은 기분이었다. KBO리그 우승에 대한 보너스가 선수들의 사기를 올려주었고 팀은 사기가 충전했다. 누구와 붙어도 질 것 같지 않은 DNA가 만들어졌다. 그래서 강팀이 되는 것이다. 우승에 익숙하면 우승하기가 쉽고 패배 의식에 물들면 패배가 익숙해지고 매 게임 불안해지는 것이다. 그래서 감독을 바꾸고 선수를 교체해도 그 팀에 낙인된 패배 의식은 그 팀의 색깔로 씌우게 된다.

운동 경기라는 것이 그래서 정신력의 싸움이라고도 한다. 그 정신력은 실력이 밑받침되었을 때 더 강하게 발휘되는 것이다. 몇 개의 팀이 몇 년 동안 상위 그룹을 이루는 것이 그 본보기이다. 어느 구단은 지역에 상관없이 팬들의 열화와 같은 응원이 있지만, 자꾸 지다 보니 패배 의식에 사로잡혀, 이기고 있다가 역전을 당하기가 일쑤다. 감독을 외국인으로 바꾸고 3년의 리모델링 기간을 주었어도 앞으로 치고 나가지 못했다. 선수 개개인은 그런대로 괜찮은 편이어도 늘 하위 그룹에서 벗어나지 못한다.

그만큼 팀을 개조한다는 것은 어렵다. 알게 모르게 숨어 있는 패배 의식을 무시할 수 없다. 우선 선수단 전체의 자신감 회복이 먼저다. 그리고 난 후 시스템을 변화시켜 팀 색깔을 다시 강하게 색칠하는 노력이 필요하다. 그래서 KBO리그가 각 팀의 순위 변동이 많고 막상막하의 경기가 진행되어야 관중을 더 많이 야구장으로 오게 할 수가 있다. 우승에 대한 기대가 없는 팀에 대해 관중은 오래 기다려주지 않는다. 물론 지역의 팀이기에 쉽게 떠나지는 않겠지만 그 지역 사람들이 반드시 오래 기다려주지 않는다는 사실을 깨달아야 한다. 관중이 없는 프로야구는 존재 이유가 없다.

어느 한가한 날 김산, 강수호, 오재두가 뭉쳤다. 이수아가 그 사실을 알고 달려왔다. 김산은 고자질 한 사람으로 오재두를 지목하고 눈을 부라렸다.

오랜만에 만나니 서로의 근황이 궁금했다. 강수호가 말문을 열었다.

"야 재두. 너 멋진 놈이더라. 하여튼 축하하고 오늘은 네가 쏴라."

"아니 왜요? 형님이 이번 연봉이 꽤 많이 올랐던데… 난 아직 멀었어요. 나는 내년에 결혼해야 하는데 돈 쓰면 안 돼요."

"뭐 결혼! 누구랑?"

"그건 묻지 마시고, 야! 산이! 수호 형이 안 내면 네가 내. 너도 너보다 훨씬 많이 받으니."

그 말을 듣고 수아가 끼어든다.

"그렇게 많이 받아? 산이야, 너 잘나갈 때 나 명품가방이라도 함 사 주라."

"내가 왜 너한테 명품가방을 사 주니. 너 웃기네."

"내가 널 좋아하잖니."

"야, 좋아하는 사람 다 사주려면 내 연봉으로 어림없어. 피땀 어린 돈이야. 너 그러지 마라."

"우리 사이에 가방 하나 가지고 그러냐! 더러워서 관두자."

"야! 너흰 만나면 맨날 그러냐! 사랑싸움도 장소를 보고 해라."

"그러게 쟤들은 보면 으르릉거려. 야, 느그들도 얼른 결혼이라도 해라."

"내가 왜 수아랑 결혼해?"

"뭐? 내 입술도 뺏어가고. 내가 좋아하는데 넌 왜 그래. 자식 나중 후회하지 마. 정말 나 죽는 꼴 볼래!"

오재두가 김산을 보고 놀린다.

"야! 언제 거기까지 진도가 나갔냐? 산이 너 엉큼하네. 남의 입술을 뺏었으면 책임져야지, 나 몰라라 하는 것 그거 도둑놈이야."

"자식 넌 빠져. 넌 대체 누구랑 결혼한다는 거야? 미영 누나야?"

"알 필요 없어. 내가 나중에 날 잡히면 말해 줄게."

그러자 강수호가 슬며시 웃으며 말했다.

"너 요새 우리 누나 만나고 다니는 것 아는데. 정말 누나랑 할래?"

"당연히 그래야지. 처남."

"뭐 처남! 이게 어디서. 너 누나한테 잘해. 안 그러면 사망이다. 알아?"

"네 명심하겠습니다. 근데 형! 선주 씨하곤 어때?"

"응… 그저 그러지. 선주 씨 아버지가 물러서지 않는데 도리 있겠니!"

"그래. 그럼 어떡해?"

"글쎄… 두고 봐야지. 이제 여자에게 신경 쓰고 싶지 않아. 그냥 야구만 할래. 그나 산아 너 수아랑 이렇게만 지낼래?"

"그냥 이렇게 친구로 지내야죠. 난 결혼 따윈 절대 안 해요."

그러자 이수아가 샐쭉해서 말했다.

"나도 너 아니면 결혼 절대 안 해. 그래 우리 죽을 때까지 혼자 지내자."

만나면 재미있고 좋은 자리지만 김산과 이수아의 연정은 불타오르지 않았다.

두어 시간 서로 웃고 떠들며 회포를 풀고 헤어졌다.

25

야구의 길

　어떤 선수는 순간 좌절의 맛을 보고 야구를 포기하기도 하고, 어떤 선수는 돌이킬 수 없는 극한 상황이 와도 그것을 뚫고 앞으로 나아간다. 그것은 그들 스스로 결단이다. 어떤 이는 야구가 인생 같은 극적인 드라마라고 한다. 그런 면이 많다. 야구란 감독이나 선수의 계획대로 진행되지 않는다. 물론 인생도 그러하다. 누구나 꿈꾸는 대로 이루어지지 않는다. 언제나 돌발 변수가 있다. 그 순간에 적응하고 이겨나가야 한다.

　김산은 자기의 약점을 스스로 타개하는 노력을 해서 대표급 투수로 일어났고 강수호는 학교폭력이란 악재를 딛고 부활했다. 오재두는 치명적인 팔꿈치 부상으로 투수를 포기하고 타자로 재기에 성공했다. 이는 자기 성공을 위해서 끊임없이 노력하고 치열한 자기 성찰이 있을 때 가능하다.

　야구와 인생이 각본대로 움직이면 재미가 반감한다. 인간은 드라마틱한 것에 즐기고 환호한다. 사실 무미건조한 반복되는 일상에 사람은 싫증을 느끼고 지루해한다. 그럴 때 사람은 영웅을 찾고 기다린다. 그리고 불현듯 나타난 영웅에 열광한다. 비단 운동뿐 아니라 가수나, 영화배우처럼 연예계도 그런 섬광처럼 나타나는 영웅을 기다린다. 그래서 대형 기획사에서도 그런 의도로 기획하고 연구한다. 그러나 성공한 기획사는 극히 미미하다. 야구선수도 수많은 선수가 있지만, 선수로 성공해서 막대한 부를 이룬 선수는 전체 선수의 1%도 안 된다. 그 1%도 안 되는 선수에 비교하여 마치 야구선수가 떼돈을 버는 것처럼 말한다. 그러나 2군의 초짜들은 연봉 3천 정도의 선수로 가득 차 있다. 늘 꿈을 꾸고 비상을 노리지만 쉽지 않은 정글이다. 누가 이익이 있으면 반드시 누군가는 손해를 본다.

그게 우리의 삶이다. 더구나 성적에 의해서 평가를 받는 프로선수는 말할 나위가 없다. 물건을 취급하는 회사나 그 물건을 원하는 고객도 질이 낮고 가격만 터무니없는 상품은 원하지 않는다. 야구의 세계는 가성비를 높이는 방법을 추구해서 관중이 원하는 서비스를 해야 하는 의무가 있다.

그래서 관중과 선수의 눈높이가 맞추어질 때 야구가 발전하고 선수의 먹거리가 해소되는 것이다. 어차피 인간은 무슨 방법이든지 생계를 위한 노력을 해서 보다 나은 삶의 질을 낮게 하려고 한다. 야구선수는 그 야구란 길을 택했고 그 길을 버렸을 때는 다른 사람들과의 경쟁에서 뒤처지게 된다. 그래서 야구선수는 모든 면에서 관리를 잘해야 한다. 특히 부상과 인간관계 정립은 중요하다. 일순간 부상으로 포기한 야구선수가 비일비재하고 음주나 학폭 또는 미투로 인하여 순탄한 길을 버려야 하는 선수가 많다. 이는 아주 긴 인생의 여정에서 낙오자가 되는 것이다. 세상은 그리 녹록한 곳이 아니다. 특히 여자에게 인기가 많은 선수는 사실과 다른 각색된 소문으로 호된 비방을 받기도 한다. 여성 팬이 많은 선수는 알게 모르게 그런 유혹의 손길이 늘 다가온다. 인간은 다른 동물과 달라서 생존의 필요 이상으로 욕망이 많다. 그 무한한 욕망의 하나가 성적인 탐닉이다. 그 가장 인간적인 욕망의 충동과 사회적 도덕적 규범이 자주 충돌한다. 사람은 전적으로 이성적일 수는 없고 어떤 때는 충동적인 감성에 의하여 양심에 어긋난 행동을 하기도 한다.

"사람은 거의 모든 삶을 어리석은 호기심으로 낭비하고 있다"라고 보들레르는 말했다. 인간의 어쩔 수 없는 나약함이다.

"족함을 알면 즐거운 것이요, 탐하기를 힘쓰면 근심할 것이다"라고 명심보감은 말한다. 그러나 인간의 탐욕은 만족을 모른 유전자를 가지고 있다.

어느 정도 이루었다고 생각하면 중단하는 것이 아니라 더 많은 충족을 원하고 갈구한다. 김산도 이수아와 박보라의 사이 갈등을 풀기에는 어느 하나 버림을 해야 하는데도 못 하고 있었다. 김산은 고민했다. 박보라는 마음에 담아 두었지만, 결코 자기와 결혼까지 갈 사이는 아니었다. 알지만 김산은 수아도 보라도 선택의 문제가 아니었고 본인 욕심의 문턱에서 주춤거리고 있었던 거다. 젊음의 욕정을 풀기만 하는 것이 진정한 사랑이 아닌 것을 알지만 쉽지 않았다. 그러나 김산은 본래 나름대로 어느 정도 도덕심과 헤아리는 좋은 심성을 가지고 있다. 김산은 어느 날 박보라를 찾았다. 스스로 자기를 찾아온 김산이 반가웠다. 병원은 한가하고 고적했다. 병원 뒤뜰의 벤치에 앉았다. 박보라는 여전 고혹했다. 젊은 열기가 올라왔다. 야구에 바쁘게 전념했을 때는 여자 생각을 할 겨를이 없다가 조금만 느슨해지면 자꾸 기어 올라왔다. 김산은 한창 피가 끓어오르는 청춘이었다. 주위에 아무도 없으면 끌어안고 비벼대고 싶었다. 침이 꼴깍 넘어갔다.

박보라가 그런 김산을 보고 환하게 웃었다. 정말 묘한 성적 매력을 풍겼다.

'저 여자는 대체 무슨 맘일까? 저 여자는 대체 몇 남자와 교제했을까?'

김산의 질투는 꾸역꾸역 올라왔다. 봄을 재촉하는 바람이 푸근했다.

"어쩐 일로 이렇게 우리 왕자님이 날 보러 오셨나! 내가 보고 싶다는 맘을 알기나 하듯."

"나야 날마다 보고 싶죠. 그동안 잘 계셨어요?"

"나야 늘 환자 보기 바쁘지… 김산 씨, 삼촌은 안 봤어요?"

"네. 오늘은 선생님만 보러 왔어요."

"호호 영광이네. 오늘은 나하고만 있겠다. 어머 정말 좋아."

박보라가 좋아하는 표정을 하자 김산도 덩달아 기분이 좋았다.

"오늘 언제 근무 끝나요?"

"어 이제 한 시간만 있으면 돼. 우리 오늘 저녁하고 함께 지내요."

순간 김산의 심장이 뛰었다. 박보라가 알까 민망했다. 보라에 대한 기대
감은 순간 모든 것을 지워버렸다. 수아도 전혀 생각나지 않았다. 둘만의 밤
이 되었다. 그녀는 김산이 성 경험이 없다는 것에 깜짝 놀랐다. 미안한 감
정은 들었지만 즐거웠다. 김산은 그녀의 질퍽한 감각에 녹아났다. 그러나
즐겁지 않았다. 마치 자기를 아기 다루듯 하는 능숙함이 편치 않았다. 박보
라는 그저 자기를 궁금했던 남자로 숙제 풀 듯했다. 꿈꾸었던 박보라와의
밤은 지나갔다. 긴장되고 흥분되었던 밤은 지나가고 아침이 되어 다시 돌
아오는 길은 그리 상쾌하지 않았다. 김산이 바라던 그런 교감이 아니었다.
김산은 다짐했다. 이제 놓아버리자, 그리고 야구에 전념하자. 여자에 대한
환상은 버리자고 명심했다. 꼭 가정을 이룰 필요는 없다고 생각했다. 그 일
이 있었던 후 수아를 보기도 껄끄러웠다. 요사이 젊은이 같지 않은 김산의
천진함이었다. 그 뒤 박보라가 몇 번 만남을 요청했지만, 이런저런 핑계를
댔다. 박보라도 김산에 대한 호기심을 충족했는지 아니면 이런 김산의 의
중을 알았는지 뜸해졌다. 그리고 시간은 무심히 흘러갔다.

누구를 소유하기 위해 하는 사랑은 진정한 사랑이 아니다. 참된 사랑은
육체의 소유나 집착이 아니고 그냥 느끼는 것이어야 한다. 사랑은 이루어
지고 이루어지지 않음이 아니다. 온전한 사랑은 사랑으로 괴로워할 이유가
없다.
사랑하면서 이별의 괴로움과 쓰라림을 간직할 필요는 없는 것이었다.
그냥 비워 두고 사랑했음에 행복했다는 넉넉한 사랑이어야 했다. 버림이
있어야 채움이 있다. 움켜쥐고 괴로워할 필요가 없다. 아니라고 생각되면
빠른 결정도 필요하다. 김산은 더는 여자로 신경을 쓰고 고민하지 않으리
라 각오했다.

다시 야구의 계절이 다가섰다. 김산의 심장이 터질 것 같이 요동쳤다.

김산이 서야 할 자리는 야구장이었다. 어느 날 모르는 번호로 전화가 왔다.

전화금융사기가 기승을 부리므로 안 받으려다 팬들의 성화에 혹 무례가 될까 하여 받았다. 조금은 나이가 든 목소리였다. 김산에게 시간을 한번 내주라 했다. 누구냐고 묻자 어머니라고 말했다. 어머니 꿈에도 그리던 사람이었다. 김산은 당황했다. 20여 년이 다 되어 나타난 어머니를 만나야 하는지 갈등했다. 그러나 꼭 한번은 만나야 할 어머니였다. 시간과 장소를 말하고 나갔다. 어머니였다. 파란 원피스에 맑고 고운 자태를 지녔다. 조금은 나이가 들어 보이지만 김산의 뇌리에 박힌 그 모습이었다. 말문이 막혔다. 어머니를 부둥켜안고 울고 싶었지만 참았다. 그저 멍하니 바라만 보았다. 어머니가 말문을 열었다.

"그래 잘 컸구나. 가끔 네 소식은 들었지만, 실제 보니 늠름하구나. 고맙다."

"여태 한 번도 안 찾다가 느닷없이 웬일이에요?"

김산은 솟구쳐 오르는 화를 참기 어려웠다. 그 심정이 김산의 얼굴에 그대로 드러났다. 그러자 어머니가 미안한 표정을 지었다.

"애야, 나라고 너 안 보고 싶었겠니? 어쩔 수 없었다. 난 너희 아버지를 다시 볼 자신이 없었어."

"그렇다고 어린 나를 그렇게 버리고 가요? 그래 놓고 인제 와서 날 보고 싶다는 말이 돼요! 참 양심이 없군요."

"그래 내가 입이 열 개라도 할 말이 없어. 그런데 도저히 살 수 없는 사람하고 함께하기가 죽는 것보다 더 싫었어."

"뭐가 그리 아버지가 싫던데요? 대체 뭐가요?"

"너희 아버지는 날 늘 의심하고 감시했지. 그런 데다 강박증 증세가 있고 경제권도 자기가 다 가졌어. 변명 같지만 나는 죽을 정도로 너무 힘들었어. 용서해라. 너한테는 정말 미안해."

"근데 왜 절 보자고 했어요?"

"응, 꼭 한번 너한테 용서를 빌고 싶었어."

김산은 아버지의 까칠한 성격과 무거운 침묵에 힘들었다. 조금은 어머니가 이해가 되지만 정말 화가 났다. 그러나 언젠가 한 번은 만나서 들어야 할 말이었다. 뭐라고 할 말이 없었다. 그저 가슴은 시린 아픔이었다. 어머니는 재혼하여 두 명의 자녀를 낳고 지내고 있다고 했다. 그리고 한없이 울먹였다.

김산은 잘사시고 이젠 나에 대한 미안함도 잊으라고 말하고 헤어졌다. 오랜 세월 어머니에 대한 원망을 품고 살았던 김산도 이젠 그런 이유를 이해할 만한 어른이 되었다. 용서하기로 했다. 마음이 편하여졌다. 이런저런 주위가 정리되고 야구에 더 열중하게 됐다. 나현수의 말대로 생각이 없어지니 편했다. 김산은 2선발로 낙점되었다. 야구를 하면 할수록 재미있었다. 즐거우니 편했다. 자신감이 크니 공도 원하는 곳으로 잘 들어갔다. 가끔 만나는 강수호와 오재두와의 대결은 지기 싫어하는 김산의 승리욕을 부추겼다. 공 세 개로 승부하려고 던지다가 맞기도 했다. 그 뒤로 여러 가지 승부수를 띄었다. 곧잘 잡혔다. 그들이 펼치는 승부는 관중들의 관심을 집중시켰다. 리그가 끝날 무렵 김산의 승리였다.

김산은 그해 페넌트리그에서 16승 3패라는 호성적을 내고 외인투수 산체스와 공동 1위를 했다. 그리고 한국시리즈에서 강수호 팀에 패배했다. 강수호는 한국시리즈에서 결승타를 때려 승리에 공헌했고 MVP를 받았다. 김산은 다음에 있던 골든글러브 투수상을 받았다. 그러나 강수호는 골든글러브를 못 받았다. 김산은 골든글러브 시상식에서 수상소감을 말했다.

"저의 오늘에 있기까지 아낌없이 지원해 준 최 감독님, 그리고 박 감독님, 나현수 선배님, 그리고 박보라 의사님께 감사드립니다. 그리고 저를 지금까지 뒷바라지해 준 아버지와 저를 키워주신 할머니께 이 영광을 돌립니다. 저는 아직 실력이 미비하지만, 동료 선후배들의 도움으로 이 자리에 섰습니다. 이에 만족하지 않고 더 노력하여 기억되는 선수가 되도록 하겠습니다. 그리고 국제적으로 위상이 떨어진 지금, 앞으로 이를 갈고 연마하여 한 게임이라도 책임지는 선수가 되도록 여러분께 약속드립니다. 반드시 다음 국제시합은 승리하여 여러분의 보답에 답하겠습니다. 응원해 주십시오."

아낌없는 박수를 받았다. 한국야구의 국제적 망신은 어제오늘이 아니었다.

야구에 관심이 있는 누구라도 옛 영광의 재현을 기다리고 있다. 그래서 국제경기에 온 국민이 관심을 퍼붓고 기대하는 것이다. 야구의 부흥은 수준 높은 국내 경기가 우선이지만 그에 못지않게 국가 간의 대항전이 애국심을 고취시키고 그에 걸맞은 성적이 나오면 자연스럽게 되는 것이다. 그런 점에서 김산의 수상소감은 환영을 받았다. 강수호도 오재두도 이수아도 열광적으로 소리쳤다. 시상식이 끝나고 모였다. 서로 부둥켜안고 즐거워하고 축하했다.

"김산 축하해."

이수아의 말에 김산은 죄지은 것처럼 조금 미안한 표정을 지었다.

강수호가 김산의 어깨를 치면서 좋아했다. 오재두는 익살스러운 표정과 몸짓으로 김산을 웃게 했다. 그들은 지나온 부침을 생각했다. 어려운 과정을 잘 넘기고 온 것 같았다. 김산은 감개무량했다. 앞으로도 자신의 앞길이 탄탄대로일 것 같은 마음이었다. 그러나 야구란 꾸준한 성적을 올릴 수가 없다.

　가끔은 롤러코스터를 타듯 오르락내리락한다. 내려갈 때의 순간에 다시 마음가짐을 다져야 한다. 한번 내려가는 순간 다시 올라오기가 어렵다. 프로야구 선수는 야구가 취미가 아닌 직업이다. 프로는 성적과 책임이 따른다. 그에 따라 보수가 결정되고 명예도 따라 오는 것이다.

　골프 같은 개인의 성적에 따라 상금을 획득하는 것도 있지만 야구는 단체 경기이고 어느 누구 한 사람의 실력으로 좋은 성적이 이루어지지 않는다. 야구 경기는 선수가 서로 협업하고 배려하고 양보하고 응원하는 분위기를 만들어야 한다. 그래서 승부에 대한 자신감이 생길 때 좋은 성적이 오게 된다. 물론 선수 개개인은 다 경쟁자이다. 그건 어쩔 수가 없다. 선수는 언제나 지금 이 순간에 만족해서는 발전이 없다. 더 나은 목표를 세우고 경쟁하면서 부단히 노력해서 더 좋은 결과를 얻어내야 한다. 진정한 프로는 현실을 직시하고 최고의 위치에 오르기까지 최선을 다하여야 한다.

　2군에서 힘들게 훈련을 해서 실력과 운에 비례해서 1군으로 올라가면 세상이 일순간 다 자기 것처럼 느낀다. 그러나 이겨내지 못하고 다시 도태되면 추락하는 것이 프로다. 프로는 달면 삼키고 쓰면 내뱉는다. 프로는 경쟁의 링이다. 누구도 도움을 주지 못한다. 자기 스스로 일어나지 못하면 그대로 쓰러지는 것이다. 팬들의 사랑을 받는 프로선수가 되려면 치열한 마음가짐이 필요하다. 그런 면에서 김산과 강수호, 오재두는 살아남은 것이다.

　"산아. 너 내년 몇 승 할 것 같아?"

　강수호가 묻는다.

　"응, 사실 올해는 나보다 타자들이 잘해 주고 수비가 잘해서 좋은 성적 냈어. 운이 좋았지. 뭐 내년도 잘해 봐야지. 내가 꼭 몇 승 한다고 해서 되겠어? 그냥 최선을 다하고 하늘의 뜻에 맡겨야지."

　"야, 너는 맨날 하늘만 찾고 그래. 네가 열심히 해야 운도 따라주지 안 그래!"

오재두가 비아냥거린다. 다들 웃는다. 기분이 정말 좋았다.

"재두야, 너 날 잡았다며! 언니한테 나한테 부케 던지라 해. 알았지!"

수아가 웃으며 말했다.

"산이랑 잘되면 그러라 할게. 산아 너 어쩔 생각이야? 수아 저대로 처녀로 늙게 놔둘 거야?"

"아유, 몰라 인마. 당분간 난 야구만 할래."

그러자 수아가 샐쭉해서 말했다.

"산아. 네 마음대로 해, 나는 언제까지나 기다릴 수 있어."

수아의 그 말에 김산은 머리를 긁적였다. 수아가 예쁘게 보였다. 미안했다.

하늘은 쾌청하고 맑은 날씨는 오재두와 강미영의 결혼식을 축하해 준 듯했다. 베트남에서 돌아온 강수호의 아버지도 많이 회복된 듯 건강해 보였다. 그녀의 딸이 오재두와 결혼한다는 것이 무척 마음에 든 듯 흐뭇해했다. 많은 야구인이 자리해 주었다. 하얀 드레스를 입은 강미영은 아름다웠다. 오재두의 입은 벌어지고 행복해했다.

김산이 사회를 보고 주례는 오 감독이 했다. 평소 점잖고 순수하게만 느꼈던 오 감독의 주례사는 독특했다.

죽도록 사랑의 열병을 앓다가 결혼이란 비상약으로 치료를 한다. 그래서 완쾌되지만, 그때부터 사랑의 유효 기간이 끝난다. 야구를 하는 사람을 남편으로 둔 여자는 평범한 사람보다 인내하고 노력해야 한다. 프로야구인은 시합으로 인하여 가정을 돌봐야 할 시간이 부족하다. 어쩔 수 없는 현실을 받아들여야 한다. 결혼의 시작과 함께 부부는 믿음과 신뢰로 살아야 한다. 우리의 삶은 언제나 만족할 수 없다. 그 부족함을 인정하고 만족해야 한다. 그래야 행복을 가지게 된다. 시간이 지나면 이런저런 이유로 부부는 다툴 수밖에 없다. 부부싸움은 현명하게 해라. 싸움에서 이기는 방법은 역지사지해야 한다. 그리고 사실 있는 그대로 받아들이고 상대에 대해 배려하고 존중해야 한다. 거짓이든 진실이든 칭찬을 아끼지 마라. 지나가 버린 나쁜 것은 바로 잊어버려라. 오늘을 인생의 마지막 날로 생각하고 치열하게 살아야 한다.

오 감독의 주례사는 두 사람의 지침서가 되었다. 운동해서 가정을 이끄는 선수들은 가족과 매일 함께 보낼 수 없다. 야구인의 가족은 그런 사실을 인정하고 남다른 인내가 필요하다. 그런데도 선수 자녀가 또다시 아버지의 길을 걷는 일이 생겨나고 부모는 힘들고 어려운 길을 가려는 자식을 말린다. 그러나 부모의 유전자를 받은 아들은 고집하고 야구선수의 길을 가는 자식을 말리지 못한다.

작금의 야구판은 아버지의 영광을 재현하는 영웅들이 나타나고 야구 애호가는 환호한다. 실패하는 아들도 있고 성공한 바람의 손자도 있다. 프로는 재미있어야 한다. 사연이 많고 드라마틱한 야구판이 될 때 관중은 몰리는 것이다. 모든 흥행의 요건은 야구인이 만드는 것이다.

프로야구는 태생적으로 지역에 연고를 두고 태어났다. 그런 면에서 과도한 팬들의 응원을 받는다. 그러다 보니 지나치게 과열되는 일들도 많이 생긴다. 그러나 관중의 마음을 멀게 하는 일들은 스스로 자제해야 한다. 모범이 되어야 하는, 쉽지 않고 어려운 일이지만 야구인이 만들어 가야 하는 길이다. 미래 야구는 우리의 삶이 계속되는 한 어느 일순간에 사라지지 않고 영원히 지속할 것이다. 더 발전시키고 팬들을 끌어들이는 야구인이 되어야 한다.

야구는 어느 한 선수가 이끌어 갈 수가 없다. 성공하는 야구의 길은 야구에 종사하는 모든 이들의 책임이다.

결혼식장은 와글와글 시끄럽다. 유명 야구인을 보려고 팬들도 많이 찾아왔다. 강미영이 부케를 던지고 재빠르게 이수아가 받았다. 김산은 그런 이수아를 밝게 웃으며 바라봤다. 성황리에 결혼식이 끝났다. 다시 각자의 자리로 돌아가서 내일을 대비해야 한다. 쳇바퀴처럼 돌고 도는 인생이다.

야구의 길

1판 1쇄 발행 2023년 9월 20일

지은이 김영권

교정 신선미 편집 이새희
마케팅 • 지원 김혜지

펴낸곳 (주)하움출판사 펴낸이 문현광

이메일 haum1000@naver.com 홈페이지 haum.kr
블로그 blog.naver.com/haum1000 인스타 @haum1007

ISBN 979-11-6440-418-6